首届向全國推薦優秀古籍整理圖書

〔宋〕蘇軾著
〔宋〕傅幹注
劉尚榮校證

東坡詞傅幹注校證

上海古籍出版社

圖書在版編目(CIP)數據

東坡詞傅幹注校證/(宋)蘇軾著;(宋)傅幹注;
劉尚榮校證.—上海:上海古籍出版社,2016.12(2024.3 重印)
(中國古典文學叢書)
ISBN 978-7-5325-7932-7

Ⅰ.①東… Ⅱ.①蘇… ②傅… ③劉… Ⅲ.①宋詞—
注釋 Ⅳ.①I222.844

中國版本圖書館 CIP 數據核字(2016)第 010221 號

中國古典文學叢書
東坡詞傅幹注校證
[宋]蘇軾 著 傅幹 注
劉尚榮 校證
上海古籍出版社出版發行
(上海市閔行區號景路 159 弄 1-5 號 A 座 5F 郵政編碼 201101)
(1) 網址:www.guji.com.cn
(2) E-mail:guji1@guji.com.cn
(3) 易文網網址:www.ewen.co
常州市金壇古籍印刷有限公司印刷
開本 850×1168 1/32 印張 20.125 插頁 6 字數 438,000
2016 年 12 月第 1 版 2024 年 3 月第 5 次印刷
印數:3,901—4,500
ISBN 978-7-5325-7932-7
I·3007 精裝定價:98.00 元
如有質量問題,請與承印公司聯繫

注坡詞目錄

注坡詞卷第一

水龍吟 四首

滿庭芳 五首

水調歌頭 五首

水龍吟 四首

古來雲海茫茫道山絳闕知何處道山絳闕皆神仙所居人間自有赤城居士龍蟠鳳舉清淨無為坐忘遺照八篇奇語司馬子微隱居天台之赤城自號赤城居士嘗著坐忘論八篇云神宅於內遺照於外自然而異於俗人則謂之仙也向玉霄

清鈔本傅幹《注坡詞》書影一

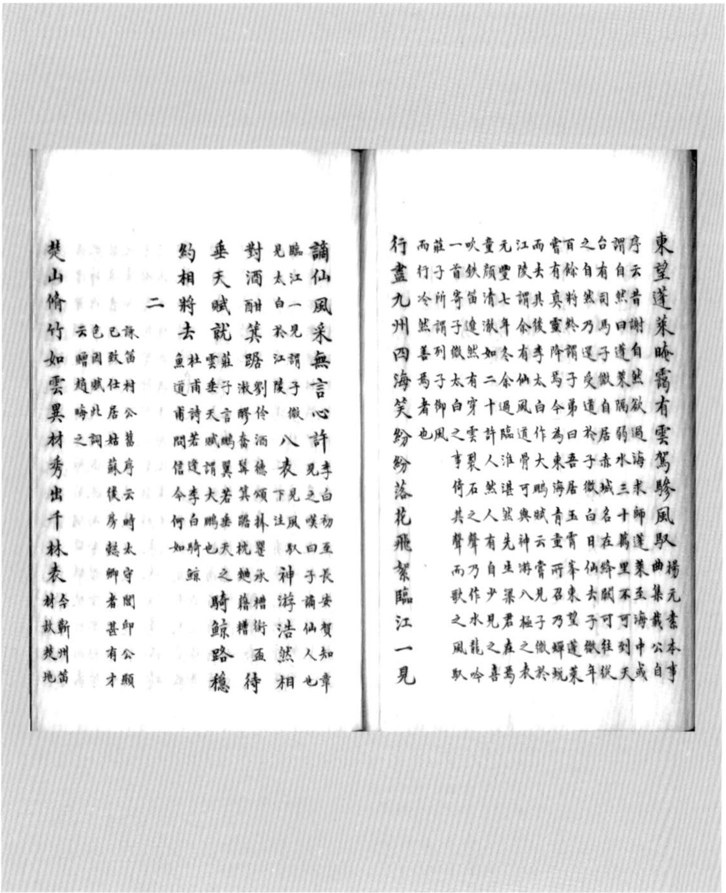

東望蓬萊晻靄有雲駕驂風馭楊元素本事曲集載公自序云昔謝自然欲過海求師蓬萊至海中或謂自然曰蓬萊隔弱水三十萬里不可到天台有司馬子微自居赤城名在絳闕可往從之自然乃還受道於子微白日仙去子微年百餘將終謂子弟曰吾居玉霄峯東望蓬萊嘗有真靈降焉今為東海青童所召乃蟬蛻而去其後李太白作大鵬賦云嘗見子微於江陵謂余有仙風道骨可與神游八極之表元豐七年冬余過臨淮湛然先生梁君在焉童顏清澈如二十許人然人有自少見之者吹鐵笛遼然有穿雲裂石之聲乃作水龍吟一首寄子微太白之事倚其聲而歌之風馭莊子所謂列子御風而行泠然善焉者也

行盡九州四海笑紛紛落花飛絮臨江一見

謫仙風采無言心許李白初至長安賀知章見之嘆曰子謫仙人也臨江一見謂子微見太白於江陵八表見風馭下注神游浩然相對酒酣箕踞劉伶酒德頌抃罌承槽銜盃漱醪奮髯箕踞枕麴藉糟待垂天賦就莊子言鵬翼若垂天之雲垂天賦謂大鵬也騎鯨路穩約相將去杜甫詩若逢李白騎鯨魚道甫問信今何如

二

詠笛材公舊序云時太守閭邱公顯已致仕居姑蘇後房懿卿者甚有才色因賦此詞云贈趙晦之

楚山脩竹如雲異材秀出千林表今蘄州笛材故楚地

清鈔本傅幹《注坡詞》書影二

目録

注坡詞卷第二……三七

注坡詞卷第三……七八

注坡詞卷第四……一一六

注坡詞卷第五……一五一

注坡詞卷第六 ……一九一

注坡詞卷第七……二二〇

注坡詞卷第八……二六〇

注坡詞卷第九……二九六

注坡詞卷第十 ……三三九

注坡詞卷第十一

注坡詞考辨(代前言)

小引

蘇軾(一〇三七—一一〇一)字子瞻,號東坡居士,眉山(在今四川省)人,北宋多産全能的文學巨匠。他將詩文革新運動的精神推廣到詞的領域,率先衝破了「詞爲艷科」的藩籬。他「以詩爲詞」,擴大了詞的題材,豐富了詞的内容,舉凡懷古感舊、紀游説理、贈友留别、咏物談禪等,皆可入詞。他開拓了詞的意境,刷新了詞的寫作技巧,提高了詞的格調。在東坡詞中,既可看到氣勢磅礴的「大江東去」(念奴嬌),也能領略到恬静和諧的農村風光(浣溪沙);既有「致君堯舜,此事何難」(沁園春)的報國壯志,也有求仙問道、「江海寄餘生」(臨江仙)的低沉歌吟。他寫過不少粗獷豪放、奇峭雅麗的傑作,也留下大量婉約含蓄、情真意切的佳什。蘇軾善於用典,長於借喻誇張,又能將口語、諺語化用到詞中,不乏白描質樸的詞章。他懂音樂，會唱曲，但「居士詞橫放傑出，自是曲中縛不住者」（苕溪漁隱叢話後集卷三十三引晁無咎語）。他敢於突破樂曲詞律的拘囿，使詞擺脱其音樂附庸的困境，成爲獨立發展的新詩體。於是有人尊蘇軾爲宋詞豪放派的開創者，又有人説蘇詞的基調是曠達，是清雄，還有人認爲東坡婉約詞數量多，意境新。其實蘇軾詞氣象萬千，風格多樣，要之如碧雞漫志所説：「指出向上一路，新天下耳目。」蘇軾詞對後代，特別是對南宋愛國詞人有着深遠影響，在詞學發展史上佔有重要地位。

蘇詞在宋代不與文集混編，而是集外單行，當時已有多種傳本。在留存至今的東坡詞集中，傅幹注坡詞成書最早，又是第一部蘇詞箋注本。前人對注坡詞極少研究，評價不高，甚至頗有微詞。經全面審核，乃知該書對於校正蘇詞、存真辨僞、驗明題叙、考定編年，均有大用。同時，傅幹的箋注所援引的某些詩文今已失傳，例如書中引述的楊元素本事曲集，就有好幾條是梁啓超輯本未收者。這類資料在在皆是，十分珍貴。

注坡詞在南宋紹興初年鏤版於錢塘，原刊本已佚。元明以來未見翻刻。如今僅存鈔本數帙，分藏各處，大都不爲世人所知，不被學者看重。倘不及時「搶救」，注坡詞有可能失傳，造成千古恨事。爲使研究蘇軾及宋代文學的專業工作者共睹注坡詞真面目，進而對該書做出正確公允的評價與合理的使用，特將此書校證付梓，公諸同好。

關於注坡詞的鈔本源流、成書經過、編纂體例、箋注特點、資料價值等問題，我在注坡詞考辨一文中已有詳述，竊以爲有助於讀者深入了解注坡詞一書。今不揣固陋，稍加修正，移作本書前言。粗疏之處，尚望方家指正。

一、傳鈔源流考

傅幹注坡詞十二卷，成書於南宋初年。遺憾的是，同時代人對該書的早期記述總不精確。

陳振孫直齋書録解題卷二十一詞曲類著録：「注坡詞二卷，仙溪傅幹撰。」這裏記錯了卷數。據近人趙萬里考訂：「其書十二卷，直齋書録解題誤作二卷。」（影印元延祐本東坡樂府跋）蓋於「二」上脱「十」字。

洪邁容齋續筆卷十五云：「紹興初，又有傅洪秀才注坡詞鏤版錢塘。」這裏記錯了注家。其致誤原因，誠如龍榆生東坡樂府箋（以下簡稱龍本）後記所説：「殆以卷首有（傅）共序，共字洪甫，牽涉而率詆之歟？」序作者與箋注者訛混，是洪邁不應有的疏忽。但他提供了重要綫索，説明注坡詞在紹興初年確有杭州（錢塘）刊本傳世。

杭本注坡詞在元、明、清三代未見翻刻，亦罕見諸家書目著録，惟仗鈔本延續其命脉。

鈔本中今所知見者，源出明天一閣舊藏。著名版本學家黃丕烈曾説：「大凡書籍，安得盡有宋刻而讀之？無宋刻，則舊鈔本貴矣。舊鈔而出自名家所藏，則尤貴矣！」明人范欽創建於嘉靖年間的天一閣，是著名私人藏書樓，收存過許多精鈔本，其中就有「注坡詞十二卷，鈔本，傅幹撰，傅共洪甫序。」（見清嘉慶時阮元編寧波范氏天一閣書目集部詞曲類）該鈔本之底本，疑即洪邁所説的杭州刊本或它的傳録本。而此底本之來源，不會超出以下三個方面：一是豐氏萬卷樓舊藏；二是范欽從子范大徹故物；三是范欽個人的購鈔，他與當時著名學者和藏書家王世貞等人有「書籍互相借鈔之約」（參見陳登原天一閣藏書考）。總之，天一閣鈔本注坡詞正是黃丕烈稱道的那種「舊鈔而出自名家所藏」者，來源可靠，珍貴無比。遲至清初，此書仍存於天一閣。

晚清社會動亂，天一閣所藏珍、善本書逐漸散佚，注坡詞鈔本亦難免厄運。其間幸賴沈德壽再次傳鈔，見沈德壽編抱經樓藏書志卷六十四著録。約在清末，沈鈔本歸南陵徐乃昌積學齋。增訂四庫簡明目録標注邵章續録載：「傅幹注坡詞十二卷，徐積餘傳鈔天一閣明鈔本」，即指此書。不幸的是，天一閣舊藏之鈔本「原書，聞已佚」（見邵章續録），蓋清光緒十五年薛福成編刊天一閣現存書目中已不見注坡詞之踪影。清末、民國以來，徐氏所藏注坡詞鈔本曾先後爲朱祖謀、羅子經、龍榆生、趙萬里等人所親見，并有多人再據之轉鈔。龍榆生還用傅本作東坡樂府箋的主要參考書。二十世紀五十年代初，徐氏後人將其藏書轉售給上海萃古齋舊書店，而注坡詞鈔本後被黄永年購得。

我們今天所能見到的注坡詞鈔本，主要有以下幾種：

甲、沈德壽藏注坡詞十二卷舊鈔本。見於沈德壽抱經樓藏書志卷六十四著録。此本後歸上海徐乃昌，又輾轉由黄永年購得。現存於陝西師範大學唐史研究所。近見該書影印本後附黄永年教授述注坡詞，知該本原據天一閣藏影宋鈔本再傳鈔者。這次修訂舊作傅幹注坡詞爲東坡詞傅幹注校證，始得見此複印本并予參校利用。

乙、中國國家圖書館（原北京圖書館）藏清鈔本。每半葉九行，行十七字；小注雙行，字數同。綿紙，無界欄及中縫字，楷書工録。鈔者不詳，無鈔校序跋及藏家印記。一册一函，書内正文有闕葉。是書曾爲全宋詞修訂本所引用。曹樹銘「頗疑此即范氏天一閣藏明鈔本」（見曹編東坡詞附載東坡詞籍著録），實乃未睹原書的猜測之説。本書末頁鈔者落款：「從南陵徐氏藏沈德壽家鈔本傳録」，可見并非天一閣故物，只是它的轉鈔本。

丙、民國間武進趙尊嶽珍重閣手寫本。是書用惜陰堂紅格毛邊紙鈔録，每半葉十五行，行三十字；小注雙行，字數同。正文首葉旁批：「原書每半葉九行，行十七字；小字雙行夾注。」卷一首行下注：「珍重閣手寫本。」書前有趙氏題記，全文如下：

此集但有傳鈔，絶少著録。慈溪沈德壽授經廔舊鈔本既歸南陵徐氏積學齋，歲在中元庚午，獲讀一過，因手繕之，冀有以廣其傳也。積餘世丈并爲考訂，因附誌歲月於此。武進趙尊嶽識於珍重閣。

據此可知，此本與上述清鈔本均據徐氏所藏沈鈔本爲底本，同出一源，故二者闕佚情況完全一致。蓋因底本不全，鈔者無從補正。但清鈔本可能保存了底本原有的行款格式，而珍重閣本乃趙氏急促鈔就，字迹草率。二者皆有漏鈔、誤字，可互相訂補。

丁、北京大學圖書館藏曬藍本。此本與清鈔本行款全同，似即據清鈔本曬印。邵章續録稱「孫人和有曬藍本」，當即指此本。二册一函。

此外，季振宜藏宋刊東坡長短句十二卷，見於延令宋版書目（士禮居黄氏叢書第二十二册）。其書名東坡長短句與傳共序相符，而卷數又與傳本暗合，因疑此書即錢塘鏤版的注坡詞原刊本。然則自邵章續録以後，諸家書目未再著録，書亦不知落入誰手。

注坡詞各鈔本目録俱全。按目索詞，可知其闕佚者爲：卷三戚氏一首；卷六江城子其五至其九凡五首，無愁可解一首，蝶戀花八首；卷十一浣溪沙其二至其九凡八首，沁園春半首，雨中花一首（存題）；卷十二皂羅特髻半首，調笑令一首，雙荷葉一首，荷花媚一首。除非發現注坡詞的原刻本，否則闕葉難補。

二、注坡詞概貌

注坡詞編注者爲南宋初年仙溪人傅幹。幹字子立，傅共從子，「博覽强記，有前輩風流，視其所注，可以知其人焉」（引自傅共注坡詞序）。其生平事迹已無可考。

注坡詞序作者傅共，字洪甫，號竹溪散人。徐乃昌積學齋藏書記云：「宋黄巖孫編、元黄真仲重訂之仙溪志進士題名録，宋紹興二年張九成榜特奏名，傅共，權子，人物志權傳後附共傳，共三薦奏名，文詞秀拔，有東坡和陶詩解。」直齋書録解題卷十五著録：「和陶集十卷。蘇氏兄弟追和，傅共注。」即指其和陶詩解也。傅幹注釋東坡詞時，傅共還提供了一些蘇詞墨迹資料，對傅幹完成注坡詞一書頗有裨助。據仙溪志，傅氏家族出過二十五名進士，可謂是世代書香，尤其是研究蘇軾，家學淵源有傳承。

注坡詞之編纂緣起，在傅共序中略有説明。東坡詩文既名冠天下，「其所爲長短句數百章」，亦流傳甚廣，「閨窗孺弱，亦知愛玩。然其寄意幽渺，指事深遠，片詞隻字，皆有根柢。是以世之玩者，未易識其佳處。譬猶瓌奇珍怪之寶，來於異域，光彩照耀，人人駭矚。而能辨質其名物者蓋寡矣」。傅幹有感於此，遂「敷陳演析，指摘源流」，精校細審，爲之箋注，成書十二卷。

傅幹編纂此書前，曾對當時流傳的東坡詞全面進行整理，包括去僞存真和拾遺補闕兩方面的工作。首先是辨僞，傅幹曾大刀闊斧地「削其附會者數十章」。傅共序中夾注云：

> 傳張芸叟所作「私期」數章，舊於文忠公集見之。以至更漏子有「柳絲長」、「春夜闌」之類，則見於花間集，乃温庭筠、牛嶠之詞。鷓踏枝有「一霎秋風」、「紫菊初生」之類，則見於本事集，乃晏元獻公之詞。凡是皆削而不取。

這裏列舉的更漏子二首、鵲踏枝二首今已編在全宋詞修訂本蘇軾存目詞中。至於「私期」數章，今已失傳。但張舜民所作賣花聲詞，也曾被誤認爲蘇軾詞，可見二人詞章訛混互見并非偶然。而注坡詞卷一誤收蘇轍水調歌頭一首，卷十一誤收黄庭堅鷓鴣天一首，是皆删削未盡者。但傅幹仍可算作最早的蘇詞辨僞專家之一，功勞不可泯没。此外，在輯軼方面，傅幹也是能手，傅共説他「益之以遺軼者百餘首」，今本東坡詞集中有天仙子（走馬採花花發未）一首，便是由傅幹最早收集并傳於後世的。又鷓鴣天（林斷山明竹隱墻）、翻香令（金爐猶暖麝煤殘）等詞，也是經傅幹考定收入東坡詞集的。總之，經傅幹拾綴編成的東坡詞集，雖不是盡善盡美，但畢竟爲蘇詞的箋注與研究，提供了信實可靠的讀本，它所保存的資料，至今仍有校勘價值。

據注坡詞目録，該書收詞凡六十七調、二百七十二首。核以今存最古之蘇詞刻本元延祐庚申雲間南阜書堂本東坡樂府（以下簡稱元本），則元本只比傅本多詞九首，即：滿庭芳（歸去來兮清溪無底）、南鄉子（千騎試春游）、浣溪沙（縹緲紅妝照淺溪）、浣溪沙（陽羨姑蘇已買田）、減字木蘭花（空牀響琢）、減字木蘭花（回風落景）、減字木蘭花（海南奇寶）、行鄉子（北望平川）、畫堂春（柳花飛處麥摇波）。又核以今存最早之蘇詞鈔本明吴訥輯唐宋名賢百家詞鈔本所收東坡長短句二卷拾遺一卷（簡稱吴訥鈔本；其底本爲宋紹興辛未刊行的曾慥輯東坡長短句，簡稱曾本），則曾本超出傅本者唯拾遺四十首，其中尚有十首爲重出或誤入的。趙萬里先生稱元本與曾本爲「傳世坡詞二個最重要的本子」（見影印元延祐本東坡樂府後記），完全忽略了比曾本刊行更早的注坡詞的版本價值。其實曾本、元本都可能是參考傅本而編成。可以説，今存蘇軾詞集的規模是由傅幹注坡詞奠定的。

注坡詞的編纂體例，是按調名編次，同調者彙編在一起。又自第二首以下，分別以二、三、四……代調名。各鈔本行款格式大同小異。值得注意的是：東坡詞調名低二格，佔一行。調名下單行小字標詞題。但傅幹的某些校正詞題的文字，也是單行小字，易與詞題訛混。調名次行雙行小字爲詞序（引），亦可視爲長文詞題，絶不與蘇詞混。但傅幹爲闡明詞旨所作的題解（或曰題注），也是雙行小字標於調名次行，易與詞序訛混。蘇詞正文另行頂格，上下闋嚴加區分，下闋大都另行頂格起，不與上闋接鈔。而傅幹的箋注，均爲雙行小字夾注，不與蘇詞正文訛混。清鈔本和曬藍本的詞題、詞序與題解、校記，或單行或雙行，或在調名下，或在調名次行，錯亂情況甚於珍重閣本。

在同是按調名編排的東坡詞集中，傅本與曾本、元本、東坡先生二妙集本（簡稱二妙集本）、茅維蘇東坡全集本（簡稱茅本或蘇集本）、毛晉宋六十名家詞本（簡稱毛本）等，均不相同。除毛本外，傅本與其餘諸本調名排列的先後次序，并無規律。但同調之内各詞的編排順序，各本則大同小異。這種編次體例雖不是很科學合理，却一直延續了好幾百年。

三、「紕謬」説辨析

有人做過粗略統計，傅幹在注坡詞中徵引的文獻資料，涉及經部尚書、詩經、周禮、禮記、爾雅、左傳、論語、孟子八種典籍凡四十一篇。援引正史中的專著史記、漢書、後漢書、三國志、晉書、南史、舊唐書、新唐書八種凡九十六篇。引證子部雜著達一百十餘種。引集部文人作家一百二十餘人。該書的詞題（序）、題注、箋釋文字，亦曾被宋、元時代草堂詩餘等詞集選本所采納。宋陳鵠撰耆舊續聞卷二還曾就蘇軾虞美人（定場賀老今何在）一詞中「試教彈作輥雷聲」句的傅幹注（見本書卷八），提出質疑和商榷。説明注坡詞問世後産生過一定的影響。該書豐富的箋證資料，也曾引起過廣泛的關注。

傅幹注坡詞雖是現存成書最早又比較全面系統的蘇詞箋注本，但對該書的評價，長期以來，毀譽不一。

爲本書作序的傅共，當是注坡詞的第一個讀者。他稱譽此書：「敷陳演析，指摘源流，開卷爛然，衆美在目。」朱祖謀彊村叢書三校本東坡樂府（簡稱朱本）的跋語中提到，注坡詞特有的某些詞題、詞序、題注，「胥可爲考訂坡詞之一助」。龍榆生用注坡詞與毛本、朱本等對校，發現傅本「時有勝義」。他們都肯定了傅本的版本校勘價值。

但在論及傅本的箋注時，批評者居多。南宋文學家洪邁在容齋續筆卷十五中就指出注坡詞在注典方面的缺失：

> 至於「不知天上宮闕，今夕是何年」，不能引「共道人間惆悵事，不知今夕是何年」之句；「笑怕薔薇罥」、「學畫鴉黃未就」，不能引南部煙花録。如此甚多。

元、明兩代，傅本流傳不廣，論之者亦少。入清以後，批評者漸多。錢曾在得到元延祐本東坡樂府後竟說：「舊藏注釋宋本（按，指注坡詞），穿鑿蕪陋，殊不足觀，棄彼留此可也。」（見讀書敏求記卷四）近人趙萬里附和之，亦云：「二十年前，余於上海徐積餘先生處得見新鈔本（注坡詞），從范氏天一閣藏明鈔本傳録，注釋淺陋，誠有如遵王（錢曾）所譏者。」（見影印元延祐刊東坡樂府後記）龍榆生在東坡樂府箋後記中也説，傅本「所注典實，多不標出原書」，并且援引洪邁有關傅注的上述記載，認定洪邁亦「頗譏其紕謬」。於是「蕪陋」、「紕謬」、「不足觀」、應「棄彼」的惡名，强加在傅注上，無人能辨，使這部有箋注特色、有翔實資料、有參考價值的東坡詞集，長期不被重視，「冷凍」在各藏書樓、圖書館中，無人過問。

筆者認爲，上述對傅本的批評意見，未免偏頗，有些也不盡符合事實。其中龍榆生據洪邁容齋續筆得出的「譏其紕謬」的結論，及其對傅本注典「不標出原書」的指責，影響最大，尤須加以辨證。

按洪邁的本意，是想説明「注書至難」的道理。他雖然批評傅注失誤「甚多」，却并未「譏其紕謬」、全盤否定傅注。他在容齋續筆「注書難」條中首先指出：「雖孔安國、馬融、鄭康成、王弼之解經，杜元凱（預）之解左傳，顏師古之注漢書，亦不能無失。」接着又舉例説王荆公詩新經（按，當即王安石詩經新義）、洪慶善（興祖）注楚辭以及「某士」的蘇軾詩注，均不免有疏漏。最後才説到注坡詞中某些注典未引原始出處，借以證明「注書至難」。如果把洪邁對傅注的某些批評視爲「譏其紕謬」，則依此類推，被洪邁提到的那些「不能無失」的古代名注，又豈能逃脱「紕謬」之譏？這顯然不符合洪邁的一貫思想和主張，也違背了洪邁旨在説明「注書至難」的初衷。其結果，既冤枉了傅幹，也誤解了洪邁。

我們評價古代文學作品，自有今天的學術標準，不應全以古人是非爲是非。況且洪邁所説，本是一家之言，究竟正確與否，尚待討論鑒別。今以他所提到的兩條實例做一番考辨和檢驗：

（一）「不知天上宫闕，今夕是何年」，見於蘇軾水調歌頭，傳本卷一有注：「老杜：『今夕何夕歲云徂。』」按此注不謬，缺點只是漏略了杜詩篇名今夕行。而洪邁認爲應加引證的那兩句詩，見於唐人小説周秦行紀。蘇軾次韻楊公濟梅花十首其四施顧注引牛僧孺的周秦行紀云：「僧孺遇薄后、潘妃、楊妃、戚妃，作詩云：『香風引到大羅天，月地雲階拜洞仙。共道人間惆悵事，不知今夕是何年。』后曰：『今夕誰伴牛秀才？』戚辭，潘亦辭，曰：『東昏以玉兒故，身死國除，不擬負他。』乃令王昭君夕焉。楊妃在坐，自稱玉奴。」如此冷僻的詩句，荒誕的故事，恐非蘇軾中秋懷子由這樣深情而又嚴肅的詞章所宜借用，洪邁未免獵奇。其實「不知今夕是何年」句的最早出處不在唐人小説，而是出自戴叔倫（七三二—七八九）的二靈寺守歲詩。追本溯源，則應引詩經唐風綢繆「今夕何夕」，這才是蘇詞、杜詩、戴詩以至唐人小説上引詩句之所本。不過，從疏解字句、闡明詞旨的箋注要求來看，「今夕是何年」乃詞家習見之語，如張孝祥念奴嬌過洞庭詞末句，也有「不知今夕何夕」語，皆通俗易懂，不甚費解。因此現在流行的宋詞新注本，如唐圭璋宋詞三百首箋注、胡雲翼宋詞選等書，對東坡詞中這兩句均不加注，這并不影響對蘇詞的理解和欣賞，也未見有人指責選家「紕謬」。

（二）「學畫鴉黃未就」句，不見東坡詞。蘇軾蝶戀花有「學畫鴉兒猶未就」句，浣溪沙有「學畫鴉兒正妙年」句，洪氏所云當指前者。這首蝶戀花詞在傅注闕佚卷葉，故無可論其短長。而「笑怕薔薇罥」句，見於東坡南歌子詞，傅本有注云：「酉陽雜俎云：『江南地本無棘，或固墻隙，但植薔薇枝而已。』白樂天薔薇詩：『留妓罥羅裳。』『薔薇罥』乃隋煬帝宮中事，備見南部煙花記。」此條傅注亦無陋誤，況且指明了「備見南部煙花記」，只是未詳引故實而已。龍本的箋注除全文鈔録傅本上述注文外，又節引了容齋續筆有關評述（上文已引，兹不重録），補充了段克己游青陽峽詩：「葛屨偏宜苔徑滑，行襟時被薔薇罥。」而於南部煙花録原文亦未鈔補。

可見洪邁指摘傅本失注的兩條實例，根本不足以説明傅本的「蕪陋」、「紕謬」，而且洪邁的本意也不在此。

龍本後記説傅注「所注典實，多不標出原書」，事實并非完全如此。具體分析，傅注引文注典標出處有四種情況：

其一，作者及書名、篇名俱全者。諸如所引宋玉對楚王問、陶淵明歸去來辭、白居易琵琶行、蔡襄荔枝譜之類，可謂詳標出處。

其二，只有作者名而不列書名、篇名者。諸如所引「李白詩」、「杜甫詩」、「韓愈文」之類，所引多爲名家詩文，可謂半標明出處。

其三，只列書名或篇名而不標作者名者。諸如所引荆楚歲時記、酉陽雜俎、史記、漢書等，所引多爲子部、史部名著，亦可謂半標明出處。

其四，不標作者也不列書篇名者，即所謂完全不標出處。這主要是有關詞旨、本事的説明及傅幹對别本坡詞異文的校訂記録等。

應當指出，在詳標出處方面，傅本難免粗疏。上述二、三兩種情況較多，第一種少見，第四種更少見。其實這種漏標書篇名或漏標作者名的情況，在龍本中亦時有所見，看來這只能寄希望於蘇詞新注本來補救了。

傅注也有錯標出處者，如引後漢書五行志誤作漢書，引李商隱詩誤作李後主詞等，令人莫名其妙。頗疑係鈔者筆誤，傅幹似不應如此淺薄。

四、傅本價值論

注坡詞問世至今八百餘年，其間真正研究并全面利用過此書的，只有龍榆生一人。可能是由於對傅本認識不足、評價不高，致使傅本在箋注、校訂、編年等方面所提供的豐富資料，龍氏并未充分利用，或是被有意無意地忽略了，因而留下了某些令人遺憾的、亟需補正的疏漏。

（二）箋注

龍本後記雖然説明對傅注「既加以采録」，「其原注可用者仍之」，但其「采録」的方式，「仍之」的原則，似有可議處。試舉例説明：

水調歌頭（明月幾時有）乃蘇詞名篇。龍箋有九條。其中「乘風」、「瓊樓」、「不勝寒」、「有恨」、「陰晴圓缺」五條，係采自傅注，龍本均已標明資料來源。其餘四條，「明月」二句，龍箋引李白詩，且不標篇名（按，見李白把酒問月詩），與傅注一字不差；「今夕」句，龍箋只將傅注的「老杜」改爲「杜甫詩」，内容不變；「起舞」、「千里」兩條，亦鈔自傅注。但這四條，龍本不再標明依據傅注。何以不標，令人費解。

這種「采録」傅注而又不標所自的例子，在龍箋中比比皆是，隨處可見。如南歌子（海上乘槎侶）中「乘槎」條的龍箋，係鈔自傅本鵲橋仙詞「天風海雨」句原注；「潮頭來處」條的龍箋亦鈔自傅注，但龍本却未標「傅注」字樣。

龍本無凡例，其序論與後記也未交代過當傅本「原注可用者仍之」時，何以有的標明引自傅注，有的又不標。統觀全書，龍本在標與不標之間似帶有某種隨意性，因此不標傅注者，未必就是龍氏「博稽群籍」後的發明。傅注所引前人詩文典故，有些今已失傳，唯賴傅本得以保存，若「采録」了此類資料又不注明出處，則易惹人生疑。如謁金門（秋帷裏）「玉枕」的龍箋，就屬於此種情況。傅注云：「晏元獻詩：老覺腰金重，慵便枕玉涼。」晏殊著作，今僅珠玉詞尚存，其臨川集、紫微集俱不傳；傅注所引，或爲其佚詩殘句，龍本據引而未標出處，實爲不妥。又據歐陽修試筆，此二句應是寇萊公（準）所作，晏殊評其詩「未是富貴語」。傅注實有張冠李戴之嫌。龍箋不標明所自則踵誤也，得不償失。又如漁家傲七夕詞「明月多情來照户」句，龍箋據傅注引鮑照詩：「明月入我牖。」這裏本來是傅氏誤陸機爲鮑照，龍氏從誤又不注所自，只好自擔疏漏之責矣。

傅注廣徵博引，資料甚富。雖其大部已被龍本「采録」，然仍有漏收者。如行香子（一葉舟輕），傅幹於「一葉舟輕」句加注云：「韓退之云：清湘一葉舟。」又於「水天清、影湛波平」句加注云：「可朋詩：水涵天影闊。」又於「魚翻藻鑑」句加注云：「杜子美：翻藻白魚跳。」又於「重重似畫，曲曲如屏」二句下注云：「羅鄴金陵詩：江山入畫圖。辛寅遜詩：遠岫如屏横碧落。」以上傅注均爲龍本所不取。傅注對發明詞旨頗有補益，况且所引證的羅鄴詩爲佚詩，資料可貴，不應輕棄不用。

或云：「榆生此箋，繁徵博稽，十倍舊編。」（見夏承燾序）雖係溢美之辭，但也應承認，龍本在箋注方面確實超過傅本。如念奴嬌赤壁懷古，龍本有九條注。其中「大江」、「神游」兩條直接采用傅注；「赤壁」、「浪淘」二句，傅本無注，龍氏補箋；「周郎」、「小喬」、「英發」、「羽扇綸巾」、「灰飛煙滅」諸條，傅本有注而不完善，或不標出處，或引文不全，影響通讀；而龍榆生重核原書，補足引文，補明出處（書名和篇名），叙述簡明，極便閱讀。通過仔細核對，還能發現傅本引證的佚文資料。龍本補正之功不容抹煞。只是應當指出，有些補證也是受到傅注的啓發，根據傅注提供的資料綫索再查核原書弄清典故的。

總而言之，傅注在輯校、注典上仍有可發掘的珍貴資料。龍本直接或間接采録傅注就足以説明傅注不容忽視的資料價值；龍本漏收的傅注更有待重新采擷。對有志做蘇詞新注和補輯古書的研究人員及廣大蘇詞愛好者，注坡詞值得一讀。它所保存的大量資料，應重新全面加以利用。

（二）題序

陳邇冬蘇軾詞選（人民文學出版社一九五九年版）是一部流傳甚廣的蘇詞選本，該書前言云：

> 蘇軾以前，詞人填詞，絶少標明題意的，更没有序以闡明詞旨。蘇軾既以作文、作詩之道來作詞，於是有題有序。没有題没有序的詞，在他的作品中倒反而是少數。而序之或長、或短，都極精妙，序本身就是藝術品。

其實今本蘇詞的某些題序，并不是東坡所作。這一點，朱祖謀從事蘇詞編年，已有所覺察。朱本凡例指出：「毛本詞題有時「闌入他人語，意多出宋人雜説」；有時「依託謬妄，并違詞中本旨」；有時妄加標題，「沿選家陋習」。凡此均「一依元刻正之」，而元本「亦間有非公原本者」，則皆移注詞後。可惜朱氏得見傅本爲時已晚，他在彊村叢書三校本東坡樂府後記中只記載了傅本題序方面的突出異文，稱其「悉足爲考訂坡詞之一助」，但是來不及在蘇詞編年上予以訂正。龍本編年承襲朱本，然而對作爲編年重要依據的詞題、詞序，遠没有朱祖謀那般重視，因而也没有充分利用傅本資料校正其他各本在詞題、詞序方面存在的混亂與脱衍訛誤，特别是未能將蘇軾自作的詞題、詞序同傅幹所加的題注（題解）、校語嚴格加以區分，以致多次出現誤將傅幹之題注當作蘇軾之詞序的情況。鑒定詞序，應是蘇詞辨僞的新課題。基於這種認識，今將傅本與元本、二妙集本、毛本、朱本、龍本等進行比勘，發現元本及其他諸本許多詞題、詞序，原是注坡詞的題注或傅幹的校記，另有些題序是否可靠也亟待再考。略舉數例：

滿江紅（憂喜相尋），傅本題注：「楊元素本事曲集：董毅夫名鉞，自梓漕得罪，歸鄱陽，遇東坡於齊安。怪其豐暇自得，曰：『吾再娶柳氏，三日而去官。吾固不戚戚，而憂柳氏不能忘懷於進退也。已而欣然，同憂患，如處富貴，吾是以益安焉。』乃令家童歌其所作滿江紅。東坡嗟嘆之不足，乃次其韻。」元本删去「楊元素本事曲集」七字，又於「曰」前添

「余問之」三字，砍去「東坡嗟嘆」句中的「東坡」二字，遂變第三人稱爲第一人稱，將題解改爲詞序。

減字木蘭花（雙龍對起），傅本無題無序。詞末雙行小字注云：「本事集云：錢塘西湖，有詩僧清順居其上，自名藏春塢。門前有二古松，各有凌霄花絡其上，順常晝卧其下。子瞻爲郡，一日屏騎從過之，松風騷然。順指落花覓句，子瞻爲賦此。」元本將此條傅注所引「本事集」三字删去，又將注文中的「子瞻」一律改爲「余」，變第三人稱爲第一人稱，又將注文移載調名之下，遂成詞序。曾本、二妙集本同傅本，唯將詞末補注改爲調名下的題注。龍本詞序從元本，反謂「傅注本題文入注」。

采桑子（多情多感仍多病），傅本詞題爲：「潤州多景樓與孫巨源相遇。」又在詞尾雙行小注中引本事集云：「潤州甘露寺多景樓，天下之殊景。甲寅仲冬，蘇子瞻、孫巨源、王正仲參會於此。有胡琴者，姿色尤好。三公皆一時英秀，景之秀，妓之妙，真爲希遇。飲闌，巨源請於子瞻曰：『殘霞晚照，非奇才不盡。』子瞻作此詞。」元本將此條傅注移載調名下用作詞序，并且照例删去「本事集」三字，將文中「子瞻」改爲「余」。龍本詞序從元本，注云：「元本如此標題，疑亦旁注混入，或他人引本事集爲之。彊村本亦沿其謬。愚意此詞題自當從傅注本爲妥。」龍氏既已發現了元本、朱本的訛誤，却又不作更正，亦屬怪事。

減字木蘭花（春庭月午），傅本有題注：「按趙德麟侯鯖録云：元祐七年正月，東坡在汝陰州。堂前梅花大開，月色鮮霽。王夫人曰：『春月色勝如秋月色，秋月令人凄慘，春月令人和悦。何如召趙德麟輩來，飲此花下？』先生大喜曰：『吾不知子亦能詩耶？此真詩家語耳。』遂召德麟飲，因作此詞。」元本有詞題爲：「二月十五日夜，與趙德麟小酌聚星堂。」疑即從傅氏題注改寫而成。月日既不相符，又删「侯鯖録」三字及王夫人與東坡對話細節。

減字木蘭花（天然宅院），傅本詞序爲：「贈勝之，乃徐君猷侍兒。」曾本、元本題無「乃徐君猷侍兒」六字，龍本從元本。按此六字，或爲原題所有，或爲傅本校注，要之有此六字，詞旨乃明。考東坡詞中涉及勝之者數首，而勝之原非一人。蘇軾謫居黄州時，徐君猷爲太守，「厚禮之（按，指東坡），無遷謫意。君猷秀惠列屋，杯觴流行，（坡）多爲賦詞。（君猷）滿去而殂，坡有祭文挽詞，意甚凄惻。」（參見蘇軾詩集卷十九施顧注及本集祭徐君猷文）君猷侍妾衆多，勝之乃其中佼佼者。東坡另有減字木蘭花（雙鬟緑墜）（傅本未收）、西江月（别夢已隨流水）等詞，均爲此女而作。此外蘇軾又有友人王勝之，「名益柔，河南人，樞密使晦叔子。抗直尚氣，喜論天下事。用蔭入官，歷知制誥直學士院，連守大郡，至江寧才一日，移守南郡。」（據宋史卷二八六王益柔傳，參見詩集施顧注）蘇軾有同王勝之游蔣山詩及漁家傲（千古龍蟠并虎踞）詞，乃爲王勝之而作。因此這首詞題若只標「贈勝之」三字，易生淆亂，可能使讀者誤以爲同王益柔有關。其實它是寫給君猷侍兒的，故詞中有戲語。題注當從傅本爲是。

西江月(龍焙今年絶品)，傅本詞序作：「送建溪雙井茶、谷簾泉與勝之。」下接題注云：「勝之，徐君猷家後房，甚麗，自叙本貴種也。」元本將詞題與傅氏題注合併。毛本題作「送茶并谷簾與王勝之」。全宋詞本據曾本題作「茶詞」。考此詞内容，全篇咏茶，結尾二句「人間誰敢更争妍，鬥取紅窗粉面」，蓋以佳人擬佳茗，是東坡詞慣用的妙喻。也可能語帶雙關，而與傅本題下旁注暗合。東坡有西江月(别夢已隨流水)，詞序作：「姑蘇再見勝之，次前韻。」嘆君猷死後勝之改適張厚之事，爲蓄婢之戒。所謂「前韻」，即指此詞。由此可反證此詞與王勝之名益柔者無涉，應是寫君猷侍兒勝之。毛本題作「送王勝之」而棄用傅注，徒添淆亂。

西江月(怪此花枝怨泣)，傅本調名下題作：「真覺府瑞香一本，曹子方不知，以爲紫丁香，戲用前韻。」元本詞題爲：「再用前韻戲曹子方。」二妙集本、毛本題同元本，但又增益十六字：「坐客云：瑞香爲紫丁香。遂以此曲辨證之。」按二妙集本和毛本添補的十六字，出自傅本詞末雙行小注，「坐客」字前原有「公舊注云」四字。

殢人嬌(白髮蒼顔)，傅本調名下有注：「或云：贈朝雲。」二妙集本、毛本删「或云」二字，改注爲題；龍本從毛本，題作「贈朝雲」，代詩人立標題的做法不妥。

永遇樂(明月如霜)、阮郎歸(一年三度過蘇臺)、漁家傲(一曲陽關情幾許)三首詞，調名下均有「一本云」、「一云」、「或作」之類字樣，顯係編者校注。元本竄入詞題，造成訛亂。

浣溪沙（雪頷霜髯不自驚），傅本題注云：「公守湖，辛未上元日，作會於伽藍中。時長老法惠在坐。人有獻剪彩花者，甚奇，謂有初春之興，作浣溪沙二首，因寄袁公濟。」元本以此注爲詞序，標調名下，朱本移注詞後。按朱本是。文中稱「公」，顯係箋注者口吻；東坡作詞序，不會自稱「公」。況且辛未上元日（元祐六年正月十五日）東坡并未守湖州，而是在杭州任，袁公濟時亦倅杭。傅注「公守湖」當爲誤記，應作「公守杭」。若東坡自寫詞序，自編詞題，是定然不會出現這種疏忽的。

鷓鴣天（林斷山明竹隱墻），傅本題注云：「東坡調黃州時作。此詞真本藏林子敬家。」二妙集本以注爲題，改「調」作「謫」。毛本變詞題爲「時謫黃州」。龍校「傅本題作」云云欠妥，應是「傅本題注作」云云。

翻香令（金爐猶暖麝煤殘），傅本題注云：「此詞蘇次言傳於伯固家，云老人自製腔名。」元本文字同傅本，改以注爲題。朱本以其「非公原本者」，改移詞後，是。

歸朝歡（我夢扁舟浮震澤），傅本有題注：「公嘗有詩與蘇伯固，其序曰：『昔在九江，與蘇伯固唱和，其略曰：「我夢扁舟浮震澤，雪浪橫江千頃白。覺來滿眼是廬山，倚天無數開青壁。」蓋實夢也。』然公詩復云：『扁舟震澤定何時？滿眼廬山覺又非。』」元本有詞題：「和蘇堅伯固。」似即從傅注演變而來。

雨中花（今歲花時深院），傅本有題注：「公初至密州，以累歲旱蝗，齋素累月。方春，牡丹盛開，遂不獲一賞。至九月，忽開千葉一朵，雨中特爲置酒，遂作此詞。」元本删傅注中「公」及「此詞」二字，便將題注變爲詞序。按原注稱「公」，定非東坡自作，而係出於傅幹所加，故應爲題注而不是詞序。

南歌子（師唱誰家曲），傅本有題注：「冷齋夜話：東坡鎮錢塘，無日不在西湖。嘗携妓謁大通禪師，大通愠形於色。東坡作長短句，令妓歌之。」元本、毛本同傅注，題注已混同於詞序。朱本將注移置詞末，是。按山谷琴趣外篇卷三南柯子二首（郭泰曾名我）、（萬里滄江月），詞題作：「次東坡携妓見法通韻。」毛本山谷詞之南歌子詞序云：「東坡過楚州，見净慈法師，作南歌子。用其韻贈郭師翁二首。」其調韻皆與東坡此詞同。據傅注，坡詞當作於守杭時；據山谷詞序，則坡詞寫作時間極難確定，因爲東坡一生往返楚州多次。再者，如山谷詞及其序可信，則傅本題注所引冷齋夜話云云即爲訛傳。事關詞旨及編年，俟再考。

虞美人（波聲拍枕長淮曉），傅本有題注云：「冷齋夜話云：東坡與秦少游維揚飲別，作此詞。世傳以爲賀方回所作，非也。山谷亦云。大觀中於金陵見其親筆，醉墨超逸，詩壓王子敬，蓋實東坡詞也。」毛本題作「東坡與秦少游維揚飲別作此詞」。當是據傅注所引冷齋夜話改編而成。朱本將毛本此題移注詞後。按王文誥蘇詩總案：「此詞作於淮上，詞意甚明。而冷齋夜話以爲維揚飲別者，誤。公與少游未嘗遇於維揚，且少游見公金山而歸。

公有竹西所寄書爲據。」毛本妄編詞題，大謬。

水龍吟（小舟横截春江）、江神子（夢中了了醉中醒）、永遇樂（明月如霜）等三首詞，傅本調名下標出「公舊注」云云，曾本、吴訥鈔本同傅注。疑是詞集編者從當時流傳的蘇詩注本或本集題跋雜説中轉引來的，充作題注。元本删「公舊注」字樣，變題注爲詞序。

水龍吟（楚山修竹如雲）、水調歌頭（昵昵兒女語）、滿庭芳（歸去來兮吾歸何處）、滿庭芳（三十三年今誰存者）、水調歌頭（安石在東海）、南鄉子（裙帶石榴紅）、哨遍（爲米折腰）、浣溪沙（羅襪空飛洛浦塵），以上八首詞，傅本調名下有「公舊序」云云，曾本、二妙集本略同傅注。元本均删「公舊序」三字，改爲詞題或詞序。

西江月（照野瀰瀰淺浪）、定風波（月滿苕溪照夜堂）、洞仙歌（冰肌玉骨）、永遇樂（長憶別時）、鷓鴣天（笑撚紅梅嚲翠翹）、鷓鴣天（西塞山邊白鷺飛），以上六首詞，傅本調名下有「公自序」云云，曾本、二妙集本略同傅本。元本除西江月外，皆删「公自序」字樣，徑作詞題或詞序。

應予指出的是，這類標明「公舊序」、「公自序」的文字，并非都出自東坡手，本應存疑。元本删除「公舊序」、「公自序」字樣，遂不留疑迹，無助於辨僞考訂。如鷓鴣天（西塞山邊白鷺飛），元本删「公自序」三字後將序文保留，標調名下，似爲東坡自作之詞序或詞題了。實際上那是傅幹的題注，故其可信與否尚待考辨。經查山谷琴趣外篇卷二，此詞原爲黄庭堅所作，應是傅幹失校而誤編入東坡詞集的。故「公自序」云云應是僞作。毛本、朱本、龍本不收此詞是明智的。由此可見，對傅本中「公舊序」、「公自序」之類不可輕信，應當仔細辨别真僞。元本删改舊本的做法不可取。

關於東坡詞題、詞序的鑒别，各家題注、校記的剔除或移編，還有大量考訂辨僞工作可做。初步印象是：詞題、詞序雖「極精妙」，却不多見。注坡詞以及曾慥輯本提供的綫索，有助於辨明是非，有利於去僞存真。但願新編的東坡詞集能消除詞題、詞序的混亂，因爲題序還牽涉到編年問題。

（三）編年

蘇詞編年創始於朱祖謀，其編年依據是傅藻東坡紀年録、王宗稷東坡年譜及王文誥蘇詩總案，「合此三家，證以題注，參酌審定」（見朱本凡例）。朱氏十分注意詞題、詞序的考訂，可惜來不及使用傅注的資料，以正編年。龍榆生有可能充分利用傅注，事實上他也據傅本補了某些詞題。但在編年上因襲朱本，没有大的突破，致使有些本該解决了的疑難問題，延續未定。試舉數例：

傅本卷五南歌子（海上乘槎侣），調名下有詞序：「八月十八日觀潮，和蘇伯固二首。」所謂「二首」中的另一首，是南歌子（苒苒中秋過）。元本及其餘各本前一首題無「和蘇伯固二首」六字，而在「苒苒中秋過」一首調名下又均無詞題，但二妙集本、毛本調名下標注「再用前韻」四字。朱本據王文誥蘇詩總案將這兩首詞分別編入熙寧五年壬子和熙寧七年甲寅。按本集壬子八月十七日復登望海樓詩云：「賴有明朝看潮在，萬人空巷鬥新妝。」癸丑有八月十五日觀潮五絶及瑞鷓鴣「觀潮」詞。這兩次觀潮均有詩詞互證。唯甲寅年觀潮并無詩文印證，且當時蘇堅不在杭州。王文誥所説：「甲寅八月十八日江上觀潮作南歌子詞」，未明所據，不足爲信。若僅以毛本「再用前韻」四字就把「苒苒中秋過」一首定爲甲寅作，也嫌牽强。我以爲，應從傅本，蓋同時所作同調同韻二詞。龍本、曹本皆從朱本，不妥。既與蘇堅唱和，考二人仕履，這種交游只能出現在元祐五年，蘇軾守杭，蘇堅以臨濮縣主簿監杭州在城商税時，八月觀潮而作詞。可惜蘇堅（字伯固）原詞已佚。

菩薩蠻（畫簷初掛彎彎月），傅本題作「七夕黄州朝天門上二首」。元本題作「七夕朝天門上作」。另一首菩薩蠻（風迴仙馭雲開扇），傅本未收，見元本，題作「七夕」。朱本、龍本未編年，曹本改編入元豐三年。按這二首菩薩蠻，據傅本詞題，應編入黄州詞卷。至於編入哪一年更妥當，尚待研究。

臨江仙（九十日春都過了），傅本詞序爲：「熙寧九年四月一日，同成伯公謹輩賞藏春館殘花，密州邵家園也。」下闋詞文作：「閬苑先生須自責，蟠桃動是千秋。不知人世苦厭求。東皇不拘束，肯爲使君留。」詞後雙行小注云：「公在惠州，改前詞云：『我與使君皆白首，休誇年少風流。佳人斜倚合江樓。水光都眼浄，山色總眉愁。』」曾本、毛本無題，後闋從傅本。元本、朱本、龍本詞題爲：「惠州改前韻。」下闋同傅注惠州改作。朱本編入紹聖二年，龍本從朱本。按下闋改後詞旨意境全然不同，故應視作另一首詞；二詞應同時收録，不宜只收一首原作或改作。前詞（原作）據傅本標題可編入熙寧九年，後詞（惠州改作者）則應編入紹聖二年。

南鄉子（晚景落瓊杯），傅本詞題作：「黄州臨皋亭作。」元本無題。曾本、二妙集本、毛本題作「春情」。朱本據紀年録編入甲寅潤州作。龍本從朱本亦編在熙寧七年，附考云：「案此詞傅注本既作黄州臨皋亭作，則當編辛酉，時先生年四十六，方寓居臨皋亭也。朱刻既從紀年録編入甲寅，姑仍之，以待更考。」蓋明知有誤而不校正也。曹本校注據王文誥蘇詩總案引本集與范子豐書云：「臨皋亭下，不數十步，便是大江。其半是峨嵋雪水，吾飲食沐浴皆取焉，何必歸哉！」并謂「此書王案編在元豐三年五月，距離到達黄州僅數月耳。與此詞上片『初來』及地理形勢全相吻合。今從本集及王案改編元豐三年庚申。」

八聲甘州（有情風萬里捲潮來），傅本詞序作：「寄參寥子，時在巽亭。」元本題無「時在巽亭」四字。朱本據漁隱叢話所記「其詞石刻後東坡自題」云云，編入元祐六年辛未，蓋以爲蘇軾應召赴京，將去杭州時所作。龍本從朱本。近人陳邇冬又云：「此詞是作者於元祐六年從汴京寄贈他的。」又與朱説微異，且與傅注不合。王文誥則附載此詞於哲宗紹聖四年，時蘇軾謫居儋州。諸説均不理會傳本「時在巽亭」四字。今人王仲鏞認爲應據傳注將寫作時間定在元祐四年蘇軾初到杭州不久（巽亭爲杭州游覽之地），其説可供參酌（見四川人民出版社版東坡詞論叢）。

浣溪沙（覆塊青青麥未蘇），各本詞序同，唯傳本序文後有「時元豐五年也」六字。朱本據紀年録編入元豐四年。龍本從朱本，與傳注不合，待考。

傳注中諸如此類有助於校正編年的資料甚多，應充分加以利用。我并不認爲傳注全然可信可靠，它也有疏誤需要訂正。現存蘇詞尚未編年者近百首，傳本既然提供了有用的材料和綫索，何不用作校訂坡詞之一助！如能解決編年疑案，實乃幸事。

（四）辨僞與輯佚

傳注提供的材料，往往有助於辨僞。如點絳唇（醉漾輕舟）、（月轉烏啼）二首，又見於秦觀淮海居士長短句卷下，但傳本有注云：「此後二詞，洪甫云：『親見東坡手迹於潮陽吴子野家。』」或以爲這就排除了秦少游作此詞的可能，肯定這兩首詞爲東坡所作（參見程毅中注坡詞跋）。然則全宋詞仍於蘇軾詞與秦觀詞兩存互見。蓋因毛晉有云：「然亦安知非秦詞蘇字耶？」故今人亦有將二詞判歸秦觀所作者，待詳考。又如翻香令（金爐猶暖麝煤殘），填詞圖譜續集收此詞，謂蔣捷作。傳本調名下注云：「此詞蘇次言傳於伯固家，云老人自製腔名。」曾本、元本同傅本。由此可見，此詞既爲東坡自度腔，又是蘇氏家傳，定爲坡詞當不會有誤。

傅注援引的前人詩文，有些今已失傳，因而成爲輯佚古書的有用材料。如楊元素本事曲集，今有梁啓超輯佚本一卷。傅注多次引用本事曲集，其中有幾條是梁輯本没有的，可供補輯。撇開對坡詞的詮注不論，單從輯校考訂古籍的意義着眼，傅注即有不容忽視的資料價值。

傅幹注坡詞保存的許多古詩斷句，不見於今傳别集、總集、類書、筆記，或可爲有志於輯佚者提供考稽的綫索，試舉數例：

（一）羅虬雁詩：「影沉江南暝。」（水調歌頭「落日繡簾捲」詞注㊂）

（二）陸龜蒙茶詩：「枉壓雲腴爲酪奴。」（西江月「龍焙今年絶品」詞注㊄）

（三）无則詩：「騰騰兀兀恣閑行，竹杖芒鞋稱野情。」（定風波「莫聽穿林打葉聲」詞注㊂）（劉按，蘇軾答任師中家漢公詩施顧注引元微之詩句同此處无則詩，「恣」作「態」。然全唐詩、元氏長慶集中均無此二句。）

（四）薛能：「舊痕依石落，初凍着槎生。」（南鄉子「霜降水痕收」詞注㊀）

（五）羅鄴金陵詩：「江山入畫圖。」（行香子「一葉舟輕」詞注㊃）

（六）滕白嚴陵釣臺詩：「只將溪畔一竿竹，釣却人間萬古名。」（行香子「一葉舟輕」詞

注㈥）

（七）韓溉詠鵝：「王孫若問歸飛處，萬里秋風是故鄉。」（醉落魄「分攜如昨」詞注㈢）

（八）鄭雲詩：「擘開金粉膩，嚼破玉漿寒。」（浣溪沙「菊暗荷枯一夜霜」詞注㈢）

（九）戎昱詩：「菊花一歲歲相似，人貌一年年不同。」（浣溪沙「縹緲危樓紫翠間」詞注㈣）

（一〇）韋應物鷓鴣詩：「客思鄉愁動晚春，那堪路入鷓鴣群。管弦聲裏恐難聽，煙雨村中争合聞。」（浣溪沙「桃李溪邊駐畫輪」詞注㈡）

（劉按，以上不見於全唐詩及其補遺。）

（一一）陳充詩：「蓬萊殿後花如錦。」（西江月「公子眼花亂發」詞注㈤）

（劉按，陳充號中庸子，宋史卷四百四十一有傳。其集二十卷已佚。）

（一二）鄭獬漁父詩：「醉漾輕絲信慢流。」（點絳唇「醉漾輕舟」詞注㈠）

（劉按，四庫全書本鄭獬鄖溪集中無此句。）

（一三）魏野柳詩：「映渡橋臨繞客亭，絲絲能繫別離情。」（浣溪沙「入袂輕飄不破塵」詞注㈡）

（劉按，宋百家詩存本東觀集未收此詩，別本宋詩總集或選本亦未見此詩。陳元龍詳注周美成片玉集於蘭陵王柳詞注中加以引用。）

（一四）魏野詩曰：「殷勤旋乞新鑽火，爲我親煎岳麓茶。」（南歌子「日薄花房綻」詞注㈢）

（劉按，東觀集不載，永樂大典卷八二三「詩」字韻引用之。）

（一五）選詩：「風浪吹紋縠。」（臨江仙「夜飲東坡醒復醉」詞注㈤）

（劉按，文選無此句。或爲王逢進酒歌「風過細浪生紋縠」之誤引。）

（一六）曹子建詩：「高牙乃建蓋。」（陽關曲「受降城下紫髯郎」詞注㈣）

（劉按，曹子建集中無此句。或爲潘岳關中詩「高牙乃建，旗蓋相望」之誤引。）

綜上所述，正確認識并合理評價注坡詞，全面采録其精華，揚棄其誤陋，不但對東坡詞的編年、新注、辨僞、校訂，而且對當前的古籍整理事業，都將有所補益，有所貢獻。

劉尚榮

一九八一年五月初稿

一九八四年十月修訂

二〇一五年八月定稿

校證凡例

一、關於底本

傅幹注坡詞十二卷，主要傳鈔本有四種，即：

（一）陝西師範大學黄永年藏徐乃昌所得沈德壽家舊鈔本，其底本應是天一閣藏影宋鈔本（簡稱沈鈔本）。

（二）中國國家圖書館藏清鈔本（簡稱清鈔本）。

（三）北京大學圖書館藏曬藍本（簡稱曬藍本）。

（四）中華書局藏珍重閣手寫本（簡稱珍重閣本）。

以上四本同出一源，即徐乃昌積學齋所藏沈德壽家鈔本，今亦通稱爲傅本。四本缺葉相同，當因所據原本如是；彼此偶有歧異，顯係鈔手粗疏所致。今用字迹工整的清鈔本爲底本，但對注坡詞原貌的確認，又擇善而從，不遵一本，務求存真。凡同清鈔本者概不出校，凡各本間出入較大的異文則出校記。

二、關於蘇詞正文的校訂

傅本所收東坡詞，從詞題、詞序（引）到正文、自注，每與晚出諸本蘇軾詞集不同。爲了充分顯示傅本特色及其優勝所在，爲了探求東坡詞的本來面目，今用有代表性的別種蘇軾詞集詳加比勘，其間使用的主要校本有：

（一）南宋曾慥輯東坡長短句二卷又拾遺詞一卷，簡稱曾本。明吴訥編唐宋名賢百家詞所收鈔本，簡稱吴訥鈔本；凡吴訥本文字與曾本雷同者，舉吴訥本兼代曾本，二者偶異者分別舉證。

（二）元延祐庚申雲間南阜書堂葉曾序刊本東坡樂府二卷，原書藏中國國家圖書館，今用中華書局原大影印本，簡稱元本。

（三）明萬曆間焦竑批點蘇長公二妙集所收東坡先生詩餘二卷，簡稱二妙集本。

（四）明崇禎間毛晉汲古閣刻宋六十名家詞所收東坡詞一卷，簡稱毛本。

爲解決疑難，有助案斷，有時用以下各書參校：

（一）明萬曆間茅維編蘇東坡全集七十五卷本所收蘇軾詞，簡稱茅維蘇集本。它是二妙集本的祖本，源出曾慥輯本而又有所增删。凡此本與二妙集本相同的異文，一般只舉二妙集而不舉此本，以省篇幅。凡此本與二妙集不同的有參考價值的異文，則同時出校。

（二）明萬曆間康丕揚刻東坡先生外集所收東坡詞四卷，此本似曾參考過傅本，故時有勝義，簡稱東坡外集；此本與茅維蘇集本或二妙集本相同的異文，用後者而省注此本。

（三）朱祖謀彊村叢書三校本所收東坡樂府三卷，乃第一部編年本蘇詞，簡稱朱本，其校訂成果可資利用者簡稱朱校。

（四）龍榆生東坡樂府箋三卷，簡稱龍本。該書所録傅本異文，可以顯示徐乃昌積學齋原本面目，其中有與今見傅本不相合者，酌情采納，通稱之爲龍校。

（五）中華書局一九八〇年版全宋詞修訂本所收蘇軾詞，簡稱全宋詞本，其中有關互見、誤入及可疑等情况的案語，酌情采納寫入校記。

（六）香港曹樹銘校編東坡詞三卷的個别校語，偶亦用之，簡稱曹本。

以上朱本、龍本、曹本凡與元本相同之異文，又全宋詞本與吴訥鈔本相同的異文，一般不備舉，以省篇幅。

校勘原則是：凡傅本正文、題序及東坡自注的脱、訛、衍、倒，均據主要校本補、改、删、乙。傅本不誤而校本義勝，或主要校本之異文有重要參考價值者，不改傅本正文，但出異文校記。傅本存目闕詞者，今據元本補足正文和題序，并據他本稍加校訂。凡傅本明顯無疑的誤鈔（例如「已」誤作「巳」之類），以及俗體字、避諱缺筆字、常見異體字等，均徑改原文，不再出校。通假字一般只在首次出現時出校，但易出歧解的通假字有時亦重複出校。又傅本不誤而主要校本或參考校本有脱、訛、衍、倒時，不出校，以省篇幅且避煩瑣。

三、關於傅注的整理

傅注旁徵博引，保存了北宋以前的許多珍貴資料。傅幹引述的某些詩文，與今通行本差異頗大，有的今已失傳了。這就決定了傅注自身不容忽視的資料價值。但傅注也有疏漏，爲便於讀者對傅注做深入研究與全面利用，在盡量保留傅注原貌的前提下，謹做以下整理與校證：

（一）分辨題注：蘇詞原有的詞題、詞序與傅幹後加的題解、校注，在各鈔本中均以單行小字標於調名下，或以雙行小字標於調名次行。今爲避免訛混，嚴加區分：調名空一格，用小字標示東坡自撰的詞題；另起一行，用仿宋小字標示詞序。傅幹轉述及補添的題解、校注等，一律移到正文之後，用作第一條傳注。遇有題、注界限不明，難辨真僞者，暫按注文對待，移編詞末，酌加按語説明實情。總之，調名之後、正文之前，只留存東坡自撰之詞題、詞序的可靠文字。

（二）移編句解：傅幹對蘇詞的箋注，原係雙行小字，句中夾注。既隔裂正文，又不便排版。今一律移編詞末，順序排比，正文相應添加注碼㊀㊁㊂……以便對照檢索。

（三）校訂文句：傳注采自當時流傳的經史子集百餘種典籍，大都未著明版本依據。今用通行諸本比勘字句異同，擇要予以校訂。例如：見於經部的注文，用中華書局影印本十三經注疏校訂；見於正史紀傳的注文，用中華書局校點本二十四史校訂；見於老子、莊子、世説新語、抱朴子等書的注文，用中華書局重印本諸子集成校訂；見於唐以前作家的詩文，用文選及有關總集、類書校訂；見於唐代作家的詩文，用全唐詩、全唐文及李太白詩集（王琦注）、九家集注杜詩、白氏長慶集、五百家注昌黎文集等書校訂；宋代作家的詩文用各自的别集校訂。惟見於筆記詩話、小説傳奇的注文，資料一般比較完整，且獨具校勘輯佚價值，故基本上原文照録，未作字句補正。一般不改傳注，校證文字以「劉按」標列於各條傳注後，并且只列舉見於通行本的重要異文。但遇傳注脱訛舛誤而文理不通或影響點讀者，則參照有關資料酌加校改，并出校記説明訂正的理由和依據。

（四）補漏探源：傅注引文有時漏標出處（作者名、書名及篇名等），也有張冠李戴之失誤，今據有關資料爲之補苴校正。在保留傅注原貌的同時，於各條傅注下括注「劉按」，補上典故的出處，標明詩文的題目。按語中用「句出」、「事見」字樣表示該條傅注是直接引文；用「事詳」、「詳見」字樣表示該條傅注是撮舉大意，與原文字句有較大出入，或係節引。詩題、文題、篇名後附注今通行本的書名卷次，借以提供復核之便，省去讀者翻檢之勞。非敢本末倒置，以今證古也，讀者幸察之。

（五）凡屬整理者的補正，前面一律加上「劉按」字樣，列於傅幹原注下，并用圓括號標明起止，俾不與傅注訛混。

四、校勘記的撰寫

對於東坡詞正文（包括題序）的校勘，連同對於傅注的校訂與補正，一起寫入校勘記，順序編排在傅注之後。校碼用〔一〕〔二〕〔三〕……個別文句異同的詳細說明，有時歸入「劉按」。

五、關於標點

（一）蘇詞正文的標點，參照全宋詞通例，依詞譜分別用「、」「，」「。」三種符號，表示東坡詞的逗、句、韻。個别地方爲照顧詞意的通暢，未能盡依詞譜，并酌情使用了專名號等，望讀者明察。

（二）專名號的使用，參照「二十四史」慣例，凡屬人名、地名、朝代名、年號、謚號、特指職官名及重要名勝古迹等，均加標專名綫於文字左側。

（三）引號的使用，先單後雙，用於比較完整的直接引文、對話及特指用語。有些撮舉大義中多删節的引文，及見於詩話筆記的長段引文，起訖處不再加引號。

（四）書名篇名、詩題文題，無論全稱或簡稱，均加標書名號。

六、關於附録

（一）注坡詞漏收的蘇軾詞約有七八十首，散見於别本東坡詞集及部分詞總集、别集、詞話、筆記等書中。其中個别詞真僞待考。今彙編一卷，用作附録一，供讀者參考，聊省翻檢之勞耳。

（二）傅注各鈔本及别本東坡詞集題跋中，偶有涉及對注坡詞内容之考訂與評述者，又有其他較重要的東坡詞集題跋，今摘編作附録二。

（三）蘇軾詞集版本綜述一文，或有助於讀者從版本學角度考核注坡詞，且可供研究蘇詞者參考，今用作附録三。

注坡詞序

東坡□□□□天下〔一〕，其爲長短句數百章，世以其名，尚□□□□，閨窗孺弱，亦知愛玩。然其寄意幽渺，指事深遠，片詞隻字，皆有根柢。是以世之玩者，未易識其佳處。譬猶瓌奇珍怪之寶〔二〕，來於異域，光彩照耀〔三〕，人人駭矚。而能辨質其名物者蓋寡矣〔四〕。展玩雖□□□□□，兹可慨焉。余族子幹，嘗以舊□□□□□用事彰而解之，削其附會者數十□□□□傳張芸叟所作私期數章，舊於文忠公集見之。以至更漏子有「柳絲長」、「春夜闌」之類〔五〕，則見於花間集，乃温庭筠、牛嶠之詞。鵲踏枝有「一霎秋風」、「紫菊初生」之類〔六〕，則見於本事集，乃晏元獻公之詞。凡是皆削而不取。益之以遺軼者百餘首，凡十有二卷〔七〕。敷陳演析，指摘源流，開卷爛然，衆美在目。予曰：兹一奇也，不可不傳之好事者，使其當瑣窗虛明、棐几净滑，據胡床而支頤，鈎繡幌而曲肱，咀□名之味於口吻之間，軒眉而頷首，□□□破顏，悠然而思，跫然而躍者，皆自子而發之也。自兹以往，別屋閑居，交口教授，吾知秦、柳、晁、賀之倫，東於高閣矣。幹字子立，博覽强記，有前輩風流。視其所注〔八〕，可以知其人焉。竹溪散人傅共洪甫序。

【校勘記】

〔一〕原鈔本闕字空格處，今以□標示，下同。

〔二〕「瓌奇」，沈鈔本、清鈔本原作「懷奇」，今據珍重閣本改。

〔三〕「照耀」，沈鈔本、清鈔本原作「眩耀」，今從珍重閣本。

〔四〕「能」字各本原闕，據上下文義擬補。

〔五〕此二首更漏子，分別見於花間集卷一和卷四，全宋詞收入蘇軾存目詞。

〔六〕「枝」、「一」二字原闕，據上下文義補。按此鵲踏枝二首，今收入全宋詞晏殊詞中。別又誤作金元好問詞，見遺山新樂府卷五。

〔七〕「首」、「凡」二字原闕，據文義補。

〔八〕「注」，珍重閣本作「作」。

注坡詞卷第一

水龍吟　四首

其一〔一〕

古來雲海茫茫，道山絳闕知何處㈠〔二〕？人間自有，赤城居士，龍蟠鳳舉〔三〕。清净無爲，坐忘遺照，八篇奇語㈡。向玉霄東望，蓬萊晻靄，有雲駕、驂風馭㈢。

行盡九州四海，笑紛紛、落花飛絮。臨江一見，謫仙風采，無言心許㈣。八表㈤神游，浩然相對，酒酣箕踞㈥。待垂天賦就㈦，騎鯨路穩，約相將去㈧。

【傳注】

㊀道山、絳闕，皆神仙所居。

㊁司馬子微隱居天台之赤城，自號赤城居士。嘗著坐忘論八篇，云：「神宅於內，遺照於外，自然而異於俗人，則謂之仙也。」（劉按，事見宋葉廷珪撰海録碎事卷十八。然則「神宅」云云，見於四庫全書本元陶宗儀撰説郛卷七十五上引司馬承禎天隱子，不見坐忘論。又按，「神宅」當作「宅神」。）

㊂楊元素本事曲集載公自序云：「昔謝自然欲過海求師蓬萊，至海中，或謂自然曰：『蓬萊隔弱水三十萬里，不可到，天台有司馬子微，自居赤城，名在絳闕，可往從之。』自然乃還，受道於子微，白日仙去。子微年百餘〔四〕，將終，謂弟子〔五〕曰：『吾居玉霄峰，東望蓬萊，嘗有真靈降焉。今爲東海青童所召。』乃蟬蜕而去。其後李太白作大鵬賦云：『嘗見子微於江陵〔六〕，謂余有仙風道骨，可與神游八極之表。』元豐七年冬，余過臨淮，湛然先生梁君在焉，童顔清澈，如二十許人。然人有自少見之〔七〕，喜吹鐵笛〔八〕，遼然有穿雲裂石之聲〔九〕。乃作水龍吟一首，寄子微、太白之事，倚其聲而歌之。」（劉按，謝自然事見説郛引天隱子後序，又參見太平廣記卷六十六引集仙録及宋邵博邵氏聞見後録卷十六。諸多傳聞而東坡信

之。)「風馭」，莊子所謂「列子御風而行，泠然善焉」者也。(劉按，語出莊子逍遥游篇。)

㊃李白初至長安，賀知章見之，嘆曰：「子謫仙人也。」(劉按，事詳新唐書卷二百二李白傳。)「臨江一見」，謂子微見太白於江陵。(劉按，見李白大鵬賦序。)

㊄見「風馭」下注。

㊅劉伶酒德頌：「捧罌承槽，銜杯漱醪。奮髯箕踞，枕麯藉糟。」(劉按，劉伶字伯倫，酒德頌見文選卷四十七。)

㊆莊子言：「鵬翼若垂天之雲。」(劉按，見莊子逍遥游篇。)「垂天賦」，謂大鵬也。(劉按，指李白大鵬賦。)

㊇杜甫詩：「若逢李白騎鯨魚，道甫問信今何如？」(劉按，詩句出自送孔巢父謝病歸游江東兼呈李白，見於宋郭知達編九家集注杜詩卷二，上句原作「南尋禹穴見李白」。杜詩詳注卷一仇兆鰲注：「騎鯨魚出羽獵賦。俗傳太白醉騎鯨魚，溺死潯陽，皆緣此句而附會之耳。」又云：「一作『若逢李白騎鯨魚』，非。」按宋劉克莊後村詩話卷上引杜詩即作「若逢李白騎鯨魚」，九家集注杜詩本及宋黄希、黄鶴撰補注杜詩本引「一作」云云同後村。可證傳注其來有自。)

【校勘記】

〔一〕二妙集本、毛本調名下有詞叙，内容略同於傅注㊂。顯係二妙集編者據楊元素本事曲集增補，非東坡詞原有者，諱言出處以充詞叙，不可取。

〔二〕「道山」，二妙集本、毛本作「蓬山」。

〔三〕「舉」，元本作「翥」。

〔四〕「子微年百餘」，二妙集本、毛本詞叙「子微」下有「著坐忘論七篇、樞一篇」九字。

〔五〕「弟子」，原作「子弟」，龍榆生校：「傅注本『弟子』二字誤倒。」今據二妙集本、毛本詞叙乙正。

〔六〕「嘗見」句，李白大鵬賦序原文作：「余昔於江陵見天台司馬子微。」以下傅注援引本事曲集字句有出入者酌情出校，無關宏旨異文則不録。

〔七〕「見之」下，珍重閣本及二妙集本、毛本詞叙有「者」字。

〔八〕「喜」，二妙集本詞叙作「善」。

〔九〕「遼然」，珍重閣本及二妙集本、毛本詞叙作「嘹然」。

其二　咏笛材㈠〔一〕

楚山修竹如雲，異材秀出千林表㈡。龍鬚半剪，鳳膺微漲，玉肌匀繞㈢。木落淮南，雨晴雲夢，月明風裊㈣。自中郎不見㈤，桓伊去後㈥〔二〕，知辜負、秋多少？　聞道嶺南太守，後堂深、緑珠嬌小㈦。綺窗學弄，梁州初遍〔三〕，霓裳未了㈧。嚼徵含宫，泛商流羽㈨，一聲雲杪㈩。爲使君洗盡，蠻風瘴雨，作霜天曉。

【傳注】

㈠公舊序云：「時太守閭丘公顯已致仕，居姑蘇，後房懿卿者，甚有才色，因賦此詞。」一云：「贈趙晦之〔四〕。」

㈡今蘄州笛材，故楚地也。（劉按，白居易寄李蘄州詩自注：「蘄州出好笛并蘄葉簟。」見白氏長慶集卷三十四。）

㈢笛製取良幹通洞之，若於首頸處，則存一節，節間留纖枝，剪而束之，節以下若膺處則微漲，而全體皆要匀净。若漢書所謂「生其竅厚均者，斷兩節間而吹之」。

審如是，然後可製。故能遠可通靈達微，近可以寫情暢神。謂之「龍鬚」、「鳳膺」、「玉肌」，皆取其美好之名也。（劉按，「漢書」云云見該書卷二十一律曆志上。「遠可」二句見晉伏滔長笛賦。）

㊃善吹笛者，必俟氣肅天清，風微月亮，聊作一二弄，遂臻其妙。

㊄蔡邕初避難江南，宿於柯亭之館，以竹爲椽。邕仰而盼之曰：「此良竹也。」取以爲笛，奇聲獨絶，歷代傳之至於今。邕嘗爲中郎將。（劉按，事詳藝文類聚卷四十四引晉伏滔長笛賦序。原文「盼」作「眄」。）

㊅晉桓尹善音樂，爲江左第一。有蔡邕柯亭笛，常自吹之。王徽之赴召京師，泊舟青溪側。徽之素不與伊相識，伊於岸上過，船中客稱伊小字曰〔五〕：「桓野王也。」徽之便令人謂伊曰：「聞君善吹笛，試爲我一奏。」伊是時已貴顯，素聞徽之名，便下車，踞胡床，爲作三調。弄畢，便上車去，賓主不交一言。（劉按，事詳世説新語任誕篇，又見晉書卷八十一桓伊傳。）

㊆緑珠，石崇家妓名也，素善吹笛。（劉按，世説新語仇隙注引干寶晉紀曰：「石崇有妓人緑珠，美而工笛。」晉書卷三十三石崇傳：「崇有妓曰緑珠，美而豔，善吹笛。」）

⑧楊妃外傳：「梁州乃開元間西涼州所獻之曲也。其詞則貴妃爲之。天寶初，羅公遠侍明皇中秋宴，公遠奏曰：『陛下能從臣月宮游乎？』命取桂枝杖，向空擲之，爲大橋，色如白金。上同行數十里，至大城闕，公遠曰：『此月宮也。』仙女數百，素衣飄然，舞於廣庭中。上問：『此爲何曲？』曰：『霓裳羽衣曲也。』上密記其聲節。及回，即喻伶人，象其音調，製爲霓裳羽衣之曲。」（劉按，事詳類説卷一、又卷二十七引楊妃外傳、又逸史。）「初遍」者，今樂府諸大曲，凡數十解，於擷前則有排遍，擷後則有延遍。此謂之「初遍」，豈非「排遍」之首謂乎？

⑨宋玉對楚王問：「引商刻羽，雜以流徵，國中屬和者，不過數人。」（劉按，文選卷四十五「人」下有「而已」。）

⑩諸樂器中，唯笛有穿雲裂石之聲。

【校勘記】

〔一〕元本題作：「贈趙晦之吹笛侍兒。」蓋本傳注①之「一云」。毛本題作：「嶺南太守閭丘公顯致仕居姑蘇，東坡每過必留連，嘗言：『過姑蘇，不游虎丘，不謁閭丘，乃二欠事。』其重之如此。一日，出其後房佐酒，有懿卿者，甚有才色，善吹笛，因作水龍吟贈之。」龍榆生校：「案：此説出鶴林玉露。」（劉按，鶴林玉露之説固不可信也。）

〔二〕「桓伊」，宋張端義撰貴耳集卷下引此詞作「將軍」。

〔三〕「梁州初遍」，貴耳集引此詞作「凉州初試」。按東坡外集亦作「凉州」。用作樂曲名稱，「梁」與「凉」通。

〔四〕「一云贈趙晦之」，傅本原脱「一」字，據吴訥鈔本補。又二妙集本、東坡外集「之」下有「吹笛侍兒」四字，似據元本詞題而添補。（劉按，此句乃傅幹校語。此句之前的「公舊序」云云爲傅本題注，原與詞題「咏笛材」連屬，致使題、注、校混合淆亂。今據本書體例，將注、校移於詞正文後。）

〔五〕「客」字原缺，據晉書桓伊傳補。

其三〔一〕　次韻章質夫楊花詞

似花還似非花㊀，也無人惜從教墜〔二〕。拋家傍路〔三〕，思量却是，無情有思。縈損柔腸，困酣嬌眼，欲開還閉。夢隨風萬里，尋郎去處，依前被〔四〕、鶯呼起㊁。　不恨此花飛盡，恨西園、落紅難綴。曉來雨過，遺蹤何在？一池萍碎㊂。春色三分：二分塵土，一分流水㊃。細看來，不是楊花，點點是、離人淚。

【傳注】

㈠白樂天詩：「花非花，霧非霧。」（劉按，句見白氏長慶集卷十二花非花詞。）

㈡唐詩：「打起黄鶯兒，莫教枝上啼。幾回驚妾夢，不得到遼西。」（劉按，詩見海録碎事卷七上。一説此係金昌緒春怨詩，見全唐詩卷七百六十八。）

㈢公舊注云：「楊花落水爲浮萍，驗之信然。」（劉按，蘇軾再次韻曾仲錫荔枝詩：「柳花着水萬浮萍。」其自注類此。陸佃埤雅卷十六釋草亦持此説。然此説有誤，不符合科學道理。）

㈣唐陸龜蒙惜花詩：「人壽期滿百〔五〕，花開惟一春。其間風雨至，旦夕旋爲塵。」（劉按，見陸龜蒙甫里集卷十三；又見全唐詩卷六百十九。）

【校勘記】

〔一〕全宋詞修訂本注云：「案此首別誤作周邦彦詞，見詞學筌蹄卷一。」同書周邦彦詞中該首列入存目詞。

〔二〕「從教墜」，傅本「墜」下衍「地」字。按詞譜，此句只應有七字，今據元本、吴訥鈔本、二妙集本、毛本删。

〔三〕「家」，毛本作「街」。

〔四〕「依前被」三字，清鈔本缺，空二格。今據沈鈔本、珍重閣本補。又，元本、吴訥鈔本、二妙集本作「又還被」。

〔五〕「壽」，傅本誤作「專」，據全唐詩卷六百十九改。

其四㈠

小舟横截春江，卧看翠壁紅樓起。雲間笑語，使君高會，佳人半醉㈡。危柱哀弦，豔歌餘響，繞雲縈水㈢。念故人老大，風流未減，空回首〔一〕、煙波裹。　推枕惘然不見，但空江、月明千里。五湖聞道，扁舟歸去，仍携西子㈣。雲夢南州，武昌南岸㈤〔二〕，昔游應記。料多情夢裹，端來見我，也參差是㈥。

【傳注】

㈠公舊注云：「閭丘大夫孝直公顯嘗守黃州，作棲霞樓，爲野中勝絕。元豐五年，予謫居黃，正月十七日夢扁舟渡江，中流回望，樓中歌樂雜作。舟中人言：『公顯方會客也。』覺而異之，乃作此詞。公顯時已致仕，在蘇州〔三〕。」

㈡韓文公詩：「金釵半醉坐添春。」（劉按，此係韓愈酒中留上襄陽李相公詩，見全唐詩卷三百四十四。宋魏仲舉編五百家注昌黎文集卷十詩題「上」作「別」。）

㈢列子：「薛譚之歌，響遏行雲。」（劉按，列子湯問篇云：「薛譚學謳於秦青，未窮青之技，自謂盡之，遂辭歸。秦青弗止。餞於郊衢，撫節悲歌，聲震林木，響遏行雲。薛譚乃謝求返，終身不敢言歸。」傅氏曲解列子原意，竟誤歌者秦青爲薛譚矣。）

㈣世說范蠡相越，平吳之後，因取西子，遂乘扁舟，泛五湖而去。（劉按，勾踐滅吳後，范蠡辭於王，乘輕舟泛五湖而去。事詳國語，然未云「取西子」事。）杜牧之杜秋娘詩：「夏姬滅兩國，逃作巫臣妻。西子下姑蘇，一舸逐鴟夷。」（劉按，見宋姚鉉編唐文粹卷十四下，又見全唐詩卷五百二十。）

㈤齊安在雲夢澤之南。武昌，今江夏之地，又在大江之南岸。

⑥白樂天長恨歌：「中有一人字太真，雪膚花貌參差是。」（劉按，見白氏長慶集卷十二。）

【校勘記】

〔一〕「空」，吴訥鈔本作「獨」。

〔二〕「南岸」，元本作「東岸」。

〔三〕「公舊注」云云，原鈔於調名次行，今依本書體例移注於詞後。元本删「公舊注云」四字，徑以注文爲詞叙。又元本「孝直」作「孝終」，「野中」作「郡中」，「此詞」作「此曲蓋越調鼓笛慢」。

滿庭芳　五首

其一㊀

歸去來兮㊁，吾歸何處？萬里家在岷峨㊂。百年强半，來日苦無多㊃。坐見黃州再閏㊄，兒童盡、楚語吳歌㊅。山中友，雞豚社飲㊆〔一〕，相勸老東坡㊇。云何！當此去〔二〕，人生底事，來往如梭。待閑看秋風，洛水清波㊈。好在堂前細柳㊉，應念我、莫翦柔柯⑪。仍傳語，江南父老，時與曬漁蓑⑫。

【傳注】

㊀公舊序云：「元豐七年四月一日，余將自黃移汝，留別雪堂鄰曲二三君子。會李仲覽自江東來別，遂書以遺之〔三〕。」

㊁陶淵明歸去來詞首曰：「歸去來兮。」（劉按，見陶淵明集卷五；又文選卷四十五。）

㊂公家西蜀。岷、峨，蜀中二山。

㊃韓退之詩：「年皆過半百，來日苦無多。」（劉按，此係韓愈除官赴闕至江州寄鄂岳李大夫詩，見五百家注昌黎文集卷六；別見全唐詩卷三百四十一。）

㊄公作黃州安國寺記云：「元豐二年，余自吳興守得罪，以爲黃州團練副使；明年二月至黃州。」與陳季常詩序云：「余在黃州四年，余三往見季常」，「七年四月，余量移汝州」。以是二者考之，則知公自元豐三年二月到郡，七年四月移汝州，其

實在黃州四年零兩月也。元豐三年閏九月，六年閏六月，則「再閏」可知。（劉按，與陳季常詩序，引自岐亭五首，見東坡集卷十四。）

⑥杜子美詩：「兒童解蠻語，不必作參軍。」（劉按，句出秋野五首之五，見九家集注杜詩卷三十。）

⑦韓退之詩云：「願爲同社人，雞豚燕春秋。」（劉按，句出南溪始泛三首之二，見五百家注昌黎文集卷七，別見全唐詩卷三百四十二。）

⑧公在黃州，卜東坡以居。

⑨寇萊公詩：「將相功名終若何，不堪急景似奔梭。」（劉按，此乃寇準和蒨桃詩，見苕溪漁隱叢話後集卷四十。）呂洞賓詞：「秋風吹洛水，落葉滿長安。」（劉按，呂巖促拍滿路花詞「洛」作「渭」，見苕溪漁隱叢話前集卷五十八。又按，賈島憶江上吳處士詩：「秋風吹渭水，落葉滿長安。」則呂詞原係化用賈詩也。）

⑩公手植柳於東坡雪堂之下。（劉按，雪堂下手植柳事，不見東坡集。宋王宗稷撰東坡年譜元豐五年紀事：「試以東坡圖考雪堂之景，堂之前則有細柳」，當係傳聞。）

⑪詩：「蔽芾甘棠，勿翦勿伐。」（劉按，見詩召南甘棠。）

⑫齊安在江北，與武昌對岸。公每渡江而南，歷游武昌之地，故有「江南父老」之句。

【校勘記】

〔一〕「飲」，元本、東坡外集作「酒」。

〔二〕「此去」，二妙集本、東坡外集作「遠去」，茅維蘇集本作「此際」。

〔三〕「公舊序」云云，元本删「公舊序云」四字，以題注爲詞叙；又「將自」作「將去」，「鄰曲」作「鄰里」。

其二〔一〕

香鬟雕盤，寒生冰筯，畫堂别是風光。主人情重，開宴出紅妝。膩玉圓搓素頸㊀〔二〕，藕絲嫩、新織仙裳㊁。雙歌罷〔三〕，虚檐轉月，餘韻尚悠揚㊂。人間何處有？司空見慣，應謂尋常。坐中有狂客，惱亂愁腸㊃。報道金釵墜也，十指露、春筍纖長㊄。親曾見㊅，全勝宋玉，想像赴高唐㊆〔四〕。

【傳注】

㊀洛神賦：「延頸秀項，皓質呈露。」（劉按，曹植洛神賦，見文選卷十九。）柳耆卿詞亦云：「膩玉圓搓素頸。」（劉按，見彊村叢書本柳永樂章集卷上晝夜樂。）

㈡老杜納涼詩：「佳人織藕絲。」（劉按，九家集注杜詩卷十八題作陪諸貴公子丈八溝攜妓納涼晚際遇雨二首（其一），「織」作「雪」。）

㈢列子：「韓娥東之齊，匱糧，過雍門，鬻歌假食。既去，而餘音繞梁欐，三日不絕。」（劉按，事見列子湯問篇。沈鈔本、清鈔本、曬藍本「匱糧」上有「過」字，下又有「歌」字，文句不通，今據珍重閣本及列子原文校改。）

㈣唐杜鴻漸司空鎮洛時，劉禹錫爲蘇州刺史，過洛。杜出二妓爲宴，酒酣，命妓乞詩於劉。劉醉甚，就寢。中夜酒醒，見二婦人侍側，驚問其故。對以席上作詩，司空因命侍寢。令誦其詩，曰：「高髻雲鬟宫様妝，秋風一曲杜韋娘，司空見慣渾閑事，斷盡蘇州刺史腸。」或云是韋應物也。（劉按，事詳唐詩紀事卷三十九，孟棨本事詩情感篇所記與此微異。又按，詩話總龜卷二十六謂爲韋應物任蘇州太守時事也，類説卷二十七詩歸韋應物，卷五十一詩屬劉禹錫。）

㈤張祜客淮南幕中，赴宴時，杜紫薇爲支使，南座有屬意之處，索骰子賭酒。牧微吟曰：「骰子巡巡裏手拈，無因得見玉纖纖。」祜應曰：「但知報道金釵落，彷彿還因露指尖。」（劉按，事見摭言卷十三，又見詩話總龜前集卷二十三引古今詩話。杜紫薇指杜牧。）

㈥孟子：「豈若吾身親見之哉。」（劉按，句見孟子萬章上。）
㈦楚襄王夢與巫山神女接，且以告宋玉，且言其神女之妙麗。宋玉因爲高唐賦云。（劉按，參見文選卷十九高唐賦序。「唐」原誤作「堂」，據文選改。）

【校勘記】

〔一〕詞題：傅本、元本、吴訥鈔本無題。二妙集本、茅維蘇集本、毛本題作「佳人」。
〔二〕「瑳」，珍重閣本作「磋」。元本、二妙集本作「槎」。
〔三〕「雙歌」，元本作「歌聲」。
〔四〕「赴」，元本、二妙集本作「賦」，義勝。

其三〔一〕

蝸角虚名㊀，蠅頭微利㊁，算來著甚乾忙㊂。事皆前定，誰弱又誰强。且趁閑身未老，儘放我〔二〕、些子疏狂。百年裏，渾教是醉，三萬六千場㊃。思量。能幾許？憂愁風雨，一半相妨㊄。又何須抵死，説短論長。幸對清風皓月，苔茵展、雲幕高張㊅。江南好，千鍾美酒㊆，一曲滿庭芳。

【傅注】

㊀莊子曰：「有國於蝸之左角者，曰觸氏；有國於蝸之右角者，曰蠻氏。時相與戰，伏尸數萬，逐北旬有五日而後反。」（劉按，引自莊子則陽篇。「時相與戰」今本作「時相與爭地而戰」。）

㊁南史：「齊衡陽王子鈞，嘗手自細書五經。賀玠曰：『殿下家自有墳素，何用蠅頭細書？』」（劉按，詳見南史卷四十一衡陽元王道度傳。）「蝸角」、「蠅頭」，取其細耳。

㊂杜子美：「終朝有底忙。」（劉按，句出寄邛州崔録事詩，見九家集注杜詩卷二十六。）

㊃李太白：「百年三萬六千日，一日須傾三百杯。」（劉按，句出襄陽歌，見李太白詩集卷一。）

㊄葉道卿賀聖朝詞：「三分春色，一分愁悶，一分風雨。」（劉按，唐宋諸賢絶妙詞選卷六載葉清臣賀聖朝留別詞云：「三分春色二分愁，更一分風雨。」疑傅注引述有誤。又蘇軾臨江仙詞：「三分春色一分愁。」傅注引葉道卿詞句同此，謂出自楊元素本事曲集。則亦似有所據，待考。）

㊅歸藏曰：「昔女媧筮張雲幕，而枚占神明。」（劉按，見唐徐堅撰初學記卷二十五器用部「帷幕」條轉引。）

㊆昔平原君與子高飲，强子高酒，曰：「昔者遺諺：『堯舜千鍾，孔子百觚。子路嗑嗑，尚飲百榼。』古之聖賢，無不能飲也。」（劉按，詳見孔叢子儒服第十三。「觚」上原衍「斛」字，據孔叢子删。）

【校勘記】

〔一〕二妙集本調名下注云：「詩餘有題曰警悟。」毛本題注：「或注警悟。」東坡外集題注：「山谷云此詞非先生作。」詳見黄庭堅醉落魄詞序，黄「疑是王仲父作」，未見顯證。

〔二〕「儘」，元本、毛本作「須」。「放」，東坡外集作「教」。

其四㊀〔一〕

三十三年，今誰存者，算只君與長江。凛然蒼檜，霜幹苦難雙。聞道司州古縣㊁，雲溪上、竹塢松窗㊂〔二〕。江南岸、不因送子，寧肯過吾邦？　摐摐〔三〕。疏雨過㊃，風林舞破，煙蓋雲幢㊄。願持此邀君，一飲空缸㊅。居士先生老矣，真夢裏、相對殘釭㊆。歌聲斷㈣，行人未起，船鼓已逢逢㊇。

【傅注】

㊀公舊序云：「有王長官者，棄官三十三年，黄人謂之王先生。因送陳慥來過余，因爲賦此㈤。」

㊁按唐地理志：「武德三年，以黄陂縣置南司州。七年，州廢。」此言「司州古縣」，謂黄陂也。（劉按，參見新唐書卷四十一地理志五。）

㊂「塢」，村塢也，又曰小障。（劉按，後漢書馬援傳：「起塢候。」李賢注引字林：「塢，小障也，一曰小城。字或作『隖』，音一古反。」）

㊃「樅樅」，擊聲也。韓退之：「扶機導之言，曲節初樅樅。」（劉按，此韓愈病中贈張十八詩。「機」原作「机」，注：「一作『几』。」見五百家注昌黎文集卷五。全唐詩卷三百四十「樅」作「摐」。）

㊄韓退之：「青幢紫蓋立重重，細雨浮空作彩籠。」（劉按，韓愈楸樹詩「重」原作「童」，「空」原作「煙」，見五百家注昌黎文集卷九，别見全唐詩卷三百四十三。）

㊅「釭」，罌屬也。韓退之：「傾樽與斟酌，四壁堆罌釭。」

㈦「釭」，燈也。韓退之：「照爐釘明釭。」

㈧「逢逢」，鼓聲也。韓退之：「不踏曉鼓朝，安眠聽逢逢。」（劉按，以上傅注㈥㈦㈧條所引韓愈詩語，皆出自病中贈張十八詩。見五百家注昌黎文集卷五。）

【校勘記】

〔一〕東坡外集調名下題注：「代陳子辯別鄭希道。」

〔二〕「竹塢」，東坡外集原校：「塢一作户。」

〔三〕「樅樅」，元本、東坡外集作「摐摐」。按集韻，二字音義全同。

〔四〕「歌聲」，東坡外集作「歌舞」。

〔五〕元本無「公舊序云」四字，「棄官」下有「黄州」二字。

其五

余年十七，始與劉仲達往來於眉山。今年四十九，相逢於泗上。洛水淺凍，久留郡中，晦日同游南山，話舊感歎，因作此詞〔一〕。

三十三年，漂流江海，萬里煙浪雪帆。故人驚怪，憔悴老青衫。我自疏狂異趣，君何事、奔走塵凡。流年盡，窮途坐守㊀，船尾凍相銜㊁。巉巉。淮浦外，層樓翠壁，古寺空巖。步攜手林間，笑挽纖纖㊂〔二〕。莫上孤峰盡處，縈望眼、雲海相攙〔三〕。家何在㊃？因君問我，歸夢繞松杉〔四〕。

【傅注】

㊀阮籍遇窮途而輒哭。（劉按，三國志卷二十一阮籍傳注引魏氏春秋云，阮籍「時率意獨駕，不由徑路，車迹所窮，輒慟哭而反」。傅注當本於此。）

㊁「相銜」，所謂舳艫銜尾是也。

㊂詩曰：「摻摻女手。」注：「摻摻，猶云纖纖也。」（劉按，見毛詩注疏卷九魏風葛屨。說文引詩作「攕攕女手」。）

㊃韓文公詩：「雲橫秦嶺家何在？」（劉按，此係韓愈左遷至藍關示侄孫湘詩，見五百家注昌黎文集卷十，別見全唐詩卷三百四十四。）

【校勘記】

〔一〕元本詞序「洛水」作「淮水」，與正文「淮浦」暗合，義勝；又元本「此詞」作「滿庭芳云」。

二妙集本題首多「公自序云」四字。吴訥鈔本、毛本無此序，調名下注云：「楊元素本事曲集云：子瞻始與劉仲達往來於眉山，後相逢於泗上，久留郡中，游南山話舊而作。」

〔二〕「纖纖」，毛本作「攕攕」。按「攕」通「纖」，見説文。

〔三〕「雲海相攙」，東坡外集作「雲水相涵」。又二妙集本、毛本亦作「雲水」。

〔四〕「歸夢」，吴訥鈔本、茅維蘇集本、東坡外集、毛本皆作「歸步」。

水調歌頭　五首

其一　快哉亭作〔一〕

落日繡簾捲，亭下水連空㊀。知君爲我新作，窗户濕青紅㊁。長記平山堂上，攲枕江南煙雨，杳杳没孤鴻㊂〔二〕。認取醉翁語〔三〕，山色有無中㊃。一千頃，都鏡净，倒碧峰㊄。忽然浪起，掀舞一葉白頭翁㊅。堪笑蘭臺公子，未解莊生天籟，剛道有雌雄。一點浩然氣，千里快哉風㊆。

【傳注】

㈠朱灣：「水將空合色。」（劉按，句出九日登青山，見全唐詩卷三百六。）李端：「白水連天暮。」（劉按，句出宿洞庭，見全唐詩卷二百八十五。）

㈡杜子美詩：「孤城西北起高樓，碧瓦朱甍照城郭。」（劉按，句出越王樓歌，見九家集注杜詩卷十。）

㈢羅虬雁詩：「影沉江雨暝。」（劉按，全唐詩羅虬卷不收此詩，當是佚詩。）

㈣歐陽文忠公知滁州日，作亭琅琊山，自號醉翁，因以名亭。後守揚州，於僧寺建平山堂，甚得觀覽之勝。堂下手植柳數株。後數年，公在翰林，金華劉原父出守維揚，公出家樂飲餞，親作朝中措詞。議者謂非劉之才，不能當公之詞，可謂雙美矣。詞曰：「平山欄檻倚晴空，山色有無中。手種堂前楊柳，別來幾度春風。文章太守，揮毫萬字，一飲千鍾。行樂直須年少，樽前看取衰翁。」

㈤韓愈：「曲江千頃秋波净〔四〕，平鋪紅蕖蓋明鏡。」（劉按，句出奉酬盧給事雲夫四兄曲江荷花行見寄并呈上錢七兄閣老張十八助教詩，見五百家注昌黎文集卷七，別見全唐詩卷三百四十二。）李白：「湖闊數千里，湖光摇碧山。」（劉按，句出陪從祖濟南太守泛鵲山湖三首之二，見李太白詩集卷二十。）徐騎省孺子亭記云〔五〕：「平湖千畝，凝碧乎其下；西山萬叠，倒影乎其中。」（劉按，事詳苕溪漁隱叢話後集卷十四引談苑。）

〔六〕鄭谷：「白頭波上白頭翁，一葉舟移蒲蒲風〔六〕。」（劉按，鄭谷淮上漁者詩「一葉舟」作「家逐船」，見才調集卷五，別見全唐詩卷六百七十五。）

〔七〕楚襄王游於蘭臺之宮，宋玉侍，有風颯然而至者，王乃披襟而當之，曰：「快哉此風，寡人所與庶人共者耶？」宋玉對曰：「此獨大王之風耳，庶人安得而共之！夫風與氣殊耳焉。」因陳大王之雄風、庶人之雌風而賦之。（劉按，詳見文選卷十三宋玉風賦并序。）「天籟」則莊子載子綦之言曰：「夫吹萬不同，而使其自已也。」（劉按，莊子齊物論篇云：「顏成子游曰：『地籟則衆竅是已，人籟則比竹是已，敢問天籟？』子綦曰：『夫吹萬不同，而使其自已也，咸其自取，怒者其誰邪？』」傳注係節引而致文義不明矣。）「浩然氣」，孟子所謂「我善養吾浩然之氣」。（劉按，語見孟子公孫丑上。）

【校勘記】

〔一〕元本題作「黄州快哉亭贈張偓佺」。東坡外集調名下注云：「黄州快哉亭，張君夢得謫居時作，子瞻爲之命此名，且賦詞。」

〔二〕「杳杳」，元本作「渺渺」。「没」，清鈔本訛作「設」，今據珍重閣本改。

〔三〕「認取」，元本、吴訥鈔本、二妙集本作「認得」。

〔四〕「秋波」原作「波秋」，據昌黎文集乙正。

〔五〕清鈔本「騎省」二字誤倒，今據珍重閣本乙正。

〔六〕「蒲蒲風」，沈鈔本「蒲」字不重文，珍重閣本誤作「滿蒲風」。今據才調集補正。

其二㊀

安石在東海，從事鬢驚秋㊁〔一〕。中年親友難別，絲竹緩離愁㊂。一旦功成名遂㊃，准擬東還海道，扶病入西州㊄。雅志困軒冕〔二〕，遺恨寄滄洲㊅〔三〕。歲云暮，須早計，要褐裘㊆。故鄉歸去千里，佳處輒遲留。我醉歌時君和，醉倒須君扶我，惟酒可忘憂㊇。一任劉玄德〔四〕，相對卧高樓㊈〔五〕。

【傅注】

㊀公舊序云〔六〕：「余去歲在東武，作水調歌頭以寄子由。今年子由相從彭門百餘

日，過中秋而去，作此曲以别。余以其語過悲，乃爲和之，其意以不早退爲戒，以退而相從之樂爲慰云耳。」（劉按，子由所作「此曲」，指本卷末附水調歌頭「離别一何久」詞。）

㊁晉謝安字安石，少棲遲東土，放情丘壑。及仕進之時，年已四十餘矣。（劉按，事詳晉書卷七十九謝安傳。）

㊂安石嘗謂王羲之曰：「中年已來，傷於哀樂，與親友别，輒作數日惡。」羲之曰：「年在桑榆，自然如此。頃只賴絲竹陶寫，常恐兒輩覺，損其歡樂之趣。」（劉按，詳見世説新語言語，又見晉書卷八十王羲之傳。）

㊃老子：「功成名遂身退，天之道。」（劉按，句見河上公注老子道德經卷上第九章。王弼注老子道德經第九章作「功成身遂天之道」。）

㊄安石東山之志始末不渝。及鎮新城，欲經略粗定，即江道東還。志未就，遇疾。詔還都門，當入西州門，自以本志不遂，深自慨失，因悵然謂所親曰：「吾疾殆不起乎？」（劉按，詳見晉書卷七十九謝安傳。）

㊅一作「傲軒冕」。杜子美詩：「辜負滄洲願。」（劉按，句出杜甫奉贈盧五丈參謀琚詩，見九家集注杜詩卷三十六。）

㈦詩云：「無衣無褐，何以卒歲？」（劉按，見詩經豳風七月。）揚子：「大寒然後索衣裘，不亦晚乎！」（劉按，句見揚子法言卷七寡言。）

㈧晉顧榮謂張翰曰：「惟酒可以忘憂，但無如作病何耳！」（劉按，見晉書卷六十八顧榮傳。）

㈨三國志：「陳登字元龍。許汜曰：『陳元龍湖海之士，豪氣未除。』劉備問汜曰：『君言豪，寧有事耶？』汜曰：『昔過下邳，見元龍。元龍無主客之意，久不與語。自上大床卧，使客卧下床。』備曰：『天下大亂，望君有救世之意，而君求田問舍，言無可采，如小人，欲卧百尺樓，而卧君於地，何但上下床之間邪？』」玄德，備字。（劉按，事詳三國志卷七陳登傳。）

【校勘記】

〔一〕「事」，東坡外集作「仕」。

〔二〕「困」，明刊蘇集、二妙集作「因」。

〔三〕「洲」，原作「州」，注引杜詩亦作「州」，今據元本及杜詩詳注改。按「滄州」，地名，與詞旨無涉；「滄洲」謂海濱，隱士居處也，與「安石在東海」意暗合。

〔四〕「玄」，沈鈔本、清鈔本避清帝諱改作「元」，今據元本復原。以下凡諱字改「玄」爲「元」者，徑予復原不再出校。

〔五〕東坡外集詞末注：「此與曹暐『落日寒垣路』同調也，醉後思我，請令瀘女歌之。」

〔六〕「公舊序云」四字，元本無。

其三

丙辰中秋，歡飲達旦，大醉。作此篇兼懷子由。

明月幾時有？把酒問青天㈠。不知天上宫闕，今夕是何年㈡？我欲乘風歸去㈢，唯恐瓊樓玉宇㈣〔一〕，高處不勝寒㈤。起舞弄清影㈥，何似在人間。轉朱閣，低綺户，照無眠〔二〕。不應有恨，何事長向别時圓㈦？人有悲歡離合，月有陰晴圓缺㈧，此事古難全〔三〕。但願人長久，千里共嬋娟㈨。

【傅注】

㈠ 李白詩：「青天有月來幾時，我今停杯一問之。」（劉按，句見李太白詩集卷二十把酒問月。）

㈡老杜：「今夕何夕歲云徂。」（劉按，句出杜甫今夕行詩，見九家集注杜詩卷一。）

㈢列子：「隨風東西，猶木葉幹殼，竟不知我乘風邪，風乘我耶？」（劉按，語見列子黄帝篇。原文作「風乘我邪，我乘風乎」，傅注引文有誤倒。）

㈣唐段成式云：「翟天師嘗於江上望月。或曰：『此中竟何有？』翟笑曰：『可隨吾指觀之。』忽見月規半天，瓊樓金闕滿焉。頃刻不復見。」（劉按，通行本酉陽雜俎前集卷二所載與此微異，原文如下：「翟天師曾於江岸與弟子數十翫月，或曰：『此中竟何有？』翟笑曰：『可隨吾指觀之。』弟子中兩人見月規半天，瓊樓金闕滿焉。數息間不復見。」）

㈤明皇雜録：「八月十五夜，葉静能邀上游月宫。將行，請上衣裘而往。及至月宫，寒凛特異，上不能禁。静能出丹二粒進上，服之，乃止。」（劉按，今通行本明皇雜録無此條。）

㈥李白月下獨酌詩：「我歌月徘徊，我舞影零亂。」

㈦唐詩：「月如無恨月長圓。」（劉按，全唐詩中無此句。司馬光温公續詩話云：「李長吉歌『天若有情天亦老』，人以爲奇絶無對。曼卿對『月如無恨月長圓』，人以爲勍敵。」事別見苕溪漁隱叢話前集卷五十三引迂叟詩話。石延年字曼卿，北宋詩人。傅注似別有所據。）

㈧公中秋寄子由詩云：「當聞此宵月，萬里陰晴圓。」（劉按，東坡集卷九中秋月三首原句作：「萬里同陰晴。」按此詩押庚韻，傅注引作「陰晴圓」者誤也。又有東坡自注可證：「故人史生爲余言，嘗見海賈云：『中秋有月，則是歲珠多而圓。』賈人常以此候之。雖相去萬里，他日會合，相問陰晴，無不同者。」）

㈨謝莊月賦：「美人邈兮音塵絶，隔千里兮共明月。」（劉按，文選卷十三「邈」作「邁」，「絶」作「闕」。又按唐許渾送客詩：「唯應洞庭月，萬里共嬋娟。」見文苑英華卷二百八十。）

【校勘記】

〔一〕「唯」，吳訥鈔本、二妙集本、毛本作「又」。

〔二〕「無」，原誤作「不」，據諸本改。

〔三〕「事」，原誤作「時」，據諸本改。

其四〔一〕

昵昵兒女語，燈火夜微明。恩冤爾汝來去〔一〕，彈指淚和聲。忽變軒昂勇士，一鼓填然作氣，千里不留行〔二〕。回首暮雲遠，飛絮攪青冥。衆禽裏，真彩鳳，獨不鳴。躋攀分寸千險〔二〕，一落百尋輕。煩子指間風雨，置我腸中冰炭，起坐不能平。推手從歸去，無淚與君傾〔三〕。

【傳注】

〔一〕公舊序云：「歐陽文忠公嘗問余：『琴詩何者最善？』答以退之聽穎師琴詩最善。公曰：『此詩最奇麗，然非聽琴也，乃聽琵琶也。』余深然之。建安章質夫家善琵琶者乞爲歌詞，余久不作。特取退之詞，稍加隱括，使就聲律，以遺之云〔三〕。」

〔二〕孟子曰：「填然鼓之。」（劉按，見孟子梁惠王上。）左傳：「一鼓作氣。」（劉按，見左傳莊公十年。）莊子：「臣之劍十步一人，千里不留行。」（劉按，見莊子説劍篇。）

〔三〕韓退之聽穎師彈琴詩：「昵昵兒女語，恩怨相爾汝。劃然變軒昂，勇士赴敵場。浮雲柳絮無根蒂，天地闊遠隨飛揚。喧啾百鳥群，忽見孤鳳凰。躋攀分寸不可上，失勢一落千丈强。嗟予有兩耳，未省聽絲簧。自聞穎師彈，起坐在一床。推手遽止之，濕衣淚滂滂。穎師爾誠能，無以冰炭置我腸。」（劉按，詩見五百家注昌黎文集卷五。）

【校勘記】

〔一〕「冤」，元本作「怨」。

〔二〕「分寸」，元本、二妙集本作「寸步」。

〔三〕元本删「公舊序云」四字，遂以題注爲詞叙。元本「公曰」上無「最善」，「最奇」作「固奇」，「聽琵琶」下有「詩」字。龍榆生校：「傅注本『聲律』作『音律』。」與注坡詞之沈鈔本、清鈔本、曬藍本、珍重閣本不符，未明其故，待考。

其五　子由徐州中秋作〔一〕

離别一何久，七度過中秋。去年東武㊀今夕，明月不勝愁。豈意彭門城下㊁〔二〕，同泛清河古汴，船上載梁州㊂〔三〕。鼓吹助清賞，鴻雁起汀洲㊃。坐中客，翠羽被㈤〔四〕，紫綺裘㈥。素娥無賴西去，曾不爲人留㈦。今夜清樽對客，明夜孤帆水驛，依舊照離憂。但恐同王粲，相對咏登樓㈧〔五〕。

【傅注】

㈠東武，密州也。

㈡彭門，徐州也。

㈢梁州，乃開元中西凉州所獻之曲名也。

㈣杜牧之詩：「孤城吹角水茫茫，風引胡笳怨思長。驚起暮天沙上雁，海門斜去兩三行。」（劉按，見御定淵鑑類函卷二百二十八引杜牧詩，然則全唐詩杜牧卷無此詩。今別見宋計敏夫唐詩紀事卷四十六引李涉晚泊潤州聞角云云，即此詩。又按，清馮應榴蘇文忠公詩合注卷四十一吾謫海南子由雷州被命即行了不相知至梧乃聞其尚在藤也旦夕當追及作此詩示之「孤城吹角煙樹裏」句下引五注本趙云：「李遠晚泊潤州聞角詩：『孤城吹角水茫茫，風引悲笳怨思長。』」然全唐詩李遠卷亦無此詩。今又見全唐詩卷四百七十七李涉潤州聽暮角詩句與此略同，唯「孤城」作「江城」；「風引胡笳」作「曲引邊聲」。則作李涉詩近是。）

㊄楚靈王狩於州來。雨雪，王皮冠，秦復陶，翠被，豹舄，執鞭以出。（劉按，事詳左傳昭公十二年。）

㊅李白詩：「解我紫綺裘，且換金陵酒。」（劉按，語見李太白詩集卷二十三金陵江上遇蓬池隱者。）

㊆牛僧孺云：「常娥妬人，不肯留照；織女無賴，已復斜河。」又沈警感異記載小婢麗質之詞也。（劉按，太平御覽卷三二六沈警條：「小婢麗質，前致詞曰：『人神路隔，别促會賒。況姮娥妬人，不肯留照；織女無賴，已復斜河。』」出自異聞録。）

㊇王粲字仲宣。董卓之亂，仲宣避難荆州，遂依劉表。嘗登江陵城樓，懷歸而作登樓賦，述其進退危懼之情。

【校勘記】

〔一〕朱祖謀云：「此詞爲子由原作，元本、毛本題固明。」（見彊村叢書本東坡樂府）宋曾季貍艇齋詩話引「素娥」二句，謂出自「子由和東坡中秋詞」。吴訥鈔本、二妙集本題同傅注及元本。全宋詞修訂本改將此詞收在蘇轍名下。清王文誥獨持異説：「子由於詞曲不甚擅場，其集亦無此一類。似（詞題）原文『子由』上有『别』字，傳者落去，後無有正之者耳。」則仍以此詞作者爲東坡（見蘇文忠公詩編注集成卷十七中秋月寄子由之「諸案」。）

〔二〕「彭門城下」，毛本、全宋詞本作「彭城山下」。

〔三〕「梁州」，元本、吴訥鈔本、二妙集本、毛本作「凉州」。按，用作樂曲名，「梁」、「凉」通用。

〔四〕「被」，全宋詞本從歷代詩餘作「帔」。

〔五〕「咏」，元本、吴訥鈔本、二妙集本作「永」，義遜。

注坡詞卷第二

滿江紅 五首

其一㊀〔一〕

憂喜相尋，風雨過、一江春緑。巫峽夢、至今空有〔二〕，亂山屏簇㊁。何似伯鸞携德耀，簞瓢未足清歡足㊂。漸粲然、光彩照階庭，生蘭玉㊃。幽夢裏，傳心曲。腸斷處，憑他續。文君婿知否？笑君卑辱㊄。君不見周南歌漢廣，天教夫子休喬木㊅。便相將、左手抱琴書〔三〕，雲間宿㊆。

【傅注】

㈠楊元素本事曲集：「董毅夫名鉞，自梓漕得罪，歸鄱陽，遇東坡於齊安。怪其豐暇自得，曰：『吾再娶柳氏，三日而去官，吾固不戚戚，而憂柳氏不能忘懷於進退也。已而欣然，同憂患，如處富貴，吾是以益安焉。』乃令家童歌其所作滿江紅。東坡嗟嘆之不足，乃次其韻〔四〕。」

㈡宋玉高唐賦：「昔者先王嘗游高唐，怠而晝寢，夢見一婦人曰：『妾巫山之女也，爲高唐之客。聞君游高唐，願薦枕席。』王因幸之。去而辭曰：『妾在巫山之陽，高丘之岨；旦爲朝雲，暮爲行雨；朝朝暮暮，陽臺之下（音户）。』」巫峽有十二峰，故云「亂山屏簇」。（劉按，宋玉高唐賦詳見六臣注文選卷十九。）

㈢漢梁鴻字伯鸞，與妻孟氏名光字德耀，俱有隱操，相携入灞陵，以耕織爲業。後爲五噫之歌。肅宗聞而非之，求鴻不得。乃易姓名，至吴，依大家臯伯通，居廡下，爲人賃舂。每歸，妻爲具食，不敢於鴻前仰視，舉案齊眉。伯通察而異之，乃舍於其家。（劉按，事詳後漢書逸民傳。此係轉述其大意，未盡遵原句。）

㈣晉謝安嘗戒約子侄，因曰：「子弟亦何豫人事〔五〕，而正欲使其佳。」諸人莫有言者。謝玄答曰：「譬如芝蘭玉樹，欲使其生於庭階耳。」安大悦。（劉按，事詳世説新語言語第二，又見於晉書卷七十九謝安傳。）

⑤司馬相如與臨邛令王吉，飲富人卓王孫家。相如酒酣，弄琴。卓氏女文君新寡，竊從户窺，心悦而好之。乃夜奔相如。相如乃與馳歸成都，家惟四壁。久之，後相與俱之臨邛，盡賣車騎，買一酒舍酤酒。令文君當鑪。相如身著犢鼻褌，與傭保雜作，滌器於市。王孫耻之。諸君更謂王孫曰：「司馬相如故倦游，雖貧，而人材足依也。且又令客，奈何相辱如此〔六〕？」王孫不得已，分與童僕財物。文君乃與相如歸成都，買田宅，而爲富人矣。（劉按，事詳史記卷一百十七司馬相如傳注係轉述大意，故字句未盡依本傳。）

⑥漢廣詩云：「南有喬木，不可休息。漢有游女，不可求思。」（劉按，見詩經周南漢廣篇。）

⑦樂天廬山草堂記：「左手引妻子，右手抱琴書，終老於斯，以成就平生之志。清泉白石，實聞斯言。」（劉按，文見白氏長慶集卷四十三。）秦系詩：「逸妻相共老煙霞。」（劉按，句出山中奉寄錢起員外兼簡苗發員外，見全唐詩卷二百六十。又見文苑英華卷二百五十五。）

【校勘記】

〔一〕東坡外集調名下題注云：「董義夫以瀘南軍事奪官爲民。晚娶少妻，能同甘苦，能使義夫忘其淪落，故作此曲。（其妻）乃知雲安軍柳詔之女。」按此注源自本事曲集，而「義夫」即「毅夫」也。

〔二〕「空有」，東坡外集作「猶有」。

〔三〕「抱」，二妙集本作「托」。

〔四〕元本删「楊元素本事曲集」七字，遂使之演變爲詞叙。又元本「得罪」下有「罷官東川」四字，「遇」作「過」，「自得」下有「余問之」，「如處」作「若處」，「乃令家童」作「命其侍兒」，「嗟嘆」上無「東坡」二字。二妙集本、毛本題注同傳本，唯「毅夫」作「義夫」，「梓漕」作「倅漕」。

〔五〕「何豫人事」，珍重閣本「豫」作「預」，同晉書本傳。按二字古多通用。又「人」下原衍「家」字，據珍重閣本并參晉書本傳删。

〔六〕「相辱」原作「相如」，義遜。今據史記司馬相如傳校改。

其二　寄鄂州朱使君壽昌

江漢西來㈠，高樓下、蒲萄深碧㈡。猶自帶、岷峨雪浪，錦江春色㈢。君是南山遺愛守㈣，我爲劍外思歸客㈤。對此間、風物豈無情，殷勤説。江表傳，君休讀㈥。狂處士，真堪惜㈦。空洲對鸚鵡，葦花蕭瑟㈧。不獨笑書生爭底事〔一〕，曹公黄祖俱飄忽㈨。願使君〔二〕、還賦謫仙詩，追黄鶴㈩。

【傅注】

㈠ 江漢二水，來自西蜀。

㈡ 李太白：「遥看漢水鴨頭緑，恰似蒲萄初潑醅〔三〕。」（劉按，句見李太白詩集卷一襄陽歌。）

㈢ 太白詩：「江帶岷峨雪，横川三峽流。」蓋峨嵋積雪，經春不消。（劉按，李太白詩集卷十一經亂離後天恩流夜郎憶舊游書懷贈江夏韋太守良宰詩原句作：「江帶峨眉雪，川横三峽流。」原校：「川横」一作「横穿」。）鄭谷峨嵋雪詩：「萬仞白雲端，經春雪未殘。夏消江峽滿，晴照蜀樓寒〔四〕。」（劉按，見雲臺編卷下，别見全唐詩卷六百七十六。）杜子美詩：「朝來巫峽水，遠逗錦江波。」注云：「錦江水與巫峽相通也。」（劉按，見九家集注杜詩卷二十七懷錦水居止。）杜詩：「錦江春色逐人來。」（劉按，見諸將五首之五，載九家集注杜詩卷三十。）

㈣左傳：「子產，古之遺愛也。」又：「欒武子之德在民，如周人之思召公，愛其甘棠，況其子乎！」（劉按，子產事詳見左傳昭公二十年，原文謂：「子產卒，仲尼聞之，出涕曰：『古之遺愛也。』」傅注係節引。又欒武子事見左傳襄公十四年。）

㈤公家在劍西之嵋，多游宦南土。（劉按，蘇軾先後在杭州、湖州、黄州、揚州、惠州、儋州等「南土」仕宦，見宋史本傳。）

㈥江表傳載江左吴時事，多見漢末群雄競逐之義。三國志每引以爲證也。（劉按，江表傳爲晉虞溥撰，隋書經籍志著録爲二卷，新唐書藝文志著録爲五卷。今佚。三國志裴松之注多引用之。）

㈦後漢孔融薦禰衡於曹操，操喜，敕門者有客便通，待之極晏。衡乃著布單衣，疏巾，手持三尺梲杖，坐大營門，以杖擊地大罵。吏曰：「外有狂生，坐於營門，言語悖逆。」操怒，謂融曰：「禰衡豎子，殺之猶鼠雀耳。顧此人素有虚名，遠近將謂孤不能容。今送與劉表，視當如何？」於是遣人騎送之。劉表大悦，禮重之。後復侮慢於表，表耻不能容，以江夏太守黄祖性急，故送衡與之。祖亦善待之。衡爲作書記，輕重疏密，各得體宜。祖持其手曰：「處士，此正得祖意，如祖腹中之所欲言也。」後祖在蒙衝船，大會客，而衡言不遜順。祖慚，乃訶之，欲加箠。衡乃大罵，祖恚，遂令殺之。埋於沙洲之上，後人因號其洲曰「鸚鵡洲」，以衡嘗爲鸚鵡賦故也。（劉按，禰衡事係節引自後漢書文苑傳。又按，「埋於沙洲」云云，文苑傳不載，見於宋葉廷珪海録碎事卷十二下「洲島門」）。

（八）太白贈江夏韋太守詩：「一忝青雲客，三登黄鶴樓。顧慚禰處士，虚對鸚鵡洲。焚山霸氣盛，寥落天地秋。」鸚鵡洲在鄂州。（劉按，詩見李太白詩集卷十一，詩題原作經亂離後天恩流夜郎憶舊游書懷贈江夏韋太守良宰。「焚」當作「樊」，「盛」原作「盡」。）

（九）「書生」、「曹公」、「黄祖」并見上注。李太白：「徘徊且不定，飄忽悵徂征。」（劉按，詩見李太白詩集卷十三淮陰書懷寄王宋城。「徘徊」原作「沿洄」。）

（一〇）「謫仙」，李太白也。太白又贈韋使君詩：「我且爲君槌碎黄鶴樓，君亦爲我倒却鸚鵡洲。赤壁争雄如夢裏，且須歌舞寬離憂。」（劉按，李太白詩集卷十一此詩標題爲江夏贈韋南陵冰。）

【校勘記】

〔一〕「不獨笑」，二妙集本、茅維蘇集本、毛本無「不」字。

〔二〕「願使君」，傅本原脱「使」字，似違詞律。今據吴訥鈔本、二妙集本、毛本補。

〔三〕「潑」，李太白詩集作「醱」，義勝。（劉按，廣韻：「醱醅，酘酒也。」韻會：「酘，重釀酒也。」然南鄉子（晚景落瓊杯）之傅注引此詩亦作「潑」。又按，文苑英華卷二百一作「撥」；宋潘自牧撰記纂淵海卷九十引作「潑」。則傅注或另有所本。）

〔四〕傅注引鄭谷詩原多誤衍：「白雲」誤作「台雲」；「未殘」誤衍爲「未消殘」；「江峽」誤衍爲「江峻峽」；「晴」誤作「清」。文理不通，今據鄭谷雲臺編卷下校正。

其三〔一〕　東武會流杯亭〔二〕

東武南城㊀，新堤畔〔三〕、漣漪初溢㊁〔四〕。隱隱遍〔五〕、長林高阜〔六〕，卧紅堆碧。枝上殘花吹盡也，與君試向江邊覓〔七〕。問向前、猶有幾多春？三之一。

官裏事，何時畢？風雨外，無多日。相將泛曲水，滿城争出㊂。君不見、蘭亭修禊事〔八〕，當時座上皆豪逸。到如今、修竹滿山陰，空陳迹㊃。

【傳注】

㊀「東武」，密州。（劉按，元和郡縣圖志卷十一：「諸城縣，本漢東武縣也，屬瑯邪郡。」宋史地理志，諸城爲密州治所。）

㊁「漣漪」，風行水上紋。

㊂荆楚歲時記：「三月三日都人并出水渚，爲流杯曲水之飲。」詳見望江南。（劉按，荆楚歲時記：「三月三日，四民并出江渚池沼間，臨清流，爲流觴曲水之飲。」傳注轉述其大意也。又按，本書卷十二望江南注㊁引述曲水事頗詳，可參。）

㊃晉王羲之蘭亭記：「永和九年，歲在癸丑。暮春之初，會於會稽山陰之蘭亭，修禊事也。群賢畢至，少長咸集。此地有崇山峻嶺，茂林修竹。又有清流激湍，映帶左右，引以爲流觴曲水。列座其次。」又曰：「向之所欣，俛仰之間，已爲陳迹，猶不能不以之興懷。」（劉按，蘭亭序見晉書卷八十王羲之傳。）

【校勘記】

〔一〕全宋詞編者案：「此首類編草堂詩餘卷三誤作晁補之詞。」同書晁補之詞存目。

〔二〕元本詞題作：「東武會流杯亭。上巳日作。城南有坡，土色如丹，其下有堤，壅郱淇水入城。」按「郲」當作「郏」，形近而訛。

〔三〕「南城」，吴訥鈔本作「城南」。「畔」，元本、朱本、龍本作「就」；吴訥鈔本、二妙集本、毛本作「固」。

〔四〕「漣漪」，元本作「郲淇」，按「郲」乃「郏」之訛。朱本、龍本作「郏淇」。

〔五〕「隱隱遍」，元本、朱本、龍本作「微雨過」。

〔六〕「高」，元本、朱本、龍本作「翠」。

〔七〕「試」，吴訥鈔本、二妙集本、毛本作「更」。「江」，東坡外集作「溪」。「邊」，元本、吴訥鈔本、二妙集本、毛本皆作「頭」。

〔八〕傅本「事」上有「時」字，蓋涉下文而衍，今據元本、吴訥鈔本、二妙集本、毛本删之。

其四 寄子由〔一〕

清潁東流，愁目斷、孤帆明滅〔二〕。宦游處〔三〕、青山白浪，萬里重疊〔四〕。辜負當年林下意〔五〕，對床夜雨聽蕭瑟㊀。恨此生、長向别離中，添華髮〔六〕。一樽酒，黄河側。無限事，從頭説。相看恍如夢〔七〕，許多年月。衣上舊痕餘苦淚，眉間喜氣添黄色㊁〔八〕。便與君、池上覓殘春，花如雪㊂。

【傳注】

㈠子由幼從子瞻讀書，未嘗一日相捨。既仕，將游宦四方。子由嘗讀韋蘇州詩，有「那知風雨夜，復此對床眠」，惻然感之。乃相約早退，爲閑居之樂。（劉按，詳見蘇轍欒城集卷七逍遥堂會宿二首詩引。）

㈡玉管照神書曰：「氣青黄色喜重重。」韓退之詩：「眉間黄色見歸期。」（劉按，參見海録碎事卷十四相門「氣青黄色」條；韓愈詩句出鄆城晚飲奉贈副使馬侍郎及馮李二員外，見五百家注昌黎文集卷十，别見全唐詩卷三百四十四。）

㈢落花紛紛如雪也。

【校勘記】

〔一〕詞題：吴訥鈔本、二妙集本、毛本詞題爲「懷子由作」。元本無題。

〔二〕「愁目斷、孤帆明滅」，元本作「愁來送、征鴻去翮」。

〔三〕「宦游處」，元本作「情亂處」。

〔四〕「萬里重疊」，元本、吴訥鈔本、二妙集本、東坡外集和毛本皆作「萬重千疊」，惟茅維蘇集本同傅本。

〔五〕「意」，元本作「語」，毛本作「憶」。

〔六〕「添」，元本作「淍」。
〔七〕「如」，沈鈔本、清鈔本作「知」，今據珍重閣本改。又元本、二妙集本脱「夢」字，吴訥鈔本、毛本「夢」作「昨」。
〔八〕「喜氣」，東坡外集作「新喜」。「添」，元本作「占」。

其五

正月十日〔一〕，雪中送文安國還朝〔二〕。

天豈無情，天也解、多情留客。春向暖、朝來底事，尚飄輕雪。君過春來紆組綬〔三〕，我應老去尋泉石〔四〕。恐異時、杯酒忽相思〔五〕，雲山隔。浮世事，俱難必。人縱健，頭應白。何辭更一醉，此歡難覓。不用向、佳人訴離恨〔六〕，淚珠先已凝雙睫〔七〕。但莫遣〔八〕、新燕却來時，音書絶㊀。

【傅注】

㊀燕子以秋分去，春分至。江文通詩：「袖中有短詩，願寄雙飛燕。」（劉按，見江淹李都尉從軍詩，據文選卷三十一，「短詩」應作「短書」，「雙」一作「南」。）

【校勘記】

〔一〕「十日」，元本、吴訥鈔本、二妙集本、毛本等皆作「十三日」，龍榆生校云：「傅注本題奪『三』字。」待考。

〔二〕「雪中送文安國還朝」，吴訥鈔本無「雪中」二字，二妙集本作「送姜安國還朝」，東坡外集作「雪中送王定國」，似皆無據妄改者。（劉按，文安國即盧江文勛也，倪濤六藝之一録卷三百四十五載書史會要云：「勛官太府寺丞，善論難劇談，工篆畫。」東坡續集卷十有文勛篆贊。吴訥鈔本東坡詞所收蝶戀花（簾外東風交雨霰）亦題作「密州冬夜文安國席上作」，時有「微雪」。滿江紅詞蓋亦作於是時，則題爲「文安國」者是。）

〔三〕「過春」，元本、東坡外集作「遇時」。

〔四〕「老去尋」，吴訥鈔本、二妙集本、毛本作「歸去耽」。

〔五〕「忽」，元本作「復」。

〔六〕「不用」，吴訥鈔本、二妙集本、毛本作「欲」，連下句，亦合詞譜。

〔七〕「先」，傅本誤作「光」，據元本、吴訥鈔本、二妙集本校改。

〔八〕「遣」，毛本作「追」。

歸朝歡㊀〔一〕

我夢扁舟浮震澤㊁。雪浪摇空千頃白。覺來滿眼是廬山㊂，倚天無數開青壁㊃。此生長接淅㊄。與君同是江南客。夢中游，覺來清賞，同作飛梭擲㊅。明日西風還掛席㊆。唱我新詞淚沾臆。靈均去後楚山空，澧陽蘭芷無顏色㊇。君才如夢得。武陵更在西南極。竹枝詞，莫傜新唱(一〇)，誰謂古今隔㊈。

【傅注】

㊀公嘗有詩與蘇伯固，其序曰：「昔在九江，與蘇伯固唱和，其略曰：『我夢扁舟浮震澤，雪浪橫江千頃白。覺來滿眼是廬山，倚天無數開青壁。』蓋實夢也。」然公詩復云：「扁舟震澤定何時？滿眼廬山覺又非。」（劉按，東坡後集卷七徑以傅注所引詩序爲題。）

㊁爾雅十藪：「吳越之間曰具區。」注云：「乃今吳縣太湖震澤是也。」（劉按，見爾雅注疏卷六釋地。「十藪音義」，「曰具區」原作「有具區」；郭璞注「吳縣」下原有「南」字；「震澤」上原有「即」字。）又揚州記曰：「太湖一名震澤。」（劉按，見類説卷六十「五湖」條轉引。）

㊂廬山記曰：「周威王時，有匡俗者，生而神靈，隱淪潛景，廬於此山，時人謂之匡君廬，故山因以取號。」（劉按，此乃周景式廬山記也，見藝文類聚卷七山部上。）

原無「隱淪潛影」四字；「時人謂之匡君盧」作「世稱盧君。」）

④沈彬廬山詩：「約破雲霞獨倚天。」（劉按，句出望廬山詩，見野客叢書卷十九轉引。）

⑤孟子曰：「接淅而行。」注云：「淅，漬米也，不及炊，乃反接之而去。」（劉按，見孟子注疏卷十萬章下。然趙岐注中無「乃反接之而去」句。傅注所引略同於海録碎事卷九下「接淅」條。）

⑥寇萊公詩：「將相功名終若何，不堪急景似奔梭。人間萬事君休問，且向樽前聽艷歌。」（劉按，此乃寇準和蒨桃詩，見苕溪漁隱叢話後集卷四十引翰府名談。）

⑦昔人江行多掛席爲帆。李太白江上詩：「明晨掛帆席，離恨滿滄波。」又江行詩：「掛席移輕舟。」（劉按，江上詩即李太白詩集卷二十三金陵江上遇蓬池隱者；江行詩乃李太白詩集卷十三月夜江行寄崔員外宗之。）

⑧屈平離騷經曰：「名予曰正則，字予曰靈均。」（劉按，「正則」下傅注脱「兮」字。）楚詞云：「沅有芷兮澧有蘭。」又：「蘭芷變而不芳。」（劉按，上句見於九歌湘夫人；下句見於離騷。「不芳」下傅注脱「兮」字。）

⑨劉禹錫字夢得，斥郎州司馬，接夜郎。諸夷風俗陋甚，家喜巫鬼。每詞歌竹枝，

鼓吹裴回，其聲滄濘。禹錫得屈原居沅湘間作九歌，使楚人以迎送神，乃倚其聲作竹枝詞十餘篇，於是武陵人悉歌之。（劉按，事詳新唐書卷一百六十八劉禹錫傳及劉作竹枝詞序。）謝靈運詩：「誰謂古今殊，異代可同調。」（劉按，見文選卷二十六七里瀨，原詩「代」作「世」。）

【校勘記】

〔一〕元本詞題作「和蘇堅伯固」。吳訥鈔本以傅注㈠爲詞序。

〔二〕「莫傜」，傅注原作「莫摇」，誤，據元本改。按隋書卷三十一地理志下：「長沙郡又雜有夷蜒，名曰莫傜，自云其先祖有功，常免徭役，故以爲名。」傜，通「徭」字。

念奴嬌　赤壁懷古

大江東去㈠，浪淘盡、千古風流人物。故壘西邊，人道是、三國周郎赤壁㈡〔一〕。亂石穿空〔二〕，驚濤拍岸〔三〕，捲起千堆雪。江山如畫，一時多少豪傑。　遥想公瑾當年，小喬初嫁了㈢，雄姿英發㈣。羽扇綸巾㈤，談笑間〔四〕，强虜灰飛煙滅㈥〔五〕。故國神游㈦，多情應笑我，早生華髮。人間如夢〔六〕，一樽還酹江月〔七〕。

【傳注】

㈠漢書地理志：「岷山，岷江所出，故爲大江；至九江爲中江；至徐陵爲北江。蓋一源而三目。」（劉按，上文不見通行本漢書地理志及顔師古注，却見諸初學記卷六引漢書地理志注。）尚書稱：「岷山導江，東別爲沱，又東至於澧，東迤北，會於匯。」（劉按，據尚書禹貢，「東至於澧」下原有「過九江至於東陵」七字。）

㈡吴志：周瑜字公瑾，長壯有姿貌。爲建威中郎將。年二十四，吴中皆呼爲周郎。曹公操之入荆州也，劉琮舉衆降。曹公得其水軍船及步兵數十萬，將士聞之皆恐懼。時劉備又新爲曹公所破，因用魯肅計，進駐夏口，遣諸葛亮詣孫權，欲謀同舉。權遂遣瑜及程普等，與備并力逆曹公。遇於赤壁。瑜部將黄蓋曰：「今寇衆我寡，難與持久，然觀操軍，方連船艦，首尾相接，可燒而走也。」乃取蒙衝鬥艦數十艘，實以薪草，膏油灌其中，裹以帷幕，上建牙旗。書報曹公，欺其欲降。曹公軍吏皆延頸觀望，指言蓋降。放諸船，同時發火，時風盛猛，悉延燒岸上營。頃之，烟炎漲天，人馬燒溺死者甚衆。曹公退走。（劉按，事詳三國志吴書周瑜傳。惟「遇於赤壁」句本傳無，見於資治通鑑卷六十五漢紀五十七建安十三年。）

㊂周瑜初從孫策攻皖，拔之。時獲喬公兩女，皆國色也。策自納大喬，瑜納小喬。（劉按，事詳三國志吳書周瑜傳。）江表傳：「策從容戲瑜曰：『喬公二女雖流離，得吾二人作婿，亦足爲歡。』」（劉按，江表傳所云，見三國志周瑜傳裴松之注引。）

㊃吳志：「孫仲謀謂呂子明可以次於公瑾，但言議英發不及之耳。」（劉按，事詳三國志吳書呂蒙傳。）

㊄蜀志：「諸葛武侯與宣王在渭濱將戰。宣王戎服莅事，使人視武侯，乘素車，葛巾毛扇，指麾三軍，皆從其進止。宣王聞之嘆曰：『可謂名士也。』」（劉按，今本三國志中無上述記載。傳注引文略見於藝文類聚卷六十七引語林。又按，程大昌演繁露卷八羽扇條引語林曰：「諸葛武侯與晉宣帝戰於渭濱，乘素車，著葛巾，揮白羽扇，指麾三軍。」疑傳注引錯書名，「蜀志」當作「語林」也。）晉書：「顧榮伐陳敏，以白羽揮之，賊衆大散。」（劉按，晉書卷一百陳敏傳云：「榮以白羽扇麾之，敏衆潰散。」又該書卷六十八顧榮傳亦云：「榮麾以羽扇，其衆潰散。」傳注綜述大意，文句未能盡從晉書。）謝萬嘗著白綸巾以見簡文帝。（劉按，晉書卷七十九

謝萬傳：「萬著白綸巾，鶴敞裘。」傳注蓋本此。）

㈥「灰飛煙滅」，圓覺經語。（劉按，邵氏聞見後録卷十九云：「東坡赤壁詞『灰飛煙滅』之句，圓覺經中佛語也。」張端義貴耳集下亦云，赤壁詞「所謂『灰飛煙滅』四字乃圓覺經語，云：『火出木燼，灰飛煙滅。』」邵博、張端義之書在注坡詞後，當係采傅幹之説而有所發揮也。）李白赤壁歌：「二龍爭鬥決雌雄，赤壁樓船掃地空。烈火初張燕雲海，周瑜於此破曹公。」（劉按，據李太白詩集卷八赤壁歌送別，「鬥」作「戰」，「初張燕」作「張天照」。）

㈦列子：「化人曰：『吾與王神游，形奚動哉！』」（劉按，語見周穆王篇。）

【校勘記】

〔一〕「三國」，元本原校：「一作『當日』。」

〔二〕「穿空」，元本作「崩雲」。

〔三〕「拍岸」，元本作「裂岸」。

〔四〕「談笑」，宋拓成都西樓帖（清末影印本）收東坡醉草該詞石刻（以下簡稱石刻）作「笑談」。

〔五〕「強虜」，石刻作「檣艣」。二妙集本、茅維蘇集本「強虜」下原校：「一作『檣艫』。」

〔六〕「人間」，石刻作「人生」。

〔七〕「酹」，沈鈔本誤作「醉」，從清鈔本、曬藍本、珍重閣本及諸校本。又容齋續筆卷八詩詞改字條云：「向巨源云：元不伐家有魯直所書東坡念奴嬌，與今人歌不同者數處，如『浪淘盡』爲『浪聲沉』，『周郎赤壁』爲『孫吴赤壁』，『亂石穿空』爲『崩雲』，『驚濤拍岸』爲『掠岸』，『多情應笑我早生華髮』爲『多情應是笑我生華髮』，『人生如夢』爲『如寄』。不知此本今何在也。」後世對於該詞異文及句讀之争論，多與上述記載有關，特録以備考。

西江月　十三首

其一　真覺賞瑞香三首〔一〕

公子眼花亂發，老夫鼻觀先通㊀。領巾飄下瑞香風㊁。驚起謫仙春夢㊂。

后土祠中玉蕊㊃，蓬萊殿後鞓紅㊄。此花清絶更纖穠〔二〕。把酒何人心動。

【傳注】

㊀杜子美：「眼花落井水底眠。」（劉按，句出飲中八仙歌，見九家集注杜詩卷二。）「鼻觀」見圓覺經。（劉按，楞嚴經卷五：「世尊教我及俱絺羅觀鼻端白。」疑傅幹誤引書名。又按，蘇軾題楊次公蕙：「云何起微馥，鼻觀已先通。」）

㊁楊妃外傳：「乾元元年，賀懷智上言：『昔上夏日與親王棋，令懷智獨彈琵琶。貴妃立於局前觀之。上數棋子將輸，貴妃放康國猧子上局亂之，上大悅。時風吹貴妃領巾覆於懷智巾上，良久，回身方落。懷智歸，覺滿身香，乃卸幞頭貯於錦囊中。今輒進所貯幞頭。』上皇發囊，且曰：『此龍腦瑞香也，吾嘗施於暖池玉蓮朵，再幸，尚香氣宛然，況乎絲縷潤膩之物哉！』遂不勝淒惋。」（劉按，詳見宋樂史楊太真外傳下。「昔上夏日」原作「昔日上夏中」；「上數棋子」下脱「將」字；「上局亂」下脱「之」字。今據楊太真外傳乙正。）

㊂李白字太白。唐天寶間，南入會稽，與吴筠善。筠被召，故白亦至長安。往見賀知章，知章見其文，嘆曰：「子謫仙人也。」言於玄宗，召見金鑾殿，供奉翰林。一日與貴妃賞木芍藥於沉香亭，意有所感，欲得白爲樂章。召入，白已醉。左右以水頮面，稍解。援筆成文，進清平樂三首，婉麗清切，迄無留意。帝咨賞之。

（劉按，以上節引自唐書文苑傳。又按，賀知章呼李白爲「謫仙人」事，又見李太白詩集卷二十三對酒憶賀監詩序。「召入」下原衍「至」字，據文苑傳刪。）

㊃揚州后土夫人祠有瓊花一本，天下所無。（劉按，宋周密齊東野語卷十七：「揚州后土祠瓊花，天下無二本。」）

㊄歐陽文忠公禁中見鞓紅牡丹詩：「盛游西洛方年少，晚落南譙號醉翁。白首歸來玉堂上，君王殿後見鞓紅。」（劉按，詩見歐陽修居士集卷十三。）又陳充詩：「蓬萊殿後花如錦。」又牡丹記云：「鞓紅者，單葉，青紅花；出青州，亦曰『青州紅』。故張僕射齊賢有第西京賢相坊，自青州以馲駞馱其種，遂傳洛中。其色類腰帶鞓，故謂之鞓紅。」（劉按，陳充號中庸子，宋史卷四百四十一有傳，其集二十卷已佚。又按，歐陽修洛陽牡丹記，見居士外集卷二十五。）

【校勘記】

〔一〕詞題：吴訥鈔本「三」作「二」；二妙集本、毛本無「三首」二字。元本作「寶雲真覺院賞瑞香」。東坡外集「寶雲」作「杭州」，餘同元本。

〔二〕「絶」，二妙集本、東坡外集作「豔」。

其二

坐客見和，復次韻。

小院朱欄幾曲，重城畫鼓三通㊀。更看微月轉光風㊁，歸去香雲入夢。

翠袖争浮大白㊂，皂羅半插斜紅㊃。燈光零落酒花穠，妙語一時飛動。

【傅注】

㊀「三通」，三疊鼓聲也。

㊁楚詞：「光風轉蕙。」（劉按，句見宋玉招魂。王逸注：「光風，謂雨已日出而風，草木有光也。」）

㊂漢書：「引滿舉白者，罰爵之名也。飲不盡者，即以此爵罰之。魏文侯嘗與大夫飲酒，令曰：『不釂者浮以大白。』於是公乘不仁舉大白以浮君也。」（劉按，詳見劉向說苑善說，别見漢書卷一百「引滿舉白」句下顔師古注。「釂」字原誤作「爵」，文義不通，據顔注改。釂，飲酒盡也。）

㊃皂羅特髻也。（劉按，龍笺引易大厂云：「皂羅特髻爲宋代村姑髻名。」録以備考。）

又詞牌名，見本書卷十二。又東坡續集有李鈴轄坐上分題戴花詩云：「欲把斜紅插皂羅。」宋史輿服志五：「重戴。唐士人多尚之，蓋古大裁帽之遺制，本野夫巖叟之服。以皂羅爲之，方而垂簷，紫裏，兩紫絲組爲纓，垂而結之頷下。」）

其三

真覺府瑞香一本，曹子方不知，以爲紫丁香，戲用前韻〔一〕。

怪此花枝怨泣，託君詩句名通。憑將草木記吴風，繼取相如雲夢㊀。點筆袖沾醉墨，謗花面有慚紅。知君却是爲情穠，怕見此花撩動㊁。

【傅注】

㊀漢司馬相如爲子虛賦，而載雲夢之饒，故山泉土石、草木禽魚，無不畢究。

㊁公舊注云：「坐客云：『瑞香爲紫丁香。』遂以此曲辨證之。」（劉按，司馬相如上林賦有「盧橘夏熟」云云，左思三都賦序斥其謬。蘇軾借以比曹子方之不知瑞香也。）

【校勘記】

〔一〕詞序：元本、茅維蘇集本題作「再用前韻戲曹子方」。二妙集本、毛本將元本詞題與傅注㈡合而爲詞序，删去「公舊注云」四字。

其四

聞道雙銜鳳帶㈠，不妨單著鮫綃㈡〔一〕。夜香知與阿誰燒？悵望水沉煙裊㈢。

雲鬢風前緑卷，玉顔醉裏紅潮㈣。莫教空度可憐宵㈤，月與佳人共僚㈥〔二〕。

【傅注】

㈠唐李義山代離筵伎作：「新人橋上著春衫，舊主江邊側帽檐。願得化爲紅綬帶，許教雙鳳一齊銜。」（劉按，文苑英華卷二百六十三及全唐詩卷五百三十九此詩題作飲席代官伎贈兩從事，末句「一齊」原作「一時」。）

㈡搜神記：「南海之外，有鮫人，水居，亦謂之泉客。織輕綃於泉室，出以賣之，價千金。」（劉按，今本搜神記卷十二云：「南海之外，有鮫人，水居如魚，不廢織績。其眼泣則能出珠。」傅注所引「織輕綃於泉室出以賣之」句出自神異經，見九家集注杜詩卷十五客從詩師尹注。）

㊂「水沉」，香之沉水者，爲絶品。（劉按，參見梁書卷五十四海南諸國傳。）

㊃舊注：「此二句夢中得之。」李群玉贈美人：「鬢聳巫山一朶雲。」又：「眼底桃花酒半醺。」（劉按，見唐詩紀事卷五十四，别見全唐詩卷五百六十九，題作杜丞相悰筵中贈美人。）

㊄沈玄機感異記云：「徘徊花上月，空度可憐宵。」（劉按，詩出太平廣記卷三二六沈警條中鳳將雛含嬌曲，原注：「出異聞録。」傅注似别有所本，故本書卷三臨江仙其十注㊃重引此詩，且記述頗詳，可互參看。）

㊅陳國風詩：「月出皎兮，佼人僚兮。」「僚」，音了，注：「美好也。」（劉按，詩見詩經陳風月出篇。經典釋文卷六：「僚兮。本亦作『嫽』，同音了。」毛傳：「僚，好貌。」）

【校勘記】

〔一〕「單著」，二妙集本、茅維蘇集本作「單看」。

〔二〕「僚」，二妙集本、茅維蘇集本作「撩」，東坡外集則作「瞭」。

其五　重陽棲霞樓作〔一〕

點點樓頭細雨，重重江外平湖〔二〕。當年戲馬會東徐㈠，今日淒凉南浦㈡。　莫恨黄花未吐，且教紅粉相扶。酒闌不必看茱萸㈢，俯仰人間今古㈣。

【傅注】

㈠「東徐」，彭城也。南史：「宋武帝爲宋公，在彭城，九月九日出項羽戲馬臺，至今相承，以爲故事。」（劉按，戲馬臺原名凉馬臺，見水經注卷二十五泗水條。又按，傅注所引宋武帝事，不見今本南史，而見於南齊書卷九，又見諸文選卷二十謝宣遠九日從宋公戲馬臺集送孔令詩李善注所引蕭子顯齊書，「故事」原作「舊準」。）

㈡梁江淹别賦云：「送君南浦，傷如之何？」（劉按，見文選卷十六。）

㈢杜甫九日詩：「明年此會知誰健，更把茱萸仔細看。」（劉按，九家集注杜詩卷十九九日藍田崔氏莊詩「更」作「醉」。）

㊃古樂府：「俯仰逝將過，倏忽幾何間？」（劉按，句出陸機長歌行，見樂府詩集卷三十。）

【校勘記】

〔一〕詞題：元本、吳訥鈔本、二妙集本、毛本題作「重九」。東坡外集題作「黄州重九」。

〔二〕「江外」，茅維蘇集本作「江水」。

其六

送建溪雙井茶、谷簾泉與勝之。勝之，徐君猷家後房，甚麗，自叙本貴種也〔一〕。

龍焙今年絕品㊀，谷簾自古珍泉㊁。雪芽雙井散神仙㊂，苗裔來從北苑㊃。湯發雲腴釅白㊄，盞浮花乳輕圓㊅。人間誰敢更爭妍？鬥取紅窗白面㊆〔二〕。

【傅注】

㊀建溪龍焙出臘茶，天下奇特。（劉按，宋蔡絛鐵圍山叢談卷六：「建溪龍茶，始江

南李氏，號北苑龍焙者，在一山之中間，其周遭則諸葉地也。居是山，號正焙。一出是山之外，則曰外焙。正焙、外焙，色香必迥殊。」）

㈡谷簾泉，在今星子縣。茶經：「陸羽第水高下，有二十品，廬山谷簾水居第一」。（劉按，唐張又新煎茶水記載陸羽與李季卿論茶水優劣而次第之，曰：「廬山康王谷水簾水第一……雪水第二十。」茶經不載茶水二十品事，傳注誤記出處。）

㈢洪州雙井出草茶絶品。（劉按，歐陽修歸田録卷一：「自景祐以後，洪州雙井白芽漸盛，近歲製作尤精……遂爲草茶第一。」）

㈣北苑即建州之龍焙。（劉按，姚寬西溪叢語卷上云：「建州龍焙面北，謂之北苑。」能改齋漫録卷九謂「此説非也」。）

㈤唐陸龜蒙茶詩：「柾壓雲腴爲酪奴。」〔三〕時號茶爲「酪奴」。（劉按，全唐詩無此詩。又「茶爲酪奴」事見北魏楊衒之洛陽伽藍記「正覺寺」。）

㈥「雲腴」、「花乳」，茶之佳品如此。曹鄴茶詩：「碧波霞脚碎，香泛乳花輕。」又丁謂詩：「花隨僧筯破，雲逐客甌圓。」（劉按，曹鄴故人寄茶詩見全唐詩卷五百九十二，題下原注：「一作李德裕詩。」原句「波」作「沉」。又丁謂煎茶詩，見瀛奎律髓卷十八轉引，其文集已佚。）

㈦公詩云：「從來佳茗似佳人。」（劉按，句見東坡集卷十八次韻曹輔寄壑源試焙新芽。）

【校勘記】

〔一〕詞序：元本少下「勝之」二字，「麗」上有「慧」字，「叙」上有「陳」字。吴訥鈔本、茅維蘇集本題作「茶詞」。二妙集本、毛本改題爲「送茶并谷簾泉與王勝之」，誤。又龍本引鄭文焯曰：「題『勝之』下當是旁注。」待考。

〔二〕「白」，元本、二妙集本、東坡外集作「粉」。

〔三〕「酪」，沈鈔本、清鈔本、曬藍本作「醅」，今從珍重閣本。

其七〔一〕

姑熟再見勝之，次前韻。

別夢已隨流水，淚巾猶裛香泉㈠。相如依舊是臞仙㈡，人在瑶臺閬苑㈢。

花霧縈風縹緲㈣，歌珠滴水清圓㈤。蛾眉新作十分妍，走馬歸來便面㈥。

【傳注】

㈠杜子美：「淚下如迸泉。」（劉按，句見杜鵑詩，載九家集注杜詩卷十一。）

㈡司馬相如感武帝好神仙之事，以爲列仙之儒，居山澤間，形容甚臞，此非帝王之仙意也，乃奏大人賦。（劉按，事詳漢書卷五十七司馬相如傳。）

㈢「瑶臺」、「閬苑」，皆崑崙之别名。

㈣廣記云：「弱質纖腰，如霧蒙花。」（劉按，見太平廣記卷三百四十六「臧夏」條，出河東記。）

㈤禮記：「歌，纍纍乎端如貫珠。」（劉按，見樂記篇。）

㈥張敞爲京兆尹，無威儀。時罷朝會，過走馬章臺街，使御史驅，自以便面拊馬。又爲婦畫眉，長安中傳張京兆眉憮。有司以奏。上問之，對曰：「臣聞閨房之内，夫婦之私，有過於畫眉者。」上愛其能，勿備責也。（劉按，事見漢書卷七十六張敞傳。）「蛾眉」，碩人詩所謂「螓首蛾眉」是也。（劉按，見詩經衛風碩人。）

【校勘記】

〔一〕毛本調名下原注：「或刻山谷詞。」全宋詞編者案：「此首别又誤入黄庭堅豫章黄先生詞。」按影宋本山谷琴趣外篇、吴訥鈔本山谷詞不收此詞。唯毛本山谷詞收之，誤。

其八　中秋和子由〔一〕

世事一場大夢㊀，人生幾度新凉〔二〕。夜來風葉已鳴廊㊁〔三〕，看取眉頭鬢上㊂。

酒賤常嫌客少，月明多被雲妨㊃。中秋誰與共孤光㊄，把酒淒然北望〔四〕。

【傳注】

㊀莊子曰：「且有大覺，而後知此其大夢也。」（劉按，見莊子齊物論篇。）

㊁唐徐寅賦：「落葉辭柯，人生幾何？」（劉按，此乃人生幾何賦首句也，徐正字詩賦卷一作「葉落」；別見全唐文卷八百三十。）

㊂正勤落葉詩：「年年見衰謝，看着二毛侵。」（劉按，宋詩紀事卷九十二引宋高僧詩選，「着」作「即」。）

㊃韓退之：「人生如此少，酒賤且勤置。」（劉按，句出醉後，見五百家注昌黎文集卷二，别見全唐詩卷三百三十七。）潘閬：「西風妬秋月，浮雲重疊生。」（劉按，句

出中秋無月詩，見逍遥集。）

㊄謝莊月賦：「美人邁兮音塵絶，隔千里兮共明月。」（劉按，見六臣注文選卷十三。）

【校勘記】

〔一〕詞題：二妙集本、毛本題作「黄州中秋」。龍校謂傅注本題作「中秋寄子由」，與今見四種傅注題異，待考。

〔二〕「新」，二妙集本、茅維蘇集本、毛本作「秋」。

〔三〕「槨」，元本、吴訥鈔本、二妙集本、毛本作「廊」。

〔四〕「酒」，元本作「琖」，二妙集本作「醆」，東坡外集作「盞」。按此三字通用，今通作「盞」。

其九　送錢待制穆父〔一〕

莫嘆平齊落落〔二〕，且應去魯遲遲㊀。與君各記少年時，須信人生如寄㊁。

白髮千莖相送，深杯百罰休辭㊂。拍浮何用酒爲池㊃，我已爲君德醉㊄。

【傳注】

㈠孟子曰：「孔子去魯，遲遲吾行。」（劉按，孟子萬章下云：孔子「去魯，曰：『遲遲吾行也，去父母國之道也。』」傳注節引孟子而失當，易生歧解。）

㈡魏武帝樂府：「人生如寄，多憂何爲？」（劉按，句出曹丕善哉行，見文選卷二十七。傳注誤標作者。）

㈢杜甫：「數莖白髮那拋得，百罰深杯亦不辭。」（劉按，句出樂游園歌，見九家集注杜詩卷二。）

㈣晉畢卓嘗謂人曰：「得酒滿數百斛船，四時甘味置兩頭，右手持酒杯，左手持蟹螯，拍浮酒船中，便了一生足矣。」（劉按，事見世説新語任誕，别見晉書卷四十九畢卓傳。「甘味」原作「甘果」，據晉書改。）紂嘗爲酒池肉林於沙丘。（劉按，史記卷三殷本紀曰：帝紂「大冣樂戲於沙丘，以酒爲池，懸肉爲林」。）

㈤賓之初筵詩：「既醉而出，并受其福。醉而不出，是謂伐德。」（劉按，句出詩經小雅賓之初筵。）詩：「既醉以酒，既飽以德。」（劉按，句出詩經大雅既醉。）

【校勘記】

〔一〕詞題：吴訥鈔本、二妙集本、毛本無「穆父」二字。

〔二〕「齊」原作「原」，費解。元本作「齊」，近是。據改。

其十　梅〔一〕

玉骨那愁瘴霧〔二〕，冰肌自有仙風㊀〔三〕。海仙時遣探芳叢，倒掛綠毛么鳳。

素面常嫌粉涴㊁〔四〕，洗妝不褪唇紅〔五〕。高情已逐曉雲空〔六〕，不與梨花同夢㊂〔七〕。

【傅注】

㊀莊子：「藐姑射之山，有神人焉，肌膚若冰雪。」（劉按，引自莊子逍遥游篇。）

㊁楊妃外傳：「虢國夫人，貴妃之女兄也。不施妝，自有美艷。常素面入朝。時杜甫有詩云：『虢國夫人承主恩，平明騎馬入宫門。却嫌脂粉污顏色，淡掃蛾眉朝至尊。』」（劉按，楊太真外傳引此詩題作者爲張祜。又按，全唐詩卷五百十一張祜集靈臺二首之二，即此詩，詩題下注云：「此篇一作杜甫詩。」同書卷二百三十四

杜甫號國夫人詩即亦此詩，題注：「一作張祜。」）

㊂公自跋云：「詩人王昌齡夢中作梅花詩。南海有珍禽，名倒掛子，緑毛，如鸚鵡而小。惠州多梅花，故作此詞。」（劉按，東坡後集卷四松風亭下梅花盛開下再用前韻詩自注：「嶺南珍禽有倒掛子，緑毛，紅喙，如鸚鵡而小，自海東來，非塵埃間物也。」傅注或本於此。）詩話云：「王昌齡梅詩曰：『落落寞寞路不分，夢中唤作梨花雲。』方知公引用此詩。」（劉按，傅注采自宋王楙撰野客叢書卷六，又見高齋詩話，苕溪漁隱叢話前集卷四十一轉引之。又按，張邦基墨莊漫録卷六、御定淵鑑類函卷四百、佩文韻府卷十二之一皆謂「夢中唤作梨花雲」詩作者爲王建。又按，全唐詩中王昌齡、王建卷内均無此詩。）

【校勘記】

〔一〕詞題：元本無題。吴訥鈔本、二妙集本、毛本題作「梅花」。東坡外集題作「惠州咏梅」。

〔二〕「玉骨」，冷齋夜話卷十引此詞作「玉質」。又「瘴霧」，雞肋編卷下引此詞作「煙瘴」。

〔三〕「冰肌」，雞肋編卷下、冷齋夜話、元本作「冰姿」。又「仙」，冷齋夜話作「山」。

〔四〕「常」，吴訥鈔本、二妙集本、毛本作「翻」。元本注：「一作翻。」又「涴」，雞肋編作「汙」。

〔五〕「褪」，雞肋編、二妙集本、毛本作「退」。

〔六〕「已逐曉」，雞肋編作「易逐海」。

〔七〕二妙集本、毛本該詞末有注云：「惠州梅花上珍禽曰倒掛子，似緑毛鳳而小。」

其十一㊀

照野瀰瀰淺浪〔一〕，横空隱隱層霄〔二〕。障泥未解玉驄驕㊁，我欲醉眠芳草㊂。

可惜一溪明月〔三〕，莫教踏破瓊瑶〔四〕。解鞍欹枕緑楊橋，杜宇一聲春曉㊃。

【傅注】

㊀公自序：「春夜行蘄水山中，過酒家，飲酒，醉。乘月至一溪橋上，解鞍，曲肱少休。及覺，已曉。亂山葱蘢，不謂人世也。書此詞橋柱上〔五〕。」

㊁晉王濟善解馬性，常乘一馬，著連乾障泥，前有一水，終不肯渡。濟曰：「此必是惜障泥。」使人解去，便渡。故當時謂濟有馬癖。（劉按，見世説新語術解篇。事

又見晉書卷四十二王濟傳。據本傳，「馬癖」乃杜預所説。）

㊂鄭谷草詩：「香輪莫輥青青破，留與愁人一醉眠。」（劉按，雲臺編卷中及全唐詩卷六百七十五該詩題作曲江春草，又原詩「輥」作「輾」。）

㊃「杜宇」，子規鳥也。解見浣溪沙。（劉按，參見本書卷十浣溪沙其二「山下蘭芽短浸溪」詞傅注㊁。）

【校勘記】

〔一〕「野」，原誤作「墅」，據元本、吴訥鈔本、二妙集本、毛本改。

〔二〕「隱隱層霄」，吴訥鈔本、二妙集本、毛本作「曖曖微霄」。

〔三〕「明」，元本作「風」，原注：「一作『明』。」

〔四〕「破」，元本、二妙集本作「碎」。

〔五〕「公自序」至「橋柱上」，原鈔於調名下，今移詞後。又元本題注作：「公自序云：頃在黄州，春夜行蘄水中，過酒家，飲酒，醉。乘月至一溪橋上，解鞍，曲肱醉卧少休。及覺，已曉。亂山攢擁，流水鏘然，疑非塵世也。書此語橋柱上。」朱本、龍本删「公自序云」四字，餘同元本。

其十二〔一〕

三過平山堂下㈠，半生彈指聲中㈡。十年不見老仙翁，壁上龍蛇飛動㈢。欲吊文章太守，仍歌楊柳春風㈣。休言萬事轉頭空〔二〕，未轉頭時皆夢㈤〔三〕。

【傅注】

㈠歐陽文忠公守揚州，於僧舍建平山堂，頗得觀覽之勝。（劉按，參見王象之輿地紀勝卷三十七「揚州景物」條，别見葉夢得避暑録話上。）

㈡釋氏有一彈指之頃。（劉按，翻譯名義集：「壯士一彈指頃六十五刹那。」或即傅注所本。）

㈢「老仙翁」謂文忠公也。文忠公墨妙多著於平山堂。「龍蛇飛動」，言其筆勢之騰揚如此。

㈣已見前水調歌頭注。（劉按，見本書卷一水調歌頭其一「落日繡簾卷」詞傅注㈣。）

㈤白樂天：「百年隨手過，萬事轉頭空。」（劉按，句出白居易自咏，見白氏長慶集卷三十四。）

【校勘記】

〔一〕詞題：傅本、元本無題。吴訥鈔本、二妙集本、茅維蘇集本調名下題作「平山堂」。東坡外集題作「元豐七年過揚州」。

〔二〕「休」，東坡外集作「莫」。

〔三〕「皆」，元本作「是」，毛本作「莫」。

其十三〔一〕

昨夜扁舟京口㊀〔二〕，今朝馬首長安。舊官何物與新官㊁〔三〕，只有湖山公案㊂。　此景百年幾變，個中下語千難㊃。使君才氣卷波瀾㊄，與把新詩判斷㊅。

【傅注】

㊀京口，今丹陽。

㊁樂昌公主詩：「此日何遷次，新官對舊官。」（劉按，句出餞別自解詩，見本事詩卷一。）

㊂公倅杭日作詩，後下獄，令供詩帳。此言「湖山公案」，亦謂詩也。禪家以言語爲公案。

㊃禪家有「下語」之説。

㊄杜甫：「文章曹植波瀾闊。」（劉按，句出追酬故高蜀州人日見寄，見九家集注杜詩卷十五。）公嘗有詩云：「文章曹植今堪笑，卷却波瀾入小詩。」（劉按，句出元祐六年六月自杭州召還汶公館我於東堂閲舊詩卷次諸公韻三首之三，見東坡後集卷一。）

㊅唐玄宗嘗見柳杏初拆，顧左右曰：「對此景物，得不與他判斷乎！」遂命羯鼓自擊。（劉按，事見唐南卓羯鼓録，然字句與太平廣記卷二百五所引頗有異同，傅幹乃撮述大意。）

【校勘記】

〔一〕詞題：傅本、元本無詞題。吴訥鈔本調名下題作「送别」。茅維蘇集本、二妙集本、毛本題作「蘇州交代林子中席上作」。

〔二〕「昨夜」，二妙集本，茅維蘇集本、毛本作「昨日」。

〔三〕「與」，元本作「對」，原注：「一作『與』。」

注坡詞卷第三

戚氏 一首〔一〕

玉龜山。東皇靈媲統群仙〔二〕。絳闕岧嶢，翠房深迥，倚霏煙。幽閑。志蕭然〔三〕。金城千里鎖嬋娟〔四〕。當時穆滿巡狩，翠華曾到海西邊。風露明霽，鯨波極目，勢浮輿蓋方圓。正迢迢麗日，玄圃清寂，瓊草芊綿。　争解繡勒香韉。鸞輅駐蹕，八馬戲芝田。瑶池近、畫樓隱隱，翠鳥翩翩。肆華筵。間作脆管鳴弦〔五〕。宛若帝所鈞天。稚顔皓齒〔六〕，緑髮方瞳，圓極恬淡高妍。盡倒瓊壺酒，獻金鼎藥，固大椿年。縹緲飛瓊妙舞，命雙成、奏曲醉留連。雲璈韻響寫寒泉〔七〕。浩歌暢飲，斜月低河漢。漸漸綺霞〔八〕、天際紅深淺。動歸思、回首塵寰〔九〕。爛熳游〔一〇〕、玉輦東還。杏花風、數里響鳴鞭。望長安路，依稀柳色，翠點春姸〔二〕。

【校勘記】

〔一〕「戚氏一首」，傳注本存目闕詞。今據元本補録正文，標點從全宋詞，分片從曹樹銘編東坡詞。

吴訥鈔本、茅維蘇集本、二妙集本調名下注云：「此詞始終指意，言周穆王賓於西王母事。」毛本調名下注云：「此詞詳叙穆天子西王母事，世不知所謂，遂謂非東坡作。李端叔跋云：『東坡在中山，宴席間有歌戚氏調者，坐客言調美而詞不典，以請於公。公方觀山海經，即叙其事爲題，使妓再歌之。隨其聲填寫，歌竟篇就，才點定五六字而已。』」（劉按，此注見於陳振孫直齋書録解題。）

〔二〕「媲」，元本作「媲」，據吴訥鈔本改。歷代詩餘卷一百引此詞作「姹」，龍本從之。

〔三〕「蕭然」，能改齋漫録卷十七引此詞作「悄然」。

〔四〕「鎖」，元本作「瑣」，今據二妙集本、毛本改。

〔五〕「脆管」，二妙集本、茅維蘇集本、毛本無「脆」字。能改齋漫録引此詞作「翠管」，較勝。歷代詩餘此句作「花間作管鳴弦」。

〔六〕「稚顔」，元本、毛本作「稚頭」，義晦。今據吴訥鈔本、二妙集本改。

〔七〕「寫」，吴訥鈔本、二妙集本、歷代詩餘作「瀉」。
〔八〕「漸漸綺霞」，二妙集本、茅維蘇集本、毛本「綺」作「倚」。龍本脱一「漸」字。
〔九〕「首」，二妙集本、茅維蘇集本、毛本作「兮」，歷代詩餘作「盼」。
〔一〇〕「熳」，吴訥鈔本、毛本作「漫」，亦通。
〔一一〕「春妍」，能改齋漫録引此詞作「秦川」。

醉蓬萊

余謫居黄，三見重九，每歲與太守徐君猷會於棲霞。今年公將去，乞郡湖南。念此惘然，故作此詞〔一〕。

笑勞生一夢㊀，羈旅三年㊁，又還重九。華髮蕭蕭㊂，對荒園搔首。賴有多情，好飲無事㊃，似古人賢守。歲歲登高㊄，年年落帽㊅，物華依舊。此會應須爛醉㊆，仍把紫菊紅萸〔二〕，細看重嗅㊇。摇落霜風㊈，有手栽雙柳。來歲今朝，爲我西顧，酹羽觴江口㊉。會與州人，飲公遺愛，一江醇酎⑪〔三〕。

【傳注】

㈠李白：「處世若大夢，胡爲勞其生。」（劉按，見春日醉起言志詩，載李太白詩集卷二十三。）

㈡左傳：「羈旅之臣。」注云：「羈，寄也；旅，客也。」（劉按，見杜預春秋經傳集解三莊公二十二年。）

㈢唐褚遂良帖云：「華髮蕭然。」蓋貶長沙時也。公時貶黄，故云。（劉按，蘇軾次韻韶守狄大夫見贈二首其一：「華髮蕭蕭老遂良。」句下有東坡自注：「褚河南帖云：『即日遂良鬚髮盡白。』蓋謫長沙時也。」見清查慎行撰蘇詩補注卷四十四。）又蘇軾作柳氏二外甥求筆迹二首其二：「遂良鬚鬢已成絲。」分類注本程縯曰：「褚遂良有一帖云：『即日遂良鬚髮盡白。』」）

㈣史記：「陳軫爲楚使秦。過梁，欲見犀首，謝弗見，已乃見之。陳軫曰：『公何好飲也？』犀首曰：『無事也。』曰：『吾請令公厭事可乎？』」（劉按，事詳史記卷七十陳軫傳。「乎」原作「也」，據史記改。）

㈤續齊諧記：「桓景隨費長房學數年，房忽謂之曰：『九月九日汝家有大災，可速去，令家人各作絳囊，盛茱萸繫臂，登高山，飲菊花酒，禍乃可消。』景如其言，舉家登高。夕還，見牛羊雞犬等皆暴死。」（劉按，詳見四庫全書本續齊諧記，别見初學記卷四、藝文類聚卷四引梁吴均續齊諧記。傅幹撮述大意，未盡遵原文。）

㈥世説：「孟嘉爲征西將軍桓温參軍事，温甚禮之。及九月九日，温宴龍門山，參寮畢至。有風吹嘉帽落，温令左右勿言，以觀其舉止也。」（劉按，詳見世説新語識鑒篇劉孝標注所引嘉别傳。）

㈦杜子美：「爛醉是生涯。」（劉按，句出杜位宅守歲，見九家集注杜詩卷十八。）

㈧西京雜記：「九月九日佩茱萸，飲菊花酒，令人長壽。」（劉按，四庫全書本西京雜記卷三「茱萸」下有「食蓬餌」三字。）杜子美九日詩：「明年此會知誰健，更把茱萸仔細看。」（劉按，句出杜甫九日藍田崔氏莊，「更」作「醉」；原校：一作「再」，見九家集注杜詩卷十九。）

㈨文選宋玉曰：「草木摇落而變衰。」（劉按，見文選卷三十三九辯。）

㈩陸士衡詩：「四座感同志，羽觴不可筭。」注：「羽觴，置鳥羽於觴，以取急飲也。」（劉按，文選卷三十陸機擬今日良宴會詩「感」原作「咸」。又六臣注本所載吕延濟注，「於觴」原作「於杯」，「以」下無「取」字。）

⑪「醇酎」，三重釀酒也。黄石公記：「昔者良將有饋簞醪者，投於河，令士逐流而飲

之。三軍皆告醉。」（劉按，隋書經籍志著録「黄石公記三卷，下邳神人撰。」今佚。又按，藝文類聚卷七十二引此文，文字稍異，録如下：「昔者良將用兵，人有饋一簞醪者，使投之於河，令將士迎流而飲之。夫簞醪不能味一河水，三軍思爲之死，非滋味及之也。」又太平御覽卷四百七十五及卷八百四十五兩引此文，略同於藝文類聚。傅注省字節引，遂使文義不明。又「三軍皆告醉」非黄石公記文。）

【校勘記】

〔一〕傅本「郡」誤作「群」，據元本改。又元本詞叙中「黄」下有「州」字，「霞」下有「樓」字，「此」作「是」。吴訥鈔本、二妙集本、毛本詞題作「重九上君猷」。

〔二〕「紅」，吴訥鈔本、二妙集本、毛本作「茱」。

〔三〕「酎」，元本原校：「一作『酒』。」

賀新郎〔一〕

乳燕飛華屋㊀〔二〕。悄無人、桐陰轉午，晚涼新浴。手弄生綃白團扇㊁，扇手一時似玉㊂。漸困倚、孤眠清熟。簾外誰來推繡户？枉教人、夢斷瑶臺曲㊃。又却是、風敲竹㊄。　石榴半吐紅巾蹙㊅。待浮花浪蕊都盡，伴君幽獨㊆。濃艶一枝細看取，芳心千重似束。又恐被、秋風驚緑㊇。若待得君來，向此花前，對酒不忍觸。共粉淚、兩簌簌〔三〕。

【傅注】

㊀杜子美：「鳴鳩乳燕青春深。」（劉按，句出題省中院壁詩，見九家集注杜詩卷十九。）陶淵明：「華屋非蓬居。」（劉按，通行本陶淵明集中無此句。又按，文選卷三十謝靈運擬魏太子鄴中集詩八首之徐幹篇云：「華屋非蓬居，時髦豈余匹。」謝氏此詩前接陶淵明擬古詩。疑傅注引文選因涉上篇而誤標作者名。）

㊁晉中書令王珉，好執白團扇，與嫂婢有情。婢作白團扇歌以贈珉。（劉按，事見晉書卷二十三樂志下，又見耆舊續聞卷二。又按，樂府詩集卷四十五團扇郎載古今樂録摘引婢作「團扇」歌詞。）

㊂晉王衍盛才美貌，明悟若神。每捉玉柄麈尾清談，與手同色。（劉按，事出世説新語容止篇及晉書卷四十三王衍傳。傅注係撮述大意。）

㊃瑶臺，崑崙之別名。

㊄唐李益：「開門風動竹，疑是故人來。」（劉按，句出李益竹窗聞風早寄苗發司空曙詩，見文苑英華卷一百五十六。「風」原作「復」；葉夢得石林詩話引作「風」。）

㊅白居易石榴詩：「山榴花似結紅巾。」（劉按，白氏長慶集卷二十此詩標題爲題孤山寺山石榴花示諸僧衆，又「紅巾」二字傅注誤倒爲「巾紅」，失韻，據白氏長慶集乙正。）

㊆韓退之：「浮花浪蕊鎮常有，纔開還落瘴霧中。」石榴繁盛時，百花零落盡矣。（劉按，句出韓愈杏花詩，見五百家注昌黎文集卷三，别見全唐詩卷三百三十八。「常」原作「長」。）

㊇皮日休石榴詩：「蟬噪秋枝槐葉黄，石榴香老愁寒霜。」（劉按，全唐詩卷六百十一題作石榴歌。）

【校勘記】

〔一〕詞題：傅注及元本無詞題。吴訥鈔本、二妙集本題作「夏景」。毛本調名下有詞叙云：「余倅杭日，府僚湖中高會。群妓畢集，獨秀蘭不來。營將督之再三，乃來。僕問其故，答曰：『沐浴倦卧，忽有扣門聲。急起詢之，乃營將催督也。整妝趨命，不覺稍遲。』時府僚有屬意於蘭者，見其不來，恚恨不已，云：『必有私事。』秀蘭含淚力辯。而僕亦從旁冷語，陰爲之解。府僚終不釋然也。適榴花盛開，秀蘭以一枝藉手獻座中。府僚愈怒，責其不恭。秀蘭進退無據，但低首垂淚而已。僕乃作一曲，名賀新凉，令秀蘭歌以侑觴。聲容妙絶，府僚大悦，劇飲而罷。」龍榆生校云：「此説出古今詞話。」按，苕溪漁隱叢話後集卷三十九云：「東坡此詞，深爲不幸，横遭點汚。」力斥古今詞話所述非是。朱祖謀東坡樂府凡例亦云：「毛本標題，……闌入他人語意，多出宋人雜説。至賀新郎之營妓秀蘭，依託謬妄，并違詞中本旨。」所論甚當，録以備參。

〔二〕「乳燕飛華屋」，艇齋詩話云：「東坡賀新郎，在杭州萬頃寺作。……其真本云『乳燕棲華屋』，今本作『飛』字，非是。」

〔三〕「蔌蔌」，珍重閣本作「簌簌」。

臨江仙　十二首

其一

龍丘子自洛之蜀，載二侍女，戎裝駿馬。至溪山佳處，輒留數日，見者以爲異人。其後十年，築室黄岡之北，號曰静庵居士（一）。乃作臨江仙以紀之（二）。

細馬遠馱雙侍女，青巾玉帶紅靴㊀。溪山好處便爲家㊁。誰知巴峽路，却見洛城花㊂。

面旋落英飛玉蘂，人間春日初斜。十年不見紫雲車㊃。龍丘新洞府，鉛鼎養丹砂。

【傳注】

㊀李白詩：「吴姬十五細馬馱，青黛畫眉紅錦靴。」（劉按，出自對酒詩，見李太白詩集卷二十五。）

㊁僧皎然詩：「是山皆有寺，何處不爲家。」（劉按，全唐詩皎然卷内無此詩。宋曾慥類説卷五十七「三僧詩」條、苕溪漁隱叢話前集卷五十七「僧詩無蔬笋氣」條據西清詩話引閩僧可士送僧詩中有此二句。又分門纂類唐宋時賢千家詩選卷二十二誤收蘇軾僧詩亦有此二句。傳注誤標作者名。）

㊂牡丹花出洛陽者，爲天下第一。（劉按，此語見於歐陽修洛陽牡丹記。）

㊃唐長安唐昌觀舊有玉蘂花，其花每發，若瓊林瑶樹。唐元和中，忽有女子，年可十七八，容色婉娩，從以二女冠、三小僕。既下馬，以白角扇障面，直造花所。異

香芬馥，聞於數十步之外。良久，令小僕取花數枝而出，舉轡百餘步，而輕風擁塵，隨之而去。須臾，塵滅，已在半天，方悟神仙之游。劉禹錫作詩云：「玉女來看玉樹花〔三〕，異香先引七香車。攀枝弄雪時回首〔四〕，驚怪人間日易斜。」出劇談傳。（劉按，事詳唐康駢撰劇談録卷下，别見太平廣記卷六十九。傅幹係節引。）杜牧贈妓人張好好詩：「聘之碧瑶珮，載以紫雲車。」漢武外傳：「七月七日夜，帝於尋真臺見王母乘紫雲輦來。」則「紫雲車」，神仙事也。（劉按，據北堂書鈔卷一百四十，「西王母乘紫雲輦」事見漢武内傳。又按，太平廣記卷第三神仙三之「漢武帝」條引漢武内傳云：「唯見王母乘紫雲之輦，駕九色斑龍。」則傅注誤標書名，「外」當作「内」。）

【校勘記】

〔一〕「庵」，吴訥鈔本作「安」。

〔二〕「乃作臨江仙以紀之」，元本作「作此詞贈之」，吴訥鈔本作「作此紀之」，二妙集本作「作此贈之」。

〔三〕「玉樹」，劉賓客文集外集卷一、萬首唐人絶句卷六載劉禹錫和嚴給事聞唐昌觀玉蘂花下有仙游二首其一作「玉蘂」。

〔四〕「回首」，劉賓客文集外集卷一、萬首唐人絶句卷六作「回顧」。

其二〔一〕

詩句端來磨我鈍〔二〕，鈍錐不解生鋩㊀。歡顔爲我解冰霜。酒闌清夢覺，春草滿池塘㊁。　應念雪堂坡下老㊂，昔年共采芸香㊃。功成名遂早還鄉㊄。回車來過我，喬木擁千章㊅。

【傅注】

㊀晉書：「梅陶及鍾雅好談辯，祖納輒困之，因曰：『君汝潁之士，利如錐；我幽冀之士，鈍如槌。持我鈍槌，捶君利錐，皆當摧矣。』」（劉按，詳見晉書卷六十二祖納傳。）

㊁宋謝靈運登池上樓詩：「池塘生春草，園柳變鳴禽。」謝氏傳曰：「吾嘗於永嘉西堂作詩，夢見惠連，『池塘生春草』之句，豈非神助乎！」（劉按，事詳南史卷十九謝惠連傳。「豈非神助」原作「常云『此語有神功，非吾語也』」。）

㊂公自謂也。（劉按，參見蘇軾文集卷十二雪堂記。）

㊃謂同在書職也。魚豢典略曰：「芸香辟紙魚蠹，故藏書臺稱芸臺。」（劉按，見初學記卷十二轉引，原書佚。）

㊄老子曰：「功成名遂身退，天之道也。」（劉按，引自老子卷上第九章。）

㊅史記：「居千章之材。」又曰：「木千章。」注：「章，材也。」舊將作大匠掌材曰章曹椽。（劉按，引自史記卷一百二十九貨殖傳。「居」字上當有「山」字。注文見史記集解。）

【校勘記】

〔一〕詞題：傅本、元本無題。吴訥鈔本、二妙集本、毛本調名下題曰「贈送」。

〔二〕「端」，茅維蘇集本、毛本作「揣」。

其三

辛未離杭至潤，別張弼秉道。

我勸髯張㊀歸去好㊁，從來自己忘情。塵心消盡道心平。江南與塞北，何處不堪行。　俎豆庚桑真過矣，憑君説與南榮㊂。願聞吴越報豐登。君王如有問，結襪賴王生㊃。

【傳注】

㊀老杜洗兵馬行：「張公一生江海客，身長九尺鬚眉蒼。」（劉按，九家集注杜詩卷四詩題無「行」字。）

㊁老杜送張參軍詩：「好去張公子。」（劉按，九家集注杜詩卷十八此詩標題爲送張二十參軍赴蜀州因呈楊五侍御。杜詩詳注卷三改作「張十二」，未明所據。）

㊂莊子：「老聃之役，有庚桑楚者，偏得老聃之道，北居畏壘之山。居三年，而畏壘大壤〔一〕。畏壘之民相與言曰：『庚桑子之始來，吾洒然異之。今吾日計之不足，歲計之有餘。子胡不相與尸而祝之，社而稷之乎？』庚桑子聞之，南面而不釋然。弟子異之，庚桑子曰：『弟子何異於予？吾聞至人，尸居環堵之室，而百姓猖狂，不知所如往。今以畏壘之細民，竊竊焉欲俎豆予於賢人之間，我其杓之人邪！吾是以不釋於老聃之言』云云。「南榮趎蹵然正坐曰〔二〕：『若趎之年已長矣，將惡乎託業以及此言邪！』庚桑子曰：『全汝形〔三〕，抱汝生，無使汝思慮營營。若此三

年，則可以及此言也。』」（劉按，以上兩段文字節引自莊子庚桑楚篇。）

㈣漢張釋之爲廷尉。景帝立，釋之以景帝爲太子時嘗劾太子不敬〔四〕，恐，稱病。欲免去，懼大誅至；欲見謝，則未知如何。用王生計，卒見謝，景帝不過也。王生者，善爲黄、老言，處士也。嘗召居廷中，三公九卿盡會立，王生老人，曰：「吾襪解。」顧謂張釋之：「爲我結襪。」釋之跪而結之。既已，人或謂王生曰：「獨奈何辱廷尉，使跪結襪？」王生曰：「吾老且賤，自度終無益於張廷尉。張廷尉方今天下名臣〔五〕，吾故聊辱廷尉，使跪結襪，故以重之。」諸公聞之，賢王生而重張廷尉言〔六〕。（劉按，事詳史記卷一百二張釋之傳。）

【校勘記】

〔一〕「壤」，莊子集解引釋文謂「本亦作穰」。按此處二字通用。

〔二〕「蹵然」，沈鈔本、清鈔本作「蹵然」，珍重閣本及莊子口義作「蹙然」。按二字通用。

〔三〕「汝」，傳注原誤作「如」，據莊子改。

〔四〕「以景帝爲太子時嘗劾太子不敬」，以上十三字不見於史記本傳，傅氏蓋轉述前事，撮舉大意。

〔五〕「張廷尉」，傳注脱此三字，據史記本傳補。

〔六〕「言」字，史記本傳無，疑傳注衍。

其四　送李公恕〔一〕

自古相從休務日㊀，何妨低唱微吟㊁。天垂雲重作春陰。坐中人半醉㊂，簾外雪將深。　聞道分司狂御史，紫雲無路追尋㊃。凄風寒雨是駸駸〔二〕。問囚長損氣，見鶴忽驚心〔三〕。

【傳注】

㊀漢律：「五日一賜休沐，得以歸，休沐出謁。」世説：「車武子爲侍中，每休沐，與東亭諸人期共游集。」（劉按，傳注所引不見於通行本世説新語，乃見於宋葉廷珪撰海録碎事卷十二簿書門（休假附）「休沐游集」條。又，初學記卷二十政理部「假第六」引漢律：「吏五日得一休沐，言休息以洗沐也。」龍箋：「休務即休沐，休務當爲宋人語也。」）

㊁世傳陶穀學士，買得黨太尉家故妓，過定陶，取雪水烹團茶，謂妓曰：「黨家應不識此。」妓曰：「彼麄人，安有此景？但能於銷金暖帳下，淺斟低唱，喫羊羔兒酒

耳。」陶默然，愧其言。（劉按，事見宋祝穆撰事文類聚前集卷四、別見詩話總龜卷三十九引玉局遺文。）魏武帝樂府曰：「短歌微吟不能長。」（劉按，句見魏文帝曹丕燕歌行，載文選卷二十七。傅注誤標作者。）

㈢「金釵半醉座添春」。（劉按，此係韓愈醉中留別襄州李相公（逢吉）詩句，見五百家注昌黎文集卷十，別見全唐詩卷三百四十四題作酒中留上襄陽李相公。傅注漏標作者及篇名。）

㈣唐宋詩話：「杜牧爲御史，分司洛陽。時李司徒閑居。洛聲妓爲當時第一。一日開筵，以杜嘗持憲，不敢邀致。杜諷坐客，願預斯會。時會中女妓百餘，皆絶色殊藝。有紫雲者，獨冠。杜獨坐南行，瞪目注視，良久，曰：『名不虚得，宜以見惠。』李俯首而笑，諸妓亦回首破顔。杜又自引三爵，朗吟而曰：『華堂今日綺筵開，誰喚分司御史來？忽發狂言驚滿座，兩行紅粉一時回。』氣息閑逸，旁若無人。」（劉按，事別見本事詩高逸第三、全唐詩話卷四及古今詩話。「狂言」原作「狂吟」，據本事詩改。）

【校勘記】

〔一〕詞題：吴訥鈔本、二妙集本、毛本題作「冬日即事」。

〔二〕「是」，元本、二妙集本、茅維蘇集本、毛本、朱本、龍本作「更」；東坡外集作「走」，原校：「一作『是』。」又龍榆生校：「傅注本『更』誤作『有』。」與今所知見的四種傅注本不合，待考。

〔三〕「忽」，二妙集本、茅維蘇集本、毛本作「總」。

其五　送王緘

忘却成都來十載，因君未免思量。憑將清淚灑江陽㈠。故山知好在〔一〕，孤客自悲涼。　坐上别愁君未見，歸來欲斷無腸㈡。殷勤且更盡離觴。此身如傳舍㈢，何處是吾鄉？

【傅注】

㈠江陽，江北也。水北爲陽。

㈡廣記：「祖價遇鬼，鬼作思家詩云：『佳人應有夢，遠客已無腸。』」（劉按，見太平廣記卷三百四十四「祖價」條。出會昌解頤録，「佳」原作「家」。）

㊂漢書：「平恩侯許伯入第，蓋寬饒賀之。酒酣，寬饒仰視屋而嘆曰：『美哉！然富貴無常，忽則易人，此如傳舍，所閲多矣。惟謹慎爲能得久，君侯可不戒哉！』」（劉按，詳見漢書卷七十七蓋寬饒傳。）

【校勘記】

〔一〕「故山」，東坡外集作「故人」。

其六

夜到揚州，席上作。

樽酒何人懷李白㊀？草堂遥指江東㊁〔一〕。珠簾十里捲香風㊂。花開花謝〔二〕，離恨幾千重。　輕舸渡江連夜到，一時驚笑衰容。語音猶自帶吴儂㊃。夜闌對酒〔三〕，依舊夢魂中㊄。

【傳注】

㊀杜甫有天末懷李白詩：「何時一樽酒，重與細論文。」（劉按，天末懷李白中無此二句，傳注誤標篇名。此二句出自春日憶李白詩，見九家集注杜詩卷十八。）

㊁李白自翰林賜歸，遂放浪江東，往來金陵采石之間。（劉按，事出新唐書卷二百二李白傳。）

㊂杜牧之：「春風十里揚州路，捲上珠簾總不如。」（劉按，句出贈别二首，見全唐詩卷五百二十三。）

㊃杜子美：「賀公雅吴語，在位常清狂。」蓋謂賀知章也。（劉按，句出遣興五首之四，見九家集注杜詩卷五。）知章雖貴爲秘書監，而吴音不改。後告老歸吴中，玄宗加重之。將行，涕泣辭上。上曰：「何所欲？」知章曰：「臣有男，未定名，幸陛下賜之，歸爲鄉里榮。」上曰：「爲道之要，莫若於信。孚者，信也，履信思乎順，卿子必信順之人也。宜名曰孚。」知章再拜而受命。久而謂人曰：「上何謔我邪！且實矣〔四〕。『孚』字乃瓜下爲子，豈非呼我爲瓜子邪！」（劉按，事詳唐鄭綮撰開天傳信記，别見太平廣記卷二百五十五轉引。）

㊄杜甫：「夜闌更秉燭，相對如夢寐。」（劉按，句出羌村三首之一，見九家集注杜詩

卷三。）

【校勘記】

〔一〕「草堂」，元本原校：「一作『暮雲』。」

〔二〕「花謝」，吴訥鈔本作「又花謝」，二妙集本、茅維蘇集本、毛本作「花又謝」，似皆刻意凑足五字句。按詞律，此句可用四字，乃臨江仙又一體也，傅注本不誤。

〔三〕「對酒」，吴訥鈔本、茅維蘇集本、毛本作「對酒處」，二妙集本作「相對處」，亦爲凑足五字句也。按該詞乃雙調五十八字臨江仙之又一體。

〔四〕「且實矣」，句意費解。太平廣記作「我實吴人」，近是。

其七

熙寧九年四月一日，同成伯公謹輩賞藏春館殘花，密州邵家園也〔一〕。

九十日春都過了，貪忙何處追游？三分春色一分愁㊀。雨翻榆莢陣㊁，風轉柳花毬㊂。閬苑先生須自責㊃，蟠桃動是千秋㊄。不知人世苦厭求。東皇不拘束㊅，肯爲使君留㊆〔二〕。

【傳注】

㈠楊元素本事曲集：「葉道卿賀聖朝詞：『三分春色，一分愁悶，一分風雨。』」（劉按，全宋詞所收葉清臣賀聖朝詞原句爲：「三分春色二分愁，更一番風雨。」）

㈡榆莢，榆錢也。

㈢柳絮風滾如毬。

㈣閬苑先生，東方朔也。（劉按，以「閬苑先生」稱東方朔，乃東坡首創，見楊伯嵒撰六帖補卷六。）漢武帝曰：「先生起自責。」（劉按，「先生起自責」句見漢書卷六十五東方朔傳。）

㈤漢武帝故事：「西王母嘗以桃五枚啖帝，帝食之，留核著前。母曰：『用之何爲？』上曰：『欲種之。』母笑曰：『此桃三千年開花，三千年著子，非下土所種。』」（劉按，太平御覽卷九百六十七果部四桃門引漢武故事全文：「東郡獻短人，帝呼東方朔。朔至，短人指朔謂上曰：『王母種桃三千年結子，此兒不良，已三過偷之矣。』後王母降出桃七枚，母自啖二，以五枚與帝。帝留核著前，王母問曰：『用此何爲？』上曰：『此桃美，欲種之。』母嘆曰：『此桃三千年一著子，非下土所植也。』」傳注蓋撮述大意也。）

㈥東皇，青帝也。

㈦公在惠州，改前詞云：「我與使君皆白首，休誇年少風流。佳人斜倚合江樓。水光都眼浄，山色總眉愁。」（劉按，惠州改作，其詞旨意境迥異，當視爲另一首新作，與本詞無涉。）

【校勘記】

〔一〕詞序：元本題作「惠州改前韻」，下片文字見傅注㈦。吴訥鈔本、二妙集本、毛本無題。

〔二〕該詞下闋，元本使用惠州改作「我與使君」云云，不收注原作「閬苑先生」五句。吴訥鈔本、二妙集本、毛本下闋同傅本此詞正文，不收注「惠州改作」的五句。

其八　風水洞作

四大從來都遍滿㈠，此間風水何疑。故應爲我發新詩。幽花香澗谷，寒藻舞淪漪㈡。　借與玉川生兩腋㈢，天仙未必相思。還憑流水送人歸。層巔餘落日，草露已沾衣㈣。

【傅注】

㈠釋氏以地、水、火、風爲「四大」。（劉按，參見圓覺經。）

㈡詩云：「河水清且淪漪。」（劉按，句出詩經魏風伐檀。毛詩注疏卷九「漪」作「猗」。毛傳：「小風水成文，轉如輪也。」）

㈢盧仝號玉川子，有茶詩云：「惟覺兩腋習習生清風。」（劉按，苕溪漁隱叢話後集卷十一及全唐詩卷三百八十八收盧仝此詩，題作走筆謝孟諫議寄新茶。「生清風」原作「清風生」。）

㈣杜甫：「層巔餘落日，草蔓已多露。」（劉按，句出西枝村尋置草堂地夜宿贊公土室二首之一，見九家集注杜詩卷五。）

其九　送錢穆父

一別都門三改火㈠，天涯踏盡紅塵㈡。依然一笑作春温㈢。無波真古井，有節是秋筠㈣。　惆悵孤帆連夜發，送行淡月微雲。樽前不用翠眉顰。人生如逆旅，我亦是行人㈤。

【傅注】

㊀論語：「鑽燧改火。」（劉按，見論語陽貨篇。）周官司爟：「季春出火。」然則出火爲改新火也。（劉按，見周禮夏官。）

㊁漢書：「紅塵四合。」（劉按，漢書中無此語，句出文選卷一班固西都賦，後漢書班固傳嘗引之。傅注誤標書名出處。）

㊂莊子：「暖然似春。」（劉按，語見莊子大宗師篇。）

㊃白樂天：「無波古井水，有節秋竹竿。」（劉按，句見白氏長慶集卷一贈元稹。）

㊄「逆旅」，客舍也。李太白：「天地一逆旅。」（劉按，句出擬古十二首之九，見李太白詩集卷二十四。）

其十

疾愈，登望湖樓，贈項長官。

多病休文都瘦損，不堪金帶垂腰㊀。望湖樓上暗香飄㊁。和風春弄袖，明月夜聞簫。　酒醒夢回清漏永，隱床無限更潮。佳人不見董嬌饒㊂〔一〕。徘徊花上月，空度可憐宵㊃〔二〕。

【傳注】

㈠宋書：「沈約字休文。武帝立，累遷光禄大夫。初，約久處端揆，有志台司，而帝終不用。乃求外出，遂以書陳情於徐勉，言已老病，『百日數旬，革帶常應移孔；以手握臂，率計月小半分。』欲謝事，求歸老之秩。」（劉按，傳注係節引南史卷五十七、梁書卷十三沈約傳。）

㈡望湖樓在錢塘。（劉按，參見蘇軾詩集卷七六月二十七日望湖樓醉書并諸家注。）

㈢杜甫：「佳人屢出董嬌饒。」注云：「嬌饒，名姬也。宋子京有董嬌饒詩。」（劉按，參見九家集注杜詩卷九春日戲題惱郝使君兄，「饒」原作「嬈」。又按，據玉臺新咏卷一，董嬌饒詩作者非宋子京，乃宋子侯也。九家注亦謂宋子侯云云。傳注誤。）

㈣沈玄機感異記：「玄機名警，因奉使秦隴，過張女郎廟，酌水、獻花以祝云：『酌彼寒泉水，紅芳掇嵒谷。雖致之非遠，而薦之異俗。丹誠在此，神其感録。』既而日暮，短亭稅駕，望月彈琴，作鳳將鶵鶵銜嬌曲，其詞曰：『命嘯無人嘯，含嬌何處嬌。徘徊花上月，空度可憐宵。』」（劉按，太平廣記卷三二六引此則，云出自異聞録，字句小有出入。）

【校勘記】

〔一〕「饒」，元本、二妙集本、茅維蘇集本作「嬈」。

〔二〕「徘徊」三句，東坡外集「上月」作「月下」，「空」作「幾」。

其十一　夜歸臨皋〔一〕

夜飲東坡醒復醉，歸來彷彿三更。家童鼻息已雷鳴㈠〔二〕。敲門都不應，倚杖聽江聲㈡〔三〕。　長恨此身非我有㈢，何時忘却營營㈣。夜闌風靜縠紋平㈤。小舟從此逝，江海寄餘生㈥。

【傅注】

㈠韓退之石鼎聯句序：「衡山道士軒轅彌明，與進士劉師服、校書郎侯喜，聯石鼎詩已畢。道士曰：『此皆不足與語，吾閉口矣。』即倚墻睡，鼻息如雷鳴。二子怛然失色。」（劉按，詳見五百家注昌黎文集卷二十一。按傅注乃引述其大意，未遵原句。）

㈡老杜江漲詩：「倚杖没中洲。」（劉按，見九家集注杜詩卷二十一。）

〔三〕莊子：「舜問乎丞曰：『道可得而有乎？』曰：『汝身非汝有也，汝何得有夫道？』舜曰：『吾身非吾有也，孰有之哉？』曰：『是天地之委形也。』」（劉按，見莊子知北游篇。）

〔四〕莊子曰：「無使汝思慮營營。」（劉按，見莊子庚桑楚篇。）

〔五〕風息浪平，水紋如縠。選詩：「風浪吹紋縠。」（劉按，文選無此句。疑是王逢進酒歌「風過細浪生紋縠」之誤引。）

〔六〕魏野：「何日扁舟去，江上負煙蓑。」（劉按，句見宋百家詩存本東觀集，題作暮春閑望，前句原作「扁舟何日去」，疑傳注誤倒。）杜甫：「張公一生江海客。」（劉按，句出洗兵馬，見九家集注杜詩卷四。）

【校勘記】

〔一〕詞題：諸本皆無題，唯東坡外集注云：「在黄州作。」

〔二〕「已」，二妙集本作「如」。

〔三〕「倚杖」，元本原校：「一作『久立』。」

其十二

冬夜夜寒冰合井㊀，畫堂明月侵幃。青缸明滅照悲啼㈠。青缸挑欲盡，粉淚裛還垂。　未盡一樽先掩淚，歌聲半帶清悲。情聲兩盡莫相違。欲知斷腸處㊁，梁上暗塵飛㊂。

【傅注】

㊀井泉温，非盛寒則不冰。漢五行志：「光和間，瑯琊井冰厚丈餘。」所以記異。（劉按，引自後漢書五行志三。「丈」原作「尺」。傅注誤標書名，「漢」上當補「後」字。）

㊁唐武宗疾篤，遷便殿，孟才人以笙歌獲寵者，密侍其右。上目之曰：「吾當不諱，爾何爲哉？」指笙囊泣曰：「請以此就縊。」上惻然。復曰：「妾嘗藝歌，願對上歌一曲，以泄其憤。」上以其懇，許之。乃歌一聲河滿子，氣亟立殞。上令醫候之，曰：「脉尚温，而腸已斷。」（劉按，事見張祜孟才人歎序，載全唐詩卷五百十一。）

㊂七略：「昔善歌者有虞公，發聲動梁上塵。」（劉按，藝文類聚卷四十三引劉向别

録：「漢興以來，善雅歌者，魯人虞公，發聲清哀，遠動梁塵。」傅注蓋本於文選卷三十陸機擬古詩「再唱梁塵飛」句李善注引七略。）李白夜坐吟云：「冬夜夜寒覺夜長，沉吟久坐坐北堂。冰合井，月入閨，青釭明滅照悲啼。青釭滅，啼轉多。掩妾淚，聽君歌。歌有聲，妾有情，情聲相合兩無違。一語不入意，從君萬曲梁塵飛。」（劉按，詩見李太白詩集卷三，原詩「井」下有「泉」字，「青釭明滅」作「金釭青凝」，無「相」字。）

【校勘記】

〔一〕「釭」，吴訥鈔本、二妙集本、毛本作「缸」。按，二字可通用。歷代詩餘「青釭」作「燈花」。

漁家傲　四首

其一

金陵賞心亭送王勝之龍圖〔一〕。王守金陵，視事一日移南郡。

千古龍蟠并虎踞㈠。從公一吊興亡處㈡。渺渺斜風吹細雨㈢。芳草渡。江南父老留公住。　公駕飛車凌彩霧㈣〔二〕。紅鸞驂乘青鸞馭㈤。却訝此洲名白鷺㈥。非吾侶。翩然欲下還飛去〔三〕。

【傅注】

㈠言金陵形象如此。李太白：「龍蟠虎踞帝王州，帝子金陵訪古丘。」（劉按，句出永王東巡歌其四，見李太白詩集卷八。）

㈡金陵，漢末六朝所都，故云「興亡處」。

㈢張志和漁父詞：「斜風細雨不須歸。」（劉按，詞見詩人玉屑卷二十。）

㈣括地圖曰：「奇肱氏能爲飛車，從風遠行。湯時，西風吹奇肱車至豫州，湯破其車，不以示民。十年，西風至，乃復使作車遣歸，去王門四萬里。」（劉按，引文見於唐歐陽詢撰藝文類聚卷一天部上及卷七十一舟車部，字句稍異。又，宋刊百家注分類東坡詩卷九樓閣類金山妙高臺首句注文全同傅注，謂出自帝王世紀，待考。）

㈤乘雲、游霧、駕鶴、驂鸞，皆神仙之事。

㊅金陵有白鷺洲。李白金陵詩：「二水中分白鷺洲。」（劉按，句出登金陵鳳凰臺，見李太白詩集卷二十一。）

【校勘記】

〔一〕「亭」，吳訥鈔本作「臺」。

〔二〕「飛」，元本作「風」。

〔三〕「翩」，二妙集本、茅維蘇集本、毛本作「翻」。

其二　送台守江郎中〔一〕

送客歸來燈火盡。西樓淡月涼生暈㊀。明日潮來無定準㊁。潮來穩。舟橫渡口重城近〔二〕。江水似知孤客恨。南風爲解佳人愠㊂。莫學時流輕久困㊃。頻寄問。錢塘江上須忠信㊄。

【傳注】

㊀「暈」，月暈也。周王褒月詩：「風多暈欲生。」（劉按，北周王褒，一作王褒，見

北史文苑傳。詩句出關山月，見文苑英華卷一百九十八。）

㊁李白：「潮水寧可信，大風難與期。」（劉按，句出新林浦阻風寄友人，見李太白詩集卷十三。詩集「寧」作「定」，「大」作「天」。）

㊂舜作五弦之琴，以歌南風。詩曰：「南風之薰兮，可以解吾民之慍兮。」（劉按，事見史記卷二十四樂書，南風其辭則見裴駰集解引王肅語。）

㊃史記：「蘇秦出游，大困而歸。兄弟、嫂妹、妻妾竊皆笑之，曰：『周人之俗治產業，力工商，逐什二以爲務。今子釋本而事口舌，困，不亦宜乎！』」（劉按，詳見史記卷六十九蘇秦傳。）

㊄列子：「孔子自衛反魯，息駕於河梁而觀焉。有懸水三十仞〔三〕，圜流九十里〔四〕，魚鱉弗能游，黿鼉弗能居〔五〕。有一丈夫，方將游之〔六〕，孔子使人并涯止之曰：『此懸水三十仞，圜流九十里，魚鱉弗能游，黿鼉弗能居也。意者難可以濟乎？』丈夫不以措意，遂渡而出。孔子從而問之：『巧乎？有道術乎？所以能入而出者，何也？』對曰：『始吾之入也，先以忠信；及吾之出也，又從以忠信。忠信錯吾軀於波流，而吾不敢用私。所以能入而出者，此也。』孔子謂弟子曰：『二三子，識之！水者猶可以忠信誠身親之，而況人乎！』」（劉按，龍榆生箋云：「傅注所引列

子，與今本列子黃帝篇所載丈夫游水事大有出入，疑所見古本如此也。」所説極是。但傅注實引自説符篇，原與黃帝篇紀事有異。龍箋偶誤其篇名出處。又按，事亦別見孔子家語卷二。）錢塘江險惡，多覆行舟，故云。

【校勘記】

〔一〕「送台守江郎中」，清王文誥蘇詩總案卷三十二，考江郎中爲江公著，字晦叔。朱孝臧彊村叢書本東坡樂府卷二，據蘇軾送江公著知吉州詩并施注，謂「公著未爲台守，台當作吉，形近而誤」。遂改詞題作「吉守」。吳雪濤蘇詞編年辨證引清順治十七年吉州府志卷三秩官表宋吉州知州事云：「哲宗元祐二年：李琮；四年：江公著。」從而編此詩爲元祐四年八月作於吉州。按東坡外集卷八十四收此詞，題爲「送江寬，寬知台州」。查嘉定赤城志卷九秩官門二「本朝郡守」云：熙寧七年七月十一日，江寬以比部郎中知台州。十年二月六日替。鄒同慶、王宗堂遂認定「江郎中」乃江寬，該詞作於熙寧七年九月江寬由真州轉台州途經杭州時，蘇軾送行之作。參見鄒、王蘇軾詞編年校注重印後記。（劉按，鄒、王説近是，録以備考。）

〔二〕「潮來」，二妙集本、毛本作「風未」。「重城」，東坡外集作「重陽」。

〔三〕「懸水」，傅注本原作「懸求」，據列子原文改。按傅注下文又有「懸水」云云，且今本列子此處亦作「懸水」，知作「懸求」者，傅本誤鈔也。

〔四〕「圜」，沈鈔本、清鈔本、曬藍本作「園」，今據珍重閣本改。「九十」原作「九千」，據列子説符篇改。

〔五〕「弗能」，珍重閣本作「勿能」，下同。

〔六〕「游之」，列子説符篇及孔子家語卷二均作「厲之」，原注：「涉水也。」

其三　七夕

皎皎牽牛河漢女〔一〕。盈盈臨水無由語㊀。望斷碧雲空日暮㊁。無尋處。夢回芳草生春浦㊂〔二〕。鳥散餘花紛似雨㊃。汀洲蘋老香風度㊄。明月多情來照户㊅〔三〕。但攬取㊆。清光長送人歸去〔四〕。

【傅注】

㊀古詩：「迢迢牽牛星，皎皎河漢女。……河漢清且淺，相去復幾許？盈盈一水間，脉脉不得語。」（劉按，見文選卷二十九古詩十九首。）

㊁選詩：「日暮碧雲合，佳人殊未來。」（劉按，見文選卷三十一江淹休上人怨

別詩。）

㊂南史：謝靈運於永嘉西堂，忽夢其弟惠連，即得「池塘生春草」之句。（劉按，詳見南史卷十九謝惠連傳。）

㊃李賀詩：「桃花亂落如紅雨。」（劉按，句出將進酒，見昌谷集卷四，別見全唐詩卷三百九十三。）文選謝玄暉詩：「魚戲新荷動，鳥散餘花落。」（劉按，見文選卷二十二謝朓游東田詩。）

㊄宋玉曰：「夫風起於地，生於青蘋之末。」（劉按，見文選卷十三宋玉風賦。）又柳惲詩：「汀洲采白蘋，日暮江南春。」（劉按，見玉臺新咏卷五及藝文類聚卷四十二所引柳惲江南春。「暮」，原作「落」。）

㊅文選鮑照詩：「明月入我牖。」（劉按，鮑照詩中無此句。句見文選卷三十陸機擬明月何皎皎。傳注誤標作者。）

㊆陸機：「照之有餘輝，攬之不盈手。」（劉按，句見文選卷三十陸機擬明月何皎皎。）

【校勘記】

〔一〕「皎皎」，吴訥鈔本作「皓皓」。

〔二〕「春浦」，東坡外集作「春渚」。又龍校謂「傅注本『春浦』作『南浦』」，與今見傅注各鈔本不符，俟再考。

〔三〕「照」，二妙集本、東坡外集作「入」。

〔四〕「清光長送人歸去」下，東坡外集原注：「古詩句。」

其四　送張元康省親秦州〔一〕

一曲陽關情幾許㈠？知君欲向秦川去。白馬皂貂留不住㈡。回首處。孤城不見天霏霧㈢〔二〕。　到日長安花似雨㈣。故關楊柳初飛絮〔三〕。漸見靴刀迎夾路㈤。誰得似，風流膝上王文度㈥。

【傅注】

㈠唐王維詩：「勸君更盡一杯酒，西出陽關無故人。」今人多畫爲圖，謂之陽關圖，即此曲。（劉按，句見王維送元二使安西詩，譜入樂府後題作渭城曲。又按，宋李公麟（伯時）有白描陽關圖，見宣和畫譜。）

㈡「皂貂」，黑貂裘也。

㈢老杜塞上詩：「孤城隱霧深。」（劉按，塞上詩中無此句。句出野望，見九家集注杜詩卷二十。傅注誤標詩題。）

㈣李賀詩：「桃花亂落如紅雨。」（劉按，句出將進酒詩。）

㈤唐制，諸府帥見大府帥，皆戎服，左握刀，右屬弓矢，帕首袴靴，迎於道左。（劉按，參見韓愈送鄭權尚書序，見文苑英華卷七百三十。）

㈥晉書：「王懷祖子坦之，字文度，懷祖尤愛之。文度雖長大，猶抱置膝上。與語，或有所忤，則遽排下之，曰：『汝竟痴耶！』」（劉按，節引自晉書卷七十五王述傳。事别見世説新語方正。）

【校勘記】

〔一〕詞題：吴訥鈔本、二妙集本、毛本「康」作「唐」。又元本「秦州」下原注：「或作『秦亭』。」

〔二〕「霏」，吴訥鈔本、二妙集本、毛本作「霖」。

〔三〕關，吴訥鈔本作「園」。

注坡詞卷第四

定風波　九首

其一

十月九日，孟亨之置酒秋香亭，有雙拒霜獨向君猷而開。坐客喜笑，以爲非使君莫可當此花，故作是篇〔一〕。

兩兩輕紅半暈腮。依依獨爲使君回〔二〕。若道使君無此意。何爲。雙花不向別人開？但看低昂煙雨裏〔三〕。不已。勸君休訴十分杯〔四〕。更問樽前狂副使㊀。來歲。花開時節與誰來㊁？

【傳注】

㊀公是時貶黄州團練副使。

㊁杜詩：「落花時節又逢君。」（劉按，句出江南逢李龜年詩，見九家集注杜詩卷三十四。）

【校勘記】

〔一〕詞序：「獨」原作「猶」，據元本、吴訥鈔本、二妙集本、毛本改。吴訥鈔本、二妙集本、毛本皆無「雙」字；「是篇」作「是詞」。

〔二〕「獨爲」，元本作「獨向」。

〔三〕「低昂」，珍重閣本作「依昂」，今從衆本。

〔四〕「勸」原作「觀」，據元本、吴訥鈔本、二妙集本、毛本改。

其二㊀

莫聽穿林打葉聲。何妨吟嘯且徐行㊁。竹杖芒鞋輕勝馬㊂〔一〕。誰怕？一蓑煙雨任平生㊃〔二〕。

料峭春風吹酒醒㊄。微冷。山頭斜照却相迎。回首向來瀟灑處〔三〕。歸去。也無風雨也無晴。

【傳注】

㈠公舊序云：「三月七日，沙湖道中遇雨。雨具先去。同行皆狼狽，余獨不覺。已乃遂晴，故作此詞〔四〕。」

㈡阮籍登山臨水，嘯咏自若。（劉按，事見晉書卷四十九阮籍傳。）

㈢无則詩：「騰騰兀兀恣閑行，竹杖芒鞋稱野情。」（劉按，全唐詩收无則詩三首，無此句，則爲其佚詩也。宋陳起編江湖小集卷二十二李龏剪綃集有重寄集句詩，首句云「竹杖芒鞋稱野情」，署「無則」句。又按「騰騰兀兀」二句詩别見於宋刊施顧注蘇詩卷十二答任師中家漢公「芒鞋老菑畬」句下小字夾注，署元微之名。然元氏長慶集中無此二句。待考。）

㈣鄭谷詩：「往來煙波非定居，生涯蓑笠外無餘。」（劉按，此乃羅鄴釣翁詩句，見全唐詩卷六百五十四，「往來」原作「來往」，題下原注云：「一作鄭谷詩。」然而全唐詩鄭谷卷内未收此詩。又按，古今事文類聚前集卷三十七收此詩，署鄭谷作。）

魏野詩：「何日扁舟去，江上負煙蓑。」（劉按，句見魏野東觀集卷七暮春閑望，上句原作「扁舟何日去」。）

㊄公有詩云：「漸覺春風料峭寒。」（劉按，句出送范德孺，見東坡續集卷三，「春風」原作「東風」。）

【校勘記】

〔一〕「芒」，傅注諸本皆誤作「芸」，據元本改。

〔二〕「蓑」，元本、東坡外集作「莎」。

〔三〕「瀟灑」，元本作「蕭瑟」。按，蘇軾又有獨覺詩曰：「回首向來蕭瑟處，也無風雨也無情。」與此詞句同，因疑「蕭瑟」更近蘇詞原貌。

〔四〕此條題注原鈔於調名下，今移詞後。元本删「公舊序云」四字，徑以此注爲詞題，又脱「獨」、「詞」等字，「已乃」作「已而」。二妙集本無「雨具先去」四字，無「故」字。吴訥鈔本「同行」作「同去」。

其三　重陽〔一〕

與客携壺上翠微㈠。江涵秋影雁初飛。塵世難逢開口笑。年少。菊花須插滿頭歸。　酩酊但酬佳節了。雲嶠。登臨不用怨斜暉。古往今來誰不老。多少。牛山何必更沾衣㈡。

【傅注】

㈠爾雅云：「山未及上曰翠微也。」（劉按，見爾雅注疏卷七釋山。晉郭璞注：「近上旁陂。」宋邢昺疏：「謂未及頂上，在旁陂陀之處名翠微。一説，山氣青縹色，故曰翠微也。」）

㈡杜牧九日詩：「江涵秋影雁初飛，與客携壺上翠微。人世難逢開口笑〔二〕，菊花須插滿頭歸。但將酩酊酬佳節，不用登臨恨落暉〔三〕。古往今來只如此，牛山何必更沾衣〔四〕。」（劉按，才調集卷四、全唐詩卷五百二十三收此詩，題作九日齊安登高，字句異同見校記。）列子：「齊景公游於牛山，北臨其國城而流涕，曰：『美哉國乎！鬱鬱芊芊，若何滴滴去此國而死乎？使古無死者，寡人將去斯而之何？』史孔梁丘據從之泣。晏子獨笑於旁。公雪涕而顧晏子曰：『寡人今日之游悲，孔與據皆從而泣，子之獨笑，何也？』晏子對曰：『使賢者常守之，則太公、桓公將常守之矣；使有勇者而常守之，則莊公、靈公將常守之矣。數君者將守之，吾君方將被蓑笠而立乎畎畝之中，惟事之恤，何暇念死乎！此臣之所以獨竊笑也。』景公慚焉。」（劉按，事詳列子力命篇；又見晏子春秋内篇諫上，引文稍異。）

【校勘記】

〔一〕二妙集本、毛本及東坡外集「重陽」題下注：「括杜牧之詩。」

〔二〕「人」，才調集、全唐詩作「塵」，是。

〔三〕「恨」，珍重閣本作「怨」；才調集作「歎」。又全唐詩作「嘆」，原注：「一作『恨』。」

〔四〕「更」，才調集作「獨」；全唐詩作「淚」，原注：「一作『獨』。」

其四〔一〕

莫怪鴛鴦繡帶長。腰輕不勝舞衣裳〔一〕。薄幸只貪游冶去。何處？垂楊繫馬恣輕狂〔二〕。　　花謝絮飛春又盡。堪恨。斷弦塵管伴啼妝。不信歸來但自看。怕見。爲郎憔悴却羞郎㊂。

【傳注】

㊀梁簡文舞賦：「信身輕而釵重，亦腰羸而帶急。」（劉按，見藝文類聚卷四十三轉引梁簡文帝舞賦。）詩話：「唐元載末年，納薛瑶英，處以金絲帳，却塵褥，衣以龍綃衣，一襲無二兩。載以瑶英體輕，不勝重衣，於異國求此服也。惟賈至楊公南與載友善㈡，往往得見其歌舞。賈至贈詩曰：『舞怯銖衣重，笑疑桃臉開。方知漢成帝，虚築避風臺。』」（劉按，「詩話」云云見全唐詩話卷二「楊炎」條。事詳唐蘇鶚撰杜陽雜編卷上及宋計有功撰唐詩紀事卷三十二「楊炎」條。）

㊁王維年少行：「新豐美酒斗十千，洛陽游俠多少年。相逢意氣爲君飲，繫馬高樓柳樹邊。」（劉按，文苑英華卷一百九十四收此詩，題作少年行，又「洛陽」作「咸陽」，「柳樹」作「垂柳」。）又蘇少卿答雙漸詩：「青驄馬繫緑楊陰，低鬟便與迎相見。」（劉按，宋代流傳雙漸、蘇卿故事，本書最早引用。）

㊂傳奇：「崔氏與張籍詩：『自從别後減容光，萬轉千回懶下床。不爲旁人羞不起，爲郎憔悴却羞郎。』」（劉按，此詩見於元稹鶯鶯傳，傳奇中「張籍」作「張生」。）

【校勘記】

〔一〕詞題：傅本、元本無題。吴訥鈔本、二妙集本、毛本調名下有題曰「感舊」。

〔二〕「友善」，沈鈔本、清鈔本誤作「支善」，龍箋作「交善」，今據珍重閣本改。按詩話原文，此句作「惟賈至與炎雅，與載善」，故作「友善」近是。

其五　送元素

千古風流阮步兵〔一〕。平生游宦愛東平。千里遠來還不住。歸去。空留風韻照人清㊀。　紅粉樽前深懊惱〔二〕。休道〔三〕。怎生留得許多情〔四〕。記取明年花絮亂〔五〕。須看。泛西湖是斷腸聲㊁〔六〕。

【傅注】

㊀晉阮籍志氣宏傲，任性不羈。及晉文帝輔政，籍常從容言於帝曰：「籍曾游東平，樂其風土。」帝大悦，即拜東平相。籍乘驢到郡，壞府舍屏障〔七〕，使内外相望，法令清簡，旬日而還。帝引爲從事中郎〔八〕。又聞步兵厨營人善釀，有貯酒三百斛，乃求爲步兵校尉，遺落世事。雖去佐職，常游府内，朝燕必與焉。（劉按，事

詳晉書卷四十九阮籍傳。）

㈡杜詩：「誰家巧作斷腸聲。」（劉按：句出杜甫吹笛詩，見九家集注杜詩卷三十。又按，傅注本原闕「杜詩」二字作空格，今據九家集注杜詩補添。）

【校勘記】

〔一〕「千」，元本作「今」。

〔二〕「深」，元本作「添」，原校：「一作『深』。」

〔三〕「休道」，傅注本脱「休」字（空格闕文），據元本補。又二妙集本、毛本作「知道」，義遜。

〔四〕「怎生」，元本作「如何」。

〔五〕「記取」，吴訥鈔本、二妙集本、茅維蘇集本、毛本作「記得」。「絮」，吴訥鈔本作「繁」。

〔六〕「須看泛西湖是斷腸聲」，傅注本脱「須」字，據吴訥鈔本、二妙集本、毛本補。又，元本此句作「看泛，西湖總是斷腸聲」。

〔七〕「屏障」，原作「居障」，據晉書阮籍傳改。

〔八〕「中郎」，原作「守郎」，據晉書改。

其六

元豐五年七月六日〔一〕，王文甫家飲釀白酒〔二〕，大醉。集古句作墨竹詞。

雨洗娟娟嫩葉光〔三〕。風吹細細緑筠香。秀色亂侵書帙晚。簾捲。清陰微過酒樽涼㊀。　人畫竹身肥擁腫。何用？先生落筆勝蕭郎㊁。記得小軒岑寂夜。廊下。月和疏影上東墻㊂。

【傳注】

㊀杜子美嚴鄭公咏竹：「緑竹半含籜，新梢纔出墻。色侵書帙晚，陰過酒樽涼。雨洗娟娟静，風吹細細香。但令無翦伐，會見拂雲長。」（劉按，九家集注杜詩卷二十六收此詩，題作嚴鄭公宅同咏竹得香字。按「書帙」原誤作「書秩」，據九家集注杜詩改。「娟娟静」原作「涓涓浄」，「涓涓」通「娟娟」，謂細水緩流。）

㊁唐協律郎蕭悦善畫竹，舉世無倫。（劉按，唐張彦遠歷代名畫記卷十云：「蕭悦協律郎，工竹一色，有雅趣。」）白樂天嘗爲畫竹歌曰：「蕭郎下筆獨逼真，丹青已來惟一人。人畫竹身肥擁腫，蕭畫莖瘦節節竦。」（劉按，見白氏長慶集卷十二。「已」原作「以」。按「已」通「以」。）

㊂公詩：「月移花影上東墻。」（劉按，蘇軾詩集無此句。東坡題跋中書曹希蘊詩云：「近世有婦人曹希蘊者，頗能詩，雖格韻不高，然時有巧語。嘗作墨竹詩云：『記

得小軒岑寂夜，月移疏影上東墻。』此語甚工。」傅氏誤將曹詩視爲坡公所作，甚謬。事別見苕溪漁隱叢話前集卷二十五引漫叟詩話。又按，曹詩係化用王安石夜直詩句，王詩云：「春色惱人眠不得，月移花影上欄干。」）

【校勘記】

〔一〕「五年」，吴訥鈔本、二妙集本、毛本作「六年」。按，東坡年譜云：「壬戌飲王文甫家作。」則以「五年」爲是。

〔二〕「家飲」，傅注本原作「飲家」，龍榆生謂「二字倒」，今據元本、吴訥鈔本、二妙集本、毛本乙正。

〔三〕「娟娟」，二妙集本、毛本作「涓涓」。按二詞通用。

其七〔一〕　詠紅梅

好睡慵開莫厭遲㊀。自憐冰臉不時宜〔二〕。偶作小紅桃杏色，閑雅，尚餘孤瘦雪霜姿。　休把閑心隨物態，何事，酒生微暈沁瑤肌。詩老不知梅格在，吟詠，更看緑葉與青枝㊁。

【傳注】

㊀太真外傳曰：「上皇登沉香亭〔三〕，詔妃子。妃子卯醉未醒，命力士使侍兒持掖而至。妃子醉韻殘妝，鬢亂釵横，不能再拜。上皇笑曰：『是豈妃子醉，真海棠睡未足耳。』」　紅梅微類海棠，因用此事。（劉按，詳見宋釋惠洪冷齋夜話卷一；王楙野客叢書卷二十四引自「楊妃外傳」。）

㊁石曼卿紅梅詩云：「認桃無緑葉，辨杏有青枝。」公嘗譏其淺近。（劉按，蘇軾評詩人寫物云：「若石曼卿紅梅詩云：『認桃無緑葉，辨杏有青枝』，此至陋語，蓋村學中體也。」詳見東坡題跋卷三。）

【校勘記】

〔一〕元豐四年東坡作紅梅三首，其一云：「怕愁貪睡獨開遲，自恐冰容不入時。故作小紅桃杏色，尚餘孤瘦雪霜姿。寒心未肯隨春態，酒暈無端上玉肌。詩老不知梅格在，更看緑葉與青枝。」這首定風波詞當是隱括紅梅詩而成。

〔二〕「冰」，龍榆生校：「傳注本誤作水。」按珍重閣本作「仌」，是「冰」之本字；沈鈔本、清鈔本、曬藍本作「氷」，是異體字，均不作「水」。今從元本及紅梅詩改作規範字「冰」。

〔三〕「太真」二句，沈鈔本、清鈔本脱「外」字；「亭」上清鈔本空格闕文，今據珍重閣本補正。

其八㊀

月滿苕溪照夜堂㊁。五星一老鬥光芒㊂。十五年間真夢裏。何事？長庚對月獨凄涼㊃〔一〕。　綠髮蒼顏同一醉〔二〕。還是。六人吟笑水雲鄉㊄。賓主談鋒誰得似？看取。曹劉今對兩蘇張㊅。

【傅注】

㊀公自序云：「余昔與張子野、劉孝叔、李公擇、陳令舉、楊元素會於吴興，時子野作六客詞，其卒章：『盡道賢人聚吴分。試問。也應旁有老人星。』凡十五年，再過吴興，而五人者皆已亡矣。時張仲謀與曹子方、劉景文、蘇伯固、張秉道爲坐客，仲謀請作後六客詞云〔三〕。」（劉按，張先所作六客詞，指定風波令（西閣名臣奉詔行）詞并序，見張子野詞。）

㊁苕溪在吴興。

㊂漢書：「高祖元年，冬十月，五星聚於東井。」（劉按，傅注漏「冬十月」三字，據漢

書卷一高祖本紀補。）又孝武元朔中，「用鄧平所造曆」，「故日月如合璧，五星如連環」。（劉按，漢書卷二十六天文志云：「漢元年十月，五星聚於東井……此高皇帝受命之符也。」又同書卷二十一律曆志上云：「至武帝元封七年（太初元年）……乃召遷用鄧平所造八十一分曆……日月如合璧，五星如連珠。」傅注蓋本於此，然誤「元封」爲「元朔」。）晉志：「老人一星，在弧南……見則治平，主壽昌。常以秋分候之南郊。」（劉按，詳見晉書卷十一天文志上。）

㊃「長庚」，太白星也。韓退之詩云：「東方未明大星没，獨有太白配殘月。」（劉按，句出韓愈東方未明，見五百家注昌黎文集卷三，別見全唐詩卷三百三十八。）

㊄吴中謂之「水雲鄉」，亦謂之「水國」。（劉按，參見本書卷五南歌子其十傅注㊄。又蘇軾所作城南縣尉水亭得長字詩「伐鼓水雲鄉」句下宋人趙次公注：「水雲鄉則言湖州也。」可與傅注互證。）

㊅即後六客也。

【校勘記】

〔一〕「對」，元本作「配」。

〔二〕「髮」，吴訥鈔本、二妙集本、茅維蘇集本、東坡外集作「鬢」。

〔三〕元本删「公自序云」四字，徑以此題注爲詞叙。「楊元素」原作「楊公素」，誤。據元本并參苕溪漁隱叢話後集卷三十九記事改。又元本「卒章」下有「云」字，「盡道」作「見説」。吴訥鈔本、二妙集本「後六客詞」下無「云」字。

其九

南海歸，贈王定國侍人寓娘〔一〕。

誰羨人間琢玉郎〔二〕。天應乞與點酥娘㈠〔三〕。盡道清歌傳皓齒㈡〔四〕。風起。雪飛炎海變清涼。　萬里歸來顔愈少〔五〕。微笑。笑時猶帶嶺梅香〔六〕。試問嶺梅應不好〔七〕？却道。此心安處是吾鄉㈢。

【傅注】

㈠王定國名鞏，丞相旦之孫。（劉按，見宋史卷三百二十王素傳附鞏傳。）「琢玉郎」言其美姿容如玉也。「點酥娘」言其如凝酥之滑膩也。（劉按，事詳苕溪漁隱叢話後集卷四十引東皋雜録。）

㈡杜子美：「佳人絶代歌，獨立發皓齒。」（劉按，句出聽楊氏歌，見九家集注杜詩卷十三。）

㈢白樂天：「安處即吾鄉。」（劉按，白氏長慶集卷十六四十五詩有此句，「吾」原作「爲」。）

【校勘記】

〔一〕詞序：元本「南海」作「海南」，「侍人」作「侍兒」。毛本有詞叙曰：「王定國歌兒曰柔奴，姓宇文氏。眉目娟麗，善應對，家世住京師。定國南遷歸，余問柔：『廣南風土，應是不好？』柔對曰：『此心安處，便是吾鄉。』因爲綴詞云。」（劉按，此節文字見於苕溪漁隱叢話後集卷四十所引東皋雜録，應係毛本妄加詞敘。）

〔二〕「誰」，元本作「長」，吴訥鈔本、毛本、叢話作「常」。

〔三〕「天應」句，元本「酥」作「蘇」；句下原校：「一本作『故教天與點蘇娘』。」又「應乞與」，毛本作「教分付」。

〔四〕「盡道」，元本、叢話作「自作」。

〔五〕「顔」，元本、叢話作「年」。

〔六〕「笑時」，毛本作「時時」。

〔七〕「嶺梅」，吴訥鈔本、二妙集本、毛本作「嶺南」。

南鄉子　十四首

其一　黄州臨皋亭作〔一〕

晚景落瓊杯㊀。照眼雲山翠作堆〔二〕。認得岷峨春雪浪，初來。萬頃蒲萄漲緑醅㊁〔三〕。　暮雨暗陽臺㊂〔四〕。亂灑歌樓濕粉腮㊃〔五〕。一陣東風來捲地，吹回。落照江天一半開。

【傅注】

㊀楊妃外傳：「貴妃進見，初夕即授以合歡條脱紫瓊杯〔六〕。」（劉按，事詳類説卷一載楊妃外傳之霓裳羽衣曲條引逸史。）

㊁李太白：「遥看漢水鴨頭緑，恰似蒲萄初潑醅。」蓋西域人每以蒲萄釀酒。（劉按，句出襄陽歌，「潑」原作「醱」，見李太白詩集卷七。）

㈢宋玉高唐賦：「旦爲朝雲，暮爲行雨。朝朝暮暮，陽臺之下。」（劉按，見文選卷十九，「唐」原作「堂」，據文選改。）

㈣鄭谷雪詩：「亂飄僧舍茶煙濕，密灑歌樓酒力微。」（劉按，雲臺集卷中及全唐詩卷六百七十五題作雪中偶題。）

【校勘記】

〔一〕詞題：吴訥鈔本、二妙集本、毛本題作「春情」。

〔二〕「作」，二妙集本作「竹」。

〔三〕「緑」，元本、吴訥鈔本、二妙集本、毛本作「渌」。

〔四〕「暮」，元本作「春」。

〔五〕「歌」，吴訥鈔本、二妙集本、毛本作「高」。

〔六〕「初夕」，龍箋引傅注作「初處」。沈鈔本作「初處」，清鈔本、曬藍本作「初次」。今從珍重閣本校改。按，逸史作「是夕」。

其二　梅花詞和楊元素

寒雀滿疏籬。争抱寒柯看玉蕤㈠。忽見客來花下坐，驚飛。踏散芳英落酒卮㊁。痛飲又能詩㊂。坐客無氈醉不知㊃。花謝酒闌春到也〔一〕，離離。一點微酸已著枝。

【傅注】

㊀梅花綴樹，葳蕤如玉。戎昱詩：「一樹梅花白玉條。」（劉按，句見文苑英華卷三百二十二、全唐詩卷二百七十戎昱早梅詩，「梅花」原作「寒梅」。）

㊁皇甫冉詩：「繁蕊風驚散，輕紅鳥踏翻。」（劉按，全唐詩皇甫冉卷内無此詩。句見文苑英華卷一百八十八王質金谷園花發懷古詩，「踏」當作「乍」。）

㊂世説〔二〕：「王孝伯云：『名士不必須奇才〔三〕，但常得無事，痛飲，讀離騷，可稱名士。』」（劉按，事見世説新語任誕篇。原文「但」下有「使」，「飲」下有「酒」，「讀」上有「熟」，「可」上有「便」字。）

㊃杜子美贈鄭虔詩：「才名四十年，坐客寒無氈。」（劉按，句出戲簡鄭廣文虔兼呈蘇司業源明，「四」原作「三」，見九家集注杜詩卷二。）

【校勘記】

〔一〕「謝」，吴訥鈔本、二妙集本、毛本作「盡」。

〔二〕「世説」，沈鈔本、清鈔本誤作「一説」，從珍重閣本并據世説新語改。

〔三〕「不必」原誤作「不可」，據世説新語改。

其三　席上勸李公擇酒

不到謝公臺㈠。明月清風好在哉〔一〕！舊日髯孫何處去㈡？重來。短李風流更上才㈢。

秋色漸摧頹。滿院黄英映酒杯〔二〕。看取桃花春二月，争開。盡是劉郎去後栽㈣。

【傳注】

㈠謝公臺在維揚。（劉按，維揚，今江蘇揚州。）

㈡三國志：「張遼問吴降人：『有紫髯者將軍，長上短下，是誰？』答曰：『是孫會稽仲謀也。』」（劉按，詳見三國志吴書吴主傳裴松之注引獻帝春秋。髯孫原謂孫權，詞中戲比孫覺。）

㈢唐李紳爲人短小精悍，於詩最有名，時號「短李」。（劉按，見新唐書卷一百八十一李紳傳。詞中戲比李常。）初，孫莘老、李公擇及公同會，至是惟公擇在焉。

㈣唐劉禹錫字夢得，嘗貶郎州司馬。召還，宰相欲任南省郎，禹錫作玄都觀看花君子詩云：「紫陌紅塵拂面來，無人不道看花回。玄都觀裏桃千樹，盡是劉郎去後栽。」當路者不喜。出爲播州，易和州、連州。入爲主客郎中。復作游玄都觀詩，言「始謫十年還京，道士植桃甚盛，若霞；又十四年過之，無復一存，惟兔葵、燕麥動揺春風耳。」詩曰：「百畝庭中半是苔，桃花浄盡菜花開。種桃道士今何在，前度劉郎又獨來。」（劉按，事詳新唐書卷一百六十八劉禹錫傳，别見本事詩二事感。又劉賓客文集卷二十四元和十年自郎州承召至京戲贈看花諸君子及再游玄都觀絶句詩并序亦載此事；「又獨來」作「今又来」。）

【校勘記】

〔一〕「好」，龍榆生校：「傅注本作『安』。」與今所知見傅注各鈔本不符，待考。

〔二〕「英」，珍重閣本作「華」。

其四

重九，涵輝樓呈徐君猷。

霜降水痕收㈠〔一〕。淺碧鱗鱗露遠洲〔二〕。酒力漸消風力軟，颼颼。破帽多情却戀頭。　佳節若爲酬。但把清樽斷送秋㈡。萬事到頭都是夢㈢，休休。明日黄花蝶也愁㈣。

【傅注】

㈠杜子美：「寒水落依痕。」（劉按，句出冬深，見九家集注杜詩卷三十一。「落」當作「各」；「依」一作「流」。）　薛能：「舊痕依石落，初凍着槎生。」（劉按，全唐詩薛能卷中無此詩。）

㈡杜牧九日詩：「但將酩酊酬佳節。」（劉按，全唐詩卷五百二十三該詩題作九日齊山登高。）

㈢潘閬：「須信百年都似夢，莫嗟萬事不如人。」（劉按，句出樽前勉兄長，又作「萬事到頭都是夢，休嗟百計不如人」，見永樂大典輯本逍遥集。）

㊃鄭谷十月菊詩：「節去蜂愁蝶不知，曉庭還繞折空枝。」（劉按，文苑英華卷三百二十二、全唐詩卷六百七十五詩題作十日菊，是。）公九日次韻王鞏云：「相逢不用忙歸去，明日黄花蝶也愁。」（劉按，詩見東坡集卷十。）

【校勘記】

〔一〕「痕」原作「雲」，查元本、吴訥鈔本、二妙集本、毛本并作「痕」，又據傅注㊀之引證，似宜作「痕」，今據改。

〔二〕「洲」，珍重閣本作「州」，今從諸本改。按説文「州」指「水中可居」陸地，然蘇軾文集卷五十二與王定國尺牘第十二首録此詞，該句原作「欲見洲」。

其五　送述古

回首亂山横。不見居人只見城。誰似臨平山上塔㊀，亭亭。迎客西來送客行。　歸路晚風清〔一〕。一枕初寒夢不成。今夜殘燈斜照處，熒熒。秋雨晴時淚不晴。

【傳注】

㊀臨平山在杭州。（劉按，咸淳臨安志卷二十四：「祥符志云：臨平山，去仁和縣舊治五十四里，山高五十三丈，周迴十八里，上有塔……」蘇軾次韻杭人裴維甫詩亦云：「一別臨平山上塔。」）

【校勘記】

〔一〕「歸」，二妙集本、茅維蘇集本、毛本作「臨」。

其六〔一〕

冰雪透香肌。姑射仙人不似伊㊀。濯錦江頭新樣錦㊁，非宜。故著尋常淡薄衣㊂。　暖日下重幃。春睡香凝索起遲㊃〔二〕。曼倩風流緣底事，當時。愛被西真喚作兒㊄。

【傳注】

㊀莊子曰：「藐姑射之山，有神人居焉。肌膚若冰雪，綽約若處子。」（劉按，見莊子

逍遥游篇。）

㈡成都記：「濯錦江，秦相張儀所作，土人言：此水濯錦則鮮明，他水則否。」（劉按，太平寰宇記卷七十二：「濯錦江即蜀江，水至此濯錦，錦彩鮮潤於他水。」）

㈢張籍倡女詞：「畫羅金縷難相稱，故著尋常淡薄衣。」（劉按，句見全唐詩卷三百八十六。）

㈣韋應物：「宴寢凝清香。」（劉按，句出郡齋雨中與諸文士燕集，見全唐詩卷一百八十六。）

㈤漢武帝故事：「西王母嘗見帝於承華殿，東方朔從青瑣竊窺之。王母笑指朔曰：『仙桃三熟，此兒已三偷之矣。』」「曼倩」，方朔字。（劉按，見漢書卷六十五東方朔傳。）「西真」，西王母。（劉按，今通行本漢武故事未載此事。漢武内傳載東方朔偷仙桃事，情節亦與傳注所引異。待考。）

【校勘記】

〔一〕吴訥鈔本、二妙集本、毛本調名下有詞題曰「有感」。

〔二〕「睡」，吴訥鈔本作「瑞」。

其七

和楊元素，時移守密州〔一〕。

東武望餘杭。雲海天涯兩杳茫〔二〕。何日功成名遂了，還鄉㈠。醉笑陪公三萬場㈡。

不用訴離觴。痛飲從來別有腸㈢。今夜送歸燈火冷，河塘。墮淚羊公却姓楊㈣。

【傅注】

㈠老子：「功成，名遂，身退，天之道。」（劉按，見老子卷上第九章。）

㈡李白：「百年三萬六千日，一日須傾三百杯。」（劉按，句出襄陽歌，見李太白詩集卷七。）

㈢「痛飲」，已見前注。（劉按，見本卷南鄉子其二梅花詞和楊元素傅注㈢。）

㈣晉羊祜爲荆州都督，卒。襄陽人於峴山建碑立廟，歲時饗祭焉。望其碑者，莫不流涕，杜預因名爲「墮淚碑」。（劉按，詳見晉書卷三十四羊祜傳。參見晉習鑿齒襄陽耆舊記卷五牧守。）

【校勘記】

〔一〕詞序：吴訥鈔本、二妙集本、毛本無「時移守密州」。

〔二〕「沓」，元本作「渺」。

其八　和元素〔一〕

涼簟碧紗厨。一枕清風晝睡餘。卧聽晚衙無一事〔二〕，徐徐。讀盡床頭幾卷書。

搔首賦歸歟㊀。自覺功名懶更疏㊁。若問使君才與術〔三〕，何如？占得人間一味愚。

【傅注】

㊀子在陳，曰：「歸與，歸與！」（劉按，詳見論語公冶長。）

㊁嵇叔夜不涉經學，性復疏懶；孔文舉才疏意廣，卒無成功。（劉按，嵇康與山巨源絶交書云：「少加孤露，母兄見驕，不涉經學，性復疏懶。」見文選卷四十三。「涉」原誤作「步」，文理不通，據文選改。又後漢書卷七十孔融傳云：「融負其高氣，志在靖難。而才疏意廣，迄無成功。」是乃傅注所本。）

【校勘記】

〔一〕詞題：元本題作「和楊元素」；吴訥鈔本、二妙集本、毛本題作「自述」。

〔二〕「卧」，元本作「睡」；又「一」字元本脱，四印齋所刻詞本東坡樂府補作「箇」，朱本、龍本從誤。

〔三〕「術」，元本作「氣」。

其九㈠

裙帶石榴紅。却水殷勤解贈儂。應許逐雞雞莫怕㈡，相逢。一點靈心必暗通㈢。

何處遇良工。琢刻天真半欲空。願作龍香雙鳳撥，輕攏。長在環兒白雪胸㈣。

【傅注】

㈠公舊序：「沈强輔雯上出文犀麗玉作。胡琴送元素還朝〔一〕。同子野各賦一首。」（劉按，張先所賦南鄉子送客過餘溪聽天隱二玉鼓胡琴，見張子野詞。此條題注原在調名次行，今依本書體例移置詞後。鄭文焯手批東坡樂府云：「此詞題當分爲二，以『胡琴送元素還朝』爲第二題。集中采桑子慢題序有『胡琴者，姿色尤好……』，是胡琴爲妓女可證。次闋過片所謂『粉淚怨離居』，即『胡琴送元素』之意。定風波送元素作，亦有『紅粉樽前深懊惱』之句，可知胡琴爲元素所眷已。朱云『一賦胡琴、一送元素』，誤甚。至犀麗玉，亦妓名，詞中用典切，正可證託喻其人。本集中咏姬人名字并如是例，此『作』字即結束前題，斷無咏『作胡琴』之理，況以玉作胡琴，更與送元素無關。詞中『良工』、『琢刻』云云，皆喻言麗玉之天真，故下有『願作龍香雙鳳撥』之語，亦足徵命題之意。且集中謂某出妓或侍姬某，亦詞人恒例，豈可泥於『琢刻』等字，即謂其切『作』字，不亦死於句下乎？集中雙荷葉，本耘老侍兒小女，公即以爲曲名，且詞中以荷葉貼切，尤盡清妙之致。此犀麗玉并姓字亦曲曲寫出，獨何疑乎？」又按，或云「雯上」乃「雲上」之訛，而文犀、麗玉乃沈强輔家中善彈琵琶之兩位歌妓。待考。）

㈡抱朴子曰：「通天犀有一白理如綫者，以盛米，置群雞中。雞欲往啄米，至則驚却。故南人名爲『駭雞犀』。」「得其角一尺以上，刻爲魚，銜以入水，水常開。方三尺，可得氣息水中耳。」（劉按，抱朴子内篇卷十七登涉之孫星衍校本，以上兩段文字次序互倒，文句亦有歧異。傳注所引略同於藝文類聚卷九十五。）歐陽文忠公詩：「人言嫁雞逐雞飛〔二〕。」（劉按，句出居士集卷七代鳩婦言。）

㊂李後主詞：「身無彩鳳雙飛翼，心有靈犀一點通〔三〕。」（劉按，此乃李商隱無題詩句，見李義山詩集卷上，别見全唐詩卷五百三十九。宋子京作鷓鴣天詞曾襲用李詩此二句，見宋黄昇撰花菴詞選卷三。傳注誤標作者名。）

㊃楊妃外傳：「妃子琵琶，乃寺人白季貞使蜀還所進，用羅紗檀爲之〔四〕。木温潤如玉，光耀可鑒，有金縷紅文，蹙成雙鳳，弦乃末彌訶羅國所貢緑冰蠶絲也。光瑩如貫瑟。」（劉按，事詳宋樂史楊太真外傳；又唐段安節琵琶録引此事作白秀真。諸家所記文字情節有異，待考。）「環兒」，貴妃小字玉環也。白樂天琵琶行：「輕攏慢撚抹復挑。」（劉按，詩見白氏長慶集卷十二。）凡作樂，若琴瑟類，皆置而撫弦，惟琵琶則抱以按曲，故云「長在環兒白雪胸」。

【校勘記】

〔一〕毛本無「公舊序」三字，以注爲詞序。吴訥鈔本、二妙集本「出」下脱「文」字，龍校：「有『文』字，於義爲長。」

〔二〕「言」，清鈔本作「家」，兹據沈鈔本、珍重閣本及居士集改。

〔三〕「李後主」云云，珍重閣本無此條注。

〔四〕「檀」，珍重閣本作「槽」。文獻通考樂十謂「以邏沙檀爲槽」，義顯。

其十〔一〕

旌旆滿江湖。詔發樓船萬舳艫㊀。投筆將軍應笑我㊁，迂儒。帕首腰刀是丈夫㊂。　粉淚怨離居㊃。喜子垂窗報捷書㊄。試問伏波三萬語㊅，何如。一斛明珠換綠珠㊆。

【傅注】

㊀漢武帝征南越、東甌，始置樓船、戈船將軍之號。（劉按，參見漢書卷六武帝紀中元鼎五年紀事。）建武時，嘗以劉隆爲樓船將軍，副馬援討交趾。（劉按，後漢書卷二十二劉隆傳只述隆副伏波將軍馬援擊交趾等事，而隆并無「樓船將軍」雅號；又據後漢書卷二十四馬援傳，時拜樓船將軍者乃段志。傅注誤。）漢紀：「舳艫千里。」注：「舳，船後也；艫，船前頭也。」（劉按，詳見漢書卷六武帝紀中元封五年紀事及顔師古引李斐注。）

〔二〕漢班超爲人有大志。家貧，常爲官傭書以供養，久勞苦。嘗輟業投筆嘆曰：「大丈夫無他志略，猶當效傅介子、張騫，立功異域，以取封侯。安能久事筆硯間乎？」（劉按，事詳後漢書卷四十七班超傳。）

〔三〕韓愈送鄭尚書序：「嶺南節度爲大府，其餘四府，亦各置帥。然大府帥或過其府，府帥必戎服，左握刀，右屬弓矢，帕首袴鞾迎於郊。及既至，大府帥入據館，帥守若將趍拜，大府與之爲讓，至一至再，乃敢改服，以賓主見焉。」（劉按，事見五百家注昌黎文集卷二十一送鄭權尚書序，别見全唐文卷五百五十六。）

〔四〕子夏曰：「吾離群索居，亦已久矣！」（劉按，語見禮記檀弓篇。）

〔五〕西京雜記云：「蜘蛛集而百事喜。」故俗以蜘蛛爲喜子。（劉按，參見西京雜記卷三。又爾雅釋蟲「蠨蛸、長踦」郭璞注：「小蜘蛛長脚者，俗呼爲喜子。」）

〔六〕漢建武十七年，交趾女子徵側反，自立爲王。拜馬援爲伏波將軍，討之。嶠南悉平。援奏言：「交趾西于縣户有三萬餘，遠界去庭千餘里，請分爲封溪、望海二縣。」詔許之。（劉按，事詳後漢書卷二十四馬援傳。）

〔七〕嶺表録異〔二〕：「緑珠井在白水雙角山下。昔梁氏之女有容貌，石季倫爲交阯采訪使，以真珠三斛買之。梁氏之居，舊井存焉。耆老傳云：『汲飲此井者，誕女必多美麗。』閭里有識者以美色無益於時，遂以巨石填之。爾後雖時有産，或端嚴〔三〕，則七竅四肢多不完具，異哉！」（劉按，見唐劉恂撰嶺表録異卷中；別見太平廣記卷三百九十九「緑珠井」條引。又按，注中「阯」亦可作「趾」，見正字通。）

【校勘記】

〔一〕詞題：傅本、元本無題。吴訥鈔本、二妙集本、毛本調名下有詞題曰「贈行」。朱祖謀注：「案二詞一賦胡琴，一送元素，所謂『各賦一首』也。」另一首見前（「裙帶石榴紅」）。鄭文焯於此頗有異議，已見前首校證。

〔二〕「録異」，沈鈔本作「異録」，今從珍重閣本并參太平廣記改。

〔三〕「或」，太平廣記引作「女」，屬上句，義勝。

其十一〔一〕

天與化工知。賜得衣裳總是緋。每向華堂深處見，憐伊。兩個心腸一片兒。

自小便相隨。綺席歌筵不暫離。苦恨人人分拆破〔二〕，東西。怎得成雙似舊時。

【校勘記】

〔一〕詞題：傅本無題。元本、吴訥鈔本、二妙集本、毛本有詞題曰「雙荔枝」。

〔二〕「拆」，茅維蘇集本作「折」，毛本作「析」。

其十二　集句

寒玉細凝膚吴融。清歌一曲倒金壺鄭谷。杏葉菖條徧相識李商隱〔一〕，争如。豆蔻花梢二月初杜牧。　年少即須臾白居易。芳時偷得醉工夫白居易。羅帳細垂銀燭背韓渥，歡娱。豁得平生俊氣無杜牧。

【校勘記】

〔一〕「杏葉菖條」，吴訥鈔本作「冶葉倡條」。

其十三　集句

悵望送春杯杜牧〔一〕。漸老逢春能幾回杜甫？花滿楚城愁遠别許渾〔二〕，傷懷。何況清絲急管催劉禹錫。　吟斷望鄉臺李商隱。萬里歸心獨上來許渾。景物登臨閑始見杜牧，徘徊。一寸相思一寸灰李商隱。

【校勘記】

〔一〕「杯」，傅注本誤作「社」。據元本、吴訥鈔本、二妙集本、毛本并参杜牧惜春詩原句改。

〔二〕「許渾」，沈鈔本「渾」訛作「惲」，據清鈔本、珍重閣本改。下同，徑改不再出校。

其十四　集句〔一〕

何處倚闌干杜牧。弦管高樓月正圓杜牧。蝴蝶夢中家萬里崔塗，依然。老去悲秋强自寬杜甫〔二〕。明鏡借紅顏李商隱。須著人間比夢間韓愈。蠟燭半籠金翡翠李商隱，更闌。繡被焚香獨自眠許渾。

【校勘記】

〔一〕詞題「集句」二字，清鈔本誤脱，據珍重閣本補。

〔二〕「悲秋」，元本、吴訥鈔本、二妙集本、毛本作「愁來」。

注坡詞卷第五

洞仙歌　二首

其一〔一〕　咏柳

江南臘盡，早梅花開後。分付新春與垂柳。細腰肢㈠、自有入格風流，仍更是、骨體清英雅秀。永豐坊那畔，盡日無人，誰見金絲弄晴晝㈡〔二〕。斷腸是，飛絮時，緑葉成陰，無個事、一成消瘦。又莫是、東風逐君來，便吹散眉間，一點春皺㈢。

【傅注】

㊀杜子美詩：「隔户垂楊弱嫋嫋，恰似十五女兒腰。」（劉按，句出絶句漫興之九，見九家集注杜詩卷二十二，「垂楊」原作「楊柳」。）

㊁白樂天集有河南盧貞和樂天詩，序云：「永豐坊西南角園中，有垂柳一株，柔條極茂。白尚書曾賦詩，傳入樂府，流遍京都。近有詔旨，取兩枝植於禁苑。乃知一顧增十倍之價，非虚語也。」白詩曰：「一樹春風千萬枝，嫩於金色軟於絲。永豐西角荒園裏，盡日無人屬阿誰？」盧詩曰：「一樹依依在永豐，兩枝飛去杳無蹤。玉皇曾采人間曲，應逐歌聲入九重。」（劉按，詳見白氏長慶集卷三十七楊柳枝詞。參見孟棨本事詩事感第二，所記小異。）

㊂辛寅遜柳詩：「纔聞暖律先開眼，直待和風始展眉。」（劉按，句見全芳備祖後集卷十七。古今事文類聚後集卷二十三林木部「古詩・柳」轉引此詩，作者標幸黄遜，「開」作「偷」；「直」作「既」。是。全唐詩卷七百六十一同類聚。傳注誤標作者姓氏。按，宋史卷四百七十九有傳，姓名作「幸寅遜」。「寅」通「黄」。）

【校勘記】

〔一〕全宋詞修訂本編者注：「案古今圖書集成草木典卷二六六柳部誤以此首爲晏幾道作。」吳訥鈔本、毛本小山詞中未見此首；全宋詞晏幾道詞卷末此詞列入「存目詞」。

〔二〕「誰」，吳訥鈔本、二妙集本、茅維蘇集本作「惟」。

其二㈠

冰肌玉骨，自清涼無汗。水殿風來暗香滿。繡簾開、一點明月窺人㈡；人未寢、欹枕釵橫鬢亂㈢。起來攜素手，庭户無聲，時見疏星渡河漢。試問夜如何？夜已三更㈣，金波淡、玉繩低轉㈤。細屈指〔二〕、西風幾時來㈥？又不道、流年暗中偷换。

【傳注】

㈠公自序云：「僕七歲時，見眉州老尼，姓朱，忘其名，年九十餘。自言嘗隨其師入蜀主孟昶宮中。一日，大熱，蜀主與花蕊夫人夜起，避暑摩訶池上，作一詞。朱具能記之。今四十年，朱已死久矣，人無知此詞者，獨記其首兩句。暇日尋味，豈洞仙歌令乎？乃爲足之云〔二〕。」

〔二〕杜子美月詩：「關山同一點。」（劉按，句出玩月呈漢中王，見九家集注杜詩卷二十三。「點」原作「照」。注引趙彦材云：「『照』字，舊一本作『點』，非也。『照』字乃出月賦『千里共明月』之意。」然補注杜詩卷二十三引黄希補注云：「『照』或作『點』，嘗見善本如此，故東坡有『一點明月』之詞。」）

〔三〕公詩云：「鬢亂釵横特地寒〔三〕。」（劉按，句見王安石臨川集卷二十七題畫扇詩：「青冥風露非人世，鬢亂釵斜特地寒。」別見泠齋夜話卷三、能改齋漫録卷八及宋李壁撰王荆公詩注卷四十一。疑傅注誤記作者或「公」上脱漏「荆」字。）

〔四〕詩：「夜如何其，夜未央。」（劉按，句見诗经小雅庭燎。）

〔五〕謝玄暉：「金波麗鳷鵲，玉繩低建章。」（劉按，句見文選卷二十六謝朓暫使下都夜發新林至京邑贈西府同僚。「金波」謂月光浮動；「玉繩」是星名，北斗七星之第五星。）

〔六〕公秋懷詩：「苦熱念西風，常恐來無時。」（劉按，句見東坡集卷四秋懷二首其一。）

【校勘記】

〔一〕「細」，吴訥鈔本、二妙集本、茅維蘇集本、毛本皆作「但」；元本亦作「但」，有校云：「一作『細』。」

〔二〕此條題注原列調名下，今依全書體例移詞後。「大熱」，傅本誤作「大熟」，據元本改。元本無「公自序云」四字，「僕」作「余」，「夜起避暑」作「夜納涼」，「獨」作「但」。吴訥鈔本「眉州」作「眉山」，「死」下無「久矣」，「獨」亦作「但」，「足之」下無「云」字。二妙集本「死」下無「久」，「足之」下無「云」，餘同傅注㊀。按，「公自序」云云，見諸家詩話，墨莊漫録卷九有詳考，可參。

〔三〕「特地寒」，珍重閣本作「特前横」，茲從沈鈔本、清鈔本。

八聲甘州

寄參寥子，時在巽亭〔一〕。

有情風、萬里捲潮來，無情送潮歸。問錢塘江上，西興浦口，幾度斜暉㊀？不用思量今古，俯仰昔人非㊁。誰似東坡老，白首忘機。記取西湖西畔，正暮山好處〔二〕，空翠煙霏。算詩人相得，如我與君稀。約他年、東還海道，願謝公、雅志莫相違㊂。西州路，不應回首，爲我沾衣㊃〔三〕。

【傅注】

㊀錢塘、西興，并吴中之絶景。

㊁晉王逸少蘭亭記：「向之所欣，俯仰之間，已爲陳迹。」（劉按，文見晉書卷八十王羲之傳。）

㊂晉謝安石雖受朝寄，然而東山之志，始末不渝。及鎮新城，盡室而行，造泛海之裝，欲須經略粗定，自江道還東。雅志不就，遂疾。有詔還都。（劉按，事詳晉書卷七十九謝安傳。）

㊃晉羊曇爲謝安所重。安薨，曇輟樂彌年，行不由西州路〔四〕。嘗因石頭大醉，扶路唱樂，不覺至州門。左右曰：「此西州門也〔四〕。」曇悲感不已，因慟哭而去。（劉按，事詳晉書卷七十九謝安傳。）「西州」者，晉志：「揚州廨，王敦所創，開東南西三門，俗謂之西州。今潤州是也。」（劉按，晉志無此條。又元和郡縣圖志卷二十六江南道一「潤州・上元縣」所載與此微異：「孫策定江東，置揚州於建業，其州廨王敦及王導所創也。後會稽王道子於東府城領州，故亦號此爲西州。」）

【校勘記】

〔一〕詞題：元本、吳訥鈔本、二妙集本、毛本無「時在巽亭」四字。又苕溪漁隱叢話後集卷三十九，謂本篇石刻後，東坡自題云：「元祐六年三月六日。」

〔二〕「暮山」，元延祐刻本原闕「暮」字，四印齋翻刻本補爲「春」字，皆不足爲據。

〔三〕「沾衣」，原作「淚沾衣」，據元本、吳訥鈔本、二妙集本、毛本删去「淚」字。

〔四〕「由」，原誤作「游」；「西州」，原誤作「州西」。據晉書謝安傳乙正。

三部樂〔一〕

美人如月，乍見掩暮雲，更增妍絶。算應無恨，安用陰晴圓缺㊀。嬌甚空只成愁㊁，待下床又嬾㊂，未語先咽。數日不來，落成一庭紅葉〔二〕。今朝置酒强起，問爲誰減動，一分香雪？何事散花却病，維摩無疾㊃。却低眉、慘然不答。唱金縷、一聲怨切。堪折便折。且惜取、年少花發㊄〔三〕。

【傳注】

㊀唐詩：「月如無恨月長圓。」（劉按，司馬光温公續詩話云：「李長吉歌『天若有情天

亦老』，人以爲奇絶無對；曼卿對『月如無恨月長圓』，人以爲勍敵。」傅注兩次引此皆謂之唐詩，或另有所本。參見本書卷一水調歌頭其三（明月幾時有）傅注㊆校證。）

㊁劉禹錫三閣詞：「不應有恨事，嬌甚却成愁。」（劉按，劉賓客文集卷二十六、全唐詩卷三百六十四題作三閣辭四首其一。）

㊂唐崔氏與張籍詩：「自從别後減容光，萬轉千回懶下床。」（劉按，「張籍」當作「張生」。句見唐人傳奇之會真記，全唐詩卷八百崔鶯鶯寄詩「别後」作「銷瘦」。事詳太平廣記卷四百八十八所載元稹撰鶯鶯傳。）

㊃維摩經云：「維摩詰室有一天女，聞諸天人説法〔四〕，即現其身，以天花散諸菩薩大弟子上。」（劉按，事詳維摩經觀衆生品。）維摩詰嘗以方便現身，有疾，以其疾故，無數千人，皆往問疾。（劉按，事詳維摩經方便品。）

㊄杜牧：「勸君莫惜金縷衣，勸君須惜年少時。花開堪折君須折，莫待無花空折枝。」（劉按，句見樊川文集卷一杜秋娘詩杜牧自注所引杜秋娘作金縷曲。傅注誤爲杜牧詩矣。又樂府詩集卷八十二題作李錡金縷曲。宋祝穆撰古今事文類聚後集卷十六引作李錡妾杜秋娘唱金縷。宋計有功撰唐詩紀事卷八十歸入不知名者雜

調。全唐詩卷七百八十五題作無名氏雜詩。）

【校勘記】

〔一〕吳訥鈔本、二妙集本、毛本調名下有詞題曰「情景」。

〔二〕「成」，元本、吳訥鈔本、二妙集本、毛本作「盡」。

〔三〕「年少」，吳訥鈔本、二妙集本、毛本作「少年」。

〔四〕「聞諸天人説法」，據維摩經觀衆生品，此句原作「見諸天人，聞所説法」。

好事近 二首

其一 送君猷〔一〕

紅粉莫悲啼，俯仰半年離別。看取雪堂坡下，老農夫淒切㈠。明年春水漾桃花㈡，柳岸隘舟楫。從此滿城歌吹，看黃州闐咽。

【傅注】

㊀公於東坡自作雪堂，耕於其下。（劉按，參見蘇軾雪堂記。原文見東坡志林卷六。）

㊁「桃花水」見「桃花流水鱖魚肥」注。（劉按，見本書卷十浣溪沙其三傅注㊁。）唐王維詩云：「春來遍處桃花水。」（劉按，句出桃源行，「遍處」原作「遍是」，見樂府詩集卷九十。）

【校勘記】

〔一〕詞題：元本「送君猷」上有「黃州」二字。

其二　西湖夜歸〔一〕

湖上雨晴時，秋水半篙初没。朱檻俯窺寒鑑，照衰顏華髮〔二〕。醉中欲墮白綸巾㊀〔三〕，溪風漾流月。獨棹小舟歸去，任煙波飄兀〔四〕。

【傳注】

㊀「綸」，青絲也。「白綸巾」，則有青白織紋矣。（劉按，說文：「綸，青絲綬也。」晉書卷七十九謝萬傳：「萬著白綸巾，鶴氅裘，履版而前。」）

【校勘記】

〔一〕詞題：吴訥鈔本、二妙集本、毛本題作「湖上」。

〔二〕「衰」，傅本誤作「襄」，據元本改。

〔三〕「欲」，元本、吴訥鈔本作「吹」。

〔四〕「飄」，元本作「摇」。

南歌子　十七首〔一〕

其一　錢塘端午〔二〕

山與歌眉斂，波同醉眼流㊀。游人都上十三樓㊁。不羨竹西歌吹、古揚州㊂。

菰黍連昌歜㊃，瓊彝倒玉舟㊄。誰家水調唱歌頭㊅？聲繞碧山飛去、晚雲流㊆。

【傅注】

㊀梁謝偃聽歌賦：「低翠蛾而斂色，睇横波而流光。」（劉按，見文苑英華卷七十八，别見全唐文卷一百五十六。又按蘇軾次韻曹子方運判雪中同游西湖：「雪山已作歌眉淺，山下碧流清似眼。」與此詞句同旨。）

㊁錢塘西湖上，舊有十三間樓。（劉按，詳見宋周淙乾道臨安志卷二，别見陳鵠耆舊續聞卷二。）

㊂揚州有蜀岡，有竹西亭。（劉按，参見宋阮閲撰詩話總龜卷二十八故事門。）杜牧詩：「斜陽竹西路，歌吹是揚州。」（劉按，據全唐詩卷五百二十二杜牧題揚州禪智寺，句中「斜陽」原作「誰知」。又按，蘇軾别公擇詩：「若問西來祖師意，竹西歌吹是揚州。」）

㊃風土記：「五月五日以菰葉裹黏米。」「楚祭屈原之餘風。」又：「俗飲菖蒲酒。」（劉按，包粽子祭屈原事，詳見藝文類聚卷四歲時部中「五月五日」條引風土記又續齊諧記。「飲菖蒲酒」事，見古今事文類聚前集卷九引歲時雜記。傅注將三事并舉同

歸入風土記，不確也。）左傳：「饗有昌歜。」注云：「菖蒲也。」（劉按，文見左傳僖公三十年，杜預注云：「昌歜，菖蒲菹。」蓋以菖蒲根，切之四寸，醃以爲菜。傳注脱「菹」字，恐非是。）

㊄周禮司尊彝有雞、虎等六彝之名，所以納五齊三酒也。而彝皆有舟，則舟者彝下之臺，所以承載彝，若今承露盤然。世俗或用瓊玉爲之。（劉按，詳見周禮春官司尊彝。「舟」爲尊彝等器之托盤。）

㊅明皇雜録：「明皇好水調歌。及胡羯犯京，上欲遷幸，猶登花萼樓，置酒，回顧淒愴。使其中人歌水調畢，因使視樓下，有工歌而善水調者乎？有一少年自言工歌亦善水調，遂歌曰：『山川滿目淚沾衣，富貴榮華得幾時？不見只今汾水上，惟有年年秋雁飛。』上聞之，潸然曰：『誰爲此詞？』左右對曰：『宰相李嶠。』上曰：『真才子也。』不待曲終。」（劉按，事見詩話總龜卷二十四引明皇傳信記，又見碧雞漫志引明皇雜録及本事詩事感第二。諸家所記情節有異。又今通行本之明皇雜録未載此事。）水調曲頗廣，謂之「歌頭」，豈非首章之一解乎？白樂天：「六幺水調家家唱。」（劉按，句出楊柳枝詞八首之一，見白氏長慶集卷三十一。）

㊆張華博物志：「秦青善謳，每撫節而歌，聲震林木，響遏行雲。」（劉按，博物志卷

八：「薛譚學謳於秦青，未窮青之旨，於一日遂辭歸。秦青乃餞於郊衢，撫節悲歌，聲震林木，響遏行雲。」（傅注引述之情節與原書有出入。）

【校勘記】

〔一〕調名：二妙集本、茅維蘇集本「歌」下注：「一作『柯』。」

〔二〕詞題：元本題作「杭州端午」。吴訥鈔本、二妙集本、毛本題作「游賞」。

其二〔一〕

古岸開青葑㊀，新渠走碧流㊁。會看光滿萬家樓。記取他年扶路〔二〕、入西州㊂。　佳節連梅雨㊃，餘生寄葉舟㊄。只將菱角與雞頭㊅。更有月明千頃、一時留。

【傅注】

㊀唐韻：「葑，方用切。菰根也。今江東有葑田。」（劉按，參見廣韻卷四「二宋」部。「葑，方用切」原在本條傅注之末，今據廣韻移前。）公時請修西湖，大開水利。

（劉按，詳見東坡奏議集卷七乞開杭州西湖狀。）

㊁柳子厚：「破額山前碧玉流。」（劉按，句出酬曹侍御過象縣見寄，見柳河東集卷四十二，別見全唐詩卷三百五十二。）

㊂羊曇扶路唱樂，入州西門。餘見甘州注。（劉按，事詳晉書卷七十九謝安傳。見本卷八聲甘州傳注㊃及校證。）

㊃周處風俗記：「梅熟時雨，謂之梅雨。」

㊄韓愈：「清湘一葉舟。」（劉按，韓愈湘中酬張十一功曹詩，原句作「共泛清湘一葉舟」。見五百家注昌黎文集卷九，別見全唐詩卷三百四十三。傅注脱「共泛」二字。）又古詩：「生涯一葉舟。」（劉按，唐韋莊浣花集卷六江邊吟：「張翰生涯一葉舟。」又宋趙抃清獻集卷五漁父之三：「莫笑生涯一葉舟。」傅幹引前人詩句不完整，又未標注作者名。）

㊅周禮：「菱芡栗脯。」注：「菱，芰也；芡，雞頭也。」（劉按，見周禮注疏卷五天官籩人。）

【校勘記】

〔一〕詞題：傅本、元本無題。吴訥鈔本、茅維蘇集本題作「湖景」。二妙集本和毛本題作「湖景和前韻」。按「前韻」指同調「山與歌眉歛」詞。

〔二〕「路」，元本作「病」。毛本「路」旁毛扆校改爲「病」。

其三〔一〕

雨暗初疑夜，風回忽報晴〔二〕。淡雲斜照著山明㈠。細草軟沙溪路、馬蹄輕。　卯酒醒還困㈡，仙材夢不成㈢〔三〕。藍橋何處覓雲英㈣？只有多情流水、伴人行。

【傅注】

㈠梁朱超詩：「落照依山盡。」（劉按，句出對雨詩，見文苑英華卷一百五十三。）

㈡白樂天：「明日早花應更好，心期同醉卯時杯。」（劉按，句出薔薇正開春酒初熟因招劉十九張大夫崔二十四同飲詩，見白氏長慶集卷十七。）

㈢西王母曰：「劉徹好道，然形慢神穢，雖語之以至道，殆恐非仙材也。」故郭璞詩曰：「漢武非仙材。」（劉按，事詳漢武内傳，見文選卷二十一郭璞游仙詩并李善注。「材」又作「才」。）

㊃傳奇：「長慶中，裴航游襄漢，與樊夫人同舟。樊贈詩：『一飲瓊漿百感生，玄霜搗盡見雲英。藍橋便是神仙宅，何必崎嶇上玉京。』航後經藍橋驛，遇女仙雲英，遂娶之。其後俱得仙。」（劉按，見裴鉶傳奇裴航。此條傳注蓋轉述其大意，文字略同於太平廣記卷五十「裴航」條。參見宋計有功唐詩紀事卷四十八「裴航」條。又按，樊詩「崎嶇」，傳注誤作「區區」，據太平廣記改。）

【校勘記】

〔一〕詞題：傳本、元本無題。吴訥鈔本、二妙集本、毛本調名下題曰「寓意」。

〔二〕「忽」，元本作「便」。

〔三〕「仙材」，元本作「仙村」。龍榆生云：「參同契：『得長生，居仙村。』先生詩亦云：『籃輿西出登山門，嘉與我友尋仙村。』傳注作『仙材』，非是。」（劉按，周易參同契卷下云：「得長生，居仙村；樂道者，尋其根。」蘇軾介亭餞楊傑次公詩：「籃輿西出登山門，嘉與我友尋仙村。丹青明滅風篁嶺，環珮空響桃花園。」自注云：「郡人謂介亭山下爲桃源路。」則「仙材」用漢武游仙典故，「仙村」用武陵桃源故事，皆與仙人有關，皆可通也。）

其四　送劉行甫赴餘杭〔一〕

日出西山雨㈠〔二〕，無情又有情〔三〕。亂山深處過清明。不見綵繩花板〔四〕、細腰輕㈡。盡日行桑野，無人與目成㈢。且將新句琢瓊英。我是世間閑客、此間行㈣。

【傳注】

㈠唐王勃滕王閣詩：「珠簾暮捲西山雨。」（劉按，詩見王子安集卷二）

㈡「彩繩花板」，鞦韆戲也。（劉按，詳見梁宗懔撰荆楚歲時記「打毬鞦韆之戲」條。）

㈢楚詞云：「滿堂兮美人，忽獨與余兮目成。」（劉按，句見屈原九歌少司命。傳注原脱「滿堂兮」三字，「美人」連下句，不堪卒讀。今據九歌補正。）

㈣杜牧詩：「景物登臨閑始見，願爲閑客此間行。」（劉按，句出八月十二日得替後移居霅溪館因題長句四韻，見全唐詩卷五百二十二。）

【校勘記】

〔一〕詞題：元本作「送行甫赴餘姚」；吳訥鈔本、二妙集本、茅維蘇集本、毛本作「和前韻」。按「前韻」係指「雨暗初疑夜」詞。

〔二〕「山」，元本原校：「一作『邊』。」

〔三〕「無情又有情」，元本、吳訥鈔本、二妙集本作「無晴又有晴」。按劉禹錫竹枝詞云：「東邊日出西邊雨，道是無晴還有晴。」是坡詞所本，蓋同音喻意也，作「晴」義勝。

〔四〕「綵」，沈鈔本作「採」，而注文仍作「綵」，可證正文誤鈔也，今從清鈔本、珍重閣本。

其五〔一〕

帶酒衝山雨，和衣睡晚晴。不知鐘鼓報天明㈠。夢裏栩然蝴蝶、一身輕㈡。　老去才都盡㈢，歸來計未成㈣。求田問舍笑豪英㈤。自愛湖邊沙路、免泥行㈥。

【傅注】

㈠杜甫：「睡美不聞鐘鼓聲。」〔劉按，句出逼側行贈畢曜，見九家集注杜詩卷三。

「側」一作「仄」；「聲」當作「傳」。）

㈡莊子：「昔者莊周夢爲蝴蝶，栩栩然蝴蝶也。自喻適志與！不知周也；俄然覺，則蘧蘧然周也。不知周之夢爲蝴蝶與？蝴蝶之夢爲周與？」（劉按，詳見莊子齊物論篇。）

㈢杜甫：「老去才雖盡，愁來興甚長。」（劉按，句出寄彭州高三十五使君適虢州岑二十七長史參三十韻，見九家集注杜詩卷二十。）

㈣鄭谷詩：「向蜀還秦計未成。」（劉按，句出興州江館，見雲臺編卷中；別見全唐詩卷六百七十五。）

㈤劉備謂許汜曰：「天下大亂，望君有救世之意，而君求田問舍，言無可采。」（劉按，詳見三國志魏書陳登傳。）

㈥杜甫：「碧澗雖多雨，秋沙先少泥。」（劉按，句出到村詩，見九家集注杜詩卷二十六。）

【校勘記】

〔一〕詞題：傅本、元本無題。吴訥鈔本、二妙集本、毛本調名下題作「再用前韻」。按「前韻」仍指同調「雨暗初疑夜」詞。

其六〔一〕

日薄花房綻㊀，風和麥浪輕㊁。夜來微雨洗郊坰。正是一年春好、近清明。

已改煎茶火㊂，猶調入粥餳㊃。使君高會有餘清。此樂無聲無味、最難名㊄。

【傅注】

㊀韓愈：「辛夷花房忽全開。」（劉按，句出感春五首之五，見五百家注昌黎文集卷四。別見全唐詩卷三百三十九。）

㊁柳子厚：「麥芒漲天搖青波。」（劉按，句出聞黃鸝詩，「漲」原作「際」；見柳河東集卷四十三，別見全唐詩卷三百五十三。）

㊂荆楚歲時記曰：「寒食風俗，以介子推之故則禁火。」（劉按，荆楚歲時記「寒食禁火三日」條云：「介子推三月五日爲火所焚。國人哀之，每歲暮春，爲不舉火，謂之禁煙。犯之則雨雹傷田。」傅注概述其大旨也。）按周官司烜氏：「仲春以木鐸

修火禁於國中。」注云：「爲季春將出火也。」（劉按，參見周禮注疏卷二十六秋官司烜氏。）然則今寒食禁火，爲近季春之時。蓋斷故火而改新火。魏野詩曰：「殷勤旋乞新鑽火，爲我親煎岳麓茶。」（劉按，此乃魏野佚詩。永樂大典卷八二三「詩」字韻引此詩，「乞」作「覓」。宋蒲積中編歲時雜咏卷十五引此詩，「煎」作「烹」，并有詩題爲「清明日書諤公房」。）

㊃玉燭寶典：「今人以寒食悉爲大麥粥，研杏仁爲酪，煮餳以沃之。」（劉按，見初學記卷四寒食條引。）

㊄李白贈褚司馬云：「北堂千萬壽〔二〕，侍奉有光輝。」「人間無此樂，此樂世中稀。」（劉按，見李太白詩集卷十二，篇名作贈歷陽褚司馬時此公爲稚子舞故作是詩也。）

【校勘記】

〔一〕詞題：傅本、元本無題。吳訥鈔本、二妙集本、毛本有詞題曰「晚春」。

〔二〕「北」，沈鈔本誤作「此」，今從清鈔本、珍重閣本。李白集原亦作「北」。

其七

八月十八日觀潮，和蘇伯固二首(一)。

海上乘槎侶㈠，仙人萼緑華㈡。飛昇元不用丹砂。住在潮頭來處、渺天涯㈢。

雷輥夫差國㈣，雲翻海若家㈤。坐中安得弄琴牙？寫取餘聲歸向、水仙誇㈥。

【傅注】

㈠事見鵲橋仙注。（劉按，見本書卷六鵲橋仙其一「緱山仙子」詞傅注㈢。）

㈡真誥：「萼緑華女許，升平年十月十日夜降羊權，自此往來，後贈權詩，火浣布，金條脱。訪問曰：是九疑山得道女羅郁也。」（劉按，此條傅注訛奪錯亂，幾不堪卒讀。今據太平廣記卷五十七引真誥原文補證如下：「萼緑華者，女仙也。年可二十許。上下青衣，顔色絶整。以晉穆帝升平三年己未十一月十日夜，降於羊權家。自云是南山人，不知何仙也。自此一月輒六過其家。……緑華云『我本姓楊』，又云是九疑山中得道羅郁也。宿命時，曾爲其師母毒殺乳婦玄洲，以先罪未滅，故暫謫降臭濁，以償其過。贈權詩一篇，并火澣布手巾一，金玉條脱各一枚。倏脱似指環而大，異常精好。謂權曰：『愼無洩我下降之事，洩之則彼此獲罪。』……授權尸解藥，亦隱景化形而去。今在湘東山中。」）

㊂列子：「渤海之東，不知幾億萬里，有大壑焉，實惟無底之谷。其中有五山：一曰代輿，二曰圓嶠，三曰方壺，四曰瀛洲，五曰蓬萊。而五山之根，無所連著，常隨潮上下往來。」（劉按，節引自列子湯問篇。）

㊃今餘杭乃吴王夫差之故國。「雷輥」，言其潮聲如雷。

㊄「北海若」，乃海神之名。（劉按，楚辭遠游：「令海若舞馮夷。」王逸注：「海若，海神名也。」洪興祖補注：「海若，莊子所稱北海若也。」）「雲翻」，言其潮勢如雲。

㊅「弄琴牙」，伯牙也，而善撫琴。古者撫琴亦謂之「弄」，司馬相如飲卓氏而弄琴。樂府解題：「伯牙學琴於成連，三年不成。成連云：『吾師方子春，今在東海中，能移人情。』乃與伯牙俱往。至蓬萊山，留伯牙曰：『子居習之，吾將迎子。』刺船而去，旬日不返。伯牙延望無人，但聞海洶湧，山林窅冥，愴然嘆曰：『先生移我情矣。』乃援琴而歌，作水仙操。曲終，成連回，刺船迎之而還。因而鼓琴絶妙天下。」今水仙操乃伯牙之所作。（劉按，古詩記卷四引琴苑要録，情節與此微異。）

參見太平御覽卷五百七十八所引樂府解題。）

【校勘記】

〔一〕詞序：元本、吳訥鈔本、二妙集本、茅維蘇集本、東坡外集、毛本無「和蘇伯固二首」六字。按「二首」中另一首即下列「苒苒中秋過」詞。

其八〔一〕

苒苒中秋過，蕭蕭兩鬢華。寓身此世一塵沙㊀〔二〕。笑看潮來潮去、了生涯。方士三山路㊁，漁人一葉家㊂。早知身世兩聱牙㊃。好伴騎鯨公子、賦雄誇㊄。

【傅注】

㊀內典，化佛以三千大千世界，其衆猶微塵，其數猶恒河沙。（劉按，微塵喻其小，見大智度論卷九十四：「譬如積微塵成山，難可得移動。」恒沙言其多，見金剛經一體同觀分第十八：「是諸恒河所有沙數，佛世界如是，寧爲多不？」又，金剛經

無爲福勝分第十一：「但諸恒河尚多無數，何況其沙……以七寶滿尔所恒河沙數三千大千世界，以用布施。」）

㈡史記：「蓬萊、方丈、瀛洲，此三神山，諸仙集焉，黄金白銀爲宫闕。未至，望之如雲；及到，三山反居水下；欲到，則風引船而去，終莫能至者。」（劉按，詳見史記卷二十八封禪書。）

㈢唐顔真卿爲湖州刺史，以張志和舟敝，請更之。志和曰：「願爲浮家泛宅，往來苕霅間耳。」（劉按，節引自新唐書卷一百九十六張志和傳。）

㈣「聱牙」，齟齬不合之謂。

㈤「騎鯨公子」謂李白，已解，見水龍吟。（劉按，見本書卷一水龍吟其一「古來雲海茫茫」詞傳注㈧。）「賦雄誇」，則白所著大鵬賦是也。（劉按，大鵬賦見李太白全集卷一。）

【校勘記】

〔一〕詞題：傅本題見前篇（海上乘槎侶）。元本無題。吴訥鈔本、二妙集本、毛本作「再用前韻」。

〔二〕「此」，吴訥鈔本、二妙集本、茅維蘇集本、毛本作「化」。

其九㊀

師唱誰家曲？宗風嗣阿誰㊁？借君拍板與門槌㊂。我也逢場作戲、莫相疑㊃〔一〕。溪女方偷眼，山僧莫皺眉〔二〕。却愁彌勒下生遲㊄〔三〕。不見老婆三五〔四〕、少年時㊅。

【傳注】

㊀冷齋夜話：「東坡鎮錢塘，無日不在西湖。嘗携妓謁大通禪師，大通愠形於色。東坡作長短句，令妓歌之〔五〕。」（劉按，事見苕溪漁隱叢話前集卷五十七轉引，别見宋皇都風月主人緑窗新話卷下。今通行本冷齋夜話不載此事。）

㊁傳燈録：「關南道吾和尚，因見巫師樂神，打鼓作舞，云：『還識神也！』師於此大悟。後往德山申其悟旨。德山乃印可，師往後每至昇座時，著緋衣，執木簡作禮。僧問：『師唱誰家曲，宗風嗣阿誰？』師云：『打動關南鼓，唱起德山歌。』問：『如何是和尚家風？』師云：『禪床作女人。』拜云：『謝子遠來，無可相

待。』」（劉按，景德傳燈録卷十一及五燈會元卷四「關南道吾和尚」條記載此事，與傅注大同小異。）

㈢梁武帝請志公和尚講經，志公對曰：「自有大士，見在漁行，善能講唱。」帝乃召大士入内，問曰：「用何高座？」大士對曰：「不用高座，只用拍板一具。」大士得板，遂乃唱經，并四十九頌，唱畢而去。大士乃傅大士也。又，武帝嘗一夕焚章而召諸法師齋，人莫有知之者。大士詰朝即手持一鐵槌，徑往以叩梁之端門，而先赴召。時若婁約法師者猶或後至，若雲先法師等，終不知所召矣。（劉按，見景德傳燈録卷二十七善慧大士。）

㈣傳燈録：「僧鄧隱峰云：『竿木隨身，逢場作戲。』」（劉按，詳見景德傳燈録卷六江西道一禪師。）

㈤釋氏有當來下生彌勒佛，言百千萬億劫後，閻浮世界復散爲虚空，則彌勒佛乃當下生時也。（劉按，見彌勒下生經。）

㈥摭言集：「唐薛逢嘗策羸以赴朝，值新進士榜下，綴行。導曰：『迴避新郎君。』逢囅然，即遣一介語之曰：『報道莫貧相，阿婆三五少年時，也曾東塗西抹來。』」（劉按，事詳五代王定保唐摭言卷三慈恩寺題名游賞賦咏雜記，文句小異。）又黄魯直文集載僧偈亦云。（劉按，詳見山谷別集卷十二跋浄照禪師真贊。）

【校勘記】

〔一〕「莫相」，冷齋夜話引此詞作「不須」。

〔二〕「皺」，吴訥鈔本、二妙集本、毛本作「眨」。

〔三〕「愁」，冷齋夜話引作「嫌」。

〔四〕「老婆」，冷齋夜話引作「阿婆」。

〔五〕「冷齋夜話」云云，此條題注原在調名下，今按本書體例移詞末。又「鎮」字，吴訥鈔本、二妙集本、毛本作「守」。又「形」字，元本、毛本缺。

其十　別潤守許仲塗〔一〕

欲執河梁手㊀，還升月旦堂㊁。酒闌人散月侵廊。北客明朝歸去、雁南翔。

窈窕高明玉㊂，風流鄭季莊㊃。一時分散水雲鄉㊄。惟有落花芳草、斷人腸。

【傳注】

㊀李陵詩：「携手上河梁，游子暮何之？」（劉按，見文選卷二十九李陵與蘇武詩三首之三。）

㊁後漢許劭〔二〕，汝南人。與兄靖居，俱有高名。好論鄉黨人物，每月輒更品題。故汝南俗有「月旦評」。（劉按，事詳後漢書卷六十八許劭傳。）

㊂瑩也。

㊃容也。高瑩、鄭容皆南徐之名妓。

㊄江南地卑濕而多沮澤，故謂之「水雲鄉」。亦謂之「水國」。（劉按，漢語大詞典云：「水雲鄉：水雲彌漫、風景清幽的地方。多指隱者游居之地。」下引蘇軾此詞傅幹注爲書證。）

【校勘記】

〔一〕「潤守」，二妙集本、茅維蘇集本、毛本作「潤州」。

〔二〕「許劭」，原誤作「邵」，據後漢書改。

其十一　湖州作

山雨瀟瀟過〔一〕，溪橋瀏瀏清〔二〕。小園幽榭枕蘋汀。門外月華如水㊀，彩舟橫。

苕岸霜花盡㊁〔三〕，江湖雪陣平〔四〕。兩山遥指海門青。回首水雲何處，覓孤城㊂。

【傅注】

㊀謝莊月賦：「柔祇雪凝，圓靈水鏡。」（劉按，見文選卷十三。）

㊁湖有苕溪。（劉按，太平寰宇記卷九十四江南東道湖州烏程縣：「苕溪在縣南五十步大溪西，西從浮玉山，東至興國寺。以兩岸多生蘆葦，故名苕溪。」）

㊂錢塘江海門，兩山對起。（劉按，宋施宿等撰會稽志卷十九：「古今諸家海潮之誤多矣……或云夾岸有山，南曰龕，北曰赭，二山相對，謂之海門。岸狹勢逼，湧而爲濤耳。」）

【校勘記】

〔一〕「瀟瀟」，元本作「蕭蕭」。

〔二〕「橋」，元本作「風」。

〔三〕「苕岸」，龍校：「傅注本『苕岸』作『苕圻』。」今見傅注各本作「苕岍」。按「岍」乃「岸」之俗體也，龍校誤解矣。

〔四〕「湖」，朱本校：「疑『潮』誤。」

其十二〔一〕

紫陌尋春去，紅塵拂面來。無人不道看花回㈠。惟見石榴新蕊、一枝開㈡。冰簟堆雲髻㈢，金樽灩玉醅㈣。緑陰青子莫相催。留取紅巾千點、照池臺㈤。

【傅注】

㈠劉禹錫看花君子詩：「紫陌紅塵拂面來，無人不道看花回。」餘見南鄉子注。（劉按，見本書卷四南鄉子其三「不到謝公臺」詞傅注㈣及校證。劉禹錫詩題原作元和十一年自朗州召至京戲贈看花諸君子。）

㈡唐明皇幸蜀，至扶風，路傍見一石榴樹，團團，愛翫之，因呼爲「端正樹」。蓋有所思也。（劉按，見明皇雜録。又按，白孔六帖卷九十九引太真外傳作「石楠樹」，與傳注有異。）

㈢「冰簟」，簟冷如冰。（劉按，説文：「簟，竹席也。」）

㈣「玉醅」，白醅似玉。（劉按，説文：「醅，醉飽也。」廣韻：「醅，酒未漉也。」）

㈤公賀新郎：「石榴半吐紅巾蹙。」（劉按，見本書卷三。「紅巾」喻榴花。）

【校勘記】

〔一〕詞題：傅本、元本、二妙集無題。吴訥鈔本、茅維蘇集本、毛本調名下題作「暮春」。花草粹編卷五題作「寄意侍妾榴花」。

其十三

黄州臘八日〔一〕，飲懷民小閣。

衛霍元勳後㈠，韋平外族賢㈡。吹笙只合在緱山㈢。同駕彩鸞歸去〔二〕、趁新年。

烘暖燒香閣，輕寒浴佛天㈣。他時一醉畫堂前〔三〕。莫忘故人憔悴、老江邊〔四〕。

【傅注】

㊀衛青、霍去病皆以軍功爲漢名將。（劉按，詳見漢書卷五十五衛青霍去病列傳。）

㊁韋賢，其子玄成；平當，其子晏。班史云：「漢興，惟韋、平父子至丞相。」（劉按，見漢書卷七十一平當傳。又「玄成」傅注避諱作「元成」，今據漢書改。）

㊂王子晉好吹笙，作鳳鳴，浮丘公接以上山。三十餘年，乃使告其家人，見之於緱氏，遂舉手謝別而去。詳解在鵲橋仙。（劉按，見本書卷六鵲橋仙其一「緱山仙子」詞傅注㊁。）

㊃法雲記：「佛於周穆王二年癸未，年三十，將成道，以臘月八日浴，食乳粥等。」

【校勘記】

〔一〕「臘八日」，二妙集本、茅維蘇集本、毛本「臘」下有「月」字。

〔二〕「同」，原作「聞」，今從元本、二妙集本、毛本校改。吳訥鈔本作「閒」。

〔三〕「他時」，龍校：「傅注本『他時』作『他年』。」與今見傅注各本不符，俟再考。

〔四〕「邊」字原闕，珍重閣本眉批：「原本脱『邊』字。」今據元本、吴訥鈔本、二妙集本、毛本補。

其十四〔一〕

笑怕薔薇罥㈠〔二〕，行憂寶瑟僵㈡。美人依約在西廂㈢。只恐暗中迷路、認餘香。　午夜風翻幔，三更月到床。簟紋如水玉肌涼〔三〕。何物與儂歸去、有殘妝㈣。

【傅注】

㈠酉陽雜俎云：「江南地本無棘，或固墻隙，植薔薇枝而已。」（劉按，語見酉陽雜俎續集卷九支植上。）白樂天薔薇詩：「留妓罥羅裳。」（劉按，句出裴常侍以題薔薇架十八韻見示因廣爲三十韻以和之，見白氏長慶集卷三十一。）「薔薇罥」乃隋煬帝宫中事，備見南部煙花記。（劉按，參見顔師古隋遺録卷下。）

㈡漢莽何羅將爲逆，見金日磾，色變，走趨卧内，行觸寶瑟，僵。日磾得抱何羅，以呼，投之殿下，遂禽，伏辜。（劉按，事見漢書卷六十八金日磾傳。）

㊂傳奇：「崔氏與張生詩云：『待月西厢下，迎風户半開』。」（劉按，見元稹鶯鶯傳。）

㊃詳見浣溪沙。（劉按，見本書卷十浣溪沙其二十二「桃李溪邊駐畫輪」詞傅幹注㊃。）

【校勘記】

〔一〕詞題：傅本、元本無題。吴訥鈔本、二妙集本、毛本調名下題作「有感」。

〔二〕「罥」，原作「骨」，注㊀同。今據元本、吴訥鈔本、二妙集本、毛本改。按玉篇：「罥，掛也，係取也。」

〔三〕「水」，原作「冰」，據元本、吴訥鈔本、二妙集本、毛本改。按「冰」字平聲，於詞律不合。

其十五〔一〕

寸恨誰云短〔二〕，綿綿豈易裁。半年眉緑未曾開〔三〕。明月好風閑處、是人猜。

春雨消殘凍，温風㊀到冷灰。樽前一曲爲誰開〔四〕？留取曲終一拍、待君來。

【傅注】

㈠月令：「温風始至。」（劉按，句出禮記月令：「季夏之月……小暑之日，温風始至。」）

【校勘記】

〔一〕詞題：傅本、元本無題。吴訥鈔本、二妙集本、毛本調名下題作「感舊」。

〔二〕「寸」，原作「才」，據元本、毛本改。

〔三〕「年」，毛本作「生」。

〔四〕「一曲」，元本作「舞雪」。又「開」，元本作「回」，吴訥鈔本、二妙集本、毛本作「哉」。

其十六〔一〕

紺綰雙蟠髻〔二〕，雲欹小偃巾。輕盈紅臉小腰身。叠鼓忽催花拍、鬥精神㈠。　空闊輕紅歌，風和約柳春。蓬山才調最清新㈡〔三〕。勝似纏頭千錦、共藏珍㈢。

【傅注】

㊀今樂府，大鼓則有叠奏之聲，曲拍則有花十八花九之數，蓋舞曲至於叠鼓花拍之際，其妙在此，故曰「鬥精神」。（劉按，事詳文選卷二十八謝脁鼓吹曲：「叠鼓送華輈。」注：「小擊鼓謂之叠。」又宋王灼碧雞漫志卷三「六幺」：「此曲内一叠，名花十八，前後十八拍，又四花拍，共二十二拍。樂家者流所謂花拍，蓋非其正也。」）

㊁漢之圖書，悉聚東觀。是時文學之士，稱東觀爲老氏藏道來蓬萊山。蓋蓬萊，海中神山，而仙府幽徑，秘録皆在焉。（劉按，後漢書卷二十三竇章傳云：「是時學者稱東觀爲老氏藏室，道家蓬萊山。」李賢注：「言東觀經籍多也。蓬萊，海中神山，爲仙府，幽經秘録并皆在焉。」傅注本於此。）

㊂杜子美詩：「舞罷錦纏頭。」（劉按，句出即事詩，見九家集注杜詩卷二十二。）

【校勘記】

〔一〕詞題：傅本無題。元本有詞題「楚守周豫出舞鬟」。吴訥鈔本、二妙集本、毛本題同元本，其下并多出「因作二首贈之」六字，「二首」中的另一首指下闋「琥珀裝腰佩」詞。

〔二〕「蟠」，珍重閣本作「鬟」。

〔三〕「最」，元本作「更」。

其十七〔一〕

琥珀裝腰佩㈠，龍香入領巾㈡。只應飛燕是前身㈢。共看剥葱纖手、舞凝神㈣。

柳絮風前轉，梅花雪裏春㈤。鴛鴦翡翠兩争新。但得周郎一顧、勝珠珍㈥。

【傅注】

㈠漢武内傳，「上元夫人帶六出火玉之佩〔二〕。」搜神記：「元康中，婦人飾五兵佩。」蓋古者婦人未始不佩也。（劉按，搜神記卷七云：「晉惠帝元康中，婦人之飾有五佩兵，又以金、銀、象角、玳瑁之屬爲斧鉞戈戟而戴之……」）此言「琥珀」，則以琥珀裝飾之耳。

㈡見前西江月注。（劉按，見本書卷二西江月其一「公子眼花亂發」詞傅幹注㈡。）

㈢「飛燕」，漢成帝趙后也，體輕，能爲掌上之舞。（劉按，事詳漢書卷九十七下外戚傳中孝成趙皇后傳。）

㈣白樂天詩：「雙眸翦秋水，十指剥春葱。」（劉按，句出箏詩，見白氏長慶集卷六十四。）

㈤「柳絮」、「梅花」，言舞態輕飄若此。

㈥吴書：「周瑜字公瑾。少精意於音樂，雖三爵之後，其有缺誤，瑜必知之，知之必顧。人曰：『曲有誤，周郎顧。』」（劉按，見三國志吴書周瑜傳。）

【校勘記】

〔一〕詞題：傅本無題。吴訥鈔本、二妙集本、毛本調名下題作「同前」。

〔二〕「六出火玉之佩」，原作「六山火五兵佩」，據守山閣叢書本漢武内傳原文校改。

注坡詞卷第六

鵲橋仙　二首

其一　七夕送陳令舉〔一〕

緱山仙子，高情雲渺，不學癡牛騃女㈠。鳳簫聲斷月明中，舉手謝、時人欲去㈡。　客槎曾犯，銀河波浪〔二〕，尚帶天風海雨㈢。相逢一醉是前緣，風雨散、飄然何處㈣？

【傅注】

㈠ 盧仝詩：「癡牛與騃女，不肯勤農桑。徒勞含淫思，夕旦遥相望。」（劉按，句出月蝕，見唐詩紀事卷三十五，又見全唐詩卷三百八十七。「夕旦」原作「旦夕」。）

㈡列仙傳：「王子晉，周靈王太子也，好吹簫作鳳鳴，游仙洛間。道士浮丘公接上山，三十餘年，後來於山上告桓長曰：『我家七月七日，待我緱氏山。』至日，果乘白鶴駐山頭，望之不得到，舉手謝時人而去。」（劉按，事詳列仙傳卷上，又見藝文類聚卷四、卷七及太平廣記卷四。傅注多訛脱，至文理不通。今據太平廣記録列仙傳原文如次：「王子喬者，周靈王太子［晉］也。好吹笙，作鳳鳴。游伊洛之間。道士浮丘公接以上嵩山，三十餘年，後求之於山，見桓良曰：『告我家，七月七日待我於緱氏山頭。』［至日］果乘白鶴，駐山嶺，望之不到。舉手謝時人，數日而去。後立祠於緱氏及嵩山。」）

㈢博物志：「近世有人居海上，每年八月，見海槎來，不違時。賫一年糧，乘之到天河。見婦人織，丈夫飲牛，問之不答。遺歸，問嚴君平：『某年某月日，客星犯牛斗〔三〕。』即此人也。」又云：「天河與海通。」（劉按，博物志卷十雜説下載此事云：「舊説云：天河與海通。近世有人居海渚者，年年八月有浮槎去來，不失期。人有奇志，立飛閣於槎上，多齎糧，乘槎而去。十餘日中，猶觀星月日辰。自後茫茫忽忽，亦不覺晝夜。去十餘日，奄至一處，有城郭狀，屋舍甚嚴。遥望宮中多織婦，見一丈夫牽牛渚次飲之。牽牛人乃驚問曰：『何由至此？』此人具説來意，并問此是何處，答曰：『君還至蜀郡，訪嚴君平則知之。』竟不上岸。因還如期。後至蜀，問君平，曰：『某年月日，有客星犯牽牛宿。』計年月，正是此人到天河時也。」傅注蓋撮述大意而删略失當，致使文意不明矣。）

㈣ 文選曹子建詩：「風流雲散，一别如雨。」（劉按，此乃王粲贈蔡子篤詩句，見文選卷二十三。傅注誤標作者。）

【校勘記】

〔一〕詞題：吴訥鈔本、二妙集本、毛本無「送陳令舉」四字。

〔二〕「波」，吴訥鈔本、二妙集本、毛本作「微」。

〔三〕「牛斗」，沈鈔本、清鈔本誤作「升斗」，今從珍重閣本并據藝文類聚卷八引博物志原文改。

其二　七夕和蘇堅〔一〕

乘槎歸去，成都何在？萬里江沱漢漾㈠〔二〕。與君各賦一篇詩，留織女、鴛鴦機上㈡。還將舊曲，重賡新韻，須信吾儕天放㈢。人生何處不兒嬉，看乞巧、朱樓彩舫㈣。

【傅注】

㈠江漢二水，源皆在蜀。江水出岷山，故書稱「岷山導江，東別爲沱。」漢水出嶓冢，故書稱「嶓冢導漾，東流爲漢。」（劉按，參見尚書正義卷六禹貢。）

㈡「乘槎」、「織女」，已注前篇。（劉按，見本卷鵲橋仙其一「緱山仙子」詞傅注㈢。）

㈢莊子：「一而不黨，命曰天放。」（劉按，見莊子馬蹄篇。）

㈣荆楚歲時記：「七夕，婦人結彩樓，穿七孔針，陳瓜果於中庭，以乞巧。有喜子網於瓜上，則以爲得。」今世七夕作小彩舫以乞巧。（劉按，初學記卷四引荆楚歲時記此文，「彩樓」作「彩縷」；「中庭」互倒；「七孔針」下多一句「或以金銀鍮石爲針」。太平御覽卷三十一引荆楚歲時記同初學記；又「以爲得」作「以爲符應」。義勝。）

【校勘記】

〔一〕詞題：吴訥鈔本、二妙集本、毛本「蘇堅」下有「韻」字，則係次韻之作。按蘇堅原作已佚。

〔二〕「沱」，元本、吴訥鈔本、茅維蘇集本作「濤」，義遜。

阮郎歸　三首

其一〔一〕

緑槐高柳咽新蟬㊀。薰風初入弦㊁。碧紗窗下水沉煙㊂。棋聲驚晝眠。

微雨過，小荷翻。榴花開欲然㊃。玉盆纖手弄清泉。瓊珠碎却圓㊄〔二〕。

【傳注】

㊀陸機詩：「寒蟬鳴高柳。」（劉按，句出擬明月何皎皎詩，見文選卷三十。）

㊁舜帝作五弦之琴，以歌南風曰：「南風之薰兮，可以解吾民之愠兮。」（劉按，詳見

禮記樂記并孔穎達疏，又見史記卷二十四樂書并裴駰集解，又見孔子家語辨樂篇。）

㊂香以沉水者爲絶品。（劉按，詳見梁書卷五十四諸夷林邑國傳：「林邑國者，本漢日南郡象林縣，古越裳之界也。」出產沉香。「沉木者，土人斫斷之，積以歲年，朽爛而心節獨在，置水中則沉，故名曰沉香。」）

㊃梁孝元榴花詩：「然燈疑夜火。」（劉按，詩見藝文類聚卷八十六梁元帝賦得咏石榴詩，又見文苑英華卷三百二十六，「疑」作「宜」。）杜子美：「山青花欲然。」（劉按，句出絶句二首之二，見九家集注杜詩卷二十五。）李白詩：「月色醉遠客，山花開欲然。」（劉按，句出寄韋南陵冰余江上乘興訪之遇尋顏尚書笑有此贈詩，見李太白詩集卷十三；「然」一作「燃」。）

㊄杜子美：「棹拂荷珠碎却圓。」（劉按，句出宇文晁尚書之甥崔彧司業之孫尚書之子重泛鄭監審前湖詩，見九家集注杜詩卷三十三。）

【校勘記】

〔一〕詞題：傅本、元本無題。吴訥鈔本、二妙集本、毛本調名下有詞題曰「初夏」。

〔二〕「却」，茅維蘇集本原校：「一作『又』。」毛本據之作「又」。

其二　梅花〔一〕

暗香浮動月黄昏㈠。堂前一樹春。東風何事入西鄰？兒家常閉門㈡。雪肌冷㈢，玉容真㈣。香腮粉未匀〔二〕。折花欲寄嶺頭人㈤〔三〕。江南日暮春㈥〔四〕。

【傅注】

㈠林逋詩：「疏影横斜水清淺，暗香浮動月黄昏。」（劉按，句見林和靖先生詩集卷二山園小梅之一。）

㈡唐詩：「白玉堂前一樹梅，今朝忽見數枝開。兒家門户重重閉，春色因何得入來？」（劉按，此乃蔣維翰春女怨詩，見全唐詩卷一百四十五。）

㈢莊子：「肌膚若冰雪。」（劉按，見莊子逍遥游篇）。

㈣白樂天詩：「玉容寂寞淚闌干。」（劉按，句出長恨歌，見白氏長慶集卷十二。）

㈤荆州記〔五〕：「陸凱與范曄相善，自江南寄梅花一枝〔六〕，詣長安與曄，贈詩曰：『折花逢驛使，寄與嶺頭人。江南無所有，聊贈一枝春。』」（劉按，事詳太平御覽卷九百七十。御覽「嶺頭」作「隴頭」，近是。）

㈥柳惲詩：「日暮江南春。」（劉按，句出江南曲，「暮」原作「落」，見玉臺新咏卷五，別見藝文類聚卷四十二、樂府詩集卷二十六。）

【校勘記】

〔一〕詞題：吴訥鈔本卷下、二妙集本題作「梅詞」。吴訥鈔本拾遺卷重出，調名改作「醉桃園」，題同。毛本作「集句梅花」。

〔二〕「香腮」，吴訥鈔本拾遺作「宫妝」。

〔三〕「嶺頭」，二妙集本、毛本作「隴頭」，近是。傅本詞正文及注均作「嶺頭」，應有所本。

〔四〕「春」，元本原校：「一作『雲』。」吴訥鈔本作「雲」，義勝。

〔五〕「荆」原作「開」，據御覽改。

〔六〕「江南」，沈鈔本、清鈔本、曬藍本原誤作「注南」，珍重閣本作「嶺南」。御覽引作「江南」，龍箋改作「江南」。今據太平御覽引荆州記改。

其三　蘇州席上作〔一〕

一年三度過蘇臺。清樽長是開。佳人相問苦相猜：這回來不來？　情未盡，老先催。人生真可咍。他年桃李阿誰栽？劉郎雙鬢衰㈠〔二〕。

【傳注】

㈠見南鄉子注。（劉按，見本書卷四南鄉子其三「不到謝公臺」詞傳注㈣。事詳本事詩。）

【校勘記】

〔一〕詞題：元本作：「一年三過蘇，最後赴密州，時有問：『這回來不來？』其色凄然。太守王規甫嘉之，令作此詞。」又有題注云：「一本名醉桃源。」（劉按，欽定詞譜卷六阮郎歸注：「李祁詞名醉桃源。」）

〔二〕「衰」，傳注本原作「催」，與上文重韻。按元本、吴訥鈔本作「衰」，義勝，今據改。

江神子 九首〔一〕

其一㈠

夢中了了醉中醒。只淵明。是前生㈡。走遍人間、依舊却躬耕。昨夜東坡春雨足，烏鵲喜〔二〕，報新晴㈢。雪堂西畔暗泉鳴。北山傾。小溪橫。南望亭丘、孤秀聳曾城。都是斜川當日境〔三〕，吾老矣，寄餘齡㈣。

【傅注】

㈠ 公舊注云〔四〕：「陶淵明以正月五日游斜川，臨流班坐，顧瞻南阜，愛曾城之獨秀，乃作斜川詩，至今使人想見其處〔五〕。元豐壬戌之春，余躬耕於東坡，築雪堂居之。南挹四望亭之後丘，西控北山之微泉，慨然而嘆：『此亦斜川之游也。』乃作長短句，以江神子歌之〔六〕。」

㈡ 世人於夢中顛倒，醉中昏迷。而能在夢而了、在醉而醒者，非公與淵明之徒，其誰能哉！

㊂「鳥鵲」，陽鳥，先事而動，先物而應。（劉按，初學記卷三十鵲部第六引易統卦原文作「鵲者陽鳥，先物而動，先事而應。」）漢武帝時，天新雨止，聞鵲聲，帝以問東方朔，方朔曰：「必在殿後柏木枯枝上，東向而鳴也。」驗之，果然。（劉按，事詳太平御覽卷九百二十一鵲部所引東方朔别傳。）

㊃韓文公詩：「吾其寄餘齡。」（劉按，句出韓愈過南陽，見五百家注昌黎文集卷六，别見全唐詩卷三百四十一。）

【校勘記】

〔一〕「江神子」，元本作「江城子」。二妙集本、茅維蘇集本調名下原校：「『神』一作『城』。」

〔二〕「鳥」，原作「鳥」，注文亦作「鳥」。按「鳥」仄聲，違詞律。據元本、吴訥鈔本、二妙集本、毛本改。

〔三〕「境」，珍重閣本作「景」，兹從沈鈔本。

〔四〕「公舊注云」四字，元本删去，徑以舊注爲詞叙。毛本、朱本、龍校同元本。

〔五〕「使」，原作「彼」，今據吴訥鈔本、二妙集本、毛本改。

〔六〕「乃作長短句以江神子歌之」，吴訥鈔本、茅維蘇集本、二妙集本無此十一字。又元本、毛本「神」作「城」。

其二　孤山竹閣送述古〔一〕

翠蛾羞黛怯人看。掩霜紈㊀。淚偷彈。且盡一樽、收淚唱陽關㊁〔二〕。謾道帝城天樣遠㊂〔三〕，天易見，見君難。　畫堂新締近孤山〔四〕。曲欄干。爲誰安？飛絮落花、春色屬明年。欲棹小舟尋舊事，無處問，水連天㊃。

【傅注】

㊀班婕妤扇詩云：「新織齊紈素，皎潔如霜雪。」（劉按，文選卷二十七、樂府詩集卷四十二收此詩，題作怨歌行。「織」原作「裂」；「皎」或作「鮮」。傅注誤標篇名。）

㊁王維詩：「勸君更盡一杯酒，西出陽關無故人。」後人以爲陽關曲唱之。（劉按，詩見文苑英華卷二百九十九王維送元二使安西；樂府詩集卷八十題作渭城曲；唐人作爲送行之歌，反復吟咏之，譜入樂府後稱陽關三疊，簡稱陽關曲。）

㊂晉明帝幼而聰慧。年數歲，坐元帝膝上。屬長安使來，元帝因問明帝曰：「汝謂日與長安孰遠？」對曰：「長安近。不聞人從日邊來，居然可知也。」元帝異之。明日

宴群僚，又問之，對曰：「日近。」元帝失色曰：「何乃異間者之言乎〔五〕？」對曰：「舉目見日，不見長安。」由是益奇之。（劉按，事詳世説新語夙惠篇、晉書卷六明帝紀。）

④杜子美：「天水相與永。」（劉按，句出渼陂西南臺，見九家集注杜詩卷二。）胡曾詩：「黄金臺上草連天。」（劉按，句出黄金臺，見全唐詩卷六百四十七。）

【校勘記】

〔一〕詞題：二妙集本、毛本題作「述古去餘杭，爲去思者作」。

〔二〕「樽」，東坡外集作「杯」。又「唱」，元本作「聽」。

〔三〕「謾」，沈鈔本、清鈔本、曬藍本作「謾」；珍重閣本、吴訥鈔本、毛本作「漫」。按此處二字通用。

〔四〕「堂」，二妙集本、茅維蘇集本、東坡外集作「樓」。又「締」，元本作「創」，吴訥鈔本、二妙集本、東坡外集、毛本均作「構」。

〔五〕「間」，珍重閣本作「昨」。按，世説新語作「昨日」，晉書作「間」，皆可通，而傅注似録自晉書也。

其三

湖上與張先同賦，時聞彈箏〔一〕。

鳳凰山下雨初晴㈠。水風清。晚霞明。一朵芙蕖〔二〕、開過尚盈盈㈡。何處飛來雙白鷺，如有意，慕娉婷㈢。　忽聞江上弄哀箏㈣〔三〕。苦含情。遣誰聽？煙斂雲收、依約是湘靈㈤。欲待曲終尋問取，人不見，數峰青㈥。

【傅注】

㈠鳳凰山，在錢塘。（劉按，參見宋祝穆方輿勝覽卷一臨安府：「鳳凰山，在城中，下瞰大江，直望海門。」）

㈡爾雅：「芙蕖，荷花之異名。」（劉按，爾雅釋草：「荷，芙蕖。」注：「别名芙蓉，江南呼荷。」傅注蓋綜合經注大意，非徑引爾雅原文。）

㈢杜牧晚晴賦：「復引舟於深灣，忽八九之紅芰。姹然如婦，斂然如女。墮蕊黦顔，似見放棄。白鷺潛來兮〔四〕，邈風標之公子；窺此美人兮，如慕悦其容媚。」（劉按，見樊川文集卷一，别見唐文粹卷八。）

㈣白樂天琵琶行：「忽聞水上琵琶聲。」（劉按，白氏長慶集卷十二題作琵琶引。）

㈤「湘靈」，帝舜二妃娥皇、女英，帝堯之二女也。從舜南征三苗不返〔五〕，道死沅湘之間。後世謂之湘靈。離騷、九歌有湘君、湘夫人者，即此也。故文選有「湘靈鼓瑟」之句。（劉按，文選無此句。句出楚辭屈原遠游：「使湘靈鼓瑟兮，令海若舞馮夷。」傅注誤標書名。又，事詳韓愈黄陵廟碑，見唐文粹卷五十。）

㈥錢起湘靈鼓瑟詩：「曲終人不見，江上數峰青。」（劉按，見錢仲文集卷七，别見全唐詩卷二百三十八，詩題首有「省試」二字。）

【校勘記】

〔一〕詞題：元本、二妙集本、毛本無「時聞彈箏」四字。吴訥鈔本、茅維蘇集本題作「江景」。

〔二〕「芙蕖」，吴訥鈔本作「芙蓉」。

〔三〕「江上」，甕牖閑評卷五引作「筵上」。

〔四〕「鷺」，原作「露」，據唐文粹改。

〔五〕「從」，沈鈔本作「欲」，今從珍重閣本據唐文粹卷五十改。

其四　密州出獵〔一〕

老夫聊發少年狂。左牽黃。右擎蒼㊀。錦帽貂裘、千騎卷平崗㊁。爲報傾城隨太守〔二〕，親射虎，看孫郎㊂。酒酣胸膽尚開張。鬢微霜㊃。又何妨。持節雲中、何日遣馮唐㊄？會挽雕弓如滿月，西北望，射天狼〔三〕。

【傅注】

㊀南史：「張充少好逸游。張緒嘗告歸至吳，始入西郭，時充方出獵，左臂鷹，右牽狗，遇緒船至，便放紲脱鞲，拜於水次。」（劉按，詳見南史卷三十一張充傳。南史原文作「右臂鷹，左牽狗」。梁書卷二十一張充傳文字稍異，作「左手臂鷹，右手牽狗」。）「黄」，黄狗也；「蒼」，蒼鷹也。

㊁「錦帽」，錦蒙帽也；「貂裘」，貂鼠裘也。李白：「繡衣貂裘明積雪。」（劉按，句出送程劉二侍御兼獨孤判官赴安西慕府，見李太白詩集卷十七。）古者諸侯千乘。今太守，古諸侯也，故出擁千騎。

㊂吴志：「孫仲謀嘗親乘馬，射虎於庱亭。馬爲虎所傷，仲謀投以雙戟，虎却廢。常

從張世擊以戈〔四〕，獲之。」按吳志，「庱」，攄陵反。（劉按，見陳壽三國志吳書吳主孫權傳裴松之注。）

④王禹偁老將詩：「歸來兩鬢霜。」（劉按，王禹偁小畜集卷十送史館學士楊億閩中迎侍：「莫笑蹉跎兩鬢霜。」晁補之雞肋集卷二十三趙開祖挽歌辭：「萬里歸來兩鬢霜。」傅幹似將兩人詩訛混。王禹偁無老將詩。）

⑤漢馮唐，文帝時老爲郎。後因言雲中太守魏尚事，悟帝，帝悦。遣唐持節雲中，赦尚，而拜唐爲車騎都尉。（劉按，事見漢書卷五十馮唐傳。）

【校勘記】

〔一〕詞題：吳訥鈔本、二妙集本、毛本題作「獵詞」。東坡外集題作「徐州行獵」。

〔二〕「隨」，吳訥鈔本作「賢」。

〔三〕「會挽雕弓如滿月西北望射天狼」，以上三句凡十三字，傅注殘佚，今據元本補。

〔四〕「常」原作「嘗」，據三國志吳志吳主傳改。

其五〔一〕　別徐州〔二〕

天涯流落思無窮。既相逢。却匆匆。携手佳人、和淚折殘紅。爲問東風餘幾許？春縱在，與誰同。　隋堤三月水溶溶。背歸鴻。去吴中。回首彭城〔三〕、清泗與淮通。欲寄相思千點淚〔四〕，流不到，楚江東。

【校勘記】

〔一〕江神子其五至其九凡五首，傅注本存目闕文，今據元本補足正文，仍以吴訥鈔本等加以校訂。傅幹注文則無從輯補，暫付闕如。

〔二〕詞題：吴訥鈔本、二妙集本、茅維蘇集本、毛本均作「恨別」。

〔三〕「回首」，二妙集本、茅維蘇集本、毛本作「回望」。

〔四〕「欲寄」，吴訥鈔本、二妙集本、毛本作「寄我」。

其六　東武雪中送客〔一〕

相從不覺又初寒〔二〕。對樽前。惜流年。風緊離亭、冰結淚珠圓。雪意留君君不住〔三〕，從此去，少清歡。　轉頭山上轉頭看〔四〕。路漫漫。玉花翻。雲海光寬〔五〕、何處是超然？知道故人相念否？攜翠袖，倚朱欄。

【校勘記】

〔一〕詞題：吴訥鈔本、二妙集本、毛本題作「冬景」。東坡外集題作「密州雪中送客」。

〔二〕「從」，吴訥鈔本、二妙集本作「逢」。

〔三〕「不」，元本原校：「一作『且』。」二妙集本、茅維蘇集本、毛本作「且」。

〔四〕「山上」，吴訥鈔本、二妙集本、毛本作「山下」。

〔五〕「雲」，吴訥鈔本、二妙集本、毛本作「銀」。又元本「光」下原校：「一作『天』。」

其七

大雪有懷朱康叔使君，亦知使君之念我也。作此以寄之〔一〕。

黄昏猶是雨纖纖。曉開簾。欲平檐。江闊天低、無處認青帘。孤坐凍吟誰伴我？揩病目，撚衰髯。　使君留客醉厭厭。水晶鹽。爲誰甜？手把梅花、東望憶陶潛。雪似故人人似雪，雖可愛，有人嫌。

【校勘記】

〔一〕詞序：吴訥鈔本、二妙集本、毛本題首有「公舊序云」四字，末句「此」作「江神子」。東坡外集題作「雪中懷朱康叔」。

其八

陳直方妾嵇，錢塘人也。求新詞，爲作此。錢塘人好唱陌上花緩緩曲，余嘗作數絶以紀其事〔一〕。

玉人家在鳳凰山。水雲間。掩門閑〔二〕。門外行人、立馬看弓彎。十里春風誰指似，斜日映，繡簾斑。　多情好事與君還。閔新鰥。拭餘潸。明月空江、香霧著雲鬟。陌上花開春盡也〔三〕，聞舊曲，破朱顔。

【校勘記】

〔一〕詞序：吴訥鈔本、二妙集本題首有「公自序云」四字，「求」作「丐」，末句「事」下有「矣」字。

〔二〕「閑」，元本原校：「一作『關』。」今吴訥鈔本、茅維蘇集本作「關」。二妙集本作「閒」。

〔三〕「春」，吴訥鈔本、茅維蘇集本、毛本作「看」。又「花開春盡」，二妙集作「群花開盡」。

其九　乙卯正月二十日夜記夢〔一〕

十年生死兩茫茫。不思量。自難忘。千里孤墳、無處話凄涼。縱使相逢應不識，塵滿面，鬢如霜。　夜來幽夢忽還鄉。小軒窗。正梳妝。相顧無言、唯有淚千行。料得年年腸斷處〔二〕，明月夜，短松崗〔三〕。

【校勘記】

〔一〕詞題：東坡外集作「夢初室王氏，乙卯正月十二日」。茅維蘇集本題同元本，别有題注云：「公之夫人王氏先卒。味此詞，蓋悼亡也。」

〔二〕「腸斷」，吴訥鈔本、茅維蘇集本二字互倒。

〔三〕「崗」，諸本皆作「岡」。按「崗」同「岡」，「崗」是後起字。

無愁可解〔一〕

國工花日新作越調解愁，洛陽劉几伯壽聞而悦之，戲作俚語之詞〔二〕，天下傳咏，以謂幾於達者。龍丘子猶笑之：「此雖免乎愁，猶有所解也。若夫游於自然而託於不得已，人樂亦樂，人愁亦愁，彼且惡乎解哉？」乃反其詞，作無愁可解云。

光景百年，看便一世。生來不識愁味。問愁何處來？更開解個甚底？萬事從來風過耳。何用不著心裏。你喚做、展却眉頭，便是達者，也則恐未。此理。本不通言，何曾道、歡游勝如名利。道却渾是錯〔三〕，不道如何即是？這裏元無我與你。甚喚做、物情之外。若須待醉了，方開解時，問無酒、怎生醉〔四〕？

【校勘記】

〔一〕傅注本存目闕詞，今據元本補録之。全宋詞修訂本將此詞列入東坡存目詞，注云：「陳慥詞，見山谷題跋卷九。」同書陳慥名下收入此詞。（劉按，山谷題跋云：「龍丘子，陳慥季常之别號也。作無愁可解，東坡爲作序引，而世人因號東坡爲龍丘。所謂蓋有不知而作之者。」又任淵後山詩注卷九答田生詩注云：「劉几作解愁曲，陳慥作無愁可解以反之。」影宋鈔本于湖先生長短句陳應行序云：「昔陳季常晦其名，自稱龍丘子，嘗作無愁可解，東坡爲作序引。世之不知者，遂以龍丘爲東坡之號。故予表而出之。」近人曹樹銘東坡詞卷三校注云：任、陳二説，「俱襲山谷題跋，考山谷對於東坡詞之傳聞，未必完全可信」。又云：「此詞序引僅八十八字，其勝義乃在本文。如陳慥果作此詞，又何必假手東坡爲作序引？而況此詞勝義，非筆大如椽之東坡莫辦。」今按，蘇軾謫黄州，陳季常與之過從甚密，見於蘇軾方山子傳。陳慥填新詞寄東坡，其詞「句句警拔，詩人之雄，非小詞也。但豪放太過，恐造物者不容人如此快活」。見蘇軾與陳季常書。蘇軾將此詞轉寄楊元素，謂「陳季常者，近在州界百四十里住，時復來往。……其人甚奇偉，得其一詞，以助本事」。見蘇軾與楊元素書。這首陳慥創作的「句句警拔」、「豪放太過」、被蘇軾推薦收入楊元素本事曲集的「新詞」，當即無愁可解。）

〔二〕「詞」，二妙集本、毛本作「詩」。

〔三〕「却」，吴訥鈔本、二妙集本、毛本作「則」。全宋詞據曾慥輯東坡詞卷下作「即」。

〔四〕「醉」，任淵後山詩注引作「解」。

蝶戀花 八首〔一〕

其一〔二〕

花褪殘紅青杏小〔三〕。燕子飛時〔四〕，緑水人家繞〔五〕。枝上柳綿吹又少。天涯何處無芳草。　墻裏鞦韆墻外道。墻外行人，墻裏佳人笑。笑漸不聞聲漸悄。

多情却被無情惱。

【校勘記】

〔一〕蝶戀花八首，傅注本存目闕詞。今據元本補足正文，并以吴訥鈔本等加以校訂。注文則仍付闕如。

〔二〕詞題：元本無題。吴訥鈔本、二妙集本、茅維蘇集本、毛本題作「春景」。

〔三〕「小」，毛本作「了」。

〔四〕「飛」，二妙集本、毛本原校：「一作『來』。」

〔五〕「人家」，全芳備祖集後集卷五引作「門前」。「繞」，元本原校：「一作『曉』。」

其二　代人贈別〔一〕

一顆櫻桃樊素口。不要黄金，只要人長久〔二〕。學畫鴉兒猶未就。眉間已作傷春皺〔三〕。　撲蝶西園隨伴走。花落花開，漸解相思瘦。破鏡重來人在否〔四〕？章臺折盡青青柳。

【校勘記】

〔一〕詞題：東坡外集題同元本。吴訥鈔本、二妙集本、毛本題作「佳人」。

〔二〕「不要」、「只要」，吴訥鈔本、二妙集本、毛本分别作「不愛」、「只愛」。

〔三〕「眉間」，吴訥鈔本、二妙集本、毛本作「眉尖」。東坡外集作「眉峰」。

〔四〕「來」，吴訥鈔本、二妙集本、毛本作「圓」。東坡外集同元本，校注：「一作『圓』。」

其三　京口得鄉書〔一〕

雨後春容清更麗〔二〕。只有離人，幽恨終難洗。北固山前三面水。碧瓊梳擁青螺髻。

一紙鄉書來萬里。問我何年，真個成歸計。回首送春拚一醉〔三〕。東風吹破千行淚。

【校勘記】

〔一〕詞題：吴訥鈔本、二妙集本、毛本題作「送春」。

〔二〕「後」，二妙集本、茅維蘇集本、毛本作「過」。

〔三〕「回首」，吴訥鈔本、二妙集本、茅維蘇集本、毛本皆作「白首」。又「拚」，茅維蘇集本作

「揀」，龍本作「拚」。（劉按，張相詩詞曲語辭匯釋卷五云：「判，割捨之辭，亦甘願之辭，自宋以後多用『拚』字或『拚』字，而唐人則多用『判』字，亦有寫作『揀』者。此殆從『拚』字之形演變而成者也。」張說甚當，録以備參。）

其四〔一〕

蔌蔌無風花自墮〔二〕。寂寞園林，柳老櫻桃過。落日有情還照坐〔三〕。山青一點横雲破。　路盡河回人轉柂〔四〕。繫纜漁村，月暗孤燈火。憑仗飛魂招楚些。我思君處君思我。

【校勘記】

〔一〕詞題：元本無題。吴訥鈔本、茅維蘇集本題作「暮春」。二妙集本、毛本題作「暮春別李公擇」。

〔二〕「墮」，吴訥鈔本、二妙集本、毛本作「亸」。又「蔌蔌」，吴訥鈔本、歷代詩餘作「簌簌」；毛本作「蔌蔌」。按，狀花飄落聲，皆通，音亦同爲入聲屋韻。

〔三〕「有」，吴訥鈔本、二妙集本、毛本作「多」。又「坐」，二妙集本作「座」。

〔四〕「人」，吴訥鈔本、二妙集本、茅維蘇集本、毛本皆作「千」。又「柂」，二妙集本、茅維蘇集本作「拖」；毛本作「柁」。按「柂」同「柁」，船舵也。

其五　密州上元

燈火錢塘三五夜。明月如霜，照見人如畫。帳底吹笙香吐麝。更無一點塵隨馬〔一〕。　寂寞山城人老也。擊鼓吹簫，却入農桑社〔二〕。火冷燈稀霜露下〔三〕。昏昏雪意雲垂野。

【校勘記】

〔一〕「更無一點塵隨馬」，吴訥鈔本、二妙集本、毛本作「此般風味應無價」。

〔二〕「却」，吴訥鈔本、二妙集本、毛本作「乍」。

〔三〕「稀」，茅維蘇集本、毛本作「希」。按，二字通用。

其六

微雪，客有善吹笛擊鼓者。方醉中，有人送苦寒詩求和，遂以此答之〔一〕。

簾外東風交雨霰。簾裏佳人，笑語如鶯燕。深惜今年正月暖。燈光酒色摇金盞。　摻鼓漁陽撾未遍。舞褪瓊釵，汗濕香羅軟。今夜何人吟古怨。清詩未了冰生硯〔二〕。

【校勘記】

〔一〕詞序：吴訥鈔本、二妙集本、毛本題作「密州冬夜，文安國席上作」。

〔二〕「未了」，吴訥鈔本、二妙集本、毛本作「未就」。

其七　過漣水軍贈趙晦之〔一〕

自古漣漪佳絶地〔二〕。繞郭荷花，欲把吴興比。倦客塵埃何處洗。真君堂下寒泉水。　左海門前魚酒市〔三〕。夜半潮來，月下孤舟起。傾蓋相逢拚一醉〔四〕。雙鳧飛去人千里。

【校勘記】

〔一〕詞題：二妙集本、茅維蘇集本、毛本題無「軍」字。

〔二〕「絶」，毛本作「麗」。
〔三〕「魚」，吴訥鈔本、二妙集本、毛本作「鮎」。
〔四〕「拚」，茅維蘇集本作「揀」，龍本作「拚」。按，校證在蝶戀花其三，兹不重述。

其八〔一〕

雲水縈回溪上路。疊疊青山，環繞溪東注。月白沙汀翹宿鷺。更無一點塵來處。　溪叟相看私自語。底事區區，苦要爲官去？樽酒不空田百畝。歸來分取閑中趣〔二〕。

【校勘記】
〔一〕詞題：元本無題。吴訥鈔本、二妙集本、毛本有詞題曰「述懷」。
〔二〕「分取」，吴訥鈔本、二妙集本、毛本作「分得」。

注坡詞卷第七

永遇樂　二首

其一㊀〔一〕

長憶別時，景疏樓下㊁〔二〕，明月如水㊂。美酒清歌，留連不住，月隨人千里㊃。別來三度，孤光又滿，冷落共誰同醉？捲珠簾、淒然顧影，共伊到明無寐。

今朝有客，來從淮上〔三〕，能道使君深意。憑仗清淮，分明到海，中有相思淚。而今何在，西垣清禁㊄，夜永露華侵被〔四〕。此時看、回廊曉月，也應暗記。

【傅注】

㊀公自序云：「孫巨源以八月十五日離海州，坐别於景疏樓上；既而與余會於潤州，至楚州乃别。余以十一月十五日至海州，與太守會於景疏樓上，作此詞，以寄巨源。」（劉按，此條注原在調名次行，今依本書體例移詞末。下首詞倣此。）

㊁西漢疏廣、疏受，仕爲太子太傅、少傅，乞骸骨退歸鄉里，時人高其節。（劉按，事詳漢書卷七十一疏廣疏受傳。此係綜述大意，未引傳文。）今東武有景疏樓，有景慕之意也。二疏，東海人。（劉按，蘇軾次韻孫巨源寄漣水李盛二著作并以見寄五絶其二有云：「不獨二疏爲可慕，他時當有景孫樓。」自注：「巨源近離東海，郡有景疏樓。」傅幹誤以爲此詞作於密州，遂謂「東武有景疏樓」。實則此詞作於海州。）

㊂杜甫：「江月光於水。」（劉按，句出江月詩，見九家集注杜詩卷三十。）

㊃鮑照月詩：「三五二八時，千里與君同。」（劉按，見文選卷三十鮑明遠翫月城西門廨中。又别見鮑明遠集卷七。）

㊄中書省謂之西掖。劉楨詩：「誰謂相去遠，隔此西掖垣。拘限清切禁，中情無由宣。」（劉按，見文選卷二十三劉公幹贈徐幹。）

【校勘記】

〔一〕詞題：元本題注同傅注㈠，而無「公自序云」四字。又吴訥鈔本、二妙集本、毛本題作「寄孫巨源」。

〔二〕「下」，元本、吴訥鈔本、東坡外集作「上」。

〔三〕「淮」，元本作「滩」。

〔四〕「露」，二妙集本、毛本作「雲」。

其二㈠

明月如霜㈡，好風如水㈢，清光無限〔一〕。曲港跳魚，圓荷瀉露，寂寞無人見。紞如三鼓㈣〔二〕，鏗然一葉㈤〔三〕，黯黯夢雲驚斷㈥〔四〕。夜茫茫、重尋無覓處〔五〕，覺來小園行遍。　天涯倦客㈦，山中歸路，望斷故園心眼㈧。燕子樓空，佳人何在，空鎖樓中燕㈨。古今如夢，何曾夢覺㈩，但有舊歡新怨。異時對、黄樓夜景〔六〕，爲余浩嘆⑪。

【傅注】

㈠公舊注云：「夜宿燕子樓〔七〕，夢盼盼，因作此詞。」一云：「徐州夜夢覺，登燕子樓作〔八〕。」

㈡李頻月詩：「看共雪霜同。」（劉按，句出八月十五夜對月，見全唐詩卷五百八十七。「共」原作「與」。）

㈢清風如水。宋玉曰：「其風也，清清泠泠。」（劉按，見文選卷十三宋玉風賦：「清清泠泠，愈病析酲。」）

㈣晉鄧攸傳：「紞如打五鼓，雞鳴天欲曙。」（劉按，見晉書卷九十鄧攸傳所引吴人歌，别見樂府詩集卷八十五。）

㈤韓愈：「空階一片下，錚若摧琅玕。」（劉按，句出秋懷詩十一首之九，「錚」原作「琤」，見五百家注昌黎文集卷一，别見全唐詩卷三百三十六。）

㈥楚襄王夢，朝雲暮雨。（劉按，事詳文選卷十九宋玉高唐賦。）

㈦漢書：「長卿故倦游。」（劉按，語見漢書卷五十七司馬相如傳。）

㈧杜甫：「天畔登樓眼，隨春入故園。」（劉按，句出春日梓州登樓二首其二，見九家集注杜詩卷二十四。）

㊈張建封鎮武寧，盼盼乃徐府奇色，公納之於燕子樓，三日樂不息。後别爲新燕子樓，獨安盼盼，以寵嬖焉。暨公薨，盼盼感激深恩，誓不它適。後往往不食，遂卒。（劉按，事見白居易白氏長慶集卷十五燕子樓詩三首序。白序言張尚書未著其名，言盼盼未著其姓。傳張尚書即張建封者，見於宋葉廷珪撰海録碎事卷四下及宋蔡絛撰西清詩話等，然其成書時代未必早於注坡詞，則傅幹當别有所本。又按，清汪立名撰白香山年譜，自稱略同於陳振孫直齋書録解題卷十六所載白公年譜，考定納盼盼爲妾者，非建封，乃其子愔。其説可信。）

㊉莊子：「吾與汝，其夢未始覺者邪。」（劉按，語見莊子大宗師篇。原文「吾」下有「特」字，「邪」作「耶」。）

⑪公守徐州，河決澶淵，徐當水衝，而城幾壞。水既去，公請增築徐城。於是爲大樓於城東門之上，堊以黄土，曰：「土實勝水。」因名之黄樓。（劉按，事詳蘇轍黄樓賦并叙，見欒城集卷十八。）

【校勘記】

〔一〕「光」，元本、吴訥鈔本、二妙集本、毛本作「景」。

〔二〕「紞如」，二妙集本、東坡外集、毛本作「沉沉」。

〔三〕「錚」，元本、曾慥本東坡詞卷下作「鏗」，二妙集本、東坡外集、毛本作「飄」。

〔四〕二妙集本詞末注：「『雲』，疑作『魂』。」按「夢雲」自有解。

〔五〕「重尋無覓處」，元本、曾慥本東坡詞卷下無「覓」字。按欽定詞譜此爲四字句，故龍榆生判「傅注本『處』上衍『覓』字」，所見極是。

〔六〕「黄樓」，二妙集本、毛本作「南樓」，又東坡外集獨作「黄鶴」，未明所據。

〔七〕傅注㈠，元本、朱本、龍本删「公舊注云」四字，「夜宿」上增「彭城」二字，徑以題注爲詞叙。

〔八〕元本「登」上有「此」字。吴訥鈔本、二妙集本、茅維蘇集本「登」上有「北」字。曹樹銘云：「『北』似係『此』字形誤。」并改定詞題爲「徐州夜夢覺，此登燕子樓作」（見東坡詞卷一）。又龍本不取「一云」。今按，鄭文焯手批東坡樂府云：「燕子樓未必可信，盼盼更何必入夢？東坡居士斷不作此癡人説夢之題，亟宜改正。」疑坡詞本無題叙，諸家據傳聞而附會添題補叙，皆不足爲憑也。題注當從傅本。

行香子　六首

其一　茶詞〔一〕

綺席纔終。歡意猶濃。酒闌時、高興無窮〔二〕。共誇君賜㊀，初拆臣封㊁〔三〕。看分香餅，黄金縷，密雲龍㊂。　鬥贏一水㊃，功敵千鍾㊄。覺凉生、兩腋清風㊅。暫留紅袖，少却紗籠。放笙歌散，庭館静，略從容。

【傅注】

㊀楊大年談苑：「貢茶凡十品，曰：龍茶、鳳茶、京挺、的乳、石乳、白乳、頭金、蠟面、頭骨、次骨。龍茶以貢乘輿，及賜執政親王長主；餘皇族學士將帥，皆得鳳茶；舍人近臣賜京挺〔四〕、的乳；館閣賜白乳。」（劉按，詳見苕溪漁隱叢話後集卷十一引談苑；别見宣和北苑貢茶録。）

㊁御茶分賜，御封猶在。曹鄴茶詩：「劍外九華英，緘封下玉京。開時微月上，碾處

亂泉聲。」（劉按，句出故人寄茶，見全唐詩卷五百九十二，「銜封」原作「緘題」。詩題下原注：「一作李德裕詩。」全唐詩卷四百七十五李德裕卷中亦收此詩，題下不標互見於曹鄴事。又按今四庫全書本會昌一品集別集卷三、曹祠部集卷一均收此詩。待考。）

㈢供御茶品曰龍茶，爲雲龍之象，以金縷之。

㈣蔡君謨茶録：「建安人鬥試，以水痕先者爲負，耐久者爲勝。故較勝負之説，曰『相去一水、兩水。』」（劉按，事見蔡君謨茶録上篇論茶點茶。）

㈤孔叢子曰：「遺諺：『堯舜千鍾。』」（劉按，見孔叢子卷中儒服第十三。）茶能消酒，故曰「功敵千鍾」。

㈥盧仝茶歌：「惟覺兩腋習習清風生。」（劉按，全唐詩卷三百八十八此詩題作走筆謝孟諫議寄新茶。）

【校勘記】

〔一〕詞題：二妙集本、茅維蘇集本題作「咏茶」。毛本題同傅本，別有注云：「密雲龍，茶名，極爲甘馨。宋廖正一字明略，晚登蘇東坡之門，公大奇之。時黄、秦、晁、張號蘇門四學士，東坡待之厚，每來，必令侍妾朝雲取密雲龍，家人以此知之。一日，又命取密雲龍，家人謂是四學士，窺之，乃廖明略也。」此事見明楊慎詞品卷三、清沈雄古今詞話詞辨下卷，蓋採自宋晁公武撰郡齋讀書志卷四下廖明略竹林集三卷之提要。

〔二〕「高興」，沈鈔本作「高與」，今從清鈔本、珍重閣本。按諸參校本皆作「興」，是。

〔三〕「臣」，二妙集本、東坡外集作「黄」。

〔四〕「舍人」，清鈔本、曬藍本作「又」，兹從沈鈔本、珍重閣本改。

其二〔一〕

三入承明㈠。四至九卿㈡。問儒生、何辱何榮㈢？金張七葉㈢，紈綺貂纓㈣〔三〕。無汗馬事㈤，不獻賦㈥，不明經㈦。成都卜肆，寂寞君平。鄭子真、巖谷躬耕㈧。寒灰炙手㈨，人重人輕。除竺乾學㈩，得無念，得無名⑪。

【傳注】

㈠應璩百一詩：「問我何功德，三入承明廬。」（劉按，詩見文選卷二十一。又按，漢書卷六十四上嚴注傳「君厭承明之廬」句下注引張晏曰：「承明廬在石渠閣外。直宿所止曰盧。」）

㊁漢司馬安四至九卿，時人目爲巧宦。（劉按，史記卷一百二十汲黯傳云：「黯姑姊子司馬安……文深巧善宦，官四至九卿。」傅注當本於此。）

㊂金日磾、張安世七世爲侍中、常侍。（劉按，漢書卷六十八金日磾傳贊：「七世内侍、何其盛也。」又卷五十九張安世傳：「安世子孫相繼，自宣、元以來，爲侍中、中常侍諸曹散騎、列校尉者凡十餘人。功臣之世，惟有金氏、張氏親近貴寵，比於外戚。」傅注當本於此。）左太沖詩：「金張籍舊業，七葉珥漢貂。」（劉按，見文選卷二十一左思咏史詩八首其二。）

㊃綺襦紈袴，貴者之服。貂纓〔四〕，侍中、常侍之冠。江淹詩曰：「金貂服玄纓。」（劉按，見文選卷三十一江文通雜體詩三十首之王侍中。）

㊄漢公孫弘曰：「臣愚駑，無汗馬之勞。」（劉按，語見漢書卷五十八公孫弘傳。）

㊅司馬相如獻賦於漢武帝，帝以爲郎。（劉按，事見史記卷一百十七司馬相如傳。）

㊆漢平當，以明經爲博士。（劉按，見漢書卷七十一平當傳。原脱「以」字，據漢書補。）

㊇漢書王貢傳序：「谷口有鄭子真，蜀有嚴君平，皆修身自保，非其服不服，非其食

不食。成帝時，大將軍王鳳以禮聘子真，子真遂不詘而終。君平卜筮於成都市，以爲『卜筮者賤業，而可以惠衆人。有邪惡非正之問，則依蓍龜而言利害，與人子言依於孝，與人弟言依於順，與人臣言依於忠，各因勢導之以善。從吾言者，已過半矣』。裁日閱數人，得百錢，足以自養，則閉肆下簾而授老子。遂以其業終。及揚雄著書稱此二人，其論曰：『谷口鄭子真，不詘其志，耕於巖石之下，名震於京師，豈其卿，豈其卿！蜀嚴湛冥，不作苟見，不治苟得，久幽而不改其操，雖隨、和何以加諸！』」（劉按，節引自漢書卷七十二王貢兩龔鮑傳序，個別字句與通行本稍異。）

㈨李太白詩：「寒灰重暖生陽春。」（劉按，句出江夏贈韋南陵冰，見李太白詩集卷十一。）唐崔鉉，宣宗時爲宰相，所善者鄭魯、楊紹復、段瓌、薛蒙，頗參議論。時語曰：「鄭、楊、段、薛，炙手可熱；欲得命通，魯、紹、瓌、蒙。」帝聞之，題於扆。（劉按，事詳新唐書卷一百六十崔鉉傳。按崔鉉在武宗時既爲宰相，傳注誤記矣。）

㈩佛教本自西竺乾天。（劉按，梁釋僧祐撰弘明集卷一正誣論：「竺乾者，天竺也。」）

㊁釋氏以滅五慾，故「無念」；以存四諦，故「無名」。（劉按，「五慾」指色、聲、香、味、觸，見智度論十七；一説指財、色、名、飲食、睡眠，見法華經譬喻品。「四諦」指苦、集、滅、道，見大般涅槃經十二。）

【校勘記】

〔一〕詞題：傅本、元本無題。吴訥鈔本、二妙集本、毛本調名下題作「寓意」。
〔二〕「儒」，吴訥鈔本、二妙集本、毛本作「書」。
〔三〕「紈綺」，二妙集本作「珥金」。
〔四〕「貂纓」，沈鈔本誤作「貂嬋」，今從清鈔本、珍重閣本并參本詞正文改。

其三〔一〕

清夜無塵。月色如銀㊀。酒斟時、須滿十分㊁。浮名浮利，虚苦勞神〔二〕。嘆隙中駒㊂，石中火㊃，夢中身㊄。　雖抱文章，開口誰親？且陶陶、樂盡天真㊅。幾時歸去，作個閑人。對一張琴，一壺酒，一溪雲。

【傅注】

㈠梁戴暠月詩：「浮川疑讓璧，入户類燒銀。」（劉按，句出月重輪行詩，見樂府詩集卷四十，别見文苑英華卷一百九十三。「璧」原作「壁」，據樂府詩集改。）

㈡白樂天：「十分醮甲酌。」（劉按，句出早飲湖州酒寄崔使君，見白氏長慶集卷二十三。）

㈢莊子曰：「人生天地間，如白駒之過隙，忽然而已。」（劉按，見莊子知北游篇。莊子「如」原作「若」，「隙」原作「郤」。「郤」通「隙」。）

㈣李白詩：「石火無留光，還如世中人。」（劉按，句出擬古十二首之三，見李太白詩集卷二十四。「留」原作「煙」，據李太白集改。）

㈤韓退之：「須著人間比夢間。」（劉按，句出遣興詩，見全唐詩卷三百四十三。五百家注昌黎文集卷九詩題作「遠興」。「比」原作「此」，據全唐詩改。）

㈥劉伶酒德頌：「無思無慮，其樂陶陶。」（劉按，語見文選卷四十七劉伯倫酒德頌。）

【校勘記】

〔一〕詞題：傅本、元本無題。吴訥鈔本、二妙集本、毛本調名下有詞題曰「述懷」。

〔二〕「虚」，二妙集本、毛本作「休」。

其四　病起小集〔一〕

凉夜霜風〔二〕。先入梧桐㈠。渾無處、回避衰容。問公何事，不語書空㈡。但一回醉，一回病，一回慵。　秋來庭下〔三〕，光陰如箭㈢〔四〕，似無言、有意催儂〔五〕。都將萬事㈣，付與千鍾㈤。任酒花白，眼花亂，燭花紅。

【傅注】

㈠韓退之：「霜風侵梧桐，衆葉著樹乾。」（劉按，句出秋懷十一首之九，見五百家注昌黎文集卷一，别見全唐詩卷三百三十六。）

㈡殷浩爲晉將軍，尋廢不用。常默默書空「咄咄怪事」四字。（劉按，事詳世説新語黜免篇。傅幹撮述其大意，未引原句。）

㈢古樂府：「光陰似箭催人老。」（劉按，樂府詩集中無此句。兩宋名賢小集卷一百二十五曾季貍苦竹行：「歲月催人老。」全唐詩卷六百五十四羅鄴歎别：「人在光陰似箭流。」疑傅幹别有所本。）

㊃韓退之詩：「破除萬事無過酒。」（劉按，句出贈鄭兵曹詩，見五百家注昌黎文集卷三；别見全唐詩卷三百三十八。）

㊄昔平原君與王子高飲，强子高酒，曰：「昔者有遺諺：『堯舜千鍾，孔子百觚；子路嗑嗑，尚飲百榼。』古之聖賢，無不能飲也。」（劉按，事見孔叢子儒服第十三。「百榼」，孔叢子作「十榼」。）

【校勘記】

〔一〕詞題：吴訥鈔本、二妙集本、毛本題作「秋興」。

〔二〕「凉」，元本、吴訥鈔本作「昨」。元本原校：「一作『凉』。」

〔三〕「秋」，元本、吴訥鈔本作「朝」。

〔四〕「光陰如箭」，元本作「飛英如霰」，原校：「一作『光陰如箭』。」

〔五〕「催」，元本原校：「一作『傷』。」按，吴訥鈔本、二妙集本、毛本「催」作「傷」。則元本「一作」當指曾慥所輯東坡先生長短句，吴訥鈔本所自出者。

其五　丹陽寄述古〔一〕

携手江村。梅雪飄裙。情何限、處處銷魂㊀。故人不見，舊曲重聞。向望湖樓，孤山寺，湧金門㊁。　尋常行處，題詩千首㊂，繡羅衫、與拂紅塵㊃。别來相憶，知是何人？有湖中月，江邊柳，隴頭雲。

【傳注】

㊀江淹别賦：「黯然銷魂者，唯别而已矣。」（劉按，賦見文選卷十六。）

㊁「望湖樓」、「孤山寺」、「湧金門」，并在錢塘。（劉按，咸淳臨安志卷三十二：「望湖樓，在錢塘門外一里，一名看經樓，乾德五年錢忠懿王建。」元稹永福寺石壁法華經記：「永福寺一名孤山寺，在杭州錢塘湖心孤山上。」西湖游覽志卷二十：「萬松嶺下西城第一門曰錢湖門、次北第三門曰涌金門，即金牛出見之所也。」）

㊂杜牧之云：「千首詩輕萬户侯。」（劉按，句出登池州九峰樓寄張祜，見全唐詩卷五百二十二。）

㊃青箱雜記〔二〕：「寇萊公典陝日，與處士魏野同游僧寺，觀覽舊游。有留題處，公

詩皆用碧紗籠之，至野詩則塵蒙其上。時從行官妓之慧黠者，輒以紅袖拂之。野顧公曰：『若得常將紅袖拭，也應勝著碧紗籠。』萊公大笑。」（劉按，事見青箱雜記卷六，文句與通行本稍異，傅注蓋簡述其大意也。）

【校勘記】

〔一〕詞題：吳訥鈔本、二妙集本、毛本調名下題作「冬思」。

〔二〕傅注原脱「雜」字，據龍箋補。

其六　過七里瀨〔一〕

一葉舟輕㈠。雙槳鴻驚。水天清、影湛波平㈡。魚翻藻鑑㈢，鷺點煙汀。過沙溪急，霜溪冷，月溪明。

重重似畫，曲曲如屏㈣。算當年、虛老嚴陵㈤〔二〕。君臣一夢，今古空名㈥〔三〕。但遠山長，雲山亂，曉山青。

【傅注】

㈠韓退之云：「清湘一葉舟。」（劉按，韓愈湘中酬張十一功曹詩原作「休垂絕徼千行淚，共泛清湘一葉舟」，見五百家注昌黎文集卷九，别見全唐詩卷三百四十三。傅注再引此句又漏「共泛」二字。）

㈡可朋詩：「水涵天影闊。」（劉按，句出賦洞庭，見全唐詩卷八百四十九。）

㈢杜子美：「翻藻白魚跳。」（劉按，句出絶句六首其四，見九家集注杜詩卷二十六。）

㈣羅鄴金陵詩：「江山入畫圖。」（劉按，此句不見全唐詩羅鄴卷中。羅鄴巴山旅舍言懷：「家山如畫不歸去，客舍似仇誰遣來。」見全唐詩卷六百五十四。又按全唐詩卷六百六十五録羅隱四頂山詩：「勝景天然别，精神入畫圖。」疑傅幹誤羅隱爲羅鄴；又誤合肥（四頂山在今合肥東南）爲金陵，又誤「精神」爲「江山」也。待考。）辛寅遜詩：「遠岫如屏横碧落。」（劉按，句出登戎州江樓閑望，見輿地紀勝卷一百六十三，作者題署辛寅遜。傅注誤標作者名矣。）

㈤嚴光字子陵，少與光武同學。後光武即位，乃變姓名，披羊裘，釣澤中。光武令以物色訪之。既至，官之，不受。去，耕於富春山。後人名其釣處爲嚴陵瀨。（劉按，事詳後漢書卷八十三逸民傳。）

㈥滕白嚴陵釣臺詩：「只將溪畔一竿竹，釣却人間萬古名。」（劉按，全唐詩卷七百三十一滕白集中無此詩。疑乃佚詩也。又按，宋葛立方撰韻語陽秋卷十一引此二句，未明作者爲何人。）

【校勘記】

〔一〕「瀨」，二妙集本、毛本作「灘」。又元本無詞題。

〔二〕「虛」，二妙集本、毛本作「空」。

〔三〕「空」，吳訥鈔本、二妙集本、毛本作「虛」。

菩薩蠻　十八首

其一〔一〕

繡簾高捲傾城出㊀。燈前瀲灩橫波溢。皓齒發清歌㊁。春愁入翠蛾㊂〔二〕。凄音休怨亂。我已無腸斷㊃〔三〕。遺響下清虛㊄〔四〕。纍纍一串珠㊅。

【傳注】

㊀唐柳子厚渾鴻臚宅聞歌詩云：「翠帷雙捲出傾城。」（劉按，句見柳河東集卷四十三，詩題「聞歌」下原有「效白紵」三字。樂府詩集卷五十五題作「白紵歌」。）

㊁杜子美：「佳人絶代歌，獨立發皓齒。」（劉按，句出聽楊氏歌，見九家集注杜詩卷十三。）

㊂梁謝偃聽歌賦：「低翠蛾而斂色，睇橫波而流光。」（劉按，謝賦見文苑英華卷七十八。又按，謝偃卒於貞觀十七年，事迹載舊唐書卷一百九十文苑傳上及新唐書卷二百一文藝傳，其出生在衛州衛縣，入隋爲散從正員郎，貞觀初應詔對策高第。習慣上稱謝偃爲唐人。傳注標「梁」，欠妥。）

㊃劉禹錫詩：「斷盡蘇州刺史腸。」（劉按，「腸斷」事見唐范攄撰雲溪友議，別見孟棨本事詩情感篇。劉禹錫詩題贈李司空妓，見全唐詩卷三百六十五。）又，公詩：「江南刺史已無腸。」（劉按，句出蘇軾張子野年八十五尚聞買妾述古令作詩，見東坡集卷五。）

㊄杜子美：「響下清虛裏。」（劉按，句出聽楊氏歌，見杜詩詳注卷十七；九家集注杜詩卷十三作「青虛」，注：「一作『浮雲』。」）

㊅禮記：「歌者上如抗，下如隊，曲如折，止如槁木，倨中矩，句中鉤，纍纍乎端如貫珠。」（劉按，見樂記篇。）

【校勘記】

〔一〕詞題：傅本、元本無詞題。吴訥鈔本、二妙集本、毛本調名下有詞題曰「歌妓」。

〔二〕「愁」，茅維蘇集本、毛本作「山」。

〔三〕「無」，吴訥鈔本作「先」。又二妙集本、茅維蘇集本、毛本「無腸斷」作「先偷玩」。

〔四〕「遺響下清虚」，二妙集本、茅維蘇集本、毛本作「梅萼月窗虚」。

其二　贈徐君猷笙妓

碧紗微露纖纖玉㊀〔一〕。朱唇漸暖參差竹㊁〔二〕。越調變新聲。龍吟澈骨清㊂〔三〕。　夜闌殘酒醒〔四〕。惟覺霜袍冷〔五〕。不見斂眉人㊃〔六〕。燕脂覓舊痕〔七〕。

【傳注】

㊀「玉纖纖」，已見前滿庭芳注。（劉按，見本書卷一滿庭芳其二「香靉雕盤」詞注㊄。）

㊁沈約笙詩云：「孤篠定參差。」（劉按，見文苑英華卷二百十二，題作咏笙。）

㊂漢李延年能變新聲，時號協律聲。（劉按，史記卷一百二十五佞幸列傳稱李延年「善歌，爲變新聲」，「號協聲律」。）水龍吟曲乃越調也。（劉按，見樂府雜録。）羅鄴笙詩：「筠管參差排鳳翅，月堂淒切勝龍吟。最宜輕動纖纖玉，醉送當觀灧灧金。」（劉按，全唐詩卷六百五十四題作題笙詩。又「當觀」原作「當歌」，據全唐詩改。）

㊃杜子美詩：「翠眉縈度曲。」（劉按，句出數陪章梓州泛江有女樂在諸舫戲爲艷曲二首之二，見九家集注杜詩卷二十四。）

【校勘記】

〔一〕「纖纖」，元本作「纖摻」。

〔二〕「朱唇漸暖參差竹」，二妙集本、茅維蘇集本、毛本此句作「一曲雲和湘水緑」。

〔三〕「澈」，吴訥鈔本、二妙集本、毛本作「徹」。

〔四〕「闌」，元本原校：「一作『來』。」按吴訥鈔本作「來」。又二妙集本、茅維蘇集本、毛本作「長」。

〔五〕「惟」，二妙集本、茅維蘇集本、毛本作「頓」。

〔六〕「斂眉」，二妙集本、茅維蘇集本、毛本作「意中」。

〔七〕「燕」，吴訥鈔本作「胭」。按，二字通用。又二妙集本、茅維蘇集本、毛本「燕脂覓」作「新啼壓」。

其三　西湖送述古〔一〕

秋風湖上瀟瀟雨〔二〕。使君欲去還留住。今日謾留君〔三〕。明朝愁殺人。佳人千點淚〔四〕。灑向長河水㈠〔五〕。不用斂雙蛾。路人啼更多。

【傅注】

㈠倦游録：「令狐挺題相思河云：『只應自古征人淚，灑向空川作浪波。』」（劉按，宋洪邁編萬首唐人絶句卷五十一收此詩，題同全唐詩卷七百七十八，作令狐挺題鄜州相思鋪，全唐詩原注：「一作令狐楚詩。」宋阮閱撰詩話總龜卷十五引倦游録收此詩，謂令狐楚作，與全唐詩卷三百三十四同，題作相思樹。又按詩下句「浪」一作「逝」，一作「碧」，「川」又作「洲」。）江淹：「別復別兮遠山曲，去復去兮長河湄。」（劉按，句出別賦，見文選卷十六。）

【校勘記】

〔一〕詞題：吴訥鈔本、二妙集本、毛本無「送述古」三字。

〔二〕「潚潚」，元本、吴訥鈔本、二妙集本、毛本作「蕭蕭」。

〔三〕「謾」，吴訥鈔本作「漫」。按，「謾」通「漫」，徒然也。

〔四〕「佳人」，二妙集本、茅維蘇集本、毛本作「樽前」。

〔五〕「灑向」，珍重閣本作「灑下」。今從沈鈔本、清鈔本、曬藍本，并據元本、吴訥鈔本、二妙集本、茅維蘇集本、毛本校定。

其四

杭妓往蘇，迓楊元素，寄蘇守王規甫〔一〕。

玉童西迓浮丘伯㈠。洞天冷落秋蕭瑟。不見許飛瓊㈡〔二〕。瑶臺空月明㈢。　清香凝夜宴。借與韋郎看㈣。莫便向姑蘇〔三〕。扁舟下五湖㈤。

【傅注】

㈠列仙傳：「浮丘伯本嵩山道士，後得仙去。」（劉按，列仙傳卷上云：「王子喬者，周靈王太子晉也，好吹笙作鳳凰鳴。游伊洛之間，道人浮丘公接以上嵩高山。」或謂浮丘公即浮丘伯也。）李太白詩云：「兩兩白玉童，雙吹紫鸞笙。去影忽不見，回風送天聲。」（劉按，句出古風五十九首其七，見李太白詩集卷二。）

㈡漢武帝内傳：「西王母乘紫雲之輦，履玄瓊之舄，下輦上殿，呼帝共坐，命侍女許飛瓊鼓雲和之簧。」（劉按，傅幹撮述節引漢武帝内傳文意，未遵原句。）

㈢「瑶臺」，崑崙之别名。李白清平調詞：「若非群玉山頭見，定向瑶臺月下逢。」（劉按，句出清平調詞三首其二，見李太白詩集卷五，「定」原作「會」。）

㈣韋蘇州詩：「兵衛森畫戟，宴寢凝清香。」（劉按，句出韋應物郡齋雨中與諸文士宴集，見全唐詩卷一百八十六。）

㈤「姑蘇」，吴臺名，已見水龍吟注。（劉按，參見本書卷一水龍吟其四「小舟横截春江」詞注㊃。又按吴越春秋、越絶書均不載范蠡携西施扁舟泛五湖之事。又按史記吴太伯世家「越因伐吴，敗之姑蘇」句下司馬貞索引：「姑蘇，臺名，在吴縣西三十里。」）

【校勘記】

〔一〕詞序：元本「迓」下有「新守」二字。吴訥鈔本題作「杭妓往蘇迓新守」。二妙集本、毛本題作「杭妓往蘇」。

〔二〕「不見」，毛本作「不用」。

〔三〕「向」，二妙集本、茅維蘇集本、毛本作「過」。又「姑蘇」，二妙集本作「蘇州」。

其五　席上和陳令舉〔一〕

天憐豪俊腰金晚。故教月向松江滿㊀。清景爲淹留。從君都占秋。　身閑惟有酒。試問遨游首㊁〔二〕。帝夢已遥思㊂。匆匆歸去時。

【傅注】

㊀吴松江也。（劉按，太平寰宇記卷九十一吴江縣：「吴江本名松江……其江出太湖，二源。」）

㊁成都風俗，以遨游相尚。綺羅珠翠，雜沓衢巷，所集之地，行肆畢備，須得太守一往後方盛，土人因目太守爲遨頭云。（劉按，參見方輿勝覽卷五十一成都府路遨頭宴集條。）

㊂高宗夢傅説，使以象求之，立以爲相。（劉按，詳見尚書説命序及楚辭離騷王逸注。）

【校勘記】

〔一〕詞題：傅本「令」誤作「今」，據元本改。吴訥鈔本、毛本無題，正文多闕文，可據傅本、元本補正。

〔二〕「遨」，茅維蘇集本、全宋詞修訂本作「清」。

其六　述古席上〔一〕

娟娟缺月西南落。相思撥斷琵琶索㊀。枕淚夢魂中。覺來眉暈重。　華堂堆燭淚〔二〕。長笛吹新水㈡。醉客各西東。應思陳孟公㈢。

【傳注】

㈠陶穀詞：「琵琶撥斷相思調。」（劉按，詞見玉壺清話卷四、苕溪漁隱叢話前集卷二十四，調名作春光好，寶顏本南唐近事、曾慥類説卷五十五、龍衮江南野史題作風光好。全唐五代詞收此詞。）

㈡樂府有中吕調新水曲。（劉按，宋史卷一百三十一樂志六云：「新水調者，華聲而用胡樂之節奏。」又按，宋王灼撰碧雞漫志卷四：「今世所唱中吕調水調歌，乃是以俗呼音調異名者名曲，雖首尾亦各有五言兩句，決非樂天所聞之曲。」）

㈢漢陳遵，字孟公，好客。每大宴，賓客滿堂輒關門，取客車轄投井中。雖有急，終不得去。（劉按，事詳漢書卷九十二陳遵傳。）

【校勘記】

〔一〕詞題：元本作「靈璧寄彭門故人」。毛本作「代妓送陳述古」。西湖游覽志餘引該詞，題作「西湖席上代諸妓送陳述古」。

〔二〕「華」，二妙集本、茅維蘇集本、毛本作「畫」。

其七　潤州和元素〔一〕

玉笙不受朱唇暖㊀〔二〕。離聲凄咽胸填滿。遺恨幾千秋〔三〕。恩留人不留〔四〕。　他年京國酒。泫淚攀枯柳㊁〔五〕。莫唱短因緣㊂。長安遠似天㊃。

【傅注】

㊀陸罕笙詩：「響合絳唇吹。」（劉按，詩見初學記卷十六、文苑英華卷二百十二。又按，藝文類聚卷四十四引作梁陸罩咏笙詩。）

㊁桓温自江陵北伐，行至金城，見少爲琅邪太守時種柳，皆已十圍。慨然曰：「木猶如此，人何以堪！」攀枝執條，泫然流涕。（劉按，事詳世説新語言語篇，又見晉書卷九十八桓温傳。）

㊂太平廣記：「鮑生者，有妾二人。遇外弟韋生有良馬。鮑出妾爲酒勸韋，韋請以馬換妾。鮑許以抱胡琴者，仍命歌以送韋酒。既而妾又歌以送鮑酒，歌曰：『風颭荷珠難暫圓，多生信有短因緣。西樓今夜三更月，還照離人泣斷弦。』」（劉按，詳見

太平廣記卷三百四十九韋鮑生妓條所引纂異記。又按，宋計敏夫撰唐詩紀事卷五十二亦載此事，情節繁簡有異。）

㊃晉明帝五六歲時，其父元帝，坐之膝上，問日與長安遠近。（劉按，事詳世說新語夙惠篇，晉書卷六明帝紀。詳見本書卷六江神子其二「翠娥羞黛怯人看」詞傅注㊂。）

【校勘記】

〔一〕詞題：吴訥鈔本、二妙集本、毛本題作「感舊」。

〔二〕「朱」，茅維蘇集本、二妙集本、毛本作「珠」，義遜。

〔三〕「秋」，原作「愁」，龍校：「作『愁』誤。」今據元本、吴訥鈔本、二妙集本、毛本改。

〔四〕「恩」，元本作「心」。

〔五〕「泫」，元本作「墮」。

其八

七夕，黄州朝天門上二首〔一〕。

畫簷初掛彎彎月。孤光未滿先憂缺。還認玉簾鉤㈠〔二〕。天孫梳洗樓㈡。佳人言語好。不願求新巧㈢。此恨固應知。願人無別離。

【傅注】

㈠鮑明遠月詩云：「始出西南樓，纖纖如玉鉤。」（劉按，文選卷三十收此詩，題爲翫月城西門廨中。）

㈡天官書：「織女，天孫女也。」（劉按，見史記卷二十七。原文是：「婺女，其北織女。織女，天女孫也。」集解引徐廣曰：「孫一作名。」索引：「按荆州占云：織女一名天女，天子女也。」）唐連昌宮有梳洗樓，乃天寶中爲楊貴妃所建也。元稹連昌宮詞云：「寢殿相連端正樓，太真梳洗樓上頭。」（劉按，見元氏長慶集卷二十四、全唐詩卷四百十九。）

㈢荆楚歲時記：「七夕，婦人結彩樓，穿七孔針，陳瓜果於中庭，以乞巧。」

【校勘記】

〔一〕詞序：元本作「七夕朝天門上作」。吳訥鈔本、二妙集本、毛本題作「新月」。

〔二〕「還」，元本、吳訥鈔本作「遥」。

其九〔一〕

風回仙馭雲開扇。更闌月墜星河轉〔二〕。枕上夢魂驚。曉來疎雨零㈠〔三〕。　相逢雖草草。長共天難老。終不羨人間。人間日似年〔四〕。

【傅注】

㈠世俗以牛女相見之夕，必有微雨，以明會遇之徵。（劉按，古今事文類聚前集卷十引歲時雜記云：「七月六日有雨謂之洗車雨，七日雨則曰灑淚雨。」傅注所記「世俗」，未明所本。）

【校勘記】

〔一〕詞題：傅本、元本無題。吳訥鈔本、毛本題作「七夕」。

〔二〕「墜」，元本作「墮」。

〔三〕「來」，吳訥鈔本、二妙集本、毛本作「檐」。

〔四〕「日」，二妙集本，茅維蘇集本、毛本作「夜」。

其十〔一〕

城隅静女何人見。先生日夜歌彤管㊀。誰識蔡姬賢？江南顧彦先㊁〔二〕。先生那久困。湯沐須名郡㊂。唯有謝夫人。從來是擬倫㊃〔三〕。

【傅注】

㊀邶國風詩云：「静女其姝，俟我於城隅。愛而不見，搔首踟躕。静女其孌，貽我彤管。彤管有煒，悦懌女美。」（劉按，見詩經邶風静女。）

㊁「蔡姬」，蔡邕之女文姬也，博學有才辯，又妙於音律。（劉按，見後漢書列女傳中董祀妻蔡琰傳。）「顧彦先」，名榮，吴人，爲南土著姓。機神朗悟，妙於鼓琴。仕吴爲黄門郎。（劉按，詳見世説新語德行篇注及傷逝篇等，又見晉書卷六十八顧榮傳。見校勘記〔二〕。）

㊂漢書：「鄧皇后母新野君，湯沐邑萬户。」顔師古注：「凡言湯沐邑者，謂以其賦税供湯沐之具也。」（劉按，詳見後漢書卷十上皇后紀。和帝后鄧綏母爵號新野君。

傳注誤標後漢書爲漢書，「顔師古」亦爲「李賢」之誤。）

㊃「謝夫人」，王凝之妻謝氏道韞也。聰識有才辯。初，同郡張玄妹亦有才質，適於顧氏。玄每稱之，以敵道韞。有濟尼者，游於二家。或問之，濟尼曰：「王夫人神情散朗，故有林下風氣；顧家婦清心玉映，自是閨房之秀。」（劉按，詳見世説新語賢媛篇；又見晉書卷九十六列女傳「王凝之妻謝氏」條。）

【校勘記】

〔一〕詞題：傅本、元本無題。吴訥鈔本、二妙集本、毛本調名下題作「有寄」。

〔二〕「彦」，珍重閣本作「顔」，今從沈鈔本并據元本改。注㊁順改。（劉按，晉書本傳，顧榮字彦先。）

〔三〕「是」，吴訥鈔本、二妙集本、毛本作「見」。

其十一

買田陽羡吾將老。從來只爲溪山好㊀〔一〕。來往一虚舟㊁。聊從物外游〔二〕。有書仍懶著㊂。水調歌歸去㊃〔三〕。筋力不辭詩。要須風雨時㊄。

【傳注】

㈠「陽羨」，毗陵之宜興也〔四〕。公愛其有荆溪西山之樂，而將老於是。（劉按，東坡續集卷六答賈耘老四首其二云：「僕已買田陽羨，當告聖主哀憐餘生，許於此安置。幸而許者，遂築室於荆溪之上而老矣。」）左傳曰：「吾將老焉。」杜預注云：「老，致仕也。」（劉按，見春秋左傳正義卷四隱公十一年。）

㈡莊子：「泛若不繫之舟，虚而遨游者也。」（劉按，見莊子雜篇列禦寇。傳注「舟」、「虚」原誤倒，據莊子原文乙正。）

㈢虞卿去趙，困於梁〔五〕，乃著書，上採春秋，下觀近世，曰節義、稱號、揣摩、政謀，凡八篇，以譏刺國家得失。世傳之，曰虞氏春秋。（劉按，事見史記卷七十六虞卿列傳。）

㈣公在彭城，嘗和子由水調歌詞，其意以不早退爲戒，以退而相從爲樂云。（劉按，見本書卷一水調歌頭其二「安石在東海」詞傳注㈠。）

㈤韋蘇州詩：「那知風雨夜，復此對床眠。」（劉按，句出示全真元常，「那」原作「寧」；「雨」原作「雪」。見韋蘇州集卷三，别見文苑英華卷二百五十五。）子由嘗感是語，遂與公相約，有早休之意。情見於詩。（劉按，詳見蘇轍欒城集卷七逍遥堂會宿二首并引。）

【校勘記】

〔一〕「只」，元本作「不」，原校：「一作『只』。」

〔二〕「聊從物外」，元本作「聊從造物」；原校：「一作『聊從物外』。」又吳訥鈔本、二妙集本、毛本「從」作「隨」。

〔三〕「水調」，元本作「且漫」。

〔四〕「宜」，沈鈔本、清鈔本、曬藍本誤作「義」，龍箋引傳注更作「宜」，今據改。（按，古義興，避宋太宗趙匡義諱改作宜興。）

〔五〕「於」，清鈔本、曬藍本作「斿」，珍重閣本作「游」，皆誤。今據史記虞卿列傳校改爲「於」。

其十二　回文

落花閑院春衫薄。薄衫春院閑花落。遲日恨依依。依依恨日遲。　夢回鶯舌弄。弄舌鶯回夢。郵便問人羞。羞人問便郵。

其十三〔一〕

火雲凝汗揮珠顆。顆珠揮汗凝雲火。瓊暖碧紗輕。輕紗碧暖瓊。　暈腮嫌枕印。印枕嫌腮暈。閑照晚妝殘。殘妝晚照閑。

【校勘記】

〔一〕詞題：傅本、元本無題。吴訥鈔本、二妙集本、毛本調名下題作「夏景回文」。

其十四　紅梅贈別〔一〕

嶠南江淺紅梅小。小梅紅淺江南嶠。窺我向疏籬。籬疏向我窺。　老人行即到。到即行人老。離別惜殘枝。枝殘惜別離。

【校勘記】

〔一〕詞題：元本無題。吴訥鈔本、二妙集本、毛本題作「回文」。

其十五

四時閨怨回文，效劉十五貢父體〔一〕。

翠鬟斜幔雲垂耳。耳垂雲幔斜鬟翠。春晚睡昏昏。昏昏睡晚春。　細花梨雪墜。墜雪梨花細。顰淺念誰人。人誰念淺顰。

【校勘記】

〔一〕詞序：元本作「回文四時閑怨」。吴訥鈔本、二妙集本、毛本作「回文春閨怨」。曹樹銘校編東坡詞卷三云：「按全宋詞并無劉貢父詞，傅注所謂『效劉十五貢父體』并無顯證，殆不可信。」又説：「回文詞之意境，俱與東坡詞不類。且逐句回文，僅屬文字游戲，索然無味。」「東坡根本無此閑情。」遂視此四詞爲贋作，「移列可疑詞」。（劉按，東坡續集卷五與李公擇書十七首其十三云：「效劉十五體，作回文菩薩蠻四首寄去，爲一笑。不知公曾見劉十五詞否？劉造此樣見寄，今失之矣。」又與劉貢父書七首其三云：「示及回文小闋，律度精緻，不失雍容。欲和，殆不可及，已授歌者矣。」由此可知劉十五（貢父）確有回文詞，蘇軾對其評價不低，且效其體作回文菩薩蠻四首也。曹氏未詳考，其辨僞實乃武斷，不可信也。）

其十六〔一〕

柳庭風静人眠晝。晝眠人静風庭柳。香汗薄衫涼。涼衫薄汗香。手紅冰盌藕。藕盌冰紅手〔二〕。郎笑藕絲長。長絲藕笑郎。

【校勘記】

〔一〕詞題：傅本、元本無題。吴訥鈔本、二妙集本、毛本調名下題作「回文夏閨怨」。

〔二〕「盌」，吴訥鈔本作「椀」。按「盌」、「椀」通用。茅維蘇集本、二妙集本、毛本作「腕」。

其十七〔一〕

井桐雙照新妝冷。冷妝新照雙桐井〔二〕。羞對井花愁。愁花井對羞。影孤憐夜永。永夜憐孤影。樓上不宜秋。秋宜不上樓〔三〕。

【校勘記】

〔一〕詞題：傅本、元本無題。吴訥鈔本、二妙集本、毛本調名下題作「回文秋閨怨」。

〔二〕「桐」，二妙集本、茅維蘇集本、毛本作「梧」。

〔三〕「秋」，茅維蘇集本、毛本作「愁」。

其十八〔一〕

雪花飛暖融香頰。頰香融暖飛花雪。欺雪任單衣。衣單任雪欺。　別時梅子結。結子梅時別。歸恨不開遲。遲開不恨歸〔二〕。

【校勘記】

〔一〕詞題：傅本、元本無題。吴訥鈔本、二妙集本、毛本調名下題作「回文冬閨怨」。

〔二〕「歸恨」二句，吴訥鈔本、二妙集本、毛本作「歸不恨開遲，遲開恨不歸」。

注坡詞卷第八

虞美人　四首

其一　琵琶〔一〕

定場賀老今何在㊀〔二〕？幾度新聲改。新聲坐使舊聲闌㊁〔三〕。俗耳只知繁手、不須彈㊂。　斷弦試問誰能曉？七歲文姬小㊃。試教彈作輥雷聲㊄〔四〕。應有開元遺老、淚縱橫㊅。

【傅注】

㊀明皇雜録：「賀老即賀懷智，開元時樂工也。」（劉按，唐鄭處誨撰明皇雜録卷下

云：「唐開元中，樂工李龜年、彭年、鶴年兄弟三人，皆有才學盛名。」不言賀懷智。另見唐段成式撰酉陽雜俎卷十二云：「樂工賀懷智、紀孩孩皆一時絶手。」傳幹或記混，誤標書名出處。）元稹連昌宮詞云：「夜半月高弦索鳴，賀老琵琶定場屋。」（劉按，詩見元氏長慶集卷二十四。）

㈡孟郊薄命妾詩：「不惜十指弦，爲君千萬彈。常恐新聲至，坐使舊聲殘。」（劉按，全唐詩卷三百七十二從孟東野詩集卷一樂府上題作「古薄命妾」，「坐使」一作「使我」，「舊」原作「故」，「聲」一作「曲」。）

㈢趙飛燕外傳：「飛燕祖馬大力，工理樂器。事江都王，爲協律舍人。父萬金，不肯傳家業，編習樂聲〔五〕。亡章曲，任爲繁手哀聲，自號凡靡之樂。聞者莫不心動焉。」（劉按，四庫全書本元陶宗儀編説郛卷一百十一上引趙飛燕外傳，謂「趙后飛燕父馮萬金，祖大力」云云。疑傳幹誤「馮」爲「馬」。）

㈣漢蔡邕女名琰，字文姬，幼而博學有才辨，又妙於音律。邕嘗夜鼓琴，弦絶，琰曰：「第二弦。」邕曰：「偶得之耳。」故斷一弦，問之，琰曰：「第四弦。」并無差謬。（劉按，見後漢書列女傳并李賢注引劉昭幼童傳。）

㈤楊妃外傳：「開元中有賀懷智，善琵琶，用鵾雞筋爲弦，鐵爲捍撥。」（劉按，事詳四庫全書本説郛卷一百十一下引楊太真外傳卷下，别見太平御覽卷五百八十三引樂府雜録。）「輥雷」，其聲如之。（劉按，酉陽雜俎卷六樂：「古琵琶弦用鵾雞筋。」又按蘇軾杜介熙熙堂詩：「鵾弦鐵撥響如雷。」）

㈥白樂天江南遇樂叟詩：「白頭病叟泣且言，禄山未亂入梨園。能彈琵琶和法曲，多在華清隨至尊。」（劉按，詩見白氏長慶集卷十二，原題「遇」下有「天寶」二字。）

【校勘記】

〔一〕元本無詞題。

〔二〕「何」，元本、東坡外集作「安」。

〔三〕「新」，元本作「怨」，原校：「一作『新』。」毛本亦作「新」，義勝。

〔四〕「輥」，東坡外集作「忽」。

〔五〕「編」，原作「偏」，説郛卷一百十一及西漢文紀卷二十二引趙飛燕外傳均作「編」，據改。

其二　送浙憲馬中玉〔一〕

歸心正似三春草㈠。試著萊衣小㈡。橘懷幾日向翁開㈢？懷祖已嗔文度、不歸來㈣〔二〕。　禪心已斷人間愛㈤。只有平交在〔三〕。笑論瓜葛一枰同㈥〔四〕。看取靈光新賦、有家風㈦。

【傳注】

㈠孟郊游子吟：「慈母手中綫，游子身上衣。臨行密密縫，意恐遲遲歸。誰言寸心草，報得三春暉。」（劉按，據孟東野詩集卷一、全唐詩卷三百七十二，「寸心草」當作「寸草心」。）

㈡高士傳：「老萊子孝奉二親，行年七十，常身著五色斑斕之衣，爲小兒戲啼，欲親之喜也。」（劉按，事詳初學記卷十七人部孝第四轉引孝子傳。高士傳不載老萊子孝事。）

㈢吴志：「陸績年六歲，謁袁術。命登筵，私懷橘，拜而墮地。術問其故，答曰：『將以遺親耳。』」（劉按，節引自三國志吴書陸績傳。）

㈣見前漁家傲注。（劉按，見本書卷三漁家傲其四「一曲陽關情幾許」詞注㈥。）

㈤法鏡經曰：「凡夫貪著六塵，不知厭足。今聖人斷除貪愛，除六情飢饉也。」

㈥晉王導子悦，導甚愛之。嘗與悦弈棋，争道，導乃笑曰：「相與有瓜葛，那得爲爾邪！」（劉按，事見世説新語排調篇，又見晉書卷六十五王悦傳。）

㊆後漢王逸工詞賦，嘗欲作魯靈光殿賦，命其子延壽往録其狀。延壽因韻之，以簡其父。父曰：「吾無以加。」遂不復作。（劉按，宋刊文選卷十一魯靈光殿賦李善、張銑注謂蔡邕欲作此賦，見延壽所爲而輟翰。情節迥異於傅注，略同於後漢書文苑傳。傅幹應另有所本。）

【校勘記】

〔一〕詞題：元本無題。吴訥鈔本、茅維蘇集本題作「述懷」。二妙集本、毛本作「送馬中玉」。

〔二〕「嗔」，吴訥鈔本、毛本作「瞋」。

〔三〕「交」，原作「仌」，據元本、吴訥鈔本、二妙集本改。

〔四〕「枰」，原作「抨」，據元本、吴訥鈔本、二妙集本改。

其三　爲杭守陳述古作〔一〕

湖山信是東南美㊀。一望須千里〔二〕。使君能得幾回來？便使樽前醉倒、且徘徊〔三〕。

沙河塘裏燈初上㊁。水調誰家唱㊂？夜闌風静欲歸時。惟有一江明月、碧琉璃㊃。

【傳注】

㊀學士梅摯出鎮錢塘，仁廟賜詩寵行，首句云：「郡有湖山美。」既到任，選勝地㈣建堂，以寫御詩，勒石，立名曰「有美堂」。（劉按，事詳歐陽修有美堂記。又按，宋仁宗賜梅摯知杭州詩云：「地有吴山美，東南第一州。」見於庚溪詩話卷上。宋周淙撰乾道臨安志卷三、宋潛説友撰咸淳臨安志卷四十二引作「地有湖山美」。）

㊁「沙河塘」，錢塘繁會之地。（劉按，見新唐書卷四十一地理志。）

㊂水調，歌曲名，解在南歌子。（劉按，見本書卷五南歌子其一「山與歌眉斂」詞注㊅引證之明皇雜録。）

㊃杜子美：「波濤萬頃堆琉璃。」（劉按，句出渼陂行，見九家集注杜詩卷二。）本事集云：「陳述古守杭，已及瓜代，未交前數日，宴寮佐於有美堂。侵夜，月色如練，前望浙江，後顧西湖，沙河塘正出其下。陳公慨然，請貳車蘇子瞻賦之，即席而就。」（劉按，傅幹引證之本事集，應是楊元素撰輯的時賢本事曲子集，簡稱

本事曲集。參見葛渭君編詞話叢編補編第三至十頁。）

【校勘記】

〔一〕詞題：元本題作「有美堂贈述古」。二妙集本、茅維蘇集本、毛本調名次行有題注云：「本事集云：陳述古守杭，已及瓜代，未交前數日，宴寮佐於有美堂。因請貳車蘇子瞻賦詞，子瞻即席而就，寄攤破虞美人。」似據傅注㈡改編者。按「本事集」云云別見咸淳臨安志卷五十二「有美堂」條。

〔二〕「須」，元本、吴訥鈔本作「彌」。

〔三〕「且」，元本作「更」。

〔四〕「選勝」，沈鈔本、清鈔本作「勝選」，今據珍重閣本乙正。

其四㈠〔一〕

波聲拍枕長淮曉。隙月窺人小。無情汴水自東流。只載一船離恨、向西州㈡。

竹溪花浦曾同醉。酒味多於淚。誰教風鑑在塵埃㈢。醖造一場煩惱、送人來。

【傳注】

〔一〕冷齋夜話云：「東坡與秦少游維揚飲別，作此詞。世傳以爲賀方回所作，非也。山谷亦云。大觀中於金陵見其親筆，醉墨超逸，詩壓王子敬，蓋實東坡詞也〔二〕。」（劉按，詳見苕溪漁隱叢話前集卷五十引冷齋夜話，今通行本冷齋夜話無此條。又按，全宋詞據東坡詞卷上收歸蘇軾詞。另據豫章黃先生詞於黃庭堅詞未存目；據漁隱叢話於賀鑄詞補存目，見訂補附記。）

〔二〕揚州廨，王敦所創，開東西南三門，俗謂之西州也。（劉按，見元和郡縣志卷二十五。）

〔三〕晉王衍，字夷甫，精神朗秀，風姿鮮雅。又有重名於世，時人許以人倫風鑑。（劉按，晉書卷四十三王衍傳云：「衍字夷甫，神情明秀，風姿詳雅。」并無「人倫風鑑」之説。又其從兄王戎傳云：「戎有人倫鑒識。」「嘗目王衍神姿高徹，如瑤林瓊樹，自然是風塵表物。」傳注引述時將二者誤混爲一，引文亦欠精確也。）

【校勘記】

〔一〕全宋詞修訂本編者云：「案此首別又誤入黃庭堅豫章黃先生詞。」同書黃庭堅名下此首存目。按能改齋漫録卷十六、類説卷五十五引此詞皆謂東坡作。又毛本調名下注云：「東坡與少游維揚飲別作此詞。」蓋本傅注㈠而隱其出處耳。

〔二〕「冷齋夜話」云云，吴訥鈔本、二妙集本、茅維蘇集本無「以爲」及「醉墨超逸詩壓王子敬蓋」等字。劉按，清王文誥蘇詩總案卷二十四謂此詞是元豐七年十一月東坡與秦觀淮上飲別時所作。冷齋夜話謂「維揚飲別」者誤。

河滿子

湖州作，寄益守馮當世〔一〕。

見説岷峨淒愴，旋聞江漢澄清㈠。但覺秋來歸夢好，西南自有長城㈡。東府三人最少，西山八國初平㈢。　莫負花溪縱賞㈣，何妨藥市微行㈤。試問當壚人在否？空教是處聞名㈥。唱着子淵新曲，應須分外含情㈦。

【傅注】

㈠「岷峨」，蜀之二山；「江漢」，二水。（劉按，九家集注杜詩卷六劍門：「岷峨氣淒愴。」謂蜀有戰亂。）

㈡唐李勣治并州十六年，以威肅聞。太宗嘗曰：「煬帝不擇人守邊，勞中國築長城以備虜。今我用勣守并，突厥不敢南，賢長城遠矣。」（劉按，事見新唐書卷九十三李勣傳。）

㈢唐韋皋爲劍南西川節度使，諸蠻降附，於是西山羌女、訶陵、南水、白狗、逋租、弱水、清遠、咄霸八國酋長，皆因皋請入朝。乃詔皋統押近界諸蠻、西山八國，加雲南安撫使。（劉按，詳見新唐書卷一百五十八韋皋傳。）

㈣西蜀游賞，始正月上元日，終四月十九日，而浣花溪最爲盛集。（劉按，事見陸游老學庵筆記卷八：「四月十九日，成都謂之浣花遨頭，宴于杜子美草堂……自開歲宴游，至是而止，故最盛於他時。」）

㈤益州有藥市，期以七月，四遠皆集，其藥物品甚衆，凡三月而罷。好事者多市取之。（劉按，事詳宋高承撰事物紀原卷八、陸游老學庵筆記卷六。）

㈥見前滿江紅注。（劉按，見本書卷二滿江紅其一「憂喜相尋」詞注㈤。）

㈦漢王褒字子淵，蜀人。王襄爲益州刺史，聞有俊材，請與相見。使褒作中和、樂職、宣布詩，選好事者令依鹿鳴之聲習而歌之。時汜鄉侯何武爲僮子，選在歌中。

久之，武等學長安，歌太學下，轉而上聞。宣帝召見，悦之。擢褒爲諫大夫，使侍太子。太子喜褒所爲甘泉及洞簫頌，令後宮貴人左右皆誦讀之。（劉按，事詳漢書卷六十四下王褒傳。傅注原脱「時氾鄉侯」至「太學」凡二十三字，致使文意混亂，今據本傳補正。）

【校勘記】

〔一〕詞序：傅本脱「世」字，據元本補。元本無「作」字。吴訥鈔本、二妙集本、毛本題爲「湖州作」。劉按，據續資治通鑑長編卷二百七十五，熙寧九年四月戊申，「馮京（當世）知成都府」；同書卷二百七十八，熙寧九年十月丙午，「馮京爲給事中，知樞密院事」。在此期間蘇軾知密州，不在湖州。詞題「湖」當作「密」。

哨徧　二首

其一㈠

爲米折腰，因酒棄官〔二〕，口體交相累。歸去來，誰不遣君歸？覺從前皆非今是。露未晞。征夫指予歸路，門前笑語喧童稚。嗟舊菊都荒，新松暗老，吾年今已如此。但小窗、容膝閉柴扉。策杖看、孤雲暮鴻飛。雲出無心，鳥倦知還，本非有意。　噫！歸去來兮。我今忘我兼忘世。親戚無浪語，琴書中、有真味。步翠麓崎嶇，泛溪窈窕〔二〕，涓涓暗谷流春水。觀草木欣榮，幽人自感，吾生行且休矣。念寓形、宇內復幾時。不自覺、皇皇欲何之？委吾心、去留誰計。神仙知在何處？富貴非吾志〔三〕。但知臨水登山嘯咏，自引壺觴自醉。此生天命更何疑。且乘流、遇坎還止㊂〔四〕。

【傅注】

㊀公舊序云〔五〕：「陶淵明賦歸去來，有其詞而無其聲。余治東坡，築雪堂於上。人俱笑其陋，獨鄱陽董毅夫過而悅之，有卜鄰之意。乃取歸去來詞，稍加檃括，使就聲律。以遺毅夫，使家僮歌之。時相從於東坡，釋耒而和之，扣牛角而爲之節。不亦樂乎！」（劉按，東坡外集卷七十與朱康叔書云：「董毅夫相聚多日，甚歡。未嘗一日不談公美也。舊好誦陶潛歸去來，常患其不入音律。近輒微加增損，作般涉調哨遍，雖微改其詞，而不改其意，請以文選及本傳考之，方知字字

皆非創入也。謹作小楷一本寄上。」傅注言之有據。）

㈡賈誼鵩賦：「乘流則逝，遇坎則止。」（劉按，文選卷十三題作鵩鳥賦，「逝」下有「兮」字，「遇坎」作「得坻」。張晏注：「『坻』或爲『坎』。」傅注引文題不確，字有異，或别有所本。）

【校勘記】

〔一〕「官」，元本、吴訥鈔本、二妙集本、毛本作「家」。

〔二〕「溪」，元本原校：「一作『舟』。」

〔三〕「志」，傅注本原作「願」，景蘇園帖收此詞墨迹亦作「願」。萬樹詞律注：「此句各家俱叶」，「『願』字乃誤……必『志』字或『事』字之訛」。曹樹銘校編東坡詞云：「願」字「似係東坡初稿筆誤」。又云：「按『願』韻屬第七部，『志』歸『寘』韻，屬第三部，不能通轉。」今據吴訥鈔本、二妙集本改。

〔四〕二妙集本詞末附注云：「其詞蓋世所謂般瞻之稍遍也。『般瞻』，龜兹語也，華言爲五聲，蓋羽聲也，於五聲之次爲第五；今世作『般涉』，誤矣。稍遍三疊，每疊加促字，當爲『稍』，讀去聲；世作『哨』或作『涉』，皆非是。」録以備考。

〔五〕「公舊序云」，元本删此四字，徑以題注爲詞引，列於調名下。

其二〔一〕

睡起畫堂，銀蒜押簾，珠幕雲垂地㈠。初雨歇，洗出碧羅天，正溶溶、養花天氣㈡。一霎暖風迴芳草〔二〕，榮光浮動，卷皺銀塘水㈢〔三〕。方杏靨勻酥，花鬚吐繡㈣，園林排比紅翠〔四〕。見乳燕、捎蝶過繁枝㈤。忽一綫、爐香逐游絲㈥。晝永人閑，獨立斜陽，晚來情味。　便乘興、携將佳麗。深入芳菲裏。撥胡琴語㈦，輕攏慢撚揔利㈧〔五〕。看緊約羅裙，急趣檀板，霓裳入破驚鴻起㈨。顰月臨眉，醉霞橫臉，歌聲悠揚雲際㈩。任滿頭、紅雨落花飛⑪〔六〕。漸鳷鵲、樓西玉蟾低⑫。尚徘徊、未盡歡意。君看今古悠悠，浮宦人間世〔七〕。這些百歲，光陰幾日，三萬六千而已⑬。醉鄉路穩不妨行⑭，但人生〔八〕、要適情耳。

【傳注】

㈠漢武故事曰：「上起神屋，以真珠爲簾箔，玳瑁押之。」（劉按，藝文類聚卷六十一引漢武故事曰：「上起神屋……以白珠爲簾箔，玳瑁押之，以象牙爲床。」今通行本漢武故事無此條。「神」原作「押」，今從類聚。）

㈡今樂府啄木兒曲〔九〕，有「洗出養花天氣」之句。（劉按，歐陽修鶴沖天：「養花天氣半晴陰。花好却愁深。」仲殊花品序：「越中牡丹開時……謂之養花天。」全宋詞三六六四頁無名氏詞據傅注收此殘句，調名啄木兒。雜劇曲調有名啄木兒者，見武林舊事卷十上、御定曲譜卷九。）

㈢南唐李國主嘗戲其臣曰：「『風乍起，吹皺一池春水』，干卿甚事？」蓋其臣趙公所作謁金門詞，此最爲警策。（劉按，龍箋云：「此詞見陽春集，世傳爲馮延巳作。傅注當別有所本。」今按，該詞作者有三説，均與李璟責臣「干卿甚事」有關：一説馮延巳作，見馬令南唐書卷二十一；一説成幼文作，見古今詩話；一説趙公作，見本事曲。傅注蓋取後者。詳見苕溪漁隱叢話後集卷三十九。）

㈣杜子美：「野花留寶靨。」又：「隨意數花鬚。」（劉按，詩句分別出自琴臺及陪李金吾花下飲，分見九家集注杜詩卷二十二及卷十八。）

㈤杜甫詩：「花妥鶯捎蝶。」（劉按，句出重過何氏五首之一，見九家集注杜詩卷十八。）

㈥杜甫：「爐煙細細駐游絲。」（劉按，句出宣政殿退朝晚出左掖，見九家集注杜詩卷十九。）

⑦「胡琴」，琵琶也。杜牧之：「黄金捍撥紫檀槽。」（劉按，句出宮詞，分别見於張籍張司業集卷七；王建王司馬集卷八。又宋洪皓撰鄱陽集卷一彦清談琵琶有感詩首句全同。唐詩紀事卷四十四作王建撰宮詞，萬首唐人絶句卷二十三及全唐詩卷三百八十六作張籍宮詞。傅注誤標作者。）

⑧白樂天琵琶行：「輕攏慢撚抹復挑，初爲霓裳後六么。」（劉按，白氏長慶集卷十二題作琵琶引。）

⑨今樂府「拍」謂之「樂句」，故舞者取此以爲應。諸大曲攧遍之後，謂之「入破」，故舞者每以此爲入舞之節。則霓裳羽衣之曲，亦莫不然。（劉按，詳見碧雞漫志。）「驚鴻起」，謝偃舞賦云：「紆修袂而將舉，似驚鴻之欲翔。」（劉按，文苑英華卷七十九、全唐文卷一百五十六題作觀舞賦。）

⑩秦青之歌，響遏行雲。戚夫人之歌，聲入雲霄。（劉按，秦青歌，事見列子湯問；戚夫人歌，見於漢書外戚傳。）

⑪李賀詩：「桃花亂落如紅雨。」（劉按，句出將進酒，見昌谷集卷四，别見全唐詩卷三百九十三。）

⑫「鳷鵲」，漢殿名。謝玄暉詩：「金波麗鳷鵲。」（劉按，見文選卷二十六謝朓暫使下

都夜發新林至京邑贈西府同僚。李善注引張揖漢書注云：「鳷鵲觀在雲陽甘泉宮外。」）

㊂李白：「百年三萬六千日，一日須傾三百杯。」（劉按，句出襄陽歌，見李太白詩集卷七。）

㊃唐王無功作醉鄉記。（劉按，新唐書卷一百九十六王績傳：「王績字無功」，「著醉鄉記以次劉伶酒德頌。」沈鈔本誤作「元功」，兹從清鈔本、珍重閣本。又，醉鄉記文見東臯子集卷下、唐文粹卷七十一。）

【校勘記】

〔一〕詞題：傅本、元本無題。吴訥鈔本、二妙集本、毛本調名下題作「春詞」。

〔二〕「暖」，茅維蘇集本作「晴」。欽定詞譜作「時」，附注云：「詞律作『一霎晴風回』，汲古閣刻本作『一霎暖風回』，非是。」遂改原詞作「一霎時，風回芳草……」，録以備考。

〔三〕「卷」，吴訥鈔本、毛本作「掩」。

〔四〕「排比紅翠」，二妙集本、毛本作「翠紅排比」。茅維蘇集本作「紅翠排比」。

〔五〕「揔利」，元本同傅本。二妙集本、毛本作「總伶俐」。朱本作「總利」。按朱注：「醉翁琴趣外篇減字木蘭花有『撥頭總利，怨日愁花無限意。』此詞元本『總利』二字似不誤，但上句按譜當五字耳。」録以備考。
〔六〕「飛」，二妙集本、毛本下有「墜」字。
〔七〕「宦」，二妙集本、茅維蘇集本、毛本作「幻」。
〔八〕「但人生」，吴訥鈔本、茅維蘇集本作「人生但」，連下句讀，亦通。東坡外集作「且人生」。
〔九〕「啄」，清鈔本、曬藍本誤作「咏」。沈鈔本、珍重閣本、龍箋引傅注作「啄」，是。

點絳唇　五首

其一　己巳重九和蘇堅〔一〕

我輩情鍾㊀，古來誰似龍山宴㊁？而今楚甸㊂。戲馬餘飛觀㊃。　顧謂佳人，不覺秋强半。箏聲遠〔二〕。鬢雲吹亂〔三〕。愁入參差雁㊄。

【傳注】

㊀晉王衍嘗喪幼子，山簡吊之，衍悲不自勝。簡曰：「孩抱中物，何至如此？」衍曰：「聖人忘情，最下不及情，然則情之所鍾，正在我輩。」簡聞其言，更爲之慟。（劉按，事詳世説新語傷逝篇，又見晉書卷四十三王衍傳。又按世説新語「王戎喪兒萬子」，恐誤。劉孝標注「一説是王夷甫喪子，山簡吊之」，近是。）

㊁晉桓温鎮姑熟，九月九日游龍山，大會參佐，皆一時之豪邁，而孟嘉、孫盛預焉。（劉按，事見世説新語識鑒篇，又見晉書卷九十八孟嘉傳。）

㊂彭城，楚地。今爲甸服。（劉按，史記卷一百二十九貨殖列傳：「彭城以東，東海、吴、廣陵，此東楚也。」又周禮夏官職方氏：「方千里曰王畿，其外方五百里曰侯服，又其外方五百里曰甸服。」）

㊃戲馬臺在彭城，項羽所作。宋武帝九月九日登之。（劉按，詳見南齊書禮志上。）「飛觀」，樓觀也。曹子建詩云：「飛觀百餘尺。」（劉按，見文選卷二十九曹植雜詩之五。）

㊄「雁」，箏雁也。箏柱斜列，參差如雁，故貫休詩云：「刻成箏柱雁相挨。」（劉按，句見夢溪筆談卷十四及古今詩話唐人作富貴詩條，詩話總龜前集卷五轉引，全唐

詩無富貴詩，貫休卷末收此殘句。）

【校勘記】

〔一〕詞題：東坡外集題作「徐州重陽和蘇堅」。

〔二〕「箏」，茅維蘇集本、毛本作「簫」。

〔三〕「吹」，茅維蘇集本、毛本作「撩」。

其二　庚午重九〔一〕

不用悲秋㈠，今年身健還高宴㈡。江村海甸〔二〕。總作空花觀㈢。　尚想橫汾，蘭菊紛相半。樓船遠㈣，白雲飛亂。空有年年雁㈤。

【傳注】

㈠宋玉曰〔三〕：「悲哉，秋之爲氣也。」（劉按，句出楚辭章句卷八九辨。）

㈡杜子美九日詩：「明年此日知誰健。」（劉按，句出九日藍田崔氏莊。見九家集注杜詩卷十九；「此日」原作「此會」，「健」一作「在」。）

㊂釋氏以圓明達觀，視世界如空中花耳。（劉按，圓覺經云：「譬彼病目，見空中華及第二月。善男子空實無華。」）

㊃漢武帝初作樓船，遂幸汾陰，祠后土。（劉按，詳見文選卷四十五漢武帝秋風辭并序。）故李嶠汾陰行云：「彼汾之曲嘉可游，木蘭爲楫桂爲舟。櫂歌微吟彩鷁浮。」（劉按，見樂府詩集卷九十三「新樂府辭」。）李太白：「憶昔傳游豫，樓船壯橫汾〔四〕。」（劉按，句出九日登巴陵置酒望洞庭水軍，見李太白詩集卷二十一。）

㊄李嶠汾陰行：「不見只今汾水上，惟有年年秋雁飛。」（劉按，見樂府詩集卷九十三、全唐詩卷五十七。）

【校勘記】

〔一〕詞題：吴訥鈔本、二妙集本、毛本「庚午重九」下又有「再用前韻」四字。按「前韻」者，同調「我輩情鍾」詞也。

〔二〕「村」，元本原校：「一作『封』。」

〔三〕「曰」，沈鈔本作「白」，今從珍重閣本。

〔四〕「憶」，沈鈔本作「億」。「壯」，清鈔本、曬藍本作「北」。今據珍重閣本并從李太白集改。

其三　再和送錢公永

莫唱陽關㊀，風流公子方終宴。泰山禹甸㊁〔一〕。縹緲真奇觀。北望平原，落日山銜半㊂。孤帆遠。我歌君亂㊃。一送西飛雁。

【傅注】

㊀唐王維詩：「勸君更盡一杯酒，西出陽關無故人。」今人多畫爲圖，謂之陽關圖，即此曲也。（劉按，詩見文苑英華卷二百九十九送元二使安西。譜入樂府後名陽關曲，又名渭城曲。參見本書卷六江神子其二「翠蛾羞黛怯人看」詞傅注㊁及校證。又按李公麟作陽關圖，見宣和畫譜卷七，宋鄧椿撰畫繼卷三。）

㊁詩云：「奕奕梁山，維禹甸之。」（劉按，見詩經大雅韓奕。）

㊂李白詩：「吴歌楚舞歡天畢，青山猶銜半邊日。」（劉按，句出烏棲曲，「天」當作「未」。見李太白詩集卷三。）

㊃言之不足，故歌；歌之不足，則亂。亂者理也，重理一篇之義。故古之詞賦，多著亂詞於末章，如楚詞之類是也。（劉按，楚辭章句卷一離騷王逸注：「亂，理

也；所以發理詞旨總撮其要也。」）

【校勘記】

〔一〕「泰」，吴訥鈔本、毛本、龍本作「秦」。

其四〔一〕

醉漾輕舟㈠，信流引到花深處。塵緣相誤。無計花間住。　煙水茫茫，千里斜陽暮。山無數。亂紅如雨。不記來時路㈡。

【傅注】

㈠鄭獬漁父詩：「醉漾輕絲信慢流。」（劉按，庫本鄭獬鄖溪集中未收此詩，此應係佚詩。）

㈡此詞全用劉晨事，見後殢人嬌注。（劉按，詳見本卷殢人嬌其一「滿院桃花」詞注㈠所引續齊諧記。）

【校勘記】

〔一〕本篇及下一篇（「月轉烏啼」），又見於秦觀淮海居士長短句卷下。毛本編者注：「或云此二詞東坡有手迹流傳於世，遂編入東坡詞。然亦安知非秦詞蘇字耶？今依宋本删去。」朱本從毛説及東坡外集不收此二詞。龍本卷三遵元本并據傅注（見下篇）補録。

其五〔一〕

月轉烏啼，畫堂宫徵生離恨。美人愁悶。不管羅衣褪。　清淚斑斑，揮斷柔腸寸。嗔人問。背燈偷揾。拭盡殘妝粉㊀。

【傅注】

㊀此後二詞，洪甫云：親見東坡手迹於潮陽吴子野家。（劉按，洪甫名傳共，爲注坡詞作序者。吴子野係東坡友人。又按，吴訥鈔本、二妙集本、茅維蘇集本將此條注標於上列「醉漾輕舟」詞調名下。）

【校勘記】

〔一〕詞題：傅本、元本無題。吴訥鈔本、二妙集本、茅維蘇集本調名下題作「離恨」。淮海居士長短句收此二篇，題作「桃源」。全宋詞蘇軾卷收此詞，編者注：「別又見秦觀淮海居士長短句卷下」，秦觀卷收此詞，編者注：「別又見曾慥本東坡詞卷下。」蓋互見待考也。

殢人嬌　三首

其一　小王都尉席上贈侍人〔一〕

滿院桃花，盡是劉郎未見㊀。於中更、一枝纖軟。仙家日月，笑人間春晚。濃睡起、驚飛亂紅千片㊁。　密意難窺〔二〕，羞容易見〔三〕。平白地、爲伊腸斷㊂。問君終日，怎安排心眼？須信道、司空自來見慣㊃。

【傅注】

㊀續齊諧記：「漢明帝永平中，剡縣有劉晨、阮肇，入天台山採藥，迷失道路。望山

頭有一桃樹，共取食之；下山，得澗水，飲之。又見蔓菁從山復出，次有一杯流
出，中有胡麻飯屑。二人因過水，行一里許，又度一山，出大溪。見二女顏容絶
妙，唤劉、阮姓名，如有舊。問：『郎等來何晚也？』因邀過家。床帳帷幔，非世所
有。又有數仙客，將三五桃至，云：『來慶女婿。』各出樂器作樂。二人就女家止
宿，行夫婦之禮。住半年，天氣和適，常如二三月，百鳥哀鳴。求歸甚切，女
曰：『罪根未滅，使君等如此。』送劉、阮從此山洞口去。鄉里怪異，驗得七代子
孫。却欲還女家，尋山路不獲。至太康八年，失二人所在。」（劉按，事詳見太平
廣記卷六十一引神仙記。劉義慶幽明録卷一亦載此事，情節稍有不同。末數句疑
傳注有脱文，然難以補正。以今本續齊諧記無此條也。）又劉禹錫詩：「玄都觀裏
桃千樹〔四〕，盡是劉郎去後栽。」詳見前南鄉子注。（劉按，見本書卷四南鄉子其三
「不到謝公臺」詞傳注㊃。）

㊁張舜民調笑詞云：「潺潺流水武陵溪，洞裏春長日月遲。紅英滿地無人到，此度劉
郎去路迷。」（劉按，此詞見於樂府雅詞卷上鄭僅調笑轉踏。全宋詞於張舜民名下
存目。）

㊂李白越女詞云：「東陽素足女，會稽素舸郎。相看月未墮，白地斷肝腸。」（劉按，

見李太白詩集卷二十五越女詞五首其四。宋程大昌演繁露卷十五謂李白詩乃東坡長短句所本。）

㊃劉禹錫詩：「司空見慣渾閑事。」詳見前滿庭芳注。（劉按，見本書卷一滿庭芳其二「香醱雕盤」詞傅注㊃。）

【校勘記】

〔一〕詞題：吴訥鈔本、二妙集本、毛本無「小」字。

〔二〕「窺」，元本、朱本、龍本及全宋詞本作「傳」。元本原校：「一作『窺』。」

〔三〕「見」，元本、朱本、龍本及全宋詞本作「變」。元本原校：「一作『見』。」

〔四〕「桃」，沈鈔本作「花」，今從珍重閣本并参本書卷四南鄉子「不到謝公臺」注㊃改。

其二㊀〔一〕

白髮蒼顏，正是維摩境界㊁。空方丈、散花何礙㊂。朱脣箚點㊃，更髻鬟生菜㊄〔二〕。這些個、千生萬生只在。　好事心腸，著人情態。閑窗下、斂雲凝黛。明朝端午，待學紉蘭爲佩㊅。尋一首好詩，要書裙帶。

【傳注】

㈠或云：「贈朝雲。」（劉按，朝雲事詳見孔凡禮校點本蘇軾文集卷十五朝雲墓志銘；卷六十二惠州薦朝雲疏及蘇軾詩集卷三十八朝雲詩并引。）

㈡維摩經：「毗耶離城中，有長者名維摩詰，雖爲白衣，持奉沙門清净律行，雖處居家，不着三界，亦有妻子〔三〕，常修梵行。」（劉按，見維摩詰經方便品。）

㈢維摩詰以一丈之室，能容三萬二千師子座，無所妨礙。室中有一天女，每聞說法，便現其身，即以天花散諸菩薩大弟子上。（劉按，詳見維摩詰經觀衆生品。）

㈣「箭點」，言最小也。

㈤白樂天蘇家女子簡簡吟：「玲瓏雲髻生菜樣，飄飖風袖薔薇香。」（劉按，見白氏長慶集卷十二。）

㈥楚詞：「紉秋蘭以爲佩。」（劉按，句見楚辭章句卷一離騷。）

【校勘記】

〔一〕詞題：二妙集本、毛本調名下題曰：「贈朝雲。」蓋本於傳注㈠。元本無題。

〔二〕「菜」，龍本及全宋詞本作「彩」，茅維蘇集本、二妙集本、毛本作「采」。按「采」爲本字，

「彩」爲後起字。

〔三〕「亦」，原作「示」，據維摩詰經改。

其三　戲邦直

別駕來時㈠，燈火熒煌無數〔一〕。向青瑣、隙中偷覷㈡。元來便是，共彩鸞仙侶㈢。方見了、管須低聲説與。百子流蘇㈣，千枝寶炬㈤。人間有、洞房煙霧。春來何事，故抛人別處。坐忘斷、樓中遠山歸路。

【傅注】

㈠晉庾亮云：「別駕任居刺史之半，安可非其人？」（劉按，語出答郭豫書，見太平御覽卷二百六十三，別見通志卷五十六、白孔六帖卷七十七。「豫」一作「遜」，一作「游」。）

㈡漢武故事：「西王母嘗見帝於承華殿，東方朔從青瑣竊窺之。」（劉按，詳見海録碎事卷十三上。）「青瑣」謂青瑣窗闥耳。漢書注：「青瑣者，刻爲連環文〔二〕，而青塗之。」（劉按，引自漢書卷八十九元后傳顔師古注。）

㊂傳奇集：「大和末，有書生文簫游鍾陵，因中秋許仙君上昇日，吴、蜀、楚、越女駢集，生亦往焉。忽遇一姝，風韻出塵，吟詩曰：『若能相伴陟仙壇，應得文簫駕彩鸞〔三〕。自有繡襦并甲帳，瓊臺不怕雪霜寒。』生曰：『吾姓名其兆乎？此必神仙之儔侶也。』夜四鼓，姝與三四輩獨秉燭登山。生潛躡其後。姝覺，回首曰：『豈非文簫邪！』至絶頂，乃知其爲女仙矣。彩鸞與生有夙契，遂同歸鍾陵。僅十載，後至會昌間，遂入越王山，各乘一虎，登仙而去。」（劉按，事詳裴鉶傳奇集「文簫」條。類説卷三十二、古今事文類聚前集卷十一及全唐詩卷八百六十三俱載此事，録詩同，述情節稍異。）

㊃倦游録：「流蘇者，乃盤綫繪繡之毬，五色錯爲之，同心而下垂者是也。」今此謂流蘇者，乃百子帳之流蘇也。蓋昔人以流蘇繫帳之四隅爲飾耳。（劉按，參見宋高似孫撰緯略卷十；海録碎事卷五。）

㊄江淹燈賦：「雙流百枝，艷帳充庭。」（劉按，見初學記卷二十五。影宋本江文通集卷二「流」作「椀」。）

【校勘記】

〔一〕「熒煌」二字，傅注本原闕，據元本、吴訥鈔本補。又毛本將此句妄改爲「滿城燈火無數」。

〔二〕「連環文」原作「連瑣交」，疑傅注訛，今據漢書元后傳顔師古注校改。

〔三〕「駕」，原作「篤」，據類説改。

訴衷情　三首

其一

送述古，迓元素。

錢塘風景古今奇〔一〕。太守例能詩㈠〔二〕。先驅負弩何在㈡？心已浙江西〔三〕。

花盡後，葉飛時。雨凄凄。若爲情緒，更問新官，向舊官啼㈢。

【傳注】

㊀白樂天爲杭州太守，以詩名。初，樂天爲蘇守，劉禹錫以詩寄樂天云：「蘇州太守例能詩，西掖吟來替左司。」（劉按，句出白舍人曹長寄新詩有游宴之盛因以戲酬詩。「太守」原作「刺史」；「吟」原作「今」，見劉賓客文集外集卷一、全唐詩卷三百六十。）

㊁漢司馬相如，成都人。持節使巴蜀，太守以下郊迎，縣令負弩矢先驅，蜀人以爲寵。（劉按，事詳史記卷一百十七司馬相如傳。）

㊂陳太子舍人徐德言之妻，後主叔寶之妹，封樂昌公主，才色冠絶。時陳政方亂，德言知不相保，謂其妻曰：「君之才貌，國亡必入權豪之家，斯永絶矣。倘情緣未斷，猶冀相見，宜有以信之。」乃破一照，人執其半，約曰：「他日必以正月望日賣於都市，我當在，即以是日訪之。」及陳亡，其妻果入越公楊素之家，寵嬖殊厚。德言流離，僅能至京。遂以正月望日，訪於都市。有蒼頭賣半照者，大高其價，人皆笑之。德言直引至其居，設食，具言其故。出半照以合之，仍題詩曰：「照與人俱去，照歸人不歸。無復姮娥影，空留明月輝。」公主得詩，悲泣不已。素詰知之，愴然改容，即召德言，還其妻。仍三人共宴，命公主作詩以自解。詩

曰：「此日何遷次，新官對舊官。笑啼都不敢，方驗作人難。」遂與德言歸江南，竟以終老。（劉按，詳見孟棨本事詩情感第一，個別文句與通行本稍異。）

【校勘記】

〔一〕「今」，吳訥鈔本、二妙集本、毛本作「來」。

〔二〕「例」，元本原校：「一作『況』。」

〔三〕「浙」，原作「誓」，元本同。今據二妙集本、茅維蘇集本、毛本、龍本改作「浙」。龍校：「傅注本、元本『浙』并誤作『逝』，從毛本。」與今見傅本不相符，待考。

其二〔一〕

海棠珠綴一重重。清曉近簾櫳。胭脂誰與勻淡㊀，偏向臉邊濃。　看葉嫩，惜花紅。意無窮。如花似葉，歲歲年年，占取春風㊁〔二〕。

【傅注】

㊀鄭谷海棠詩：「春風用意勻顔色，消得攜觴與賦詩。」（劉按，句見雲臺集卷中，別

見全唐詩卷六百七十五。）

㊁宋之問詩：「年年歲歲花相似。」（劉按，句出有所思，見全唐詩卷五十一。原注：「一作劉希夷詩，題云代悲白頭吟。」同書卷八十二劉希夷卷亦收此詩。按唐詩紀事卷十三、唐語林卷五等均謂劉希夷先得此妙句，後被宋之問殺害，竊其句爲己有也。待考。）

【校勘記】

〔一〕詞題：傅本、元本無題。吳訥鈔本、二妙集本、毛本調名下題作「海棠」。按，此詞見曾慥本東坡詞卷下，又見晏殊珠玉詞，又見元好問遺山先生新樂府卷五。究爲誰作，衆説紛紜。毛本於蘇軾該詞題注云：「或刻晏同叔。」然在晏殊訴衷情調名下注：「舊刻八首，考『海棠珠綴一重重』是子瞻作，今删。」唐圭璋宋詞互見考亦定此詞爲蘇軾作。查全宋詞修訂本於蘇軾和晏殊詞中皆收此篇，注明互見，未加案斷。然全金元詞元好問詞末附注云：「訴衷情『海棠珠綴』一首……并晏殊作。」曹樹銘校編東坡詞云：「細玩此詞富貴氣氛太濃，與東坡詞氣象不侔。又按晏殊詞漁家傲『荷葉初開猶半卷』下片云云，與此詞下片之意境類似，故斷定此係晏詞。」録以備考。

〔二〕「占取」，元本、吳訥鈔本、二妙集本、毛本作「共占」。元本原校：「一作『占取』。」

其三〔一〕

　　　　　　　　　　　　　　　　　　　　　　　　　　　膚瑩

小蓮初上琵琶弦。彈破碧雲天㊀。分明繡閣幽恨，都向曲中傳。

玉㊁，鬢梳蟬㊂。綺窗前〔二〕。素娥今夜，故故隨人，似鬥嬋娟㊃。

【傅注】

㊀詩話：鄭還古贈柳將軍家妓詩〔三〕：「眼看白紵曲，欲上碧雲天。」（劉按，出自古今詩話，見詩話總龜前集卷二十三轉引。）

㊁宋玉神女賦：「温乎如瑩。」又曰：「苞温潤之玉顏。」（劉按，賦見文選卷十九。）

㊂古今注：「魏文帝宫人莫瓊樹，始製爲蟬鬢，望之縹緲如蟬翼，故號爲蟬鬢。」（劉按，馬縞中華古今注「慕」原作「莫」。晉崔豹古今注卷下雜注同。）

㊃「素娥」，月也。「蟬娟」，姿好貌。唐人詩：「姮娥若没懷春思，因甚隨人不奈何？」（劉按，姮娥即嫦娥，月中女神，亦稱素娥，以月白故也。六臣注文選卷十三謝莊月賦：「集素娥於後庭。」李周翰注：「娥，羿妻常娥也。竊藥奔月，因以爲名，月色白，故云『素娥』。言照耀帝王之臺，后妃之庭。」）

【校勘記】

〔一〕詞題：傅本、元本無題。吳訥鈔本、二妙集本、毛本調名下題作「琵琶女」。曹樹銘校編東坡詞云：「按東坡此類詞，多在題内書名，同時寫明誰屬，從無直呼小名如此詞者。頗疑此係晏幾道之佚詞。無論如何，非東坡詞。」并將該詞編入「誤入詞」卷内。姑録以備考。

〔二〕「綺」，毛本作「依」。

〔三〕「鄭」傅注本原作「柳」，殆涉詩題「柳將軍」而誤書，今據古今詩話及太平廣記卷一百六十八引盧氏雜説改。

注坡詞卷第九

醉落魄　四首

其一〔一〕

醉醒醒醉。憑君會取這滋味〔二〕。濃斟琥珀香浮蟻㊀。一到愁腸〔三〕，别有陽春意㊁〔四〕。須將幕席爲天地㊂〔五〕。歌前起舞花前睡。從他落魄陶陶裏㊃〔六〕。獨勝醒醒，惹得閑憔悴。

【傅注】

㊀本草：「千年茯苓化爲琥珀。」此言「琥珀」者，謂酒色如之。（劉按，張華博物志卷

四引神仙傳云：「松柏脂入地，千年化爲茯苓，茯苓化爲琥珀。」）杜甫詩：「春酒杯濃琥珀薄。」（劉按，句出鄭駙馬宅宴洞中，見九家集注杜詩卷十七。）「浮蟻」，酒面浮醅如蟻。杜甫詩：「蟻浮乃蠟味。」（劉按，句出正月三日歸溪上有作簡院内諸公，「乃」原作「仍」，見九家集注杜詩卷二十六。）

㊁白樂天酒詩：「飲似陽和滿腹春。」（劉按，白氏長慶集卷二十六收此詩，題作咏家醖十韻。）

㊂劉伶酒德頌：「幕天席地，縱意所如。」（劉按，語見文選卷四十七劉伯倫酒德頌。）

㊃史記：「酈食其家貧落魄。」（劉按，見史記卷九十七酈生食其傳。）劉伶：「無思無慮，其樂陶陶。」（劉按，見酒德頌。）

【校勘記】

〔一〕詞題：傅本、元本無題。吴訥鈔本、二妙集本、茅維蘇集本調名下題曰「述懷」。又，毛本、朱本、龍本不收此詞；全宋詞雖收此詞，編者附注云：「疑是王仲甫作。」同書王仲甫名下附收此詞，注明互見。劉按，對該詞作者，黄庭堅醉落魄詞序云：「舊有『醉醒醒醉』一曲云……此曲亦有佳句，而多斧鑿痕；又語高下不甚入律。或傳是東坡語，非也。與『蝸角虚名』、『解下癡絛』之曲相似，疑是王仲父作。」按王仲甫，字明之，自號爲逐客，有冠卿集，不傳。見耆舊續聞卷九。宋代别有王介字仲甫（仲一作中，甫一作父），官止祠部郎中，見施顧注蘇詩卷十一同年王仲甫挽詞。另有王仲甫字明之，岐公王珪之猶子，風流翰墨，名著一時。見中吴紀聞卷四。黄庭堅所云之王仲甫，不知是上述誰人。又清沈雄古今詞話詞辨卷上一斛珠條收此詞判歸無名氏作。而宋、元、明諸本東坡詞均收此詞。録以備考。

〔二〕「這」字原脱，據吴訥鈔本、二妙集本、茅維蘇集本補。按詞譜此句當有七字。又按黄庭堅醉落魄詞序引此詞（以下簡稱黄詞序），「這」作「皆」。

〔三〕「到」，黄詞序作「入」。

〔四〕「别」，黄詞序作「便」。

〔五〕「幕席」，黄詞序作「席幕」。

〔六〕「落魄」，黄詞序作「兀兀」。

其二　席上呈元素〔一〕

分携如昨。人生到處萍飄泊。偶然相聚還離索㈠。多病多愁，須信從來錯。　罇前一笑休辭却。天涯同是傷淪落㈡。故山猶負平生約。西望峨嵋，長羨歸飛鶴㈢。

【傅注】

㈠萍無根，逐流而已，豈復有定居？杜子美：「浩蕩逐浮萍。」（劉按，句出秦州見敕目薛三璩授司議郎畢四曜除監察與二子有故遠喜遷官兼述索居凡三十韻，「浮」原作「流」，見九家集注杜詩卷二十。）禮記：「子夏謂曾子曰：『吾過矣，吾離群而索居，亦已久矣。』」（劉按，引自禮記檀弓上。）

㈡白樂天琵琶行：「同是天涯淪落人，相逢何必曾相識。」（劉按，見白氏長慶集卷十二。詩題「行」又作「引」。）

㈢韓溉咏鶴：「王孫若問歸飛處，萬里秋風是故鄉。」（劉按，全唐詩卷七百六十八韓溉卷中無此詩。或是其佚詩。）杜甫詩：「歸羨遼東鶴。」（劉按，句出卜居，見九家集注杜詩卷三十一。）

【校勘記】

〔一〕詞題：元本「元素」上有「楊」字。

其三〔一〕　蘇州閶門留別〔二〕

蒼顏華髮〔三〕。故山歸計何時決〔四〕。舊交新貴音書絶㊀。惟有佳人〔五〕，猶作殷勤別。離亭欲去歌聲咽〔六〕。瀟瀟細雨涼生頰〔七〕。淚珠不用羅巾裛。彈在羅衣〔八〕，圖得見時説。

【傅注】

㊀漢書：「翟公云：『一死一生，乃知交情；一貧一富，乃知交態；一貴一賤，交情乃見。』」（劉按，語見漢書卷五十鄭當時傳。）杜詩：「厚禄故人書斷絶。」（劉按，句出狂夫，見九家集注杜詩卷二十一，「厚」作「原」。又補注杜詩卷二十一及杜詩詳注卷九作「厚」。）

【校勘記】

〔一〕毛本調名下注：「一刻山谷。」全宋詞修訂本編者案：「此首別見黄庭堅豫章黄先生詞。」同書黄庭堅名下重收此詞，注云：「按此首別又見東坡詞卷下。」曹樹銘校編東坡詞卷二云：「按山谷携妻子在外游宦貶謫多年，故山谷詞中多寄家人之作。今此詞上片既云『故山歸計無因得』，又續云：『惟有家人猶作殷勤別』，此乃矛盾之辭。又考山谷集中僅撥棹子『歸去來』一首内，有『携手舊山歸去來』一句，而東坡詩詞、尺牘中，『故山歸計』一語，數見不鮮。此與山谷之口吻又不類。故此詞斷非山谷所作。」録以備考。

〔二〕詞題：吴訥鈔本、茅維蘇集本題作「憶別」。黄庭堅豫章黄先生詞（以下簡稱豫章詞）無詞題。

〔三〕「顔」，元本、吴訥鈔本、二妙集本、毛本、全宋詞本作「頭」。

〔四〕「故山歸計何時決」，毛本引豫章詞作「故鄉歸路無因得」。

〔五〕「佳人」，豫章詞作「家人」。

〔六〕「欲」，茅維蘇集本作「一」。

〔七〕「瀟瀟」，元本作「蕭蕭」。又「生」，二妙集本、茅維蘇集本、毛本作「吹」。

〔八〕「衣」，元本作「衫」。

其四　離京口作〔一〕

輕雲微月。三更酒醒船初發〔二〕。孤城回望蒼煙合。公子佳人〔三〕，不記歸時節。　巾偏扇墜藤床滑。覺來幽夢無人説。此生飄蕩何時歇？家在西南，長作東南別㊀〔四〕。

【傳注】

㊀公家在西蜀，而游宦多在江南。（劉按，蘇軾家鄉在西蜀眉州，而熙寧四年十一月至七年八月通判杭州。宋傅藻東坡紀年録：「熙寧七年甲寅。離京口，呈元素，作醉落魄、訴衷情。」）

【校勘記】

〔一〕詞題：吴訥鈔本、茅維蘇集本題作「述懷」。

〔二〕「三」，元本、吴訥鈔本、二妙集本、毛本作「二」。

〔三〕「公子佳人」，元本作「記得歌時」。

〔四〕「長」，龍本作「常」，未明所據。

謁金門 三首

其一〔一〕

秋帷裏。長漏伴人無寐。低玉枕凉輕繡被㊀。一番秋氣味。　曉色又侵窗紙㊁。窗外雞聲初起〔二〕。聲斷幾聲還到耳。已明聲未已㊂。

【傅注】

㊀晏元獻詩：「老覺腰金重，慵便枕玉涼。」（劉按，歐陽修試筆謝希深論詩條：「晏公曰：『世傳寇萊公詩云「老覺腰金重，慵便枕玉涼」，以爲富貴，此特窮相者爾。』……」見文忠集卷一百三十。又同書卷一百二十七歐陽修所撰歸田録卷二亦云：「晏元獻公喜評詩，嘗曰：『老覺腰金重，慵便玉枕涼。』未是富貴語。」晏殊所評殆他人詩句，傅注誤標作者。）

㊁白樂天：「紙窗明覺曉。」（劉按，句出晚寢，見白氏長慶集卷十七。）

㊂李太白：「哀哀長鳴雞，一夜達五曉。」（劉按，句出代別情人。「鳴雞」原作「雞鳴」，「一夜」原作「夜夜」，見李太白詩集卷二十五。）

【校勘記】

〔一〕詞題：傅本、元本無題。吴訥鈔本、二妙集本、茅維蘇集本、毛本調名下題作「秋夜」。

〔二〕「初」字原闕，今據吴訥鈔本、二妙集本、毛本補。

其二〔一〕

秋池閣。風傍曉庭簾幕。霜葉未衰吹未落㊀。半驚鴉喜鵲。　自笑浮名情薄。似與世人疏略㊁〔二〕。一片懶心雙懶脚。好教閑處著㊂。

【傅注】

㊀李白詩：「霜落江始寒，楓葉緑未脱。」（劉按，句出江上寄元六林宗，見李太白詩集卷十四。）

㈡杜子美：「脱略小時輩。」（劉按，句出壯游，見九家集注杜詩卷十二。）

㈢司空圖作耐辱居士歌曰：「休休莫莫，伎倆雖多性靈惡。懶是長教閑處著。」（劉按，句見唐詩紀事卷六十三。全唐詩卷六百三十四司空圖題休休亭詩題下注：「一作耐辱居士歌。」詩曰：「咄。諾。休休休，莫莫莫。伎倆雖多性靈惡。懶是長教閑處著。」傅注引述略同於司圖表聖文集卷二休休亭文。）

【校勘記】

〔一〕詞題：傅本、元本無題。吴訥鈔本、二妙集本、茅維蘇集本、毛本調名下題作「秋興」。

〔二〕「似」字原闕，今據吴訥鈔本、二妙集本、茅維蘇集本、毛本補。

其三〔一〕

今夜雨。斷送一年殘暑。坐聽潮聲來別浦。月明何處去〔二〕？　辜負金樽緑醑。來歲今宵圓否？酒醒夢回愁幾許，夜闌還獨語㈠。

【傅注】

㈠杜工部詩：「夜闌接軟語。」（劉按，句出贈蜀僧閭丘師兄，見九家集注杜詩卷七。）

【校勘記】

〔一〕詞題：傅本、元本無題。吴訥鈔本、二妙集本、茅維蘇集本、毛本調名下題作「秋感」。

〔二〕「月明」，吴訥鈔本、二妙集本、茅維蘇集本、毛本作「明朝」。

如夢令 四首

其一

元豐七年十二月十八日，浴泗州雍熙塔下，戲作如夢令兩闋〔一〕。此曲本唐莊宗製，名憶仙姿。嫌其名不雅，故改爲如夢令。莊宗作此詞〔二〕，卒章云：「如夢。如夢。和淚出門相送〔三〕。」因取以爲名云。

水垢何曾相受。細看兩俱無有。寄語揩背人，盡日勞君揮肘。輕手。輕手。居士本來無垢㈠。

【傳注】

㈠維摩詰經云：「八解之浴池，定水湛然滿，布以七净華〔四〕，浴於無垢人。」（劉按，見維摩詰經佛道品第八引維摩詰之偈。又按，宋吴曾能改齋漫録卷六引東坡宿海會寺詩：「本來無垢洗更輕」句及此詞此句，注引維摩詰經偈云云同此傳注四句也。詩注文句見施顧注蘇詩。）

【校勘記】

〔一〕「如夢令兩闋」，沈鈔本、清鈔本、曬藍本脱「令」字，吴訥鈔本、二妙集本、毛本脱「兩」字。今從珍重閣本并據元本補正。

〔二〕吴訥鈔本、二妙集本、茅維蘇集本「莊宗」上有「蓋」字。

〔三〕「卒章云『如夢。如夢。和淚出門相送』」，今按，尊前集收後唐莊宗李存勖憶仙姿云：「曾宴桃源深洞。一曲清歌舞鳳。長記別伊時，和淚出門相送。如夢。如夢。殘月落花煙重。」東坡詞敘誤引第三句爲末句。

〔四〕「滿布」，原作「布滿」，據維摩經佛道品原文乙正。宋刊施顧注蘇詩卷七宿海會寺詩注引維摩經亦作「滿布」。

其二〔一〕

自浄方能洗彼〔二〕。我自汗流呀氣㊀。寄語澡浴人，且共肉身游戲㊁。但洗。但洗。俯爲世間一切㊂〔三〕。

【傅注】

㊀淮南子：「鹽汗交流，喘息薄喉。」（劉按，見淮南子精神篇。）

㊁釋氏有「游戲三昧」之語。（劉按，景德傳燈録卷八云：「扣大寂之室，頓然忘筌，得游戲三昧。」）盧仝月蝕詩：「臣有血肉身，無由飛上天。」（劉按，見唐文粹卷十七下，又見全唐詩卷三百八十七。）

㊂本行經云：「太子至泥連河側，思惟一切衆生根緣，六年後方可度之。乃求修苦行，亦以自試。後悟此非真修，乃受美食，洗浴於河也。」

【校勘記】

〔一〕吴訥鈔本、二妙集本、茅維蘇集本調名下題曰「同前」。傅本、元本無題。

〔二〕「洗」，元本作「净」。

〔三〕「世」，吴訥鈔本、二妙集本、毛本作「人」。

其三〔一〕　寄黄州楊使君二首㈠〔二〕

爲向東坡傳語。人在玉堂深處㈡〔三〕。别後有誰來？雪壓小橋無路。歸去。歸去。江上一犂春雨。

【傅注】

㈠公時在翰苑。（劉按，元祐丙寅至己巳間，東坡任翰林學士知制誥；又按，「楊使君」指接任徐大受（君猷）知黄州的楊寀（君素）。見孔凡禮編蘇軾年譜。）

㈡公於東坡築雪堂。（劉按，龍箋引夢溪筆談云：「唐翰林院在禁中，乃人主燕居之所。玉堂、承明、金鑾殿，皆在其間。」又云：「公居翰苑，故稱『玉堂』。傅注云『公於東坡築雪堂』，違詞旨矣。」龍説是，傅注誤。）

【校勘記】

〔一〕永樂大典卷一萬四千三百八十一引此篇，誤作張先詞。全宋詞張先詞卷列此詞存目。

〔二〕詞題：吴訥鈔本、二妙集本、毛本調名下題曰「有寄」。又傅注㊀原在調名下與詞題連屬，今依全書體例將題注移置詞末。

〔三〕「玉堂」，二妙集本、毛本作「畫堂」。

其四〔一〕

手種堂前桃李。無限緑陰青子。簾外百舌兒，唤起五更春睡㊀〔二〕。居士。居士㊁。莫忘小橋流水。

【傅注】

㊀嚴鄖百舌詩：「星末没河先報曙……玉樓還有晏眠人。」（劉按，此係節引嚴鄖賦百舌鳥詩。「曙」原作「曉」，見全唐詩卷七百二十七。又按，唐詩紀事卷六十六署名嚴郭。待考。）

㊁維摩詰雖處居家，常修梵行，故號居士。後人因襲此名，若龐居士、香山居士之類

是也。（劉按，維摩居士見維摩詰經。又按，宋計有功撰唐詩紀事卷四十九：「龐蘊，字道元，衡陽人。嗜浮屠法，厭離貪俗。生活於貞元間也，世號龐居士。」又按，新唐書卷一百十九白居易傳：「白居易，字樂天。自號醉吟先生，爲之傳。暮節惑浮屠道尤甚，至經月不食葷，稱香山居士。」）

【校勘記】

〔一〕詞題：傅本、元本無題。吴訥鈔本、二妙集本、茅維蘇集本、毛本調名下題作「春思」。

〔二〕「唤」，元本、吴訥鈔本、二妙集本、毛本皆作「驚」。元本原校：「一作『唤』。」

陽關曲 三首

其一

中秋作。本名小秦王，入腔即陽關〔一〕。

暮雲收盡溢清寒。銀漢無聲轉玉盤㊀。此生此夜不長好，明月明年何處看？

【傅注】

㈠李白詩：「小時不識月，呼作白玉盤。」（劉按，句出古朗月行，見李太白詩集卷四。）

【校勘記】

〔一〕詞序：元本無「即陽關」三字。吳訥鈔本、二妙集本、毛本題同傅本，「關」下有「曲」字。又按，此首別見於蘇軾詩集，題作中秋月。

其二〔一〕

受降城下紫髯郎㈠。戲馬臺南舊戰場㈡〔二〕。恨君不取契丹首㈢，金甲牙旗歸故鄉㈣。

【傅注】

㈠漢武帝元封間，命公孫敖築受降城三所。（劉按，事詳史記卷一百十匈奴傳。）又唐文粹呂温作三受降城碑云：「景龍二年，默啜强暴。朔方大總管陳仁愿請築三受降城。」（劉按，宋姚鉉編唐文粹卷五十九吕温三受降城碑銘并序云：「景龍二年，默啜强暴。瀆鄰構怨，掃境西伐。漢南空虚，朔方大總管韓國公張仁愿躡機而謀，請築三城，奪據其地，跨大河以北嚮，制胡馬之南牧。中宗詔許。」傅注蓋轉述大意，又誤張仁愿爲陳仁愿也。又按，舊唐書卷九十三述「河北築三受降城，首尾相應」，以抵突厥者，亦作張仁愿，「景龍二年」則作「神龍三年」。）三國志：「張遼問吴降人：『向有紫髯將軍，長上短下，便馬善箭，是誰？』降人曰：『是孫會稽仲謀也。』」（劉按，見三國志吴書吴主傳裴松之注引獻帝春秋。）

㈡彭城西南有戲馬臺，即項羽所築。劉、項嘗戰此地，故曰「舊戰場」。（劉按，參見水經注二五「泗水」條，别見元和郡縣圖志卷九河南道徐州。）

㈢「契丹」，此虜號也。在漢謂之匈奴，在唐謂之契丹。（劉按，事詳新唐書卷二百十九北狄傳：「契丹本東胡種，其先爲匈奴所破，保鮮卑山……至元魏自號曰契丹。」傅注不準確。）

㈣蔡文姬詩：「金甲耀朝陽。」（劉按，後漢書蔡琰傳引其悲憤詩中有此句，「朝陽」作「日光」。）曹子建詩：「高牙乃建蓋。」「高牙，大旗也，立於元帥帳前。（劉按，曹植曹子建集中無此句。文選卷二十潘岳關中詩：「高牙乃建，旗蓋相望。」疑傅注誤。）

【校勘記】

〔一〕詞題：傅本、元本無題。吴訥鈔本、二妙集本、毛本調名下有詞題曰「軍中」。又蘇軾詩集收此篇，題曰「贈張繼愿」。

〔二〕「南舊」，詩集作「前古」。

其三　李公擇〔一〕

濟南春好雪初晴㈠。纔到龍山馬足輕㈡〔二〕。使君莫忘霅溪女㈢，還作陽關腸斷聲㈣〔三〕。

【傳注】

㈠「濟南」，今齊州。（劉按，宋史卷八十五地理志一：「濟南府，上，濟南郡，興德軍節度。本齊州。先屬京東路……」）

㈡未達濟南三十里，有鎮曰「龍山」。（劉按，元于欽撰齊乘卷四：「濟南東七十五里，春秋譚國，齊桓滅之。古城在西南，龍山鎮相對。」）

㊂「霅溪」，在吴興。（劉按，參見太平寰宇記卷九十四湖州吴興郡烏程縣條。）李公擇曾知此郡。公嘗次公擇云：「夜擁笙歌霅水邊。」（劉按，句出至濟南李公擇以詩相迎次其韻，「邊」原作「濱」，見蘇軾詩集卷十五。又按，李常字公擇，宋史有傳。熙寧中徙知湖州、齊州。蘇軾時離密改知徐州，赴任途經濟南遇李公擇，有詩唱和，詞相贈。）

㊃見前注。（劉按，見本書卷三漁家傲其四「一曲陽關情幾許」詞傳注㊀。）

【校勘記】

〔一〕詞題：蘇軾詩集收此篇，題作「答李公擇」。按，有「答」字義勝。

〔二〕「纔」，詩集作「行」。

〔三〕「還」，詩集、毛本作「時」。

減字木蘭花　十六首

其一〔一〕

雲鬟傾倒。醉倚欄干風月好。憑仗相扶。誤入仙家碧玉壺㈠。　連天衰草㈡。下走湖南西去道㈢〔二〕。一舸姑蘇。便逐鴟夷去得無㈣。

【傳注】

㈠神仙傳：「壺公者，不知何姓字。賣藥不二價。常懸空壺於霤上，日入之後，公輒飛入壺中。人莫見，惟汝南費長房於樓上見之，知非常人，乃日爲灑掃，進餅餌；公受而不謝。如此積久，公知長房篤信，乃語長房曰：『見我跳入壺，便隨我跳入。』長房承公言，試跳即入壺矣。但見樓觀五色，重門閣道，左右侍者數十人。公曰：『我仙人也，忝天曹職。所統以多時不勤，公見謫，暫還人間耳。』」後漢費長房傳與所注神仙傳小有異同。（劉按，後漢書卷八十二下方術列傳所載費長房事與神仙傳卷九壺公條小異。）

㈡胡曾云：「黄金臺上草連天。」（劉按，句出黄金臺詩，見宋洪邁編萬首唐人絶句卷五十三，別見全唐詩卷六百四十七。）

㈢「走」音奏，漢文帝曰「此走邯鄲道」是也。（劉按，事詳史記卷一百二張釋之傳云，文帝「指示慎夫人新豐道曰：『此走邯鄲道也。』」集解引如淳曰：「走音奏，趣也。」）

㈣見水龍吟注。（劉按，見本書卷一水龍吟其四「小舟横截春江」詞傳注㈣。）

【校勘記】

〔一〕詞題：傅本、元本無題。吴訥鈔本、二妙集本、毛本調名下題作「寓意」。

〔二〕「下」，二妙集本、茅維蘇集本、毛本作「不」。

其二

贈潤守許仲途，且以「鄭容落藉，高瑩從良」爲句首〔一〕。

鄭莊好客㈠。容我樽前先墮幘㈡〔二〕。落筆生風㈢。籍籍聲名不負公㈣。

高山白早㊄。瑩骨冰膚那解老㊅〔三〕。從此南徐㊆。良夜風清月滿湖㊇〔四〕。

【傳注】

㊀鄭常時字莊，爲漢太子舍人。每五日洗沐，常置驛馬長安諸郊，請謝賓客，夜以繼日，至明旦，常恐不徧。（劉按，詳見漢書卷五十鄭當時傳。）

㊁晉庾敳性儉家富。東海王越，令就換錢千萬，冀其有吝，因此可乘。越嘗在衆座中問敳，敳頹然已醉，幘墮几上，以頭就穿取。徐應曰：「下官家故有兩千萬，隨公所取。」越大悅。（劉按，事見世説新語雅量篇，又見晉書卷五十庾敳傳。）

㊂杜甫詩：「落筆驚風雨。」（劉按，句出寄李十二白二十韻，見九家集注杜詩卷二十。原詩作「筆落驚風雨，詩成泣鬼神」。傳注誤倒。）李白詩：「摇筆起風霜。」（劉按，句出贈從弟宣州長史昭詩，見李太白詩集卷十二。）

㊃李白詩：「高名動京師，天下皆籍籍。」（劉按，句出贈韋秘書子春詩，見李太白詩集卷九。）

㊄劉禹錫詩：「雪裏高山頭白早。」（劉按，句出劉賓客文集外集卷一蘇州白舍人寄新詩有嘆早白無兒之句因以贈之詩，别見全唐詩卷三百六十。）

⑥宋玉神女賦：「温乎如瑩。」（劉按，賦見文選卷十九。）莊子記姑射真人，肌膚若冰雪。（劉按，見莊子逍遥游篇：「藐姑射之山，有神人居焉，肌膚若冰雪，綽約若處子。」）

⑦「南徐」，潤州也。晉元帝渡江，而淮北之地皆陷於胡。後幽、冀、青、并、兗、徐之流人，相率過江，帝并僑立諸縣，以司牧之，各仍其舊號，而爲南北之别矣。今潤州乃南徐之地。（劉按，參見元和郡縣圖志卷二十五「潤州」條。）

⑧鬼仙詩：「明月清風，良宵會同。」（劉按，句出夷陵女郎空館夜歌，見唐牛僧孺玄怪録卷二劉諷條，别見全唐詩卷八百六十六。）

【校勘記】

〔一〕毛本題注：「自錢塘被召，林子中作郡守，有會。坐中營妓出牒，鄭容求落籍，高瑩求從良。子中呈東坡，東坡索筆爲減字木蘭花書牒後，時用『鄭容落藉，高瑩從良』八字於句端也。兼贈潤守許仲塗。」龍本引東皋雜録，謂「毛本題從此出」，是。又據東皋雜録，毛本「呈」當作「命呈牒」。

〔二〕「樽」，東皋雜録引作「樓」。

〔三〕「冰膚」，東皋雜録引作「柔肌」。

〔四〕「風清」，元本、吴訥鈔本、二妙集本、毛本作「清風」。

其三　西湖食荔子〔一〕

閩溪珍獻㊀。過海雲帆來似箭㊀。玉座金盤〔二〕。不貢奇葩四百年㊁。　輕紅醲白㊂〔三〕。雅稱佳人纖手擘㊃。骨細肌香。恰似當年十八娘㊄〔四〕。

【傅注】

㊀荔枝經曰，則色香味俱變。（劉按，白居易荔枝圖序：荔枝「若離本枝，一日而色變，二日而香變，三日而味變，四五日外，色香味盡去矣」。）必由海道以進者，欲速致也。

㊁蔡君謨荔枝譜：「荔枝之於天下，惟閩、粵、南粵、巴蜀有之。漢初，南粵王尉佗以之備方物，於是始通中國。司馬相如賦上林云：『答遝離支』，蓋誇言之，無有是也。東京、交阯七郡，貢生荔枝，十里一置，五里一堠，晝夜奔騰，有毒蟲猛獸之害。臨武長唐羌上書言狀〔五〕，和帝詔太官省之。……唐天寶中，妃子尤愛嗜，涪州歲命驛致〔六〕。時之詞人，多所稱咏，張九齡賦之以託意。……然洛陽取於嶺

南，長安取於巴蜀，雖曰鮮獻，而傳置之速，腐爛之餘，色香味之存者無幾矣。是生荔枝中國未始見之也。九齡、居易雖見新實〔七〕，驗今之廣南諸郡〔八〕，與夔、梓之間所出，大率早熟，肌肉薄而味甘酸，其精好者，僅比東閩之下等耳，是二人者亦未始遇夫真荔枝者也〔九〕。」（劉按，詳見宋蔡襄撰端明集卷三十五荔枝譜第一，傳注引文有省略。）杜甫詩云：「京中舊見君顏色，紅顆酸甜只自知。」（劉按，句出解悶十二首其十，見九家集注杜詩卷三十。）又隋煬帝海山記：「大業中，閩地貢五種荔枝。」

㊂殼輕紅而肉釅白也。荔枝譜云：「色澤鮮紫，殼薄而平，瓤厚而瑩，膜如桃花紅，核如丁香母。剥之凝如水晶，食之消如絳雪。」此其絶品耳。（劉按，詳見蔡襄荔枝譜第二。）

㊃杜甫詩：「輕紅擘荔枝。」（劉按，句出宴戎州楊使君東樓詩，見九家集注杜詩卷二十七。）

㊄荔枝譜：「十八娘荔枝，色深紅而細長。時人以少女比之。俚傳閩王王氏，有女第十八〔一〇〕，好啖此品，因而得名。其冢今在城東報國院，冢傍猶有此樹。」（劉按，詳見荔枝譜第七。）

【校勘記】

〔一〕詞題：元本作「西湖食荔枝」。吴訥鈔本、茅維蘇集本題作「荔枝」。毛本「枝」作「支」。

〔二〕「座」，龍本作「坐」。按此處「坐」、「座」通用。

〔三〕「醺」，吴訥鈔本、二妙集本、毛本作「釀」。

〔四〕「似」，吴訥鈔本、毛本作「是」。

〔五〕「狀」字原闕，據龍箋及荔枝譜原文補。按唐羌上書陳狀事，見於後漢書卷四孝和帝紀。

〔六〕「驛致」，原作「驛置」，今從龍箋并據荔枝譜原文改。

〔七〕「九齡」句，傅注原缺此八字，文意不連貫，今從龍箋并據荔枝譜原文補正。

〔八〕「諸郡」，龍箋及通行本荔枝譜作「州郡」。

〔九〕「是二人者」云云，傅注原略此十三字，今從龍箋并據荔枝譜原文補正，以足文意。

〔一〇〕「女第十八」，原作「女弟十八娘」，今從龍箋并據荔枝譜原文改。

其四　送東武令趙晦之失官歸海州〔一〕

賢哉令尹。三仕已之無喜愠㊀。我獨何人。猶把虚名玷搢紳㊁。　不如歸去。二頃良田無覓處㊂。歸去來兮㊃。待有良田是幾時。

【傳注】

㊀論語：「令尹子文三仕爲令尹，無喜色；三已之，無愠色。」（劉按，見論語公冶長篇。）

㊁「搢」，笏；「紳」，大帶也。「搢」或作「縉」。（劉按，史記卷二十八封禪書：「搢紳者不道。」集解：「李奇曰：搢，插也，插笏於紳，紳，大帶。」索引：「姚氏云：搢當作縉。」）

㊂蘇秦云：「使我有洛陽負郭田二頃，吾豈能佩六國相印乎？」（劉按，語見史記卷六十九蘇秦列傳。）

㊃陶淵明有歸去來詞，首章云：「歸去來兮！」（劉按，歸去來兮辭并引，見陶淵明集卷五。）

【校勘記】

〔一〕詞題：元本「趙晦之」作「趙昶」。又吴訥鈔本、二妙集本、毛本題無「失官歸海州」五字。

其五　彭門留别〔一〕

玉觴無味。中有佳人千點淚㊀。學道忘憂。一念還成不自由㊁。如今未見。歸去東園花似霰㊂。一語相開。匹似當初本不來。

【傅注】

㊀杜甫送客詩：「淚逐勸杯落。」（劉按，九家集注杜詩卷二十四録此詩，題作泛江送客。）

㊁釋氏以邪心正性皆生乎一念。

㊂梁元帝別詩云：「昆明夜月光如練，上林朝花色如霰。朝花夜月動春心，誰忍相思今不見。」（劉按，詩見藝文類聚卷三十二。玉臺新咏卷九題作湘東王春別應令四首之一。古詩紀卷八十一題作春別應令四首和簡文其一，「今不」作「不相」。）

【校勘記】

〔一〕詞題：吳訥鈔本、二妙集本、毛本題作「送別」。

其六　送趙令晦之〔一〕

春光亭下。流水如今何在也㊀。歲月如梭。白首相看擬奈何？　故人重見。世事年來千萬變。官況闌珊。慚愧青松守歲寒㊁。

【傳注】

㊀杜牧詩：「當時樓下水，今日知何處？」（劉按，句出題安州浮雲寺樓寄湖州張郎中，見文苑英華卷三百十三，别見全唐詩卷五百二十。「知」原作「到」。）

㊁論語：「歲寒然後知松柏之後凋。」（劉按，見論語子罕篇。）

【校勘記】

〔一〕詞題：元本、吴訥鈔本、二妙集本、毛本無「晦之」二字。

其七

過吴興，李公擇生子，三日會客。作此詞戲之〔一〕。

維熊佳夢㊀。釋氏老君曾抱送〔二〕。壯氣横秋。未滿三朝已食牛㊁。　犀錢玉果。利市平分霑四座。多謝無功。此事如何到得儂㊂〔三〕。

【傅注】

㊀詩云：「吉夢維何，維熊維羆。……男子之祥。」（劉按，詩句節引自詩經小雅斯干。）

㊁杜甫徐卿二子歌云：「徐卿二子生絶奇，感應吉夢相追隨。孔子釋氏親抱送，盡是天上麒麟兒。大兒九齡色清澈，秋水爲神玉爲骨。小兒五歲氣食牛，滿堂賓客皆回頭。」（劉按，首句「徐卿」前應有「君不見」三字，「盡是」一作「并是」。見九家集注杜詩卷七。）尸子云：「虎豹之駒，雖未成文，已有食牛之氣。」（劉按，見尸子卷下。）

㊂秘閣古笑林：「晉元帝生子，宴百官，賜束帛。殷羨謝曰〔四〕：『臣等無功受賞。』

帝曰：『此事豈容卿有功乎？』」世説亦云。（劉按，事見世説新語排調篇，語句有異。又見苕溪漁隱叢話前集卷三十八引漫叟詩話。而秘閣古笑林今已失傳。）

【校勘記】

〔一〕詞序：元本將傅注㊂并入詞叙，字句小異。蓋於笑林「豈容卿有功乎」下接「同舍每以爲笑。余過吴興，而李公擇適生子，三日會客，求歌辭，乃爲作此戲之。舉坐皆絶倒」。

〔二〕「曾」，元本作「親」，毛本作「會」。

〔三〕「到」，元本作「著」。

〔四〕「殷羨」，傅注本作「敖羡」，今從元本并據世説新語改。

其八〔一〕

曉來風細。不會鵲聲來報喜㊀。却羡寒梅。先覺春風一夜來㊁。　香箋一紙。寫盡回文機上意㊂〔二〕。欲卷重開。讀遍千回與萬回。

【傅注】

㊀西京雜記：「乾鵲噪而行人至。」（劉按，事詳葛洪輯西京雜記卷三陸賈語。）杜甫：「浪傳烏鵲喜。」（劉按，句出得舍弟消息二首其二，見九家集注杜詩卷十九。）

㊁李白早春云：「聞道春還未相識，走傍寒梅訪消息。」（劉按，句出早春寄王漢陽，見李太白詩集卷十四。）

㊂竇縚妻蘇氏，善屬文。縚爲苻堅秦州刺史，後被流長沙。蘇氏思之，織錦爲回文旋圖詩以贈縚，宛轉循環而讀之，詞甚凄惋，凡八百四十字。（劉按，事詳晉書卷九十六列女傳，「縚」應作「滔」。疑傅注鈔本筆誤。）

【校勘記】

〔一〕詞題：傅本、元本無題。吴訥鈔本、二妙集本、毛本調名下題作「得書」。

〔二〕「回文」，傅本、二妙集本、毛本、朱本、龍本作「回紋」。今從元本、吴訥鈔本。傅注㊂「紋」徑改作「文」。

其九〔一〕

天台舊路。應恨劉郎來又去㈠。別酒頻傾。忍聽陽關第四聲㈡。　劉郎未老。懷戀仙鄉重得到。只恐因循。不見而今勸酒人〔二〕。

【傅注】

㈠見殢人嬌注。（劉按，見本書卷八殢人嬌其一「滿院桃花」詞傅注㈠）

㈡公雜書云：「舊傳陽關三疊。然今世歌者，每句再疊而已；若通一首言之，又是四疊。皆非是。或每句三唱，以應三疊之說，則叢然無復舊節奏。予在密州，有文勛長官者，以事至密，自云得古本陽關，其聲宛轉凄斷，不類向之所聞，每句皆再唱，而第一句不疊。乃知唐有三疊皆如此。及在黄州，偶得白居易對酒詩云：『相逢且莫推辭醉，聽唱陽關第四聲。』注云：『第四聲〔三〕：勸君更盡一杯酒。』以此驗之，若第一句再疊，則此句爲第五聲；今爲第四聲，則第一句不疊審矣。」（劉按，此文見於宋曾慥類説本仇池筆記卷上，明人收入東坡志林卷七。又按，苕溪漁隱叢話前集卷二十四引此文，略同於傅注。又按，今蘇軾文集卷六十七題跋類收此文，題作「記陽關第四聲。」）

【校勘記】

〔一〕詞題：傅本、元本無題。吳訥鈔本、二妙集本、毛本調名下題作「送別」。

〔二〕「而今」，吳訥鈔本、二妙集本、毛本作「如今」。

〔三〕「第四聲」三字原缺，據仇池筆記補。

其十

雙龍對起。白甲蒼髯煙雨裏。疏影微香。下有幽人晝夢長。　湖風清軟〔一〕。雙鵲飛來争噪晚。翠颭紅傾〔二〕。時下凌霄百尺英㊀〔三〕。

【傅注】

㊀本事集云：「錢塘西湖有詩僧清順居其上，自名藏春塢。門前有二古松，各有凌霄花絡其上，順常晝卧其下。子瞻爲郡，一日屏騎從過之，松風騷然。順指落花覓句，子瞻爲賦此〔四〕。」

【校勘記】

〔一〕「清軟」，珍重閣本作「輕軟」，據沈鈔本及元本、吳訥鈔本、毛本改。

〔二〕「傾」，元本、吳訥鈔本、二妙集本、毛本作「輕」。元本原校：「一作『傾』。」

〔三〕「下」，元本作「上」，原校：「一作『下』。」

〔四〕元本删「本事集云」四字，遂將此注移作詞叙，字句不同者如下：「居其上」作「所居」，無「自名」二字，「子瞻爲郡」作「時余爲郡」，「覓句」作「求韻」，「子瞻爲賦此」作「余爲賦此」。又吳訥鈔本、二妙集本、毛本亦借傳注爲詞題，「賦此」下有「詞」字。

其十一〔一〕

琵琶絶藝。年紀都來纔十二㊀〔二〕。試抹么弦㊁〔三〕。未解將心指下傳㊂。

主人嗔小〔四〕。擬向樽前揜醉倒〔五〕。已屬君家。更與從容等待些〔六〕。

【傅注】

㊀白樂天琵琶行：「十三學得琵琶成。」（劉按，白氏長慶集卷十二題作琵琶引。）

㊁「么弦」，第四弦也。（劉按，劉禹錫澈上人文集紀云：「么弦孤韻，瞥入人耳，非

大樂之音。」蘇軾次韻景文山堂聽箏三首其二：「荻花楓葉憶秦姝，切切幺弦細欲無。」蓋以「幺弦」代指琵琶。）

㈢琵琶行：「低眉信手續續彈，説盡心中無限事。」（劉按，句出白居易琵琶行，見白氏長慶集卷十二。）

【校勘記】

〔一〕詞題：傅本、元本無題。吴訥鈔本、二妙集本，毛本調名下題作「贈小鬟琵琶」。

〔二〕「纔十二」，元本、吴訥鈔本、二妙集本、茅維蘇集本、毛本作「十一二」。

〔三〕「試抹」，元本、吴訥鈔本、二妙集本、茅維蘇集本、毛本作「撥弄」。元本原校：「一作『試抹』。」

〔四〕「嗔」，吴訥鈔本、龍本、全宋詞本作「瞋」。

〔五〕「擬向樽前揜醉倒」，元本作「欲向春風先醉倒」，吴訥鈔本、二妙集本、毛本作「欲向東風先醉倒」。元本原校：「『春風』一作『樽前』。」

〔六〕「更與」，元本、吴訥鈔本、二妙集本、毛本作「且更」；元本原校：「一作『更與』。」又「些些」，元本、吴訥鈔本、二妙集本、毛本作「他」；元本原校：「一作『些些』。」

其十二　己卯儋耳春詞〔一〕

春牛春杖〔一〕。無限春風來海上。便與春工〔二〕。染得桃紅似肉紅。　春幡春勝〔三〕。一陣春風吹酒醒。不似天涯。捲起楊花似雪花〔三〕。

【傅注】

〔一〕今立春前五日，郡邑并造土牛、耕夫、犂具於門外之東，是日質明，有司爲壇以祭先農，而官吏各具縷杖環擊牛者三，所以示勸耕之意。（劉按，事見隋書卷七禮儀志二。）

〔二〕續漢禮儀志：「立春之日，立青幡於門外。」（劉按，參見晉司馬彪撰後漢書志第四禮儀上，此係節引。）賈充典戒：「人日造華勝相遺，像瑞圖金勝之形，又像西王母戴勝。」（劉按，荆楚歲時記及海録碎事卷二引作「賈充李夫人典戒」云云，然藝文類聚卷四「人日」條引文同傅注，署作「賈充典戒」，則作者亦存疑。原書已失傳，録諸家異説以待詳察。）

〔三〕桃紅楊花，每見仲春之時。南海地暖，方春已盛。

【校勘記】

〔一〕詞題：吳訥鈔本、二妙集本、毛本題作「立春」。

〔二〕「與」，元本作「丐」。

其十三　雪〔一〕

雲容皓白〔二〕。破曉玉英紛似織㈠。風力無端。教學楊花更耐寒㈡〔三〕。

相如未老。梁苑猶能陪俊少㈢。莫惹閑愁。且折江梅上小樓。

【傅注】

㈠韓詩外傳曰：「雪花白英，謂之玉英。」（劉按，今本韓詩外傳無此語，當爲佚文。）

㈡摭言載唐詩云：「楊花滿地如飛雪。」（劉按，句見五代王定保撰唐摭言卷三。別見全唐詩卷七八六無名氏題長樂驛壁，唐詩記事卷五十四鄭顥條。）

㈢謝惠連雪賦云：「歲將暮，時既昏；寒風積，愁雲繁。梁王不悅，游於兔園。乃置旨酒，命賓友；召鄒生，延枚叟；相如末至，居客之右。俄而微霰零，密雪下。王乃歌北風於衛詩，咏南山於周雅。……相如於是避席而起，逡巡而爲之賦云。」（劉按，傳注引文見文選卷十三，有省略。「爲之賦云」原作「揖曰」。）

【校勘記】

〔一〕詞題：吴訥鈔本、二妙集本、毛本作「雪詞」。

〔二〕「雲」，茅維蘇集本、毛本作「雪」。

〔三〕「教」，元本、吴訥鈔本、二妙集本、毛本作「欲」。

其十四〔一〕

玉房金蕊。宜在玉人纖手裏。淡月朦朧。更有微微弄袖風。　温香熟美。醉幔雲鬟垂兩耳〔二〕。多謝春工。不是花紅是玉紅㊀。

【傅注】

㊀西京雜記：「趙后體輕腰弱，昭儀弱骨穠肌。二人并色如紅玉，爲當時之第一。」（劉按，晉葛洪輯西京雜記卷一云：「趙后體輕腰弱，善行步進退，女弟昭儀不能

及也。但昭儀弱骨豐肌，尤工笑語。二人并色如紅玉，爲當時第一，皆擅寵後宮。」（傅注係節引。）

【校勘記】

〔一〕詞題：傅本、元本、二妙集本、毛本均無詞題。吴訥鈔本調名下題作「花」。

〔二〕「幔」，元本、吴訥鈔本、二妙集本、毛本作「慢」。

其十五㊀〔一〕

春庭月午。摇蕩香醪光欲舞。步轉回廊。半落梅花婉娩香。　輕風薄霧〔二〕。總是少年行樂處。不似秋光。只與離人照斷腸。

【傅注】

㊀按趙德麟侯鯖録云：「元祐七年正月，東坡在汝陰州。堂前梅花大開，月色鮮霽。王夫人曰：『春月色勝如秋月色。秋月令人凄慘，春月令人和悦。何如召趙德麟輩來，飲此花下？』先生大喜曰：『吾不知子亦能詩耶，此真詩家語耳。』遂召德麟

飲，因作此詞。」

【校勘記】

〔一〕詞題：傅本無題。元本調名下題作「二月十五夜與趙德麟小酌聚星堂」。吴訥鈔本、二妙集本、毛本題作「春月」。

〔二〕「風」，元本作「煙」，吴訥鈔本作「雲」。

其十六

贈勝之，乃徐君猷侍兒〔一〕。

天然宅院。賽了千千并萬萬㈠。説與賢知。表德元來是勝之。　今年十四。海裏猴兒奴子是。要賭休癡。六隻骰兒六點兒㈡。

【傅注】

㈠杜牧晚晴賦云：「閑草甚多。叢者束兮，靡者杳兮。仰風獵日，如立如笑兮。千千萬萬之容兮，不可得而狀也。」（劉按，見唐文粹卷八，别見全唐文卷七百四十八。傅注「杳」原作「香」，「立」原作「文」，今據唐文粹校正。）

㊁「海猴兒」，言好孩兒也。（劉按，張相詩詞曲語辭匯釋卷六：「按海與好、猴與孩，均取其音近；孩兒亦爲對於所昵者之稱。」）「六點兒」，言没賽也。（劉按，元李治敬齋古今黈卷三：「東坡以爲六隻皆六點，此色乃没賽也，然此一句中間少『皆』字……辭理俱詘。」録以備考。）

【校勘記】

〔一〕詞序：元本、吴訥鈔本、二妙集本、毛本皆無「乃徐君猷侍兒」六字，因疑此六字爲傅氏題注，非原詞所有。

注坡詞卷第十

浣溪沙　二十七首

其一〔一〕

風捲珠簾自上鉤㈠。蕭蕭亂葉報新秋㈡。獨携纖手上高樓。　缺月向人舒窈窕㈢，三星當户照綢繆㈣。香生霧縠見纖柔㈤。

【傅注】

㈠杜甫詩云：「風簾自上鉤。」（劉按，句出月詩，見九家集注杜詩卷三十二。）

㈡唐柳氏贈韓翃詩：「一葉隨風忽報秋。」（劉按，句見唐孟棨撰本事詩情感第一「韓翃」條；全唐詩卷八百收此詩，題作答韓翃。）

㊂韓愈詩：「缺月煩屢瞰。」（劉按，句出秋懷十一首其七，見五百家注昌黎文集卷一，別見全唐詩卷三百三十六。）月出詩云：「舒窈窕兮。」（劉按，句見詩經陳風月出。「窕」當作「糾」。毛傳：「窈糾，舒之姿也。」傅注誤。）

㊃晉國風詩：「綢繆束楚，三星在户。」（劉按，句出詩經唐風綢繆。毛傳：「綢繆，猶纏綿也。」「三星，參也。」「參星正月中直户也。」鄭箋：「三星謂心星也。」「心星在户，謂之五月之末、六月之中。」詩經有十五國風，中無晉風，傅注誤。）

㊄子虛賦云：「離纖羅，垂霧縠。」注云：「其輕靡如霧。」（劉按，參見漢書卷五十七上司馬相如傳引子虛賦并顔師古注。又按，「離」原作「雜」，文選劉良注：「雜謂錯雜。」然則明顧起元撰説略卷二十一亦引作「離」，疑傅注另有所本。）

【校勘記】

〔一〕詞題：傅本、元本無題。吴訥鈔本、二妙集本、毛本調名下詞題作「新秋」。

其二

游蘄水清泉寺。寺臨蘭溪，溪水西流。

山下蘭芽短浸溪。松間沙路浄無泥㈠。蕭蕭暮雨子規啼㈡。誰道人生無再少㈢，門前流水尚能西㈣〔一〕。休將白髮唱黄雞㈤〔二〕。

【傳注】

㈠杜工部詩：「碧澗雖多雨，秋沙先少泥。」（劉按，句出到村，見九家集注杜詩卷二十六。）

㈡成都記：「杜宇亦曰杜主，自天而降，稱望帝。好稼穡，教人務農。至今蜀之將農者，必先祀杜主。望帝時以國相開明有治水功，因禪位焉。後望帝死，其魂化爲鳥，名曰杜鵑，亦曰子規云。」（劉按，新唐書藝文志著録盧求成都記五卷，已失傳。）唐吴娘曲：「暮雨蕭蕭郎不歸。」（劉按，句見明刻吟窗雜録卷五十及白居易寄殷協律詩自注所引江南吴二娘曲詞。「蕭蕭」又作「瀟瀟」，或作「朝朝」。又按，唐宋諸賢絶妙詞選卷一收全詞，調名長相思，署白樂天作。）

㈢古詩：「花有重開日，人無再少年。」（劉按，見宋陳著撰本堂集卷一續侄溥賞酴醾勸酒二首其一。）

㈣公序云：「寺前蘭溪水西流。」（劉按，句見東坡志林卷一「游沙湖」條，又見明刊蘇東坡全集書清泉寺文。）

㊄白樂天醉歌示妓人商玲瓏：「罷胡琴，掩秦瑟。玲瓏再拜歌初畢。誰道使君不解歌，聽唱黄雞與白日。黄雞催曉丑時鳴，白日催年酉前没。腰間紅綬繫未穩，鏡裏朱顔看已失。玲瓏玲瓏奈老何，使君歌了汝更歌。」（劉按，詩見白氏長慶集卷十二。）

【校勘記】

〔一〕「門前」，東坡志林卷二「游沙湖」引作「君看」。

〔二〕二妙集本詞末注：「樂天玲瓏歌：『黄雞催曉丑時鳴，白日催年酉時没。』不知是指此否？再考之。」（劉按，蘇軾次韻蘇伯固主簿重九日：「只有黄雞與白日，玲瓏應識使君歌。」夜飲次韻畢推官：「黄雞催曉唱玲瓏。」皆用白樂天醉歌典故，足令二妙集編者釋疑也。）

其三

玄真子漁父詞極清麗，恨其曲度不傳，故加數語，令以浣溪沙歌之〔一〕。

西塞山邊白鷺飛。散花洲外片帆微㈠。桃花流水鱖魚肥㈡。自庇一身青箬笠，相隨到處緑蓑衣。斜風細雨不須歸㈢。

【傳注】

㈠舊注云：「西塞山、散花洲皆在豫章。」按「西塞山」乃唐張志和漁父詞首句。（劉按，張志和詞中西塞山，在今浙江省，「乃湖州磁湖鎮道士磯也」，見蘇軾詩集卷三十三又書王晉卿畫四首中西塞風雨趙次公注，有方輿勝覽卷四浙西路安吉州條爲證。蘇軾詞中西塞山，在今湖北省武昌東八十五里，竦峭臨江，見元和郡縣志卷二十八江南道「武昌縣」條。二者均與豫章無關。）若「散花洲」，乃在伍洲之下。公集中有與王齊萬詩，且云「寓居武昌劉郎洑，正與伍洲相對」。齊萬，蜀人，公嘗往來其家。嘗爲王氏作門符對云：「湖外秋風聚螢苑，門前春浪散花洲。」謂此也。（劉按，王齊萬，字子辯，嘉州犍爲人。蘇軾詩集卷二十有王齊萬秀才寓居武昌縣劉郎洑正與伍洲相對伍子胥奔吴所從渡江也詩。能改齋漫録：「王文甫所居在黄之車湖，即車武子故居，宅枕大江，即散花洲。」又名散花灘。歐陽修集古録卷七唐裴虬怡亭銘：「怡亭在武昌江水中小島上，武昌人謂其地爲吴王散花灘。」）

㈡漢溝洫志：「杜欽云：來春桃花水盛，必羨溢。」注云：「月令：『仲春之月，始雨水，桃始華。』蓋桃方華時，既有雨水，川谷冰泮，衆流猥集，波瀾盛長，故謂之桃花水。」（劉按，見漢書卷二十九溝洫志并顔師古注。）

㈢唐開元間，隱者張志和爲顔魯公門下詩酒客，魯公爲豫章太守，一日宴集，坐客皆作漁父詞，志和詞曰：「西塞山邊白鷺飛，桃花流水鱖魚肥。青箬笠，緑蓑衣。斜風細雨不須歸。」（劉按，詞見樂府詩集卷八十三，題作漁父歌。別見全唐詩卷三百八。又按，新唐書卷一百五十三顔真卿傳，無「爲豫章太守」仕履；同書卷一百九十六張志和傳，足迹未及於豫章。傳注有誤。）

【校勘記】

〔一〕詞序：吴訥鈔本、二妙集本、茅維蘇集本題作「漁父」。毛本題作：「玄真子漁父云：『西塞山邊白鷺飛，桃花流水鱖魚肥。青箬笠，緑蓑衣。斜風細雨不須歸。』此語妙絶，恨莫能歌者，故增數語，令以浣溪沙歌之。」又毛本原注：「或刻山谷詞。」全宋詞修訂本該詞後注云：「此首別誤入豫章黄先生詞。」同書黄庭堅名下該詞存目。按苕溪漁隱叢話後集卷三十九引夷白堂小集，亦謂該詞係黄山谷作。宋吴曾能改齋漫録卷十六引徐師川跋可資參考。

其四

十二月二日雨後微雪，太守徐君猷携酒見過，坐上作浣溪沙三首。明日酒醒，雪大作，又作二首。時元豐五年也〔一〕。

覆塊青青麥未蘇㊀。江南雲葉暗隨車㊁。臨皋煙景世間無㊂。　雨脚半收檐斷綫㊃〔二〕，雪林初下瓦跳珠㊄〔三〕。歸來冰顆亂黏鬚㊅。

【傳注】

㊀莊子：「青青之麥，生於陵陸。」（劉按，見莊子外物篇。「陸」原作「陂」。）韓退之詩：「桑下麥青青。」（劉按，句出過南陽，見五百家注昌黎文集卷六，别見全唐詩卷三百四十一。）

㊁陳蔡凝春雲詩：「入風衣暫斂，隨車蓋轉輕。作葉還依樹，爲樓欲近城。」（劉按，詩見詩紀卷一百六，又見初學記卷一轉引。）杜甫詩：「雨稀雲葉斷。」（劉按，句出夏夜李尚書筵送宇文石首赴縣聯句，見九家集注杜詩卷三十三。）

㊂黄有臨皋亭。公詩云：「臨皋亭中一危坐，三見清明改新火。」（劉按，句出徐使君

分新火，見蘇軾詩集卷二十一。）

四 杜甫詩：「雨脚如麻未斷絶。」（劉按，句出茅屋爲秋風所破歌，見九家集注杜詩卷十。）

五 霰雪如珠。

六 羅鄴早行詩：「時整帽檐風刮頂，旋呵鞭手凍黏鬚。」（劉按，句見杜荀鶴早發，「整」原作「逆」，一作「送」，見文苑英華卷二百九十五，别見全唐詩卷六百九十二。古今詩文類聚别集卷二十五引下句作羅鄴詩。按羅鄴早行詩中無此句，傅注誤標作者及詩題。）

【校勘記】

〔一〕詞序：楊守敬景蘇園帖收此首及後四首浣溪沙石刻墨迹（以下簡稱墨迹），詞叙中「徐」下有「公」字，「又」作「復」，「二」作「兩」。又各本詞叙均無「時元豐五年也」六字，東坡紀年録將此五首詞編入元豐四年。

〔二〕「綫」原作「絶」，龍校謂傅注本誤。今據墨迹、元本、吴訥鈔本、二妙集本、毛本改。

〔三〕「林」，墨迹作「牀」。又「跳」，吴訥鈔本、二妙集本、毛本作「疏」。又墨迹此句下有東坡自注：「京師俚語，謂霰爲雪牀。」

其五〔一〕

廢圃寒

醉夢醺醺曉未蘇〔二〕。門前轣轆使君車〔三〕。扶頭一盞怎生無㊀？蔬挑翠羽㊁〔四〕，小槽春酒滴真珠㊂〔五〕。清香細細嚼梅鬚㊃。

【傅注】

㊀白樂天詩：「一榼扶頭酒，泓澄瀉玉壺。十分蘸甲酌，瀲灩滿銀盂。」（劉按，句出早飲湖州酒寄崔使君，見白氏長慶集卷五十三。）

㊁杜甫：「青青佳蔬色，埋没在荒園。」又：「芊芊煙翠羽。」（劉按，分别出自園官送菜詩及行官張望補稻畦水歸詩，并見九家集注杜詩卷十一。「佳蔬」原作「嘉疏」，一作「蔬嘉」；「荒」原作「中」；「煙」原作「炯」。）

㊂李賀詩：「琉璃鍾，琥珀濃。小槽酒滴真珠紅。」（劉按，句出將進酒。傅注「紅」誤作「濃」，據唐文粹卷十三、箋注評點李長吉歌詩卷四、全唐詩卷三百九十三改。）

㊃花香多在鬚間粉上。杜子美詩：「隨意數花鬚。」（劉按，句出陪李金吾花下飲，見九家集注杜詩卷十八。）

【校勘記】

〔一〕詞題：傅本、元本無題。吴訥鈔本、二妙集本、毛本調名下注：「前韻。」

〔二〕「醺醺」，元本、二妙集本、毛本作「昏昏」。

〔三〕「轣」，二妙集本作「歷」，茅維蘇集本、毛本作「轆」，義遜。又墨迹此句下有東坡自注云：「公見訪時，方醉睡未起。」

〔四〕「挑」，墨迹作「排」。

〔五〕「滴」，墨迹及吴訥鈔本、二妙集本、毛本均作「涷」。

其六〔一〕

雪裏餐氈例姓蘇㊀。使君載酒爲回車。天寒酒色轉頭無。　薦士已聞飛鶚表㊁〔二〕，報恩應不用蛇珠㊂。醉中還許攬桓鬚㊃。

【傅注】

㊀漢蘇武使匈奴。脅使降，武不可。匈奴乃幽武，置大窖中，絶不飲食。天雨雪，武卧齧雪與氈毛并咽之，數日不死，匈奴以爲神。徙武北海上，使牧羝，羝乳，

乃得歸。（劉按，事見漢書卷五十四蘇武傳。漢書「氈」原作「旃」。顔師古注：「『旃』與『氈』同。」）

㈡漢孔融薦禰衡疏曰：「鷙鳥累百，不如一鶚。」（劉按，語見文選卷三十七；又見漢書卷五十一鄒陽傳諫吴王之詞引用，似爲古謡諺，故多人引證。）

㈢隋侯嘗出，見蛇傷，以藥治之。後蛇含明月之珠以報恩。（劉按，事本晉干寶撰搜神記卷二十。別見淮南子覽冥訓高誘注。）

㈣晉孝武帝末年，謝安婿王國寶用事。時以安功名盛極而搆會之，嫌隙遂成。帝嘗共桓伊飲宴，謝安侍坐。帝命伊吹笛，伊神色無忤，吹爲一弄……乃以箏進，遂撫箏而歌怨詩，以明安之謗。安泣下，越席而捋伊之鬚曰：「使君於此不凡。」帝甚有愧色。伊時爲豫州刺史。（劉按，傳注係節引晉書卷八十一桓伊傳。蓋於「吹爲一弄」句下，省略桓伊「請以箏歌，并請一吹笛人（伊之奴）」等情節，又漏引怨詩原文，致使文意不暢。）

【校勘記】

〔一〕詞題：傅本、元本無題。吴訥鈔本、二妙集本、毛本調名下注：「前韻。」

〔二〕「聞」，墨迹作「曾」。又墨迹此句下有東坡自注：「公近薦僕於朝。」

其七〔一〕

半夜銀山上積蘇㊀。朝來九陌帶隨車㊁。濤江煙渚一時無。　空腹有詩衣有結㊂，濕薪如桂米如珠㊃。凍吟誰伴撚髭鬚㊄。

【傳注】

㊀詩苑：「劉師道雪詩：『三千世界銀成色，十二樓臺玉作層。』」（劉按，詩見宋江少虞撰事實類苑卷三十八，又見阮閱撰詩話總龜卷十二。）列子：穆王游化人之宫，「實以爲清都、紫微、鈞天、廣樂，帝之所居。王俯而視之，其宫榭若累瑰積蘇焉」。（劉按，見列子卷三周穆王篇。「瑰」原作「塊」，是。「累瑰」不詞，傳注字誤。）

㊁韓愈雪詩：「隨車翻縞帶，逐馬散銀杯。」（劉按，句出咏雪贈張籍，見五百家注昌黎文集卷九，别見全唐詩卷三百四十二。）

㊂晉隱逸傳：「董京能詩，逍遥吟咏，常宿白社中。時丐於市，得殘碎繒絮，結以自

覆。全帛佳綿則不肯受。」（劉按，事見晉書卷九十四董京傳。）

㈣戰國策：「蘇秦謂楚王曰：『楚國食貴於玉，薪貴於桂。』」（劉按，見戰國策楚策三。）晉張景陽詩：「尺燼重尋桂，紅粒貴瑤瓊〔二〕。」（劉按，句出雜詩十首之十，見文選卷二十九。）

㈤王維詩：「平旦東風騎蹇驢，旋呵凍手暖髭鬚。」（劉按，全唐詩王維卷內無此詩句，通行本王右丞集亦不載，疑係王維佚詩。又按，「旋呵凍手暖髭鬚」句，見於杜荀鶴早發詩。見前「覆塊青青麥未蘇」詞傳注㈥及校證。又按，苕溪漁隱叢話後集卷八云：「世有碑本子美畫像，上有詩」云云，即此所引二句，「平」作「迎」。苕溪漁隱謂是「好事者爲之」，蓋依託杜甫作者。）盧延讓苦吟詩：「吟安一個字，撚斷數莖鬚。」（劉按，見於宋計有功唐詩紀事卷六十五「盧延讓」條。別見全唐詩卷七百十五。）

【校勘記】

〔一〕詞題：傳本、元本無題。吴訥鈔本、茅維蘇集本、毛本調名下注：「再和前韻。」

〔二〕「瑤瓊」，傳注本誤爲「瓊瑤」。按張景陽此詩叶「耕」韻，二字不可互倒。今據文選卷二十九乙正。

其八〔一〕

萬頃風濤不記蘇㊀〔二〕。雪晴江上麥千車。但令人飽我愁無。翠袖倚風縈柳絮，絳唇得酒爛櫻珠㊁。樽前呵手鑷霜鬚。

【傅注】

㊀舊注云：「公有薄田在蘇，今歲爲風濤蕩盡。」（劉按，「公」謂徐君猷。）

㊁方干：「翠袖低徊真蹀躞，朱唇得酒假櫻桃。」（劉按，句出贈美人四首其一，原句爲「舞袖低徊真蛺蝶，朱唇深淺假櫻桃」，見方干玄英集卷六，別見全唐詩卷六百五十一。疑傅注另有所本。）

【校勘記】

〔一〕詞題：傅本、元本、毛本無題。吴訥鈔本、茅維蘇集本、毛本調名下注：「前韻。」

〔二〕此句下，墨迹有東坡自注：「公有田在蘇州，今蕩盡。」東坡外集所載自注同傅注㊀。

其九　九月九日二首〔一〕

珠檜絲杉冷欲霜㈠。山城歌舞助凄涼。且餐山色飲湖光㈡。　共挽朱轓留半日㈢，强揉青蕊作重陽。不知明日爲誰黄㈣？

【傳注】

㈠檜柏葉端雪，炯然如珠。松杉葉條，纖細如絲。（劉按，宋程大昌演繁露卷二：「栝木則柏葉松身，乃今俗呼爲絲杉者也。」）

㈡山秀可餐，湖清可飲。（劉按，文選卷二十八陸士衡日出東南隅行：「秀色若可餐。」又按宋文鑑卷十二蘇軾和陶淵明時運其二：「下有碧潭，可飲可濯。」）

㈢漢志：「中二千石、二千石，皆皂蓋，朱兩轓。」（劉按，見晉司馬彪撰後漢書輿服志上。「轓」原作「幡」，據後漢書改。）

㈣杜甫詩：「檐前甘菊移時晚，青蕊重陽不堪摘。明日蕭條盡醉醒，殘花爛熳開何益？」（劉按，句見嘆庭前甘菊花詩，見九家集注杜詩卷一。）

其十〔一〕

霜鬢真堪插拒霜㈠。哀弦危柱作伊涼㈡〔二〕。暫時流轉爲風光㈢。　未遣青樽空北海㈣〔三〕，莫因長笛賦山陽㈤。金釵玉腕瀉鵝黄㈥。

【校勘記】

〔一〕詞題：元本作「重九」。吴訥鈔本「二」作「三」，恐誤。

【傅注】

㈠「拒霜」，木芙蓉也。

㈡唐開元二十四年，升胡部樂於堂上。而天寶樂曲，皆以邊地名，涼州、伊州、甘州、熙州之類是也。然涼州曲本開元中西涼州所獻。時寧王審音，聞之，且知其後有播遷之禍。（劉按，參見王灼撰碧雞漫志卷三。）

㈢杜甫詩：「傳語風光共流轉，暫時相賞莫相違。」（劉按，句出曲江二首其二，見九家集注杜詩卷十九。）

㈣漢孔融爲北海相，常嘆曰：「坐上客常滿，樽中酒不空，吾無憂矣。」（劉按，語見三國志卷十二裴松之注引張璠漢紀。又見藝文類聚卷七十三引孔融别傳。）

㈤晉向秀少與嵇康、吕安友善，而嵇康後以事被誅。秀乃經舊廬，鄰人有善吹笛者，發聲寥亮。秀追想曩昔游宴之好，作思舊賦，其詞曰：「濟黄河以泛舟兮，經山陽之舊居。」（劉按，事詳文選卷十六向子期思舊賦并序。）「長笛」者，若馬融長笛賦云：「剡其上孔通洞之，裁以當簻便易持〔四〕。」簻，竹瓜反，鞭也。（劉按，參見文選卷十八馬季長長笛賦并序。）

㈥「鵝黄」，酒色也。杜甫詩：「鵝兒黄似酒，對酒愛新鵝。」（劉按，句出舟前小鵝兒，見九家集注杜詩卷二十三。）

【校勘記】

〔一〕詞題：傅本、元本無題。吴訥鈔本、二妙集本、毛本調名下注：「和前韻。」

〔二〕「哀」，元本作「衰」。

〔三〕「未」，元本作「來」。

〔四〕「使」，沈鈔本作「使」。按，六臣注文選原校：「五臣本作『使』字。」

其十一〔一〕

傅粉郎君又粉奴㈠。莫教施粉與施朱㈡。自然冰玉照香酥。有客能爲神女賦㈢，憑君送與雪兒書㈣。夢魂東去覓桑榆㈤。

【傅注】

㈠魏何晏字平叔，美姿容，而面至白。文帝疑其傅粉，夏月賜熱湯餅。既啖之，大汗出，以朱衣自拭，顔色皎然。（劉按，事見世説新語容止篇。「姿容」原作「姿儀」，「文帝」原作明帝，「顔色」原作「色轉」。初學記卷十九引語林同。傅注誤作魏文帝也。）

㈡宋玉登徒子賦云：「著粉則太白，施朱則太赤。」（劉按，見文選卷十九宋玉登徒子好色賦并序。）

㈢楚宋玉嘗作神女賦。（劉按，賦見文選卷十九。）

㈣韓定辭不知何許人，爲鎮州王鎔書記，聘燕帥劉仁裕女，舍於賓館，命幕客馬郁延接。一日燕會，韓即席有詩贈郁曰：「崇霞臺上神仙客，學辨癡龍藝最多。盛德好將銀管述，麗詞堪與雪兒歌。」坐中諸賓，靡不欽訝，稱爲妙句。他日郁從容問韓以雪兒之事，韓曰：「雪兒，孝密之愛姬（或云孝齊），能歌舞。每見賓僚文章有奇麗中意者，即付雪兒，協音律以歌之。」見總龜詩話。（劉按，文見詩話總龜卷二十八，又見苕溪漁隱叢話前集卷二十四。明茅維編蘇文忠公全集時，以書韓定辭馬郁詩爲題，將此文收進卷六十七題跋類。傅注中「聘燕帥劉仁裕女」句，各家均作「劉仁恭」，且無「女」字；「孝密」作「李密」。待考。）

㈤唐玄宗題薛令之詩：「若嫌松柏寒，任逐桑榆暖。」（劉按，全唐詩卷三有此詩，題作續薛令之題壁，「柏」作「桂」。又按唐摭言卷十五閩中進士載薛令之以詩自悼，唐玄宗索筆判之云云，即此詩，「柏」作「桂」。）

【校勘記】

〔一〕詞題：傅本、元本無題。吴訥鈔本、二妙集本、毛本調名下有詞題曰「有感」。

其十二　咏橘

菊暗荷枯一夜霜。新苞綠葉照林光㈠。竹籬茅舍出青黄㈡。　香霧噀人驚半破㈢，清泉流齒怯初嘗㈢。吴姬三日手猶香。

【傅注】

㈠沈約橘詩：「綠葉迎露滋，朱苞待霜潤。」（劉按，句見文苑英華卷三百二十六，别見初學記卷二十八，題作園橘。）

㈡韋應物詩：「知君獨卧思新橘，始摘猶酸亦未黄。書後欲題三百顆，洞庭須待滿林霜。」（劉按，句出答鄭騎曹青橘絶句，「知君獨卧」原作「憐君卧病」，「始」作「試」，見韋蘇州集卷五，别見全唐詩卷一百九十。）

㈢鄭雲詩：「擘開金粉膩，嚼破玉漿寒。」（劉按，鄭雲及其詩，古文獻無傳。又按，蘇軾食甘詩：「清泉蔌蔌先流齒，香霧霏霏欲噀人。」詞境類此。注引梁劉孝標送橘啟：「始霜之旦，采之風味照座，擘之香霧噀人。」傅注漏引。）

【校勘記】

〔一〕「噀」，茅維蘇集本作「噴」。

其十三㊀

雪頷霜髯不自驚。更將翦彩發春榮。羞顏未醉已先赬。莫唱黃雞并白髮㊁，且呼張丈喚殷兄㊂〔一〕。有人歸去欲卿卿㊃。

【傳注】

㊀公守湖，辛未上元日，作會於伽藍中。時長老法惠在坐。人有獻翦彩花者〔二〕，甚奇，謂有初春之興。作浣溪沙二首，因寄袁公濟〔三〕。（劉按，宋王宗稷東坡先生年譜：「元祐六年辛未，先生守杭，被召。」「又上元作會，有獻翦彩花者，作浣溪沙寄袁公濟。」傳注謂「公守湖」，誤，當作「守杭」。）

㊁已見前篇注。（劉按，見本卷浣溪沙其二「山下蘭芽短浸溪」詞傳注㊄。）

㊂白樂天元日内宴呈張侍御二十八丈殷判官二十三兄：「猶有誇張少年處，笑呼張丈喚殷兄。」（劉按，見白氏長慶集卷二十四，詩題「元日内宴」作「歲日家宴戲示弟侄

等兼」。）

㈣世說：「王渾妻鍾夫人言嘗卿渾，渾曰：『詎可。』妻曰：『憐卿愛卿，是以卿卿；我不卿卿，誰當卿卿。』」（劉按，事見藝文類聚卷三十二引世說；又世說新語惑溺篇：「王安豐婦，常卿安豐。安豐曰：『婦人卿婿，於禮爲不敬，後勿復爾。』婦曰：『親卿愛卿，是以卿卿；我不卿卿，誰當卿卿？』遂恒聽之。」王安豐即王戎，其父乃王渾，見世説新語德行篇。傅注將王戎婦與王渾妻誤混，張冠李戴耳，然似源於藝文類聚先誤。）

【校勘記】

〔一〕「丈」，吴訥鈔本、茅維蘇集本、毛本作「友」，疑誤。

〔二〕「人有獻翦彩花者」，吴訥鈔本作「時有獻翦伽花彩」。

〔三〕「作浣溪沙二首因寄袁公濟」，吴訥鈔本、茅維蘇集本作「因作二首寄袁公濟」。按，各本均以傅注㈠爲詞叙，置於調名次行，欠妥。今依本書體例移正文末附注。

其十四〔一〕

料峭東風翠幕驚。云何不飲對公榮㈠。水晶盤瑩玉鱗赬㈡〔二〕。花影莫辜三夜月㊂〔三〕，朱顔未稱五年兄㊃。翰林子墨主人卿㊄。

【傳注】

㊀晉王戎嘗與阮籍飲，時兖州刺史劉昶字公榮在坐，籍以酒少，酌不及昶，昶無恨色。戎異之，他日，問籍曰：「彼何如人也？」答曰：「勝公榮，不可不與飲；減公榮，不敢不共飲；惟公榮不可與飲。」（劉按，事見世説新語任誕篇，又見晉書卷四十三王戎傳。晉書「公榮不可」作「可不」。）

㊁杜甫詩：「水精之盤行素鱗。」（劉按，句出麗人行，見九家集注杜詩卷二。）

㊂元宵三夕。

㊃禮記曰：「十年以長，則兄事之。」（劉按，語見禮記曲禮篇。）

㊄漢成帝好射獵，揚雄乃奏長楊賦：「聊因筆墨以成文章，故藉翰林以爲主人、子墨爲客卿以風。」（劉按，語出揚子雲長楊賦序，見文選卷九。文選「以成」原作「之成」，揚子雲集卷五作「衍成」；「風」作「諷」。）

【校勘記】

〔一〕詞題：傅本、元本無題。吴訥鈔本調名下題作「前韻」；茅維蘇集本作「和前韻」。

〔二〕「水晶」，原作「水精」，據元本、吴訥鈔本、二妙集本、毛本改。

〔三〕「辜」，元本作「孤」。按作辜負解，二字通用。

其十五

徐州石潭謝雨〔一〕，道上作五首。潭在城東二十里，常與泗水增減清濁相應〔二〕。

照日深紅暖見魚。連溪暗緑晚藏烏〔三〕。黄童白叟聚睢盱㊀。麋鹿逢人雖未慣，猿猱聞鼓不須呼。歸家説與采桑姑㊁〔四〕。

【傅注】

㊀唐韻：「睢盱，仰目視也。睢音隳，盱音吁。」（劉按，廣韻卷一：「睢，仰目也。」「盱，舉目。」「睢盱，視貌。」）

㊁野人如麋鹿、猿猱。

【校勘記】

〔一〕「徐州」，元本、吴訥鈔本、二妙集本、毛本作「徐門」。

〔二〕「潭在」至「相應」，吴訥鈔本、二妙集本、毛本無此十七字。疑此十七字爲傅注而誤入詞叙也。考蘇軾起伏龍行詩序云：「徐州城東二十里有石潭，父老云與泗水通，增損清濁，相應不差，時有河魚出焉。」傅注或本於此。

〔三〕「溪」，元本作「村」。「暗緑」，元本、吴訥鈔本、二妙集本、毛本皆作「緑暗」。

〔四〕「家」，元本作「來」，原校：「一作『家』。」又「采桑」，沈鈔本、清鈔本、曬藍本倒作「桑采」，據珍重閣本及元本、吴訥鈔本、二妙集本、毛本改。

其十六

旋抹紅妝看使君。三三五五棘籬門。相挨踏破蒨羅裙㊀〔一〕。老幼扶携收麥社㊁，烏鳶翔舞賽神村㊂。道逢醉叟卧黄昏。

【傅注】

㊀「蒨羅」，紅羅也。（劉按，「蒨」通「茜」，引申指絳色。）

㈡里社相與以收麥。

㈢烏鳶以下有所捕食〔二〕，故翔舞於其上。

【校勘記】

〔一〕「挨」，元本作「排」，原校：「一作『挨』。」

〔二〕「捕」，沈鈔本作「搏」，茲從珍重閣本。

其十七

麻葉層層檾葉光㈠。誰家煮繭一村香。隔籬嬌語絡絲娘。　垂白杖藜抬醉眼㈡，捋青擣麨軟飢腸㈢〔一〕。問言豆葉幾時黄？

【傅注】

㈠「檾」，檾麻，枲屬也。（劉按，見宋羅願爾雅翼卷八。）

㈡杜子美：「杖藜從白首。」（劉按，句出屏迹三首其一，見九家集注杜詩卷二十三。）

㊂「麨」，乾糧也，以麥爲之，野人所食。漢書曰：「小麥青青大麥枯。」則青者已足捋，而枯者可爲麨矣。（劉按，事詳後漢書五行志一：「桓帝之初天下童謡曰：『小麥青青大麥枯，誰當穫者婦與姑。』」傅注謂引自漢書，誤。）

【校勘記】

〔一〕「捋」，元本作「扶」，原校：「一作『捋』。」

其十八〔一〕

簌簌衣巾落棗花〔二〕。村南村北響繰車㊀。牛依古柳賣黄瓜〔三〕。　酒困路長惟欲睡，日高人渴謾思茶。敲門試問野人家。

【傅注】

㊀即繰絲車也。（劉按，唐王建田家行：「五月雖熱麥風清，簷頭索索繰車鳴。」見樂府詩集卷九十三。）

【校勘記】

〔一〕全宋詞修訂本編者案：「此首別又誤入吳文英夢窗詞集。」同書吳文英名下該詞存目。

〔二〕「蔌蔌」，吳訥鈔本作「簌簌」。按，二者通用，狀花落貌。

〔三〕「牛依」，元本、吳訥鈔本、二妙集本、毛本作「牛衣」。按曾季貍艇齋詩話：「東坡在徐州作長短句云『半依古柳賣黃瓜』，今印本作『牛衣古柳賣黃瓜』，非是。予嘗見東坡墨迹作『半依』，乃知作『牛』字誤也。」又按，宋龔頤正撰芥隱筆記云：「予見孫昌符家坡朱陳詞真迹云『半依古柳賣黃瓜』，今印本多作『牛依』，或牽就爲『牛衣』矣。」録以備考。

其十九

軟草平莎過雨新。輕沙走馬路無塵。何時收拾耦耕身㈠。　日暖桑麻光似潑，風來蒿艾氣如薰㈡。使君元是此中人㈢。

【傅注】

㈠論語：「長沮、桀溺耦而耕。」（劉按，見論語微子篇。）

㈡廣韻：「香草曰薰。」又「薰」，薰陸香也。（劉按，廣韻卷一：「薰，許云切，香草。」重修本廣韻卷一：「薰，香草。韻略曰：『薰陸香，出大秦國』。」傅幹當本於宋陳彭年等重修本。）

㊂公自謂本田野間人。（劉按，東坡後集卷三書晁説之考牧圖後：「我昔在田間，但知羊與牛。」又東坡題跋卷二題淵明詩亦自稱「余之世農」。傅注或本於此。）

其二十〔一〕

道字嬌訛苦未成㊀〔二〕。未應春閣夢多情。朝來何事緑鬟傾。彩索身輕長趁燕㊁，紅窗睡重不聞鶯㊂。困人天氣近清明。

【傅注】

㊀李白：「道字不正嬌唱歌。」（劉按，句出對酒，見李太白詩集卷二十五。）

㊁戲鞦韆也。婦女體輕，高低往來如飛燕。

㊂李益鶯詩：「蜀道山川意不平，緑窗殘夢曉聞鶯。分明似把文君恨，萬怨千愁弦上聲。」（劉按，全唐詩卷二百八十三録此詩，題作奉和武相公春曉聞鶯。又文苑英華卷三百二十八録該詩，「意不平」作「心易驚」；「殘」作「魂」；「把」作「雪」。）

【校勘記】

〔一〕詞題：傅本、元本無題。吳訥鈔本、二妙集本、毛本調名下題作「春情」。

〔二〕「苦」，元本作「語」。

其二十一〔一〕

縹緲危樓紫翠間㈠。良辰樂事古難全㈡〔二〕。感時懷舊獨淒然〔三〕。　璧月瓊枝空夜夜㈢，菊花人貌自年年㈣。不知來歲與誰看？

【傅注】

㈠杜牧詩：「千峰橫紫翠。」（劉按，句出早春閣下寓直蕭九舍人亦直內署因寄書懷四韻，見全唐詩卷五百二十一。）

㈡謝靈運鄴中詩序云：「天下良辰、美景、賞心、樂事，四者難并。」（劉按，見文選卷三十謝靈運擬魏太子鄴中集詩八首序。）

㈢陳後主諸狎客詩：「璧月夜夜滿，瓊花朝朝新。」皆美張麗華、孔貴嬪等。（劉按，事詳陳書卷七張貴妃傳。別見南史張麗華傳。史傳原文「花」作「樹」。）

㊃戎昱詩：「菊花一歲歲相似，人貌一年年不同。」（劉按，全唐詩卷二百七十戎昱卷内無此句。）

【校勘記】

〔一〕詞題：傅注本闕題。元本題作「自杭移密守，席上別楊元素，時重九前一日」。吴訥鈔本、茅維蘇集本題作「菊節」。二妙集本、毛本題作「菊節別元素」。東坡外集題作「別元素」，原注：「一作『菊節』。」

〔二〕「古」，二妙集本、毛本作「苦」。

〔三〕「感」，茅維蘇集本作「幾」。

其二十二〔一〕

桃李溪邊駐畫輪㊀。鷓鴣聲裏倒清樽㊁。夕陽雖好近黄昏㊂。　香在衣裳妝在臂㊃，水連芳草月連雲。幾時歸去不銷魂㊄〔二〕。

【傳注】

㈠魏武帝與楊彪書曰：「今贈足下畫輪四望通幰七香車二乘。」（劉按，事詳初學記卷二十五器用部「七香車」條。海録碎事卷五引古今注無「通幰」二字。古文苑卷十曹操與太尉楊彪書無「通幰」，「二」作「一」。）

㈡韋應物鷓鴣詩：「客思鄉愁動晚春，那堪路入鷓鴣群。管弦聲裏愁難聽，煙雨村中争合聞。」（劉按，韋蘇州集及全唐詩韋應物卷内無此詩，當是其佚詩。）鄭谷詩：「花月樓臺近九衢，笙歌一曲倒金壺。坐中亦有江南客，莫向春風唱鷓鴣。」（劉按，句出席上貽歌者，見唐韋縠撰才調集卷五，别見全唐詩卷六百七十五。「笙歌」原作「清歌」。）

㈢李義山詩：「夕陽無限好，只是近黄昏。」（劉按，句出樂游園詩，見李義山詩集卷上、全唐詩卷五百三十九。）

㈣傳奇：「張生與崔氏諧遇。張生飄飄然且疑神仙之徒，不謂從人間至矣。有頃，寺鍾鳴。紅娘促起。崔氏嬌啼宛轉，紅娘擁之而去。張生辨色而興，自疑於心，曰：『豈其夢邪？』所可明者，妝在臂，香在衣，淚光熒熒然猶瑩於茵席而已。」（劉按，詳見元稹鶯鶯傳。文句與元氏長慶集補遺卷六稍有出入。）

㊄江淹別賦：「黯然銷魂者，惟別而已矣。」（劉按，賦見文選卷十六。）

【校勘記】

〔一〕詞題：傅本、元本無題。吴訥鈔本、二妙集本、毛本調名下題作「春情」。

〔二〕「時」，二妙集本、毛本作「人」。

其二十三〔一〕

四面垂楊十頃荷〔二〕。問言何處最花多㊀〔三〕？畫樓南畔夕陽和〔四〕。　天氣乍涼人寂寞，光陰須得酒消磨㊁。且來花裏聽笙歌。

【傅注】

㊀韓愈詩：「我今官閑得婆娑，問言何處芙蓉多。撑舟昆明渡雲錦，脚敲兩舷叫吴歌。」（劉按，句出奉酬盧給事雲夫四兄曲江荷花行見寄并呈上錢七兄徽閣老張十八助教，見五百家注昌黎文集卷七、全唐詩卷三百四十二。）

㊁鄭谷詩：「酒美消磨日。」（劉按，句出梓潼歲暮詩，見雲臺編卷上、全唐詩卷六百

七十四。）

【校勘記】

〔一〕詞題：傅本、元本無題。吴訥鈔本、二妙集本、毛本調名下題作「荷花」。

〔二〕「頃」、吴訥鈔本、二妙集本、毛本作「里」。

〔三〕「言」，元本、吴訥鈔本，二妙集本、毛本作「云」。

〔四〕「和」，元本作「過」。

其二十四〔一〕

一别姑蘇已四年㊀。秋風南浦送歸船㊁。畫簾重見水中仙㊂。霜鬢不須催我老，杏丹依舊駐君顔〔二〕。夜闌相對夢魂間㊃。

【傅注】

㊀姑蘇臺在蘇州。越絶書曰：「闔閭起姑蘇臺，三年聚材，五年乃成。高可見三百里。」（劉按，漢袁康撰越絶書卷十二内經九術謂吴王夫差「起姑胥臺……高見二

百里。」漢趙煜撰吴越春秋卷五勾踐陰謀外傳注云：「臺始基於閶閭而新作於夫差。」傅注引文不準確。）

㊁別賦云：「送君南浦，傷如之何？」（劉按，見文選卷十六江文通別賦。）

㊂湘中怨：鄭生晨出，渡洛橋，遇艷麗，載而與俱，號曰氾人。居歲滿，無以久留；生持泣留之，不能，竟去。後十餘年，生之兄爲岳州刺史，上巳日，與家徒登岳陽樓，望岳渚，張樂宴酣。生愁思吟之曰：「情無限兮蕩洋洋，懷佳期兮屬三湘。」聲未終，有畫艫浮漾而來。中有彩樓，高百尺，其上施帷帳欄籠，畫飾幃褰〔三〕。有彈弦鼓吹者，皆神仙蛾眉，被服煙霞，裾袖皆廣尺。中有一人起舞，含顰怨望，形類氾人，舞而歌曰：「泝青春兮江之隅，拖湖波兮裊緑裾。荷拳拳兮未舒，非同歸兮焉如。」舞畢，斂袖翔然，凝望樓中，縱觀方臨檻，須臾，風濤崩怒，遂迷所往。（劉按，事詳文苑英華卷三百五十八。別見太平廣記卷二百九十八「太學鄭生」條，謂出異聞集，字句頗有異同。）

㊃杜甫詩：「夜闌更秉燭，相對如夢寐。」（劉按，句出羌村三首之一，見九家集注杜詩卷三。）

【校勘記】

〔一〕詞題：傅注本無題。元本、吴訥鈔本題作「贈閭丘朝議，時還徐州」。二妙集本、毛本題同元本而「還」作「過」。

〔二〕「丹」，元本原校：「一作『花』。」吴訥鈔本、二妙集本、毛本皆作「花」。

〔三〕「畫飾幃褰」，太平廣記引作「盡飾幃囊」。

其二十五　彭門送梁左藏〔一〕

怪見眉間一點黄㈠〔二〕。詔書催發羽書忙㈡。從教嬌淚洗紅妝。上殿雲霄生羽翼㈢，論兵齒頰帶冰霜㈣〔三〕。歸來衫袖有天香㈤。

【傅注】

㈠相者以眉間黄色爲喜色。韓愈詩：「眉間黄色動歸期。」（劉按，句出鄆城晚飲奉贈副使馬侍郎馮宿李宗閔二員外詩，見五百家注昌黎文集卷十，别見全唐詩卷三百四十四。「動」原作「見」。）

㈡「詔書」，天子之召命也。「羽書」，兵檄，必插羽以示其急。

㊂唐太宗賜馬周飛白書：「鸞鳳冲霄，必假羽翼。」（劉按，詳見舊唐書卷七十四馬周傳。）

㊃公詩云：「論極冰霜繞齒牙。」（劉按，句出寄高令，見東坡續集卷二，又見東坡外集。）

㊄杜子美詩：「朝罷香煙携滿袖。」（劉按，句出奉和賈至舍人早朝大明宮，見九家集注杜詩卷十九。）

【校勘記】

〔一〕詞題：元本無題。吴訥鈔本、二妙集本、毛本題作「有贈」。

〔二〕「恠」，吴訥鈔本、二妙集本、毛本作「惟」。

〔三〕「冰」，吴訥鈔本、二妙集本、毛本作「風」。

其二十六

贈陳海州。陳嘗爲眉令，有聲〔一〕。

長記鳴琴子賤堂㊀。朱顏緑髮映垂楊。如今秋鬢數莖霜。聚散交游如夢寐，升沉閑事莫思量。仲卿終不忘桐鄉㈡〔二〕。

【傅注】

㈠宓子賤爲單父宰，彈琴不下堂而民化。（劉按，事詳呂氏春秋卷二十一開春論第一察賢篇、説苑卷七政理篇。傅注引述文意有誤。兩書均謂：「宓子賤治單父，彈鳴琴，身不下堂而單父治。」）

㈡漢朱邑字仲卿，少爲吏民愛敬。後邑病且死，屬其子曰：「我故爲桐鄉吏，其民愛我，死必葬桐鄉。」其子葬之桐鄉西郭外，民爲起冢立祠，歲時祭祀。（劉按，事詳漢書卷八十九循吏傳。）

【校勘記】

〔一〕詞序：吴訥鈔本、二妙集本、毛本題作「憶舊」。

〔二〕「忘」，吴訥鈔本、二妙集本、毛本作「避」。

其二十七〔一〕

風壓輕雲貼水飛。乍晴池館燕爭泥。沈郎多病不勝衣㈠。沙上不聞鴻雁信㊁〔二〕，竹間時有鷓鴣啼㊂〔三〕。此情惟有落花知。

【傳注】

㊀「沈郎」，沈約也，已注，見臨江仙。（劉按，參見本書卷三臨江仙其十「多病休文都瘦損」詞傳注㊀。）

㊁雁南飛至衡陽而止。今衡陽有回雁峰。（劉按，參見能改齋漫録卷五。）

㊂鄭谷鷓鴣詩：「苦竹叢深春日西。」（劉按，此係鄭谷名篇，見雲臺編卷中，别見全唐詩卷六百七十五。）

【校勘記】

〔一〕全宋詞修訂本據曾慥本東坡詞卷下收此詞，其編者案：「類編草堂詩餘卷一此首誤作李璟詞。」然龍箋云：「世共傳爲南唐中主詞，或爲傅氏誤收，録以備考。」曹本校注云：「考上片末句，斷非東坡口吻。今移列誤入詞。」按毛本不收此詞，謂是李後主作。又，二妙集本、茅維蘇集本調名下題作「春情」。

〔二〕「不」，二妙集本作「未」。

〔三〕「有」，二妙集本、茅維蘇集本作「聞」。

注坡詞卷第十一

浣溪沙　十四首

其一㊀〔一〕

羅襪空飛洛浦塵㊁。錦袍不見謫仙人㊂〔二〕。攜壺藉草亦天真㊃。　玉粉輕黄千歲蕊㊄〔三〕，雪花浮動萬家春。醉歸江路野梅新〔四〕。

【傅注】

㊀ 公舊序云：「紹聖元年十月十三日，與程鄉令侯晉叔、歸善簿譚汲游大雲寺〔五〕，野飲松下，設松黄湯，作此闋。余家近釀酒，名之曰『萬家春』，蓋嶺南萬户

酒也〔六〕。」

㈡曹子建洛神賦：「凌波微步，羅襪生塵。」（劉按，文選卷十九載此賦，李善注本「凌」作「陵」。）

㈢李白初至長安，賀知章見其文，嘆曰：「子謫仙人也！」後供奉翰林。懇求還山。帝賜金放還。白浮游四方，嘗乘舟與崔宗之自采石至金陵，著宮錦袍，坐舟中，旁若無人。（劉按，詳見新唐書卷二百二李白傳。又，「乘舟」原作「乘月」，據新唐書改。）

㈣杜子美：「細草稱偏坐，香醪懶再沽。」（劉按，句出陪李金吾花下飲，見九家集注杜詩卷十八。杜詩詳注卷三「稱偏」作「偏稱」，仇兆鰲注謂「一作『稱偏坐』，非。」）

㈤廣志曰：「千歲老松子，色黃白，味似栗，可食。久服輕身。」（劉按，初學記卷二十八果木部「松」條引「廣志曰：『千歲老松子，色黃白，味似栗，可食。』本草曰：『松脂出隴西，如膠者善。松脂一名松肪，味苦溫。久服輕身延年。』」疑傳注誤將本草謂松脂「久服輕身延年」語闌入廣志。）

【校勘記】

〔一〕元本調名下有詞引，似據傅注㈠改編，蓋删「公舊序云」四字，「十三日」作「二十三日」，「游」上有「同」字，「設」上有「仍」字。

〔二〕「人」，毛本作「神」。

〔三〕「蕊」，吴訥鈔本、二妙集本、毛本作「藥」。

〔四〕「雪花」至「梅新」三句十四字，傅注本原佚，今據元本補。

〔五〕「譚汲」，原作「潭汲」，茅維蘇集本作「渾汲」，據元本改。又「歸善」，二妙集本作「歸安」，疑誤。

〔六〕「余家」至「酒也」，吴訥鈔本、茅維蘇集本無此三句凡十八字。毛本脱「家」及「之曰」等字。

其二〔一〕

白雪清詞出坐間。愛君才器兩俱全。異鄉風景却依然〔二〕。　可恨相逢能幾日，不知重會是何年？茱萸子細更重看〔三〕。

【校勘記】

〔一〕自此篇至浣溪沙其九上半闋，傅注本存目闕文。今據元本補録正文及詞題，并據吴訥鈔本等略作校訂。傅注闕如待考補。又此首調名下，吴訥鈔本題作「重九舊韻」，二妙集本、茅維蘇集本題作「重九」。

〔二〕「却」，二妙集本作「各」。

〔三〕「子」，二妙集本、毛本作「仔」。（劉按，「仔細」是後起義。）

其三

元豐七年十二月二十四日，從泗州劉倩叔游南山。

細雨斜風作小寒〔一〕。淡煙疏柳媚晴灘。入淮清洛漸漫漫。雪沫乳花浮午盞〔二〕，蓼茸蒿笋試春盤〔三〕。人間有味是清歡。

【校勘記】

〔一〕「小」，吴訥鈔本、二妙集本、茅維蘇集本、毛本作「曉」。

〔二〕「沫」，吴訥鈔本、茅維蘇集本作「味」。

〔三〕「茸」，二妙集本、毛本作「芽」。

其四　送梅庭老赴上黨學官〔一〕

門外東風雪灑裾。山頭回首望三吳。不應彈鋏爲無魚。　上黨從來天下脊，先生元是古之儒。時平不用魯連書。

【校勘記】

〔一〕「上黨」，吳訥鈔本誤作「路州」；二妙集本、茅維蘇集本、毛本作「潞州」，不合詞律。

其五〔一〕

慚愧今年二麥豐。千歧細浪舞晴空〔二〕。化工餘力染夭紅〔三〕。　歸去山翁因倒載〔四〕，闌街拍手笑兒童。甚時名作錦薰籠〔五〕。

【校勘記】

〔一〕詞題：元本無題。吳訥鈔本、二妙集本、茅維蘇集本、毛本調名下題作「徐州藏春閣園中」。

〔二〕「歧細」，二妙集本、東坡外集、毛本作「畦翠」。
〔三〕「夭」，茅維蘇集本作「天」，義遜。
〔四〕「山翁因」，吴訥鈔本、二妙集本作「山公應」。毛本作「三公應」，疑誤。
〔五〕「名」，東坡外集作「頭」，原校：「一作『名』。」又「錦」，東坡外集作「綉」。

其六〔一〕

芍藥櫻桃兩鬥新。名園高會送芳辰。洛陽初夏廣陵春。　紅玉半開菩薩面，丹砂濃點柳枝脣〔二〕。尊前還有個中人。

【校勘記】
〔一〕詞題：元本無題。吴訥鈔本調名下題作「同上」。二妙集本、茅維蘇集本、毛本題作「揚州賞芍藥、櫻桃」。
〔二〕「濃」，茅維蘇集本、毛本作「穠」。

其七　席上贈楚守田待問小鬟〔一〕

學畫鴉兒正妙年。陽城下蔡困嫣然。憑君莫唱短因緣。　霧帳吹笙香嫋嫋，霜庭按舞月娟娟。曲終紅袖落雙纏。

【校勘記】

〔一〕詞題：吳訥鈔本、二妙集本、毛本無「席上」二字，「問」作「制」。茅維蘇集本「贈」作「賜」。（劉按，東坡外制集卷上有「知楚州田待問可淮南轉運判官」制文，可證當作「田待問」。）

其八〔一〕

一夢江湖費五年。歸來風物故依然。相逢一醉是前緣〔二〕。　遷客不應常眊矂，使君爲出小嬋娟。翠鬟聊著小詩纏。

【校勘記】

〔一〕詞題：元本無題。吳訥鈔本、二妙集本、茅維蘇集本、毛本有詞題曰「和前韻」。

〔二〕「逢」，茅維蘇集本、毛本作「從」。

其九　端午

輕汗微微透碧紈。明朝端午浴芳蘭〔一〕。流香漲膩滿晴川〔二〕。　彩綫輕纏紅玉臂〔三〕，小符斜掛緑雲鬟〔四〕。佳人相見一千年。

【傅注】

〔一〕大戴禮記：「五月五日，蓄蘭爲沐浴。」楚詞九歌雲中君云：「浴蘭湯兮沐芳。」（劉按，此條傅注原有殘闕，今據龍箋補添「大戴禮記五月」六字及「九歌雲中君云」六字。參見大戴禮夏小正、楚辭章句卷二。）

〔二〕杜牧阿房宫賦云：「明星熒熒，開妝鏡也。緑雲擾擾，梳曉鬟也。渭流漲膩，棄脂水也。煙斜霧横，焚椒蘭也。」（劉按，見樊川文集卷一、唐文粹卷一，别見全唐文卷七百四十八。）又詩話：「吴故宫有香水溪，俗云西施浴處，人呼爲脂粉塘。吴王宫人濯妝於此，溪上源至今猶香。古詩云：『安得香水泉，濯郎衣上塵。』」（劉按，事詳梁任昉撰述異記上。又宋范成大撰吴郡志卷八香水溪條。）

〔三〕風俗通曰：「五月五日，以五彩絲繫臂。名之曰長命縷也。」（劉按，語見藝文類聚卷四歲時中轉引，又見梁宗懔撰荆楚歲時記。）

㈣抱朴子曰：「或問辟五兵之道，答以五月五日作赤靈符，著心前。」（劉按，節引自抱朴子内篇卷三雜應第十五。别見荆楚歲時記；又見藝文類聚卷四歲時中轉引。）今世俗或爲之，多篸於髻鬟之上。

【校勘記】

〔一〕「輕汗」至「芳蘭」，此二句正文傅注本原缺，又調名及詞題亦缺，據元本補。

其十〔一〕

徐邈能中酒聖賢㈠。劉伶席地幕青天㈡。潘郎白璧爲誰連㈢？　無可奈何新白髮，不如歸去舊青山。恨無人借買山錢㈣。

【傅注】

㈠魏書：「徐邈爲尚書郎。時禁酒，而邈私飲，沉醉。校事趙達問以曹事〔二〕，邈曰：『中聖人。』達白之太祖，太祖怒甚。渡遼將軍鮮于輔進曰：『平日醉客，謂酒清者爲聖人，濁者爲賢人。邈性修慎，偶醉言耳。』竟坐免。文帝時爲中郎將，所在著稱。帝嘗問邈曰〔三〕：『頗復中聖人否？』邈對曰：『昔子反斃於穀陽，御叔罰於飲酒。臣嗜同二子，不能自懲，時復中之。然宿瘤以醜見傳，而臣以醉見識。』帝大笑，顧左右曰：『名不虛立。』遷撫軍大將軍軍師〔四〕。」（劉按，事詳三國志卷二十七魏書徐邈傳。字句與本傳亦稍有出入：本傳「禁酒」上有「科」字，「沉醉」上有「至於」二字，「坐免」作「坐得免刑」。）

〔二〕劉伶酒德頌云：「幕天席地，縱意所如。」（劉按，見文選卷四十七劉伯倫酒德頌。）

〔三〕晉書：「夏侯湛美容觀，與潘岳友善，每行止，同輿接茵，京師謂之『連璧』。」（劉按，事詳世説新語容止篇，又見晉書卷五十五夏侯湛傳。）

〔四〕支遁字道林，晚年入會稽剡山沃洲小嶺，買山爲嘉遁之鄉。又世説：「支公因人就深公買印山。深公曰：『未聞巢、由買山而隱。』」（劉按，詳見慧皎高僧傳卷四竺道潛傳，又見世説新語排調篇。）

【校勘記】

〔一〕詞題：傅本、元本無題。吴訥鈔本、二妙集本、毛本調名下題作「感舊」。
〔二〕「校事」，傅注原作「校士」，據三國志改。
〔三〕「問邈曰」，傅注原作「問曰邈」，據三國志乙正。
〔四〕「師」，原作「帥」，據三國志改。

其十一〔一〕

傾蓋相看勝白頭㊀〔二〕。故山空復夢松楸。此心安處是菟裘㊁。　賣劍買牛真欲老㊂〔三〕，乞漿得酒更何求？願爲同社宴清秋㊃〔四〕。

【傅注】

㊀鄒陽書云：「語有『白頭如新，傾蓋如故』。何則？知與不知也。」（劉按，見文選卷三十九鄒陽獄中上書自明。「不知」原作「不與」，據文選改。）
㊁左傳：「使營菟裘，吾將老焉。」注：「菟裘，魯邑也。」（劉按，見春秋左傳正義隱公十一年。）

〔三〕漢龔遂爲勃海守，民有帶持刀劍者，使賣劍買牛，賣刀買犢，曰：「何爲帶牛佩犢？」（劉按，事見漢書卷八十九龔遂傳。）「欲老」，則將請老也。（劉按，蘇軾次韻曹九章見贈詩：「賣劍買牛真欲老，得錢沽酒更無疑。」）

〔四〕陰陽書云：「太歲在酉，乞漿得酒。」（劉按，語見李石續博物志卷一，史通卷三引「語曰」。北堂書鈔卷一百五十六引袁子正書首句作「歲在辛酉」；卷一百四十四又引「袁子曰」首句作「申酉」。衆説紛紜，而袁準著述已佚，遂又未曉「陰陽書」何謂也，待考。）韓愈詩：「願爲同社人，雞豚燕春秋。」（劉按，句出南溪始泛三首其二，見五百家注昌黎文集卷七、別見全唐詩卷三百四十二。）

【校勘記】

〔一〕詞題：傅本、元本無題。吴訥鈔本、二妙集本、毛本調名下題作「自適」。

〔二〕「看」，吴訥鈔本、二妙集本、毛本作「逢」。

〔三〕「真」，元本、吴訥鈔本作「吾」。元本原校：「一作『真』。」

〔四〕「同」，吴訥鈔本、毛本作「辭」，茅維蘇集本作「祠」。又「社」，龍本作「舍」。又「清」，吴訥鈔本、茅維蘇集本、毛本作「春」。

其十二〔一〕

炙手無人傍屋頭㈠。蕭蕭晚雨脱梧楸。誰憐季子敝貂裘㈡。　顧我已無當世望㈢〔二〕，似君須向古人求㈣。歲寒松柏肯驚秋㈤。

【傅注】

㈠白樂天詩：「昨日屋頭堪炙手，今朝門外好張羅。」（劉按，句出放言五首其四，見白氏長慶集卷十五。）

㈡史記：「蘇秦説李兑，兑遺之黑貂裘。蘇秦游秦，秦不能用，於是貂裘色敝。」（劉按，史記蘇秦傳無黑貂裘敝等記載。傅注蓋本於戰國策秦策一，而誤標出處。）杜子美詩：「季子貂裘敝。」（劉按，杜詩無此句。今查九家集注杜詩卷十五奉送魏六丈佑少府之交廣詩云：「季子黑貂敝。」同書卷三十六暮秋將歸秦留别湖南幕府親友云：「誰憫弊貂裘。」弊通敝，傅注誤將二者合而爲一矣。又按，宋王禹偁小畜集卷八謫居感事詩：「季子貂裘敝，狂生刺字𩞾。」傅注或引此而誤記作者名。）

㊂晉周顗以雅望獲當世盛名。（劉按，語見世説新語任誕篇之劉孝標注引晉陽秋，又見晉書卷六十九周顗傳。「當世」，二書均作「海内」。）

㊃晉王衍，字夷甫，幼而俊悟。武帝聞其名，問王戎曰：「夷甫當世誰比？」戎曰：「未見其比，當從古人中求耳。」（劉按，事詳晉書卷四十三王衍傳。）

㊄論語曰：「歲寒，然後知松柏之後彫也。」（劉按，見論語子罕篇。）

【校勘記】

〔一〕詞題：傅本、元本無題。吴訥鈔本調名下題作「寓意」。二妙集本、茅維蘇集本、毛本作「寓意和前韻」。

〔二〕「我」，茅維蘇集本作「子」。

其十三〔一〕

畫隼横江喜再游㊀。老魚跳檻識清謳。流年未肯付東流。黄菊籬邊無悵望㊁，白雲鄉裹有温柔㊂。挽回霜鬢莫教休。

【傅注】

㈠「畫隼」蓋畫烏隼之旗也。周官司常：「九旗名物，曰烏隼爲旟。」又曰：「州里建旟。」則今之爲州者建隼旟宜矣。（劉按，周禮春官司常云：「司常掌九旗之物名，各有屬以待國事……烏隼爲旟。……州里建旟。」傅注節引原文有誤。）柳耆卿上杭守詞云：「隼旟前後。」蓋用此事。（劉按，句見彊村叢書本樂章集卷下玉蝴蝶其二。原有詞題作「春游」，傅幹謂「上杭守」，待考。）

㈡晉陶潛嗜酒，九月九日無酒，乃於宅籬邊菊叢中，摘菊盈把而坐其側，久之望見有白衣人至，乃太守王弘送酒，飲醉而歸。（劉按，事見藝文類聚卷四、又見太平御覽卷九百九十六引續晉陽秋。文字有異：「其側久之望」作「側望久之」，今從御覽校改。）

㈢趙飛燕外傳：「飛燕女弟合德，成帝初幸之，謂其姑姊樊嫕，號爲温柔鄉。曰：『吾老是鄉矣，不能效武帝求白雲鄉也。』嫕賀曰：『陛下真得仙者也。』」合德即趙昭儀。（劉按，漢伶玄趙飛燕外傳原書所述與傅注有異：「是夜進合德，帝大悦，以輔屬體，無所不靡，謂爲『温柔鄉』，謂嫕曰：『吾老是鄉矣，不能效武皇帝求白雲鄉矣。』」傅注轉述不準確。）

【校勘記】

〔一〕詞題：傅本、元本無題。吴訥鈔本、二妙集本、毛本調名下題作「即事」。

其十四　端午

團扇只堪題往事㊀〔二〕，人袂輕飄不破塵〔一〕。玉簪犀璧醉佳辰。一番紅粉爲誰新？柳絲那解繫行人㊁〔三〕。酒闌滋味似殘春。

【傅注】

㊀王獻之桃葉團扇歌：「七寶畫團扇，燦爛明月光。爲郎却暄暑，相憶莫相忘。」（劉按，玉臺新咏卷十收此詩，作者應爲王獻之妾桃葉。又題作答王團扇歌，「爲郎」作「與郎」。）

㊁昔人贈别必折柳者，以取絲條留繫之意。魏野柳詩：「映渡臨橋繞客亭，絲絲能繫别離情。」（劉按，宋百家詩存本東觀集中未收此詩。陳元龍詳注周美成片玉集於蘭陵王柳詞「烟裏絲絲弄碧」句注亦援引魏野柳詩：「絲絲能繫别離情。」則此應是魏野佚詩。）羅隱柳詩：「自家飛絮猶無定，争把長條繫得人。」（劉按，全唐詩卷

六百五十七收此詩，「繫」作「絆」。）

【校勘記】

〔一〕「飄」，吴訥鈔本、二妙集本、茅維蘇集本、毛本作「風」。

〔二〕「只」，元本作「不」。

〔三〕「柳」，元本、吴訥鈔本、二妙集本、毛本作「新」。

雨中花(一)〔一〕

今歲花時深院，盡日東風，輕颺茶煙〔二〕。但有緑苔芳草，柳絮榆錢。聞道城西，長廊古寺，甲第名園。有國艷帶酒，天香染袂，爲我留連。清明過了，殘紅無處，對此淚灑尊前。秋向晚、一枝何事？向我依然。高會聊追短景，清商不假餘妍〔三〕。不如留取，十分春態，付與明年。

【傳注】

㊀公初至密州，以累歲旱蝗，齋素累月。方春，牡丹盛開，遂不獲一賞。至九月，忽開千葉一朵。雨中特爲置酒，遂作此詞。（劉按，元本無句首「公」字及末句「此詞」二字，徑以此注爲詞引。毛本句首無「公」字，亦無「累歲」、「遂」、「特」、「遂作此詞」等字，亦改注爲序。）

【校勘記】

〔一〕傅注本存調名及題注，東坡詞正文并傅注全佚。今據元本補録正文，以別本稍加校訂。調名：吴訥鈔本、二妙集本、毛本作雨中花慢。詞題：元本、毛本有詞引，略同傅注㊀。字句異同見上傅注㊀之校證。吴訥鈔本無題。茅維蘇集本題作「牡丹菊」。

〔二〕「輕飏」，吴訥鈔本作「蕩飏」。二妙集本、毛本作「蕩漾」。按，唐人萬首絶句選卷六收杜牧醉後題僧院詩：「今日鬢絲禪榻畔，茶煙輕揚落花風。」應是蘇詞并傅注所本，則元本作「輕揚」義勝。

〔三〕「假」，元本原作「暇」，據吴訥鈔本、二妙集本、毛本校改。

沁園春〔一〕

赴密州，早行，馬上寄子由〔二〕。

孤館燈青，野店雞號，旅枕夢殘。漸月華收練，晨霜耿耿，雲山摛錦，朝露團團〔三〕。世路無窮，勞生有限，似此區區長鮮歡。微吟罷，凭征鞍無語，往事千端。當時共客長安。似二陸初來俱少年㊀。有筆頭千字，胸中萬卷㊁；致君堯舜，此事何難㊂。用捨由時〔四〕，行藏在我㊃，袖手何妨閑處看？身長健，但優游卒歲，且鬥樽前㊄。

【傅注】

㊀……六，與兄齊名，號曰「二陸」。（劉按，此條傅注只殘存如上九字，文義不明。疑傅氏當引晉書卷五十四陸機陸雲傳以釋「二陸」。晉書云：陸機字士衡，吴郡人也。少有異才，文章冠世。雲字士龍，六歲能屬文。少與兄機齊名，雖文章不及機，而持論過之，號曰「二陸」。）

〔二〕晉傅毅下筆不能休。（劉按，傅毅字武仲，見後漢書文苑傳。傅注誤標朝代。曹丕典論論文引班固與弟超書曰：「武仲以能屬文，爲蘭臺令史，下筆不能自休。」傅注當本於此。）杜甫詩：「讀書破萬卷，下筆如有神。」（劉按，句出奉贈韋左丞丈二十二韻，見九家集注杜詩卷一。）

〔三〕孟子曰：「使是君爲堯舜之君。」（劉按，孟子萬章上：「伊尹曰：『吾豈若使是君爲堯舜之君哉！』」傅注摘引原文失當，遂有斷章取義之嫌。）杜詩：「致君堯舜上。」（劉按，句出奉贈韋左丞丈二十二韻。見九家集注杜詩卷一。）

〔四〕論語：「用之則行，舍之則藏，惟我與爾有是夫！」（劉按，見論語述而篇。）

〔五〕家語：「優哉游哉，聊以卒歲。」（劉按，見孔子家語卷五。又按，此係逸詩，最早見於左傳襄公二十一年所引。）杜牧詩：「且鬥樽前見在身。」（劉按，句出牛僧孺席上贈劉夢得，事詳唐詩紀事卷三十九，詩見全唐詩卷四百六十六。傅注誤標作者。）

【校勘記】

〔一〕詞調、詞序及正文「孤館」至「俱少年」十五句凡七十字，傅注本殘闕，今據元本補録。

〔二〕詞題：吴訥鈔本、二妙集本、茅維蘇集本、毛本無題。

〔三〕「團團」，吴訥鈔本、茅維蘇集本、毛本作「溥溥」。

〔四〕「捨」，吴訥鈔本、茅維蘇集本、毛本作「舍」，古字也。

勸金船〔一〕

和元素自撰腔命名，亦作泛金船〔二〕。

無情流水多情客。勸我如曾識〔三〕。杯行到手休辭却㊀。這公道難得〔四〕。曲水池上，小字更書年月。如對茂林修竹〔五〕，永和時節㊁〔六〕。纖纖素手如霜雪。笑把秋花插。樽前莫怪歌聲咽。又還是輕别。此去翱翔，遍賞玉堂金闕〔七〕。欲問再來何歲？應有華髮㊂。

【傅注】

㊀韓愈詩：「杯行到君莫停手。」（劉按，句出贈鄭兵曹，見五百家注昌黎文集卷三，别見全唐詩卷三百三十八。）

㊁見滿江紅注。（劉按，見本書卷二滿江紅其三「東武南城」詞傅注㊃。）

㊂漢武帝作玉堂於太液池西南，去地二十丈。（劉按，史記卷十二孝武本紀云：「泰液池……其南有玉堂。」索隱引漢武故事云：「玉堂基與未央前殿等，去地十二丈。」傅注當本於此，「二十」應乙作「十二」。）「闕」，門旁兩觀也，飾之以黃，故曰「金闕」。

【校勘記】

〔一〕「勸」，元本作「泛」。朱本、龍本、曹本并從元本，下同。

〔二〕詞序：元本作「流杯亭和楊元素」。吳訥鈔本、茅維蘇集本、毛本作「和元素韻自撰腔命名」。按，「亦作泛金船」五字，疑應係傅注，誤入詞序。

〔三〕「曾」，元本作「相」。

〔四〕「這公道難得」，元本作「似軒冕相逼」。

〔五〕「如」，元本、吳訥鈔本作「還」。

〔六〕「永和時節」，元本「永」上有「似」字；吳訥鈔本、茅維蘇集本、毛本作「似永和節」。按此調八十八字，前後片各八句六仄韻，此句亦當四字，元本不合詞律。參見欽定詞譜卷二十一。

〔七〕「遍賞」，元本作「遍上」。

一叢花〔一〕　初春病起

今年春淺臘侵年〔二〕。冰雪破春妍。東風有信無人見，露微意、柳際花邊。寒夜縱長，孤衾易暖，鐘鼓漸清圓。　朝來初日半含山〔三〕。樓閣淡疏煙。游人便作尋芳計，小桃杏、應已争先。衰病少情〔四〕，疏慵自放，惟愛日高眠。

【校勘記】

〔一〕全宋詞修訂本編者案：「此首草堂詩餘新集卷三誤作明人商輅詞。」中華書局版全明詞二六六頁商輅名下據明詞綜卷二誤收此詞。

〔二〕「臘」，元本作「臈」。按集韻：「臘，或作臈。」則二字本通。

〔三〕「含」，元本作「啣」。

〔四〕「情」，元本作「悰」。

木蘭花令　三首

其一〔一〕

霜餘已失長淮闊。空聽潺潺清潁咽㈠〔二〕。佳人猶唱醉翁詞，四十三年如電抹。

草頭秋露流珠滑。三五盈盈還二八㈡。與予同是識翁人，惟有西湖波底月㈢。

【傅注】

㈠潁州有潁河、汝水〔三〕。（劉按，參見宋王存等撰元豐九域志卷一「順昌府潁州汝陰郡」條。）

㈡古詩：「三五二八時，千里與君同。」（劉按，句見文選卷三十鮑照翫月城西門廨中詩。傅幹誤作古詩。又按，此條注原在詞末，據龍本移此。）

㈢本事曲集云：「汝陰西湖勝絶名天下，蓋自歐陽永叔始。往歲子瞻自禁林出守，賞咏尤多。而去歐陽公時已久，故其繼和木蘭花，有『四十三年如電抹』之句。二詞俱奇峭雅麗，如出一人。此所以中間歌咏寂寥無聞也。文忠公自號醉翁。」（劉按，歐陽修木蘭花令原唱如下：「西湖南北煙波闊。風裏絲簧聲韻咽。舞餘裙帶綠雙垂，酒入香腮紅一抹。　杯深不覺琉璃滑。貪看六么花十八。明朝車馬各西東，惆悵畫橋風與月。」參見中華書局版詞話叢編補編第八頁。）

【校勘記】

〔一〕詞題：傅本、元本、吴訥鈔本無題。茅維蘇集本、毛本調名下有詞題曰「次歐公西湖韻」。按，歐陽修木蘭花「西湖南北煙波濶」詞，見樂府雅詞卷上；調名一作玉樓春，見近體樂府卷二。

〔二〕「潁」，毛本作「瀨」。

〔三〕「潁州」，沈鈔本誤作「潁洲」，今從珍重閣本。

其二　次馬中玉韻〔一〕

知君仙骨無寒暑。千載相逢猶旦暮㈠。故將別語惱佳人，要看梨花枝上雨㊁〔二〕。　落花已逐回風去〔三〕。花本無心鶯自訴。明朝歸路下塘西，不見鶯啼花落處。

【傳注】

㊀得仙道者，深冬不寒，盛夏不熱。

㊁白樂天長恨歌云：「玉容寂寞淚闌干，梨花一枝春帶雨。」（劉按，見白氏長慶集卷十二。）

【校勘記】

〔一〕「馬中玉」：元本作「馬仲玉」，詩集作「馬忠玉」（見宋刊東坡後集卷一次前韻答馬忠玉詩），名「瑊」（見咸淳臨安志、山谷年譜）。其原唱載玉照新志卷二，全宋詞修訂本三五六頁收原唱，誤其名爲馬成。

〔二〕「要」，元本作「欲」。又「雨」，元本作「語」，義遜。

〔三〕「回風」，元本作「風回」。

其三

宿造口，聞夜雨，寄子由、才叔。

梧桐葉上三更雨㈠。驚破夢魂無覓處。夜凉枕簟已知秋，更聽寒蛩促機杼㈡。　夢中歷歷來時路。猶在江亭醉歌舞。樽前必有問君人，爲道别來心與緒。

【傅注】

㈠唐温庭筠詞：「梧桐樹，三更雨。不道離情正苦。」（劉按，句出更漏子詞，見花間集卷一。）

㈡「寒蛩」，一名促織。諺云：「促織鳴，懶婦驚。」（劉按，參見宋費衮撰梁溪漫志卷七「方言入詩」條，作者謂之吴語方言。）

鷓鴣天　三首

其一㊀〔一〕

林斷山明竹隱牆。亂蟬衰草小池塘。翻空白鳥時時見，照水紅蕖細細香。　村舍外，古城傍。杖藜徐步轉斜陽㊁。殷勤昨夜三更雨，又得浮生一日凉。

【傅注】

㊀東坡謫黄州時作〔二〕。此詞真本藏林子敬家。（劉按，林敏公，字子仁，蘄陽人。東坡集五注本作者之一。林子敬或爲其族人，參百家注分類東坡先生詩。）

㊁杜子美：「杖藜徐步立芳洲。」（劉按，句出絶句漫興九首其五，見九家集注杜詩卷二十二。）

【校勘記】

〔一〕詞題：元本無題。毛本調名下有詞題曰「時謫黄州」，似據傅注㈠改編。

〔二〕「調」，吴訥鈔本、茅維蘇集本作「謫」，義勝。

其二㈠〔一〕

笑撚紅梅嚲翠翹〔二〕，揚州十里最妖嬈㈡〔三〕。夜來綺席親曾見，撮得精神滴滴嬌。　嬌後眼，舞時腰。劉郎幾度欲魂銷。明朝酒醒知何處？腸斷雲間紫玉簫㈢。

【傅注】

㈠公自序云：「陳公密出侍兒素姐〔四〕，歌紫玉簫曲，勸老人酒。老人飲盡，爲賦此詞〔五〕。」

㈡杜牧詩：「春風十里揚州路，捲上珠簾總不如。」（劉按，句出贈別二首其一，見唐韋縠撰才調集卷四，「路」原作「郭」；又見宋洪邁編萬首唐人絶句卷二十五，「路」作「過」。别見全唐詩卷五百二十三。）

㈢舊注：「東坡書此詞，至『嬌』字下誤筆再點，因續作下語。」

【校勘記】

〔一〕詞題：元本、吴訥鈔本、二妙集本、毛本有詞題，文同傅注㈠而删去「公自序云」四字。

〔二〕「梅」，茅維蘇集本、毛本作「牙」。

〔三〕「嬈」，元本、吴訥鈔本作「饒」。

〔四〕「素姐」，吴訥鈔本、茅維蘇集本、毛本作「素娘」。

〔五〕吴訥鈔本、茅維蘇集本、毛本「爲」上有「因」字。

其三㈠〔一〕

西塞山邊白鷺飛〔二〕。桃花流水鱖魚肥。朝廷尚覓元真子〔三〕，何處於今更有詩㈡〔四〕。　青箬笠，緑蓑衣。斜風細雨不須歸。人間欲避風波險〔五〕，一日風波十二時。

【傅注】

㈠公自序云：「元真子漁父詞極清麗，恨其曲度不傳，故嘗加其語，以浣溪沙歌之矣。元真子詞云：『西塞山邊白鷺飛。桃花沉水鱖魚肥。青蒻笠，綠蓑衣。斜風細雨不須歸。』表弟李如箎言：『漁父詞以鷓鴣天歌之，甚協音律，但語少聲多耳。』因以憲宗畫像訪求元真子文章，及其兄鶴齡勸歸之意，足前後數句。」

㈡唐張志和，肅、代間，居江湖，自號元真子。每垂釣，不設餌，志不在魚也。嘗撰漁歌。肅宗圖其真，求其歌，不致。李德裕稱志和「隱而有名，顯而無事，不窮不達，嚴光之比」也。（劉按，詳見新唐書卷一百九十六隱逸傳，此係節引。又按，「元真子」當作「玄真子」，見本傳。傅注避諱改「玄」爲「元」，此處保留原貌。）

【校勘記】

〔一〕此詞傅本、元本、吴訥鈔本、二妙集本、茅維蘇集本均收，毛本、朱本、龍本未收。全宋詞修訂本蘇軾名下未收此詞，惟在前首（「笑撚紅梅」）後加注云：「案，此下原有鷓鴣天『西塞山邊白鷺飛』一首，亦見山谷琴趣外篇卷三。據樂府雅詞卷中徐俯詞跋，此首實黄庭堅作，今不録。」同書黄庭堅名下收此詞，詞序及正文與傅注本頗有異同，詳後校記。按徐俯乃黃庭堅之甥，其鷓鴣天詞跋語，見全宋詞七四四頁轉載，文長不録。此篇確屬山谷詞，傅注誤收。　詞序：元本以傅注㊀爲詞序，而無「公自序云」四字。吴訥鈔本、二妙集本、茅維蘇集本詞序較元本簡略，以其無關宏旨，不出校。茲録山谷琴趣外篇詞序以備參考：「表弟李如篪云：『玄真子漁父語，以鷓鴣天歌之，極入律，但少數句耳。』因以玄真子遺事足之。憲宗時，畫玄真子像，訪之江湖，不可得。因令集其歌詩上之。玄真之兄松齡，懼玄真放浪而不返也，和答其漁父云：『樂在風波釣是閑。草堂松桂已勝攀。太湖水，洞庭山。狂風浪起且須還。』此余續成之意也。」

〔二〕「邊」，二妙集本、茅維蘇集本作「前」。

〔三〕「元」，二妙集本作「玄」，原校：「一作『元』。」按作「玄」是，作「元」者，乃避宋帝遠祖玄朗諱而改，注文同此例。然亦有「玄」字缺末筆而不改字者，如山谷琴趣外篇。傅注本以改字爲通例。

〔四〕「於」，山谷琴趣外篇作「如」。又「更」，二妙集本、茅維蘇集本作「尚」。

〔五〕「人間欲避風波險」，山谷琴趣外篇此句作「人間底是無波處」。

少年游 二首

其一　端午贈黄守徐君猷

銀塘朱檻麴塵波。圓緑卷新荷㈠。蘭條薦浴㈡，菖花釀酒㈢，天氣尚清和㈣。　好將沉醉酬佳節㈤，十分酒，一分歌〔二〕。獄草煙深，訟庭人悄，無恡宴游過〔三〕。

【傅注】

㈠白樂天詩：「晴沙金屑色，春水麴塵波。紅簇交枝杏，青含卷葉荷。」（劉按，句出春江閑步贈張山人，見白氏長慶集卷十七。）

㈡大戴禮：「五月五，蓄蘭沐浴。」（劉按，見漢戴德撰大戴禮記卷二夏小正五月條。）

㈢近世五月五日，必以菖蒲漬酒而飲，謂之飲浴。（劉按，事詳荆楚歲時記。）

㈣選詩：「首夏猶清和。」（劉按，見文選卷二十二謝靈運游赤石進帆海詩。）

㈤杜牧之：「但將酩酊酬佳節。」（劉按，句出九日齊山登高，見全唐詩卷五百二十二。）

【校勘記】

〔一〕「二」，吴訥鈔本、二妙集本、茅維蘇集本、毛本作「十」。

〔二〕「悋」，吴訥鈔本作「吝」。按二字通用。

其二

潤州作，代人寄遠〔一〕。

去年相送，餘杭門外，飛雪似楊花。今年春盡，楊花似雪，猶不見還家。對酒捲簾邀明月㈠，風露透窗紗。恰似姮娥憐雙燕〔二〕，分明照、畫梁斜㈡。

【傅注】

㊀白樂天詩：「舉杯邀明月。」（劉按，句出李白月下獨酌詩，傅注誤標作者名。）

㊁宋玉神女賦：「月初出，照屋梁。」（劉按，文選卷十九宋玉神女賦序原句作：「其始來也，耀乎若白日初出照屋梁。」傅注截取句中數字，又誤「日」爲「月」。）

【校勘記】

〔一〕詞序：吳訥鈔本、二妙集本、毛本無「代人寄遠」四字。

〔二〕「姮」，吳訥鈔本、茅維蘇集本作「嫦」。

注坡詞卷第十二

望江南 二首

其一〔一〕

春已老，春服幾時成㊀。曲水浪低蕉葉穩㊁，舞雩風軟紵羅輕㊂〔二〕。酣歌樂昇平㊃〔三〕。微雨過，何處不催耕㊄。百舌無言桃李盡㊅，柘林深處鵓鴣鳴㊆〔四〕。春色屬蕪菁㊇。

【傅注】

㊀論語：「暮春者，春服既成。」（劉按，見論語先進篇。）

㈡晉武帝問三日曲水之義。束皙曰：「昔周公卜城洛邑，因流水以泛酒，故逸詩云『羽觴隨波』。又秦昭王三月上巳置酒河曲，有金人自東而出，奉水心劍曰：『令君制有西夏〔五〕。』及秦霸諸侯，乃因其處，立爲曲水。兩漢相沿，皆爲盛集。」故世人於三月三日，莫不祓禊於水渚，爲流杯曲水之飲。（劉按，事詳梁宗懍撰隋杜公瞻注荆楚歲時記所引梁吴均續齊諧記，又見晉書卷五十一束皙傳，二者文字稍有異同。傅注係轉述其事，文句與二書頗有出入。逸詩「波」下或衍「流」字者不可取。）「蕉葉」，乃杯名耳。（劉按，參見古今事文類聚續集卷十三。又蘇軾文集卷六十八題子明詩後：「侄安節自蜀來，云子明飲酒不過三蕉葉。吾少年望見酒盞而醉，今亦能三蕉葉矣。」）

㈢論語：「風乎舞雩，咏而歸。」（劉按，見論語先進篇。）「紵」，枲屬，可爲縷布。「紵羅」則紵之纖縞者。吴有白紵歌。（劉按，見南齊書卷十一、樂府詩集卷五十五。）

㈣宋之問詩：「野老不知堯舜力，酣歌一曲太平人。」（劉按，句出寒食還陸渾別業，見唐文粹卷十六下，别見全唐詩卷五十一。）

㈤周禮鄼長、里宰：「趣其耕耨。」（劉按，周禮地官「趣」原作「趨」，二字古多通用。）杜甫詩：「田家望望惜雨乾，布穀處處催春種。」（劉按，句出洗兵行，見九家集注杜詩卷四。）

㈥杜甫百舌詩：「過時如發口，君側有讒人。」（劉按，見九家集注杜詩卷二十五。）无則百舌詩：「千愁萬恨過花時。」（劉按，句見百舌鳥二首之一，見萬首唐人絶句卷七十二，又見全唐詩卷八百二十五。）

㈦「鵓鴣」，鳩也。杜子美：「鳴鳩乳燕青春深。」（劉按，句出題省中院壁，見九家集注杜詩卷十九。）

㈧「蕪菁」，本草以爲蔓菁也。方春易盛，梗短葉大，連生地上。故諸葛亮所止，必令人種此，以其纔出可食，其利亦博。今三蜀人呼蔓菁爲「諸葛菜」。（劉按，參見唐韋絢劉賓客嘉話録。）韓退之詩云：「黄黄蕪菁花，桃李事已退。」（劉按，句出感春三首之二，見五百家注昌黎文集卷七，别見全唐詩卷三百四十二。）

【校勘記】

〔一〕詞題：傅本、元本無題。吴訥鈔本、二妙集本、毛本調名下題作「暮春」。

〔二〕「紵」，毛本作「苧」。

〔三〕「歌」，元本、吴訥鈔本、二妙集本、毛本作「咏」。按詞譜，仄聲「咏」近是。

〔四〕「林」，吴訥鈔本、二妙集本、毛本作「枝」。

〔五〕「令」，沈鈔本作「今」。從清鈔本、珍重閣本。

其二　超然臺作〔一〕

春未老，風細柳斜斜。試上超然臺上看㊀，半壕春水一城花㊁。煙雨暗千家。

寒食後，酒醒却咨嗟。休對故人思故國㊂，且將新火試新茶㊃。詩酒趁年華。

【傅注】

㊀超然臺在高密。（劉按，參見蘇軾超然臺記。）

㊁「壕」，城下也。（劉按，宋司馬光撰類篇卷三十九：「壕，乎刀切，城下池。」傅注「也」應是「池」之訛。）

㊂杜子美：「思國延歸望。」（劉按，句出題衡山縣文宣王廟新學堂呈陸宰，九家集注杜詩卷十六「思」作「故」，是。）

㈣周官以「季春出火」，（劉按，語見周禮夏官司爟。）則寒食後乃其時爾，故曰「新火」。（劉按，宋祝穆撰古今事文類聚前集卷八天時部「三月賜新火」條：「唐及宋朝清明日賜新火，亦周人出火之事。」）

【校勘記】

〔一〕詞題：毛本無題。吳訥鈔本、茅維蘇集本題作「暮春」。

卜算子　二首

其一

自京口還錢塘，道中寄述古太守〔一〕。

蜀客到江南，長憶吳山好。吳蜀風流自古同，歸去應須早〔二〕。還與去年人，共藉西湖草㈠。莫惜樽前子細看，應是容顏老。

【傳注】

㈠孫綽游天台山賦：「藉萋萋之纖草。」（劉按，賦載文選卷十一。李善注：「以草薦地而坐曰藉。」）

【校勘記】

〔一〕詞序：元本無題。吴訥鈔本、二妙集本、茅維蘇集本、毛本題作「感舊」。

〔二〕「應須」，珍重閣本作「須應」。

其二　黄州定惠院寓居作〔一〕

缺月掛疏桐，漏斷人初静。誰見幽人獨往來〔二〕，縹緲孤鴻影㈠。驚起却回頭，有恨無人省。揀盡寒枝不肯棲，寂寞沙洲冷㈡〔三〕。

黄魯直跋云：「東坡道人在黄州時作。語意高妙，似非喫煙火食人語。非胸中有萬卷書、筆下無一點俗氣，孰能至此！黄庭堅題。」

【傳注】

㈠「誰見」，一作「時見」，一作「唯有」。（劉按，見校勘記〔二〕；今未見何本蘇詞作「唯有」，待考。）

㈡一作「楓落吴江冷」。唐崔信明美文章，鄭世翼者亦自負。二人相遇江中，鄭謂崔曰：「聞公有『楓落吴江冷』，願見其餘。」崔出之，鄭覽未終，曰：「所見不逮所聞。」投諸水，引舟而去。（劉按，事詳唐才子傳卷一。又見新唐書卷二百一文藝上崔信明傳，文字稍異。）

【校勘記】

〔一〕詞題：吴訥鈔本、二妙集本、茅維蘇集本、東坡外集均無詞題，調名下徑引黄魯直跋，文字與傅注詞末附録者稍異：「俗」上有「塵」字，末删「黄庭堅題」四字。又二妙集本、茅維蘇集本於黄跋後接引耆舊續聞云：「趙右史親見東坡此詞墨迹，末句是『寂寞沙汀冷』。」又毛本調名下注云：「惠州有温都監女，頗有色，年十六，不肯嫁人。聞坡至，甚喜，每夜聞坡諷咏，則徘徊窗下。坡覺而推窗，則其女逾墻而去。坡從而物色之，曰：『吾當呼王郎，與之子爲姻。』未幾而坡過海。女遂卒，葬於沙灘側。坡回惠，爲賦此詞。」（劉按，毛本此注本於宋王楙撰野客叢書卷二十四。朱祖謀曾在彊村叢書本東坡樂府凡例中指出：「毛本標題，依託謬妄，并違詞中本旨。」其説甚是。毛本妄擬本事，不可取。）

〔二〕「誰見」，吴訥鈔本、二妙集本、茅維蘇集本作「時見」。

〔三〕「寂寞沙洲冷」，元本、吴訥鈔本、二妙集本、茅維蘇集本均作「楓落吴江冷」，東坡外集作「寂寞沙汀冷」。毛本原校：「一作『楓落吴江冷』。」（劉按，宋陳鵠撰耆舊續聞卷二：「趙右史家有顧禧景蕃補注東坡長短句真蹟云：……余頃於鄭公實處，見東坡親蹟書卜算子斷句云『寂寞沙汀冷』，今本作『楓落吴江冷』，詞意全不相屬也。」録以備考。）

瑞鷓鴣〔一〕

碧山影裏小紅旗。儂是江南踏浪兒㊀〔二〕。拍手欲嘲山簡醉㊁，齊聲争唱浪婆詞㊂。　西興渡口帆初落，漁浦山頭日未欹㊃。儂欲送潮歌底曲？樽前還唱使君詩㊄。

【傳注】

㈠孟郊送淡公詩：「儂是清浪兒，每踏清浪游。笑伊鄉貢郎，踏土稱風流。」（劉按，詩見孟東野詩集卷八送淡公十二首其五，別見全唐詩卷三百七十九。）

㈡晉山簡鎮襄陽，惟酒是耽。諸習氏，荊土豪族，有佳園池。簡每出嬉游，多之池上，置酒輒醉，名之曰高陽池。時有兒童歌曰：「山公出何許？往至高陽池。日夕倒載歸，酩酊無所知。時時能騎馬，倒著白接羅。舉鞭問葛彊：何如并州兒？」彊家在并州，簡之愛將也。（劉按，引自晉書卷四十三山簡傳。世説新語任誕篇引述此事，文句有異。「接羅」又作「接籬」、「接䍦」等，通指頭巾。）

㈢孟郊詩：「銅斗飲江酒，拍手銅斗歌。儂是拍浪兒，飲則拜浪婆。脚踏小船頭，獨速舞轉莎。」（劉按，句見送淡公十二首其三，孟東野詩集卷八及全唐詩卷三百七十九「拍手」作「手拍」，義勝；「轉莎」作「短蓑」。）

㈣「西興」、「漁浦」皆吴地。

㈤唐陸龜蒙有迎潮、送潮詩。（劉按，甫里集卷十六，笠澤藂書卷三均載陸龜蒙作迎潮送潮辭并序。別見全唐詩卷六百二十一。）

【校勘記】

〔一〕詞題：傅本、元本無題。吴訥鈔本、二妙集本、毛本調名下題作「觀潮」。

〔二〕「踏浪兒」，原作「踏雪浪兒」。曬藍本「雪」字旁加「、」號，蓋疑其爲衍文也。依詞譜此句不應有八字，今據元本删「雪」字。

十拍子〔一〕

白酒新開九醖㊀，黄花已過重陽。身外儻來都是夢㊁〔二〕，醉裏無何即是鄉㊂。東坡日月長㊃。　玉粉旋烹茶乳㊄〔三〕，金虀新擣橙香㊅。强染霜髭扶翠袖㊆，莫道狂夫不解狂。狂夫老更狂㊇。

【傅注】

㊀酒經云：「空桑穢飯，醖以稷麥，以成醇醪，酒之始也。烏梅女𪍿，緑醹九投，澄清百品，酒之終也。」今之醇酎，一名「九醖」。「𪍿」，胡板切；「醹」音乳。（劉按，見唐徐堅撰初學記卷二十六引酒經，「緑」作「甛」。太平御覽卷八百四十三引酒經，「緑」作「甜」；宋朱翼中撰北山酒經卷上，「緑」作「甜」，「投」作「酘」。并

引「說文：『酘』者，再釀也。張華有『九醖酒』。」）

㊂莊子曰：「物之儻來，寄也。」（劉按，見莊子繕性第十六。）

㊃莊子曰：「游乎無何有之鄉。」（劉按，見莊子逍遥游第一：「今子有大樹，患其無用，何不樹之於無何有之鄉？」又莊子應帝王第七：「乘夫莽眇之鳥，以出六極之外，而游無何有之鄉。」傅注摘引有誤。）

㊃白樂天詩：「無事日月長。」（劉按，句出偶作二首之一，見白氏長慶集卷二十二。）

㊄試茶詩有「黄金碾畔玉塵飛，碧玉甌心素濤起」。（劉按，句出范仲淹和章岷從事鬥茶歌。「玉」原作「緑」；「碧」原作「紫」；「素」原作「雪」。見范文正集卷二。傅注及諸家詩話引此詩句頗多異文，不可取。）

㊅金橙擣虀，以饌魚鱠用之。（劉按，東坡集卷七金橙徑詩，類注本趙次公曰：「鱸魚所以爲鱠，金橙所以爲虀，松江之鱸，江南所稱也。此爲金虀玉鱠。」）

㊆南史：「詩云：張陸染白髭，將以媚側室。青青不解久，星星還復出。」（劉按，南史卷十九謝靈運傳云：臨川王義慶召集文士，何長瑜爲平西記室參軍，「嘗於江陵寄書與宗人何勗，以韻語序義慶州府僚佐云：『陸展染白髮，欲以媚側室。青青不

解久，星星行復出。』〕

⑧杜子美詩：「欲填溝壑惟疏放，自笑狂夫老更狂。」〔劉按，句出狂夫，見九家集注杜詩卷二十一。〕

【校勘記】

〔一〕詞題：傅本、元本無題。吴訥鈔本、二妙集本、毛本調名下有詞題曰「暮秋」。

〔二〕「是」，吴訥鈔本、二妙集本、毛本作「似」。

〔三〕「粉」，元本作「塵」。

清平樂　送述古赴南都〔一〕

清淮濁汴。更在西南岸〔二〕。紅旆到時黄葉亂。霜入梁王故苑㈠。秋原何處携壺？停驂訪古踟躕。雙廟遺風尚在㈡，漆園傲吏應無㈢。

【傳注】

㊀梁孝王都陳留，大治宮室，爲東苑，方三百里，及景亳之間〔三〕，中爲雁池、兔園、鶴洲、凫渚焉。（劉按，事詳史記卷五十八梁孝王世家、晉葛洪西京雜記卷二。傳注乃撮述其大意，未引原句。）

㊁唐張巡、許遠，天寶之亂，二人守睢陽。力困，城破，死於賊。列於忠義傳。今睢陽有二祠，世謂之雙廟。（劉按，新唐書卷一百九十二忠義傳云：「大中時，圖巡、遠、霽雲像於凌煙閣，睢陽至今祠享，號雙廟云。」傳注本此。）

㊂莊周嘗爲蒙漆園吏，與梁惠王同時。楚威王聞其賢，使以幣迎之，許之爲相。周笑謂使者曰：「亟去，無污我。」故謂之「傲吏」。（劉按，事詳史記卷六十三老莊申韓列傳。）郭景純詩曰：「漆園有傲吏。」（劉按，句見文選卷二十一郭璞游仙詩七首之一。）

【校勘記】

〔一〕詞題：元本無題。吴訥鈔本、二妙集本、毛本題作「秋詞」。

〔二〕「西南」，元本、吴訥鈔本、二妙集本、毛本作「江西」。

〔三〕「亳」，沈鈔本、清鈔本、曬藍本作「亳」，今據珍重閣本改。按史記引作睢陽，即景亳，在今河南商丘北。

昭君怨　金山送柳子玉〔一〕

誰作桓伊三弄㊀。驚破綠窗幽夢。新月與愁煙。滿江天。　欲去又還不去〔二〕。明日落花飛絮。飛絮送行舟。水東流。

【傅注】

㊀見水龍吟注。（劉按，見本書卷一水龍吟其二「楚山修竹如雲」詞傅注㊅。）

【校勘記】

〔一〕詞題：吳訥鈔本、二妙集本、毛本題作「送別」。

〔二〕「欲去又」，元本作「人欲去」，原校：「一作『欲去又』。」

采桑子　潤州多景樓與孫巨源相遇〔一〕

多情多感仍多病，多景樓中。樽酒相逢㈠。樂事回頭一笑空。　停杯且聽琵琶語，細撚輕攏㈡。醉臉春融。斜照江天一抹紅㈢。

【傅注】

㈠韓退之詩：「樽酒相逢十載前，君爲壯夫我少年。」（劉按，句出贈鄭兵曹，見五百家注昌黎文集卷三，別見全唐詩卷三百三十八。）

㈡白樂天琵琶行：「輕攏漫撚抹復挑。」又云：「今夜聞君琵琶語。」（劉按，白氏長慶集卷十二題作琵琶引，「漫」作「慢」。）

㈢本事集云：「潤州甘露寺多景樓，天下之殊景。甲寅仲冬，蘇子瞻、孫巨源、王正仲參會於此。有胡琴者，姿色尤好。三公皆一時英秀，景之秀，妓之妙，真爲希遇。飲闌，巨源請於子瞻曰：『殘霞晚照〔二〕，非奇才不盡。』子瞻作此詞。」（劉按，宋刊王狀元集百家注分類東坡先生詩卷十二潤州甘露寺彈箏詩堯卿注引楊元素曰：「潤州甘露寺多景樓，天下之殊景。甲寅仲冬，蘇子瞻軾、孫巨源洙、王正仲存同游多景樓，京師官妓皆在，而胡琴者，姿伎尤妙。三公皆一時英彥，境之勝，客之秀，妓之妙，真爲希遇。酒闌，巨源請於子瞻曰：『殘霞晚照非奇詞「不盡」。』子瞻遂作采桑子。」堯卿注當亦本於本事曲集，且引述内容更詳盡完整，可補傅注之脱漏，因録以備參稽。）

【校勘記】

〔一〕元本調名下有詞引，係據傅注㊂改編，删「本事集云」四字，「仲冬」下之「蘇子瞻」作「余同」，末句「子瞻」亦改作「余」。龍本附考云：「元本如此標題，疑亦旁注混入，或他人引本事集爲之。彊邨本亦沿其謬。愚意此詞題自當從傅注本爲妥。」三妙集本、茅維蘇集本、毛本作「東景樓」，疑誤。

〔二〕「晚照」，珍重閣本作「奇景」。

千秋歲　徐州重陽作〔一〕

淺霜侵緑。髮少仍新沐㊀。冠直縫，巾横幅㊁。美人憐我老，玉手簪金菊〔二〕。秋露重〔三〕，真珠落袖沾餘馥〔四〕。　座上人如玉。花映花奴肉㊂。蜂蝶亂，飛相逐。明年人縱健㊃，此會應難復。須細看，晚來月上和銀燭〔五〕。

【傅注】

㊀杜子美：「白髮少新洗。」（劉按，句出別常徵君，見九家集注杜詩卷二十七。）

㊁禮曰：「古者冠縮縫，今也横縫。」縮縫則「直縫」是也。（劉按，見禮記檀弓上并孔穎達疏。）晉志：「漢末王公名士，好服幅巾。」蓋裂取幅縑而横著之也。（劉按，晉書卷五十二輿服志：「漢末王公名士，多委王服，以幅巾爲雅。是以袁紹、崔鈞之徒，雖爲將帥，皆著縑巾。魏武以天下凶荒，資財乏匱，擬古皮弁，裁縑帛以爲帢，合乎簡易隨時之義。」又曰：「巾以葛爲之，形如帢而横著之，古尊卑共服也。」傅注引文不確，致文義費解。）

㊂羯鼓録：「花奴，汝陽王璡小字也，善羯鼓。明皇極鍾愛焉，嘗曰：『花奴資質明瑩，肌髮光細，非人間人，必神仙謫墮也。』」（劉按，事詳太平御覽卷五百八十三引羯鼓録。傅注撮述其大意，未盡循原句。）杜詩云：「紅顏白面花映肉。」（劉按，句出杜甫暮秋枉裴道州手札率爾遣興寄遞呈蘇涣侍御詩，見九家集注杜詩卷

十五。）

㊃杜子美詩：「明年此會知誰健。」（劉按，句出九日藍田崔氏莊，見九家集注杜詩卷十九。）

【校勘記】

〔一〕詞題：元本題作「重陽作徐州」。吴訥鈔本、二妙集本、毛本題作「湖州暫來徐州，重陽作」。

〔二〕「金」，吴訥鈔本、二妙集本、毛本作「黄」。

〔三〕「露」，四印齋所刻詞作「霜」，未明所據。

〔四〕「落」，元本作「滿」。

〔五〕「月上」，元本作「明月」。

更漏子　送孫巨源

水涵空，山照市。西漢二疏鄉里。新白髮，舊黄金。故人恩義深㊀。海東頭，山盡處。自古客槎來去。槎有信，赴秋期。使君行不歸㊂。

【傳注】

㊀疏廣、疏受，東海人。廣爲太子太傅，受爲少傅，并乞骸骨歸鄉里。宣帝賜黄金二十斤，太子贈五十斤，公卿大夫、故人邑子設祖道，供張東都門外。觀者皆曰：「賢哉！二大夫。」廣既歸鄉里，日與故舊賓客相與飲樂，問其家金餘有幾所，趣賣以供具，曰：「此聖主所以惠養老臣也。」於是鄉黨族人悦服焉。（劉按，事詳漢書卷七十一疏廣傳。）

㊁「客槎」解見鵲橋仙。（劉按，見本書卷六鵲橋仙其一「緱山仙子」詞傳注㊂。）

華清引〔一〕

平時十月幸蓮湯〔二〕。玉甃瓊梁㊀。五家車馬如水，珠璣滿路旁㊁。翠華一去掩方床㊂。獨留煙樹蒼蒼㊃。至今清夜月，依前過繚牆㊄〔三〕。

【傅注】

㈠楊妃外傳：「華清宮有蓮華湯，即貴妃沐浴之室也。以玉石爲之。」唐明皇雜録：「上於華清宮新廣一湯泉，制度宏麗。禄山於范陽，以玉爲魚龍、鳧雁、石渠石蓮華獻〔四〕，雕鐫巧妙，殆非人工。上大悦，命陳於湯中，仍以石梁横於其上，而蓮花纔出於水際。上因幸華清宮，至泉所，解衣將入湯，而魚龍鳧雁皆若奮鱗舉翼，狀若飛動。上恐，遽命去之。」蓮華石至今猶在。（劉按，參見宋程大昌撰雍録卷四温泉條轉引者，與今見四庫全書本明皇雜録卷下所載，文字有異。）

㈡楊貴妃傳：「每十月，帝幸華清宮，五宅車騎皆從。家别爲隊，隊一色。俄五家隊合，爛若萬花川谷，成錦繡。國忠導以劍南旌節，遺鈿墮舄，琴瑟璣琲，狼藉於道，香聞數十里。」（劉按，事見新唐書卷七十六后妃上楊貴妃傳。）「五家」謂銛、錡、國忠、韓、虢是也。時秦國已早亡矣。（劉按，「五家」所指，前後有異，詳見舊唐書卷五十一楊貴妃傳。）後漢馬太后曰：「前過濯龍門上，見外家問起居者，車如流水，馬如游龍。顧視御者，不及遠矣。雖不加譴怒，但絶歲用，冀以默愧其心耳。」（劉按，事詳後漢書卷十皇后紀上明德馬皇后傳。）

㈢「翠華」，天子之旗，以象華蓋也。相如賦：「建翠華之旗。」注：「以翠羽爲旗上葆耳。」(劉按，見漢書卷五十七司馬相如傳載上林賦及顔師古注。)禄山之亂，明皇西幸，華清宫無復至矣。

㊃杜牧華清宫詩：「秦樹遠微茫。」(劉按，見全唐詩卷五百二十，原題爲華清宫三十韻。)

㊄杜牧華清宫詩：「繡嶺明珠殿，層巒下繚牆。」

【校勘記】

〔一〕調名：元本作華胥引，原注：「一作華清引。」(劉按，欽定詞譜卷二十一華胥引，「雙調八十六字，前段九句四仄韻，後段八句四仄韻。」同書卷五華清引，「雙調四十五字，前後段各四句三平韻」。核蘇詞可知，元本「華胥引」顯誤，調名必作「華清引」。)

詞題：傅本、元本無題。吴訥鈔本、茅維蘇集本、毛本有詞題曰「感舊」。

〔二〕「蓮」，元本、吴訥鈔本作「蘭」。

〔三〕「前」，茅維蘇集本、毛本作「舊」。

〔四〕「以玉」至「獻」，此十三字，明皇雜録原文作「以白玉石爲魚龍鳧雁，仍爲石梁及石蓮花以獻」。傅注省略數字至文意晦。

蘇幕遮　詠選仙圖

暑籠晴，風解慍㈠。雨後餘清，闇襲衣裾潤。一局選仙逃暑困。笑指樽前，誰向青霄近？　整金盆，輪玉笋。鳳駕鸞車，誰敢爭先進。重五休言升最緊。縱有碧油，到了輪堂印㈡。

【傅注】

㈠舜琴歌曰：「南風之薰兮，可解吾民之慍兮。」（劉按，見史記卷二十四樂書裴駰集解引。）

㈡「重五」、「碧油」、「堂印」，皆選仙彩名，若六博之梟盧〔一〕。（劉按，「六博」爲古代擲彩之博戲，亦作「六簙」。見楚辭招魂并王逸注。）

【校勘記】

〔一〕傅注「六」誤作「云」，「梟」上衍「裊」。據龍箋校改。按「梟」是古代博弈的彩名；「裊」是

「裏」之俗體，與博彩無關。

生查子〔一〕

三度别君來，此别應遲暮㊀〔二〕。白盡老髭鬚，明日淮南去。　酒罷月隨人，淚濕花如霧㊁。後夜逐君還〔三〕，夢繞湖邊路〔四〕。

【傅注】

㊀杜甫詩：「遲暮嗟爲客。」（劉按，句出寄劉峽州伯華使君四十韻，見九家集注杜詩卷二十九。）

㊁杜詩：「老年花似霧中看。」（劉按，句出小寒食舟中作，見九家集注杜詩卷三十六。）

【校勘記】

〔一〕此篇别又編入蘇軾詩集，王狀元集百家注分類東坡先生詩卷二十一及東坡外集題作送蘇伯固效韋蘇州，東坡續集卷一古詩類題作古別離送蘇伯固。元本有詞題曰「送蘇伯固」；吳訥鈔本、二妙集本、毛本調名下題作「訴別」。

〔二〕「應」，元本、吳訥鈔本、二妙集本、毛本及詩集均作「真」。

〔三〕「後夜逐君還」，元本作「後月送君時」，原校：「一作『後夜逐君還』。」吳訥鈔本「夜」亦作「月」。按傅注本義勝。

〔四〕「湖邊」，王狀元集百家注分類東坡先生詩及東坡外集作「江南」。東坡續集原校：「一作『江南』。」

青玉案〔一〕

和賀方回韻，送伯固歸吳中〔二〕。

三年枕上吳中路。遣黃耳〔三〕、隨君去㊀。若到松江呼小渡㊁〔四〕。莫驚鷗鷺〔五〕。四橋都是〔六〕，老子經行處㊂。輞川圖上看春暮。常記高人右丞句〔七〕。作個歸期天已許㊃〔八〕。春衫猶是，小蠻針綫㊄，曾濕西湖雨。

【傳注】

㈠晉書：「陸機有犬曰黄耳，甚愛之。既而羈寓京師，久無家問。笑語犬曰：『我家絶無書信，汝能賚書取消息否？』犬摇尾作聲。機乃爲書，以竹筒盛書而繫其頸，犬尋路南走，遂至其家。得報還洛。其後因以爲常。」（劉按，事詳晉書卷五十四陸機傳。）

㈡「松江」，即吴江也。

㈢姑蘇有「四橋」，長爲絶景。

㈣王維字摩詰，肅宗朝爲尚書右丞。有别墅在輞川，地奇勝。維嘗於藍田清涼寺壁上畫輞川圖，筆力雄壯。其自序云：「余别業在輞川山谷，其游止在孟城坳、華子岡、文杏館、斤竹嶺、鹿柴、木蘭柴、茱萸沂、宫槐陌、臨湖亭、南垞、歌湖、柳眼、欒家瀨、金犀泉、白石瀨、北垞、竹里館、辛夷塢、漆園、椒園。與裴迪閑暇各賦絶句云。」（劉按，王維事迹參見新唐書卷二百二文苑傳。又「其自序」至「各賦絶句云」，見王右丞集卷十四輞川集詩序，全唐詩卷一百二十八亦收録。本集「茱萸沂」作「茱萸泮」，「歌湖」作「欹湖」，「柳眼」作「柳浪」，「金犀泉」作「金屑泉」，「白石瀨」作「白石灘」，「椒園」下有「等」字。傳注當有筆誤也。）又杜詩云：「不見高人王右丞。」

（劉按，句出解悶十二首其八，見九家集注杜詩卷三十。）

㊄「小蠻」，白樂天妾名。

【校勘記】

〔一〕全宋詞修訂本編者案：「此首别作蔣璨詞，見樂府雅詞拾遺卷上。苕溪漁隱叢話前集卷五十九引桐江詩話謂姚進道作。陽春白雪卷五作姚志道詞。」曹樹銘東坡詞卷二校注，據詞意「斷定此非蔣氏所作」，并「疑志道即進道之誤傳」。又云：「宋人筆記、詩話及詞總集所傳，必須個别玩味衡量，不可盡信。故斷定此係東坡詞，不作互見詞論。」姑録以備考。

〔二〕詞題：吴訥鈔本、二妙集本、毛本「吴中」下有「故居」二字。龍本「歸」作「還」，未明所據。

〔三〕「黄耳」，元本作「黄犬」。按晉書亦作「黄耳」，義長。

〔四〕「若到」，樂府雅詞拾遺作「欲過」，桐江詩話作「君到」。

〔五〕「鷗」，元本作「鴛」。

〔六〕「都」，元本、吴訥鈔本、二妙集本、毛本作「盡」。

〔七〕「常記」，樂府雅詞拾遺作「長憶」，桐江詩話作「長記」。

〔八〕「已」，樂府雅詞拾遺作「未」。

烏夜啼〔一〕

莫怪歸心速〔二〕，西湖自有蛾眉。若見故人須細説，白髮倍當時。　小鄭非常强記，二南依舊能詩㈠。更有鱸魚堪切鱠㈡〔三〕，兒輩莫教知㈢。

【傅注】

㈠ 舊注：「湖妓有周、召者，號『二南』。」（劉按，參見宋吴聿觀林詩話：「東坡在湖州，甲寅年，與楊元素、張子野、陳令舉由苕霅泛舟至吴興。……州妓一姓周，一姓邵，呼爲『二南』。子野賦六客詞。」按，「召」同「邵」。又按，張先「六客詞」調寄定風波令，見張子野詞。）

㈡ 晉書：「張翰爲齊王冏曹掾。因見秋風起，乃思吴中菰菜、蓴羹、鱸魚鱠，遂命駕而歸吴興，泛舟城南。」（劉按，事見晉書卷九十二文苑傳。傅注「齊」下原衍「冏」字，據晉書删；「歸吴」二字沈鈔本、清鈔本、曬藍本空闕，據珍重閣本補。又「吴興泛舟城南」六字不見張翰傳。又世説新語識鑒篇載此，與晉書、傳注字句亦有異。）詩云：「運肘成風看斫膾，隨刀雪落驚飛縷。」蓋吴善庖者切鱠甚精，往來者必呼使斫鱠。（劉按，詩見蘇軾泛舟城南會者五人分韻賦詩得人皆苦炎字四首其三，「成風」當作「風生」，見蘇詩補注卷十九。又吴興掌故集：「湖人往時善斫鱠，縷切如絲，簇成人物花草，雜以薑桂。」足證吴善庖者切鱠之精也。）

㊂見第一卷水調歌頭。（劉按，見本書卷一水調歌頭其二「安石在東海」詞傅注㊂。）

【校勘記】

〔一〕詞題：傅本、元本無題。吴訥鈔本、二妙集本、毛本調名下有題曰「寄遠」。

〔二〕吴訥鈔本、毛本「速」上有「甚」字。（劉按，李煜烏夜啼詞首句五字；詞律卷五收歐陽修聖無憂詞，首句五字，萬樹謂即烏夜啼。則此處無須補「甚」字。欽定詞譜卷六謂「此調前段起句六字，宋人皆同。惟蘇軾前後段第三句云云平仄獨異」。實則首句五字亦見異也。）

〔三〕「鱠」，元本、吴訥鈔本、茅維蘇集本、毛本作「膾」。按「鱠」乃異體字，通用。

天仙子〔一〕

走馬採花花發未〔二〕？人與化工俱不易。千回來繞百回看，蜂作媒。鶯爲使。穀雨清明空屈指㊀。白髮盧郎情未已㊁。一夜剪刀收玉蕊。樽前還對斷腸紅，人有淚。花無意。明日酒醒應滿地。

【傅注】

㊀二十四氣，清明之後穀雨。蓋穀雨三月之候，正花發之時。（劉按，宋陳祥道撰禮書卷三十五「月令二十四氣」：劉歆三統曆：「正月立春節，雨水中……三月穀雨節，清明中……」）故牡丹記云：「洛花以穀雨爲開候。」（劉按，見歐陽修居士外集卷二十五洛陽牡丹記花釋名第二。）

㊁唐詩云：「自恨妾身生太晚，不見盧郎年少時。」（劉按，句出校書郎盧某妻崔氏述懷，見全唐詩卷七百九十九。又按，本事見錢易南部新書丁卷。）

【校勘記】

〔一〕吳訥鈔本、二妙集本、毛本不收此詞。全宋詞修訂本據傳注本收入該詞。

〔二〕「採」，元本作「探」。

翻香令㊀〔一〕

金爐猶暖麝煤殘。惜香更把寶釵翻。重聞處，餘薰在〔二〕，這一番、氣味勝從前〔三〕。　背人偷蓋小蓬山㊁。更將沉水暗同然㊂。且圖得，氤氳久〔四〕，爲情深、嫌怕斷頭煙。

【傳注】

㊀此詞蘇次言傳於伯固家，云老人自製腔名。（劉按，欽定詞譜卷十二：「此調始自蘇軾，取詞中第二句『惜香愛把寶釵翻』句爲名。雙調五十六字，前後段各五句三平韻。」）

㊁「蓬山」，金博山香爐也，鏤作蓬瀛之狀，故謂之蓬山。（劉按，北堂書鈔卷一百三

十五引李尤熏爐銘：「上似蓬萊，吐氣委蛇。」）

㊂「沉水」，蓋香之名品者。（劉按，參見本書卷六阮郎歸其一「緑槐高柳咽新蟬」詞傳注㊂及校證。）

【校勘記】

〔一〕全宋詞修訂本編者案：「填詞圖譜續集此首誤作蔣捷詞。」同書蔣捷名下該詞存目。各本竹山詞不收此詞。

〔二〕「薰」，珍重閣本作「香」。

〔三〕「氣」，珍重閣本作「風」。

〔四〕「久」原作「又」，據元本、吴訥鈔本、二妙集本、毛本校改。

桃源憶故人〔一〕

華胥夢斷人何處㊀？聽得鶯啼紅樹。幾點薔薇香雨。寂寞閑庭户〔二〕。暖風不解留花住。片片著人無數㊁。樓上望春歸去。芳草迷歸路。

【傅注】

㈠列子曰：「黄帝晝寢，而夢游於華胥氏之國。黄帝既寤〔三〕，怡然自得，曰：『今知至道不可以情求矣。』」（劉按，詳見列子黄帝篇。）

㈡杜詩：「風吹花片片。」（劉按，句出城上，見九家集注杜詩卷二十三。）

【校勘記】

〔一〕毛本調名作「虞美人影」。按此調别名甚多，參見詞譜卷七。又詞題：傅本、元本無題。吴訥鈔本、二妙集本、毛本調名下題作「暮春」。

〔二〕「寞」，龍本作「莫」。

〔三〕「氏之國黄帝既」六字，傅注原爲闕文空格，今據列子黄帝篇原文并參照龍箋校補。

皂羅特髻〔一〕

采菱拾翠㈠，算似此佳名，阿誰銷得〔二〕。采菱拾翠，稱使君知客。千金買、采菱拾翠，更羅袖〔三〕、滿把真珠結。采菱拾翠，正髻鬟初合。真個、采菱拾翠，但深憐輕拍。一雙子〔四〕、采菱拾翠，繡衾下、抱着俱香滑。采菱拾翠，待到京尋覓〔五〕。

【傳注】

〔一〕楚詞：「涉江采菱，發陽荷些〔六〕。」（劉按，語見五臣注文選卷三十三宋玉招魂。張銑注：「涉江、采菱、陽荷，皆楚歌曲名，『荷』當爲『阿』。」楚辭章句卷九宋玉招魂下句作「發揚荷些」。注謂「涉渡大江，南入湖池，采取菱芰，發揚荷葉，喻屈原背去朝堂，隱伏草澤，失其所也」。）洛神賦：「或采明珠，或襲翠羽。」（劉按，語見文選卷十九曹植洛神賦，「襲」原作「拾」。）

【校勘記】

〔一〕詞題：傅本、元本無題。吴訥鈔本、二妙集本、毛本有詞題曰「采菱拾翠」。

〔二〕「銷」，珍重閣本作「消」。按，二字通用。

〔三〕「袖」，元本、吴訥鈔本、二妙集本、茅維蘇集本、毛本均作「裙」。

〔四〕「子」，元本原校：「一作『手』。」按吴訥鈔本、二妙集本、毛本作「手」。

〔五〕「真個」至「尋覓」，傅注本佚此下片計三十五字，兹據元本補足正文，仍用吴訥鈔本等稍加校訂。

〔六〕「荷些」，傅注誤作「河」。據楚詞改。

調笑令〔一〕　效韋應物體〔二〕

漁父。漁父。江上微風細雨〔三〕。青蓑黄箬裳衣。紅酒白魚暮歸〔四〕。歸暮。歸暮〔五〕。長笛一聲何處。

歸雁。歸雁。飲啄江南南岸。將飛欲下盤桓〔六〕。塞外春來苦寒〔七〕。寒苦。寒苦〔八〕。藻荇欲生且住。

【校勘記】

〔一〕傅注本存目闕詞，今據元本補足正文，據别本校訂。全宋詞修訂本編者案：「此二首别見蘇轍欒城集卷十三。」同書蘇轍名下收入此詞，調名作「調嘯詞二首」，題作「效韋蘇州」。詞末注云：「按此二首别又作蘇軾詞，見曾慥本東坡詞卷下，未知孰是。」又按，吴訥鈔本此詞分作二首，韋詞原作亦分爲二首，見韋應物撰韋蘇州集卷十。然傅注本目録標作「調笑令二首」，今仍合二爲一。
〔二〕吴訥鈔本、茅維蘇集本無詞題。
〔三〕「江」，欒城集作「水」。
〔四〕「暮歸」，元本作「歸暮」。今從吴訥鈔本、茅維蘇集本。
〔五〕「歸暮歸暮」，欒城集作「暮歸暮歸歸暮」。
〔六〕「盤桓」，毛本作「盤旋」。
〔七〕「苦寒」，元本作「寒苦」。今從吴訥鈔本、茅維蘇集本。
〔八〕「寒苦寒苦」，欒城集作「苦寒苦寒寒苦」。

雙荷葉〔一〕

湖州賈耘老小妓名雙荷葉〔二〕

雙溪月。清光偏照雙荷葉。雙荷葉〔三〕。紅心未偶，綠衣偷結。背風迎雨流珠滑〔四〕。輕舟短棹先秋折。先秋折。煙鬟未上，玉杯微缺。

【校勘記】

〔一〕傅注本存目佚詞，今據元本補足正文，據別本校訂。吳訥鈔本、二妙集本、茅維蘇集本調名下原注：「即秦樓月。」又全宋詞修訂本編者案：「花草粹編卷四，此首誤作周邦彦詞。」同書周邦彦名下，此詞列入存目。今通行本片玉集、清真集均不收此詞。

〔二〕吳訥鈔本、二妙集本、茅維蘇集本、毛本無此詞題。

〔三〕「雙荷葉」，元本脱漏此三字，據吳訥鈔本、二妙集本、茅維蘇集本、毛本補。

〔四〕「背風迎雨流珠滑」，元本此句屬上闋，自「輕舟」句以下爲下闋。今據吳訥鈔本改。又茅維蘇集本、毛本「流」作「淚」。

荷花媚〔一〕　荷花〔二〕

霞苞霓荷碧〔三〕。天然地、別是風流標格。重重青蓋下，千嬌照水，好紅紅白白。

每悵望〔四〕、明月清風夜，甚低迷不語，妖邪無力〔五〕。終須放、船兒去，清香深處住，看伊顏色〔六〕。

【校勘記】

〔一〕傳注本存目佚詞，今據元本補録正文，據别本校訂。

〔二〕詞題：元本題作「湖州賈耘老小妓號雙荷葉」，蓋涉前篇雙荷葉詞題而誤標於此。吴訥鈔本、二妙集本、茅維蘇集本、毛本題作「荷花」，甚合詞旨，今據改。

〔三〕「霓」，元本、吴訥鈔本作「電」。今據二妙集本、茅維蘇集本、毛本改。萬樹詞律卷九注：「霓字必蜺字，乃入聲。然此句難解，恐有誤。因他無作者可證也。」欽定詞譜卷十三作「露」，未明所自，或謂「霞露并舉，頗爲易解，且與上片意境全合」，然無版本依據，故不取。

〔四〕「悵」，茅維蘇集本、毛本作「恨」。

〔五〕「妖」，二妙集本、茅維蘇集本、毛本作「夭」。（劉按，萬樹詞律卷九注：「『妖』應作『夭』，音歪。出自長慶詩自注。」今白氏長慶集卷二十六和春深二十首：「杭州蘇小小，人道最夭斜。」注云：「夭，伊耶切。」明楊慎丹鉛餘録總録卷二十一引唐詩此二句，謂「夭音作歪」。備考。）

〔六〕詞律卷九恩錫杜文瀾校注：「『清香深處住，看伊顔色』二句，萬氏以『住』字爲句。王氏云：『住』應作『任』，屬下句。甚當。蓋前結亦五字句，應照改。」欽定詞譜卷十三上句「深處」結句，「住」改作「任」屬下句。

附録一　注坡詞補佚

附注：本卷輯録注坡詞漏收的蘇軾詞(長短句)，以使讀者對東坡詞有較爲完整的了解。其中個别詞的作者歸屬問題尚有争議，姑録之以供參考。每首詞末括注出處，可省讀者翻檢之勞。

滿庭芳

余謫居黄州五年〔一〕，將赴臨汝，作滿庭芳一篇别黄人。既至南都，蒙恩放歸陽羨，復作一篇。

歸去來兮，清溪無底，上有千仞嵯峨。畫樓東畔〔二〕，天遠夕陽多。老去君恩未報，空回首、彈鋏悲歌。船頭轉，長風萬里，歸馬駐平坡。無何。何處有〔三〕，銀潢盡處，天女停梭。問何事人間〔四〕，久戲風波。顧謂同來稚子〔五〕，應爛汝、腰下長柯。青衫破，群仙笑我，千縷掛煙蓑。（見元延祐本東坡樂府卷上。傅本、吴訥鈔本未收。）

【校勘記】

〔一〕「余謫居黄州五年」，二妙集本、茅維蘇集本此句上有「公自序云」四字；毛本此句作「余居黄五年」。

〔二〕「樓東」，二妙集本、毛本作「橋西」。

〔三〕「有」，二妙集本、茅維蘇集本、毛本作「是」。

〔四〕「何事人間」，二妙集本、茅維蘇集本、毛本作「人間何事」。

〔五〕「謂」，二妙集本、茅維蘇集本、毛本作「問」。

南鄉子　宿州上元

千騎試春游。小雨如酥落便收。能使江東歸老客，遲留。白酒無聲滑瀉油。

飛火亂星毬。淺黛横波翠欲流。不似白雲鄉外冷，温柔。此去淮南第一州。

（同上。傅本、吴訥鈔本、二妙集本、茅維蘇集本、毛本未收。）

浣溪沙　二首

其一

縹緲紅妝照淺溪。薄雲疏雨不成泥。送君何處古臺西。　廢沼夜來秋水滿，茂林深處晚鶯啼。行人腸斷草凄迷。（同上書卷下。傅本、吴訥鈔本、二妙集本、茅維蘇集本、毛本未收。）

其二　送葉淳老

陽羨姑蘇已買田。相逢誰信是前緣。莫教便唱水如天。我作洞霄君作守，白頭相對故依然。西湖知有幾同年。（同上。傅本、吴訥鈔本、二妙集本、茅維蘇集本、毛本未收。）

減字木蘭花　三首

其一

空床響琢。花上春禽冰上雹。醉夢樽前，驚起湖風入坐寒。轉關鑊索。春水流弦霜入撥。月墮更闌。更請宫高奏獨彈。（同上。傅本、吴訥鈔本、二妙集本、茅維蘇集本、毛本未收。）

其二

五月二十四日，會於無咎之隨齋。主人汲泉置大盆中，漬白芙蓉。坐客翛然，無復有病暑意。

回風落景。散亂東牆疏竹影。滿坐清微。入袖寒泉不濕衣。　夢回酒醒。百尺飛瀾鳴碧井。雪灑冰麾。散落佳人白玉肌。（同上。傅本、吴訥鈔本、二妙集本、茅維蘇集本、東坡外集本、毛本未收此詞。）

其三　以大琉璃杯勸王仲翁

海南奇寶。鑄出團團如栲栳。曾到崑崙。乞得山頭玉女盆。　絳州王老。百歲癡頑推不倒。海口如門。一派黄流已電奔。（同上。傅本、吴訥鈔本、二妙集本、茅維蘇集本、東坡外集本、毛本未收。）

行香子 與泗守過南山晚歸作〔一〕

北望平川。野水荒灣。共尋春、飛步孱顔〔二〕。和風弄袖，香霧縈鬟。正酒酣時〔三〕，人語笑，白雲間。　孤鴻落照〔四〕，相將歸去，澹娟娟、玉宇清閑。何人無事，宴坐空山。望長橋上，燈火亂，使君還。（同上。傅本、吴訥鈔本未收。）

【校勘記】

〔一〕詞題：元本無題，據二妙集本、茅維蘇集本、毛本補題。

〔二〕「孱顔」，毛本、二妙集本校注：「一作『潺湲』。」

〔三〕「酒酣」，元本作「酣酒」。又「時」，毛本作「適」，屬下句。

〔四〕「孤」，毛本作「飛」。

畫堂春　寄子由

柳花飛處麥摇波。晚湖净，鑑新磨。小舟飛棹去如梭。齊唱采菱歌。　平野水雲溶漾，小樓風日晴和。濟南何在暮雲多。歸去奈愁何？（同上。傅本、吴訥鈔本、二妙集本、茅維蘇集本、毛本未收。）

漁家傲　贈曹光州

些小白鬚何用染。幾人得見星星點。作郡浮光雖似箭。君莫厭。也應勝我三年貶。　我欲自嗟還不敢。向來三郡寧非忝。婚嫁事稀年冉冉。知有漸。千鈞重擔從頭減。（見明吴訥鈔宋曾慥輯東坡詞拾遺。傅本、元本未收此詞。）

江城子　二首

其一

前瞻馬耳九仙山。碧連天。晚雲閑。城上高臺，真個是超然。莫使匆匆雲雨散，今夜裏，月嬋娟。小溪鷗鷺静聯拳。去翩翩。點輕煙。人事凄涼，回首便他年。莫忘使君歌笑處，垂柳下，矮槐前。（同上。傅本、元本未收。）

其二

墨雲拖雨過西樓。水東流。晚煙收。柳外殘陽，回照動簾鉤。今夜巫山真個好，花未落，酒新篘。美人微笑轉星眸。月華羞。捧金甌。歌扇縈風，吹散一春愁。試問江南諸伴侣，誰似我，醉揚州。（同上。傅本、元本未收。）

南鄉子　二首〔一〕

其一　用韻和道輔

未倦長卿游。漫舞天歌爛不收。不是使君能矯世，誰留？教有瓊梳脱麝油。香粉鏤金毬。花艷紅箋筆欲流。從此丹唇并皓齒，清柔。唱遍山東一百州。

（同上。傅本、元本未收。）

其二　用前韻贈田叔通家舞鬟

繡鞅玉鐶游。燈晃簾疏笑却收。久立香車催欲上，還留。更且檀唇點杏油。花遍六幺毬。面旋迴風帶雪流。春入腰肢金縷細，輕柔。種柳應須柳柳州。

（同上。傅本、元本未收。）

【校勘記】

〔一〕以上兩首南鄉子，皆次韻同調「千騎試春游」詞。該詞見元刊東坡樂府卷上，傅本亦未收，前已補録。

菩薩蠻　三首

其一

娟娟侵鬢妝痕淺。雙顰相媚彎如翦。一瞬百般宜。無論笑與啼。　酒闌思翠被。特故騰騰地。生怕促歸輪。微波先注人〔一〕。（同上。傅本、元本未收。）

【校勘記】

〔一〕「注」，原作「住」，義晦；二妙集本、茅維蘇集本、毛本作「泥」，失律。今據花菴詞選卷二謝絳同詞改。全宋詞編者注：「案此首别又作謝絳詞，見唐宋諸賢絶妙詞選卷二。」同書謝絳詞卷中亦收此詞，題爲咏目，詞正文「顰」作「眸」，「騰騰」作「瞢騰」。編者注：「案此首别又作蘇軾詞，見曾慥本東坡詞拾遺。」（劉按，宋黄昇編唐宋諸賢絶妙詞選，明毛晉刊本改稱花菴詞選，成書於南宋淳祐間，晚於曾慥編東坡詞拾遺近百年，難爲憑。）曹本校注云：「此詞意境與謝絳詞相合，故斷定非東坡詞。」則該詞作者有待詳考。

其二　咏足〔一〕

塗香莫惜蓮承步。長愁羅襪凌波去。只見舞迴風。都無行處蹤。　偷穿宫樣穩。并立雙趺困。纖妙説應難。須從掌上看。（同上。傅本、元本未收。）

【校勘記】

〔一〕曹本校注云：「題作咏足，與前首同調咏目，以類相從，而其意境又全相同，似亦謝絳所作……今併移列誤入詞。」

其三〔一〕

玉鐶墜耳黄金飾。輕衫罩體香羅碧。緩步困春醪。春融臉上桃。　花鈿從委地。誰與郎爲意。長愛月華清。此時憎月明。（同上。傅本、元本未收。）

【校勘記】

〔一〕曹本校注：「按此詞意境，與東坡詞不類……今移列誤入詞。」

蝶戀花 二首

其一〔一〕 送潘大臨

別酒勸君君一醉。清潤潘郎，又是何郎婿。記取釵頭新利市。莫將分付東鄰子。

回首長安佳麗地。三十年前，我是風流帥。爲向青樓尋舊事。花枝缺處餘名字。（同上。傅本、元本未收。）

【校勘記】

〔一〕宋趙令畤侯鯖録卷一記此詞，謂「東坡在徐州送鄭彦能還都下作」；「三十年前」作「十五年前」；末句「餘」作「留」。吴曾能改齋漫録卷十六記此詞，謂「東坡在黄時送潘邠老赴省試作」；首句「勸君」作「送君」；第三句「又」作「更」。録諸家異説備考。

其二

同安生日放魚〔一〕，取金光明經救魚事。

泛泛東風初破五。江柳微黄，萬萬千千縷。佳氣鬱葱來繡户。當年江上生奇女。　一盞壽觴誰與舉。三個明珠，膝上王文度。放盡窮鱗看圉圉。天公爲下曼陀雨。（同上。傅本、元本未收。）

【校勘記】

〔一〕朱本、龍本、曹本「同安」下有「君」字，義勝。按東坡繼室王閏之，元祐八年八月一日卒於京師。追封同安郡君。見蘇轍撰亡兄子瞻端明墓誌銘。

浣溪沙　二首

其一

幾共查梨到雪霜。一經題品便生光。木奴何處避雌黄。　北客有來初未識，南金無價喜新嘗。含滋嚼句齒牙香。（同上。傅本、元本未收。）

其二

山色横侵蘸暈霞〔一〕。湘川風静吐寒花。遠林屋散尚啼鴉。夢到故園多少路，酒醒南望隔天涯。月明千里照平沙〔二〕。（同上。傅本、元本未收。）

【校勘記】

〔一〕「横」，曾慥東坡詞拾遺及吴訥鈔本作「紅」，今從二妙集及毛本。

〔二〕今人鄒同慶、王宗堂考訂此詞爲張舜民作，見其所著蘇軾詞編年校注附編。

减字木蘭花　八首

其一　琴

神閑意定。萬籟收聲天地静。玉指冰弦。未動宫商意已傳。悲風流水。

寫出寥寥千古意。歸去無眠。一夜餘音在耳邊。（同上。傅本、元本未收。）

其二

銀箏旋品。不用纏頭千尺錦。妙思如泉。一洗閑愁十五年。爲公少止。起舞屬公公莫起。風裏銀山。擺撼魚龍我自閑。（同上。傅本、元本未收。）

其三　贈君猷家姬

柔和性氣。雅稱佳名呼懿懿。解舞能謳。絶妙年中有品流。眉長眼細。淡淡梳妝新綰髻。懊惱風情。春著花枝百態生。（同上。傅本、元本未收。）

其四

鶯初解語。最是一年春好處。微雨如酥。草色遥看近却無。休辭醉倒。花不看開人易老。莫待春回。顛倒紅英間緑苔。（同上。傅本、元本未收。）

其五

江南游女。問我何年歸得去？雨細風微。兩足如霜挽紵衣。　江亭夜語〔一〕。喜見京華新樣舞。蓮步輕飛。遷客今朝始是歸。（同上。傅本、元本未收。）

【校勘記】

〔一〕「語」，原作「雨」，據二妙集本、毛本改。

其六　贈徐君猷三侍人　嫵卿〔一〕

嬌多媚嘫〔二〕。體柳輕盈千萬態。殢主尤賓。斂黛含嚬喜又瞋。　徐君樂飲。笑謔從伊情意恁。臉嫩敷紅〔三〕。花倚朱闌裹住風。（同上。傅本、元本未收。）

【校勘記】

〔一〕毛本「嫵卿」上有「一」字。（劉按，「徐君猷三寺人」，見宋何薳春渚紀聞卷六賦詩聯咏四姬條。）

〔二〕「噍」，朱本、龍本、曹本作「殺」。

〔三〕「敷」，二妙集本、茅維蘇集本、朱本、龍本作「膚」。

其七　勝之

雙鬟綠墜。嬌眼橫波眉黛翠。妙舞蹁躚。掌上身輕意態妍。　曲窮力困。笑倚人旁香喘噴。老大逢歡。昏眼猶能仔細看。（同上。傅本、元本未收。）

其八　慶姬

天真雅麗。容態溫柔心性慧。響亮歌喉。遏住行雲翠不收。　妙詞佳曲。囀出新聲能斷續。重客多情。滿勸金卮玉手擎。（同上。傅本、元本未收。）

南歌子

見說東園好，能消北客愁。雖非吾土且登樓。行盡江南南岸、此淹留。

短日明楓纈，清霜暗菊毬。流年回首付東流。憑仗挽回潘鬢、莫教秋。（見吳訥鈔本東坡詞拾遺。傅本、元本未收。）

如夢令　題淮山樓

城上層樓疊巘。城下清淮古汴。舉手揖吳雲，人與暮天俱遠。魂斷。魂斷。後夜松江月滿。（同上。傅本、元本未收。）

瑞鷓鴣

城頭月落尚啼烏。朱艦紅船早滿湖〔一〕。鼓吹未容迎五馬，水雲先已漾雙鳧。　映山黃帽螭頭舫，夾岸青煙鵲尾鑪〔二〕。老病逢春只思睡，獨求僧榻寄須臾。（同上。此詞又見東坡集卷四，題爲寒食未明至湖上太守未來兩縣令先在。傅本、元本未收。）

【校勘記】

〔一〕「朱艦紅船」，詩集作「烏榜紅舷」。

〔二〕「岸」，詩集作「道」。

臨江仙 贈王友道

誰道東陽都瘦損，凝然點漆精神。瑶林終自隔風塵。試看披鶴氅，仍是謫仙人。　省可清言揮玉麈，真須保器全真。風流何似道家純。不應同蜀客，惟愛卓文君。（同上。傅本、元本、東坡外集未收此詞。）

少年游

黄之僑人郭氏，每歲正月迎紫姑神，以箕爲腹，箸爲口，畫灰盤中，爲詩敏捷，立成。余往觀之。神請余作少年游，乃以此戲之。

玉肌鉛粉傲秋霜。準擬鳳呼凰。伶倫不見，清香未吐，且糠粃吹揚。到處成雙君獨隻，空無數、爛文章。一點香檀，誰能借箸，無復似張良。（同上。傅本、元本未收。）

沁園春〔一〕

小閣深沉，寸心懷感，暗憶舊時。念母兄貧窘，姻親勸誘，一身權作，七歲爲期。及到門闌，小君猜忌，如履輕冰愁過違。多磨難，是房中詬罵，堂上鞭笞。　堪悲。命運乖衰。甚長個、孩兒朝夜啼。嘆此生緣業，兩餐淡薄，無時無淚，如醉如癡。暗裏相逢，低聲説與，此個恩情休謾爲。須知道，聯難爲夏竦，不易張祁。（同上。傅本、元本、毛本未收。）

【校勘記】

〔一〕全宋詞編者謂此詞内容「不似蘇軾作」，改爲無名氏作品，見全宋詞三六〇一頁。按此詞又見於明茅維編蘇東坡全集卷七十四附録、明萬曆刊東坡先生外集卷八十三。則其編入蘇集，由來已久。今仍附於此，以待詳考。

一斛珠〔一〕

洛城春晚。垂陽亂掩紅樓半。小池輕浪紋如篆。燭下花前，曾醉離歌宴。　自惜風流雲雨散。關山有限情無限。待君重見尋芳伴。爲説相思，目斷西樓燕。（同上。傅本、元本未收。）

【校勘記】

〔一〕調名一作「醉落魄」。

點絳唇　二首

其一〔一〕

閑倚胡床，庾公樓外峰千朵。原注：一作「暝煙深處」。與誰同坐〔二〕？明月清風我。別乘一來，原注：「一」或作「窗」。有唱應須和。還知麽。自從添個。風月平分破〔三〕。（同上。傳本、元本未收。）

【校勘記】

〔一〕詞題：東坡詞拾遺無題，毛本題作「杭州」。

〔二〕「與誰同坐」，沈際飛草堂詩餘續集卷上將此句上「原注」移此句下。是。

〔三〕「平」，吴訥鈔本作「半」。

其二〔一〕

紅杏飄香，柳含煙翠拖輕縷〔二〕。水邊朱户。盡捲黄昏雨〔三〕。燭影搖風，一枕傷春緒。歸不去。鳳樓何處。芳草迷歸路。（同上。傅本、元本未收。）

【校勘記】

〔一〕二妙集本、茅維蘇集本調名下注：「草堂詩餘作賀方回詞。」毛本注：「或刻賀方回。」全宋詞編者注：「案此首類編草堂詩餘卷一誤作賀鑄詞。同書賀鑄詞卷末該詞存目。

〔二〕「輕」，毛本作「金」。

〔三〕「盡捲」，二妙集本、茅維蘇集本、毛本作「門掩」。

虞美人

持杯遙勸天邊月。願月圓無缺。持杯復更勸花枝〔一〕。且願花枝長在、莫離披。　持杯月下花前醉。休問榮枯事。此歡能有幾人知。對酒逢花不飲、待何時。（同上。傅本、元本未收。）

【校勘記】

〔一〕「復更」，二妙集本、東坡外集、毛本作「更復」。

沁園春

情若連環，恨如流水，甚時是休。也不須驚怪，沈郎易瘦，也不須驚怪，潘鬢先愁。總是難禁，許多魔難，奈好事教人不自由。空追想，念前歡杳杳，後會悠悠。　凝眸。悔上層樓。謾惹起、新愁壓舊愁。向彩箋寫遍，相思字了，重重封卷，密寄書郵。料到伊行，時時開看，一看一回和淚收。須知道，□這般病染，兩處心頭。（見明萬曆刊重編東坡先生外集卷八十三。傅本、元本、吴訥鈔本未收。）

殢人嬌

原注：「山谷云非先生作。」〔一〕

解了癡縚，潑煞悶火。眉尖上、放閑愁鎖。高來不可，低來不可，莫是人間剩我一個。　富貴謾人，功名賺我。且舞個采蓮曲破。紅裙腰細，醁醅盞大。

須占取、名花艷中醉卧。（見明萬曆刊重編東坡先生外集卷八十四。傅本、元本、吴訥鈔本、二妙集本、毛本均未收該詞。）

【校勘記】

〔一〕黄庭堅醉落魄詞序云：「舊有『醉醒醒醉』一曲云云，此曲亦有佳句，而多斧鑿痕，又語高下不甚入律。或傳是東坡語，非也。與『蝸角虚名』、『解下癡絛』之曲相似，疑是王仲父作。」序中「解下癡絛」被全宋詞編者收爲無名氏失調名斷句，見該書三六〇一頁；實則此乃「解了癡縚」之誤引。又按宋代詞人中有三個王仲甫：一號逐客；一爲王珪侄；一名王介，字仲甫。不知黄庭堅所指爲誰？又按唐圭璋全宋詞不收此詞，今應補爲蘇軾或某位王仲甫之互見詞。孔凡禮全宋詞補輯收歸無名氏作。

定風波

原注：「咏杜甫畫像。蘭畹集云王聖與作，未知孰是。」〔一〕

痛飲形骸騎蹇驢。葛巾不整倩人扶。笑指桃源泥樣醉。三睡。詩魔長是泣窮途。　畫手也知仙骨瘦。□□。崑山玉水點銀鬚。天地不能容此老。笑傲。一竿風月釣江湖。（見同上書卷八十四。傅本、元本、吴訥鈔本、二妙集本、茅維蘇集本、毛本均未收此詞。）

【校勘記】

〔一〕此詞僅見於東坡外集，其他版本東坡詞不收。王沂孫字聖與，其碧山樂府亦不收此詞。孔凡禮全宋詞補輯收歸無名氏作。

浣溪沙　方響

花滿銀塘水漫流。犀槌玉板奏涼州。順風環佩過秦樓。　遠漢碧雲輕漠漠，今宵人在鵲橋頭。一聲敲徹絳河秋。（見茅維蘇集本、二妙集本及毛晉汲古閣本宋六十名家詞所收東坡詞。傅本、元本、吴訥鈔本未收。）

好事近

煙外倚危樓，初見遠燈明滅。却跨玉虹歸去，看洞天星月。　當時張范風流在，况一尊浮雪。莫問世間何事，與劍頭微吷。（見二妙集本、東坡外集本及毛晉汲古閣本東坡詞。傅本、元本、吴訥鈔本、茅維蘇集本未收。）

占春芳〔一〕

紅杏了，夭桃盡，獨自占春芳。不比人間蘭麝，自然透骨生香。對酒莫相忘，似佳人、兼合明光。只憂長笛吹花落，除是寧王。（見茅維蘇集本、二妙集本、毛晉汲古閣本東坡詞。傅本、元本、吴訥鈔本、東坡外集未收。）

【校勘記】

〔一〕調名：欽定詞譜卷六云：「蘇軾咏梨花製此調，取詞中第三句爲名。」全宋詞編者注：「案此首出春渚紀聞卷六，原不著調名。花草粹編卷三始以爲占春芳，殆出杜撰。」

南歌子〔一〕

雲鬢裁新緑，霞衣曳曉紅。待歌凝立翠筵中。一朵彩雲何事、下巫峰。

趁拍鸞飛鏡，回身燕漾空。莫翻紅袖過簾櫳。怕被楊花勾引、嫁東風。（同上。傅本、元本、吴訥鈔本、東坡外集未收。）

【校勘記】

〔一〕詞題：二妙集本，毛本題作「舞妓」。茅維蘇集本無題。

浪淘沙　探春

昨日出東城。試探春情。牆頭紅杏暗如傾。檻内群芳芽未吐，早已回春。　綺陌斂香塵。雪霽前村。東君用意不辭辛。料想春光先到處，吹綻梅英。（同上。傅本、元本、吴訥鈔本、東坡外集未收。）

木蘭花令 三首〔一〕

其一

元宵似是歡游好。何况公庭民訟少。萬家游賞上春臺，十里神仙迷海島。　平原不似高陽傲。促席雍容陪語笑。坐中有客最多情，不惜玉山拚醉倒。（見二妙集本及毛晉汲古閣本東坡詞。傅本、元本、吴訥鈔本、茅維蘇集本未收。）

【校勘記】

〔一〕調名：毛本作「玉樓春」；東坡外集作「木蘭花」無「令」字，注云：「亦名瑞鷓鴣。」

其二

經旬未識東君信〔一〕。一夕薰風來解愠。紅綃衣薄麥秋寒，緑綺韻低梅雨潤。　瓜頭緑染山光嫩。弄色金桃新傅粉。日高慵捲水晶簾，猶帶春醪紅玉困。（同上。傳本、元本、吳訥鈔本、茅維蘇集本未收。）

【校勘記】

〔一〕「未識」二字，二妙集本、東坡外集原缺，今從毛本補。

其三

高平四面開雄壘。三月風光初覺媚。園中桃李使君家，城上亭臺游客醉。歌翻楊柳金尊沸。飲散凭闌無限意。雲深不見玉關遥，草細山重殘照裹。（同上。傳本、元本、吳訥鈔本、茅維蘇集本未收。）

虞美人 二首

其一〔一〕

冰肌自是生來瘦。那更分飛後。日長簾幕望黄昏。及至黄昏時候、轉銷魂。君還知道相思苦。怎忍抛奴去。不辭迢遞過關山。只恐别郎容易、見郎難。（見茅維蘇集本、二妙集本、毛晉汲古閣本東坡詞。傅本、元本、吴訥鈔本、東坡外集未收。）

【校勘記】

〔一〕曹樹銘云：「按此詞係女流口吻，意境與東坡詞不類，斷非東坡所作。今移列誤入詞。」見曹本「誤入詞」卷。

其二〔一〕

深深庭院清明過。桃李初紅破。柳絲搭在玉闌干。簾外瀟瀟微雨、做輕寒。　晚晴臺榭增明媚。已拚花前醉。更闌人静月侵廊。獨自行來行去、好思量。（同上。傅本、元本、吴訥鈔本、東坡外集未收。）

【校勘記】

〔一〕全宋詞編者按：「此首樂府雅詞拾遺卷下不著撰人姓名，疑非蘇軾作。」曹樹銘云：「按東坡步月之見於詩文者，率有友伴。如此詞下片末句之意境，殆非東坡所有。今移列誤入詞。」

臨江仙〔一〕

昨夜渡江何處宿，望中疑是秦淮。月明誰起笛中哀。多情王謝女，相逐過江來。雲雨未成還又散，思量好事難諧。憑陵急槳兩相催。想伊歸去後，應似我情懷。（見二妙集本、東坡外集、毛晉汲古閣本東坡詞。傅本、元本、吴訥鈔本、茅維蘇集本未收。）

【校勘記】

〔一〕曹樹銘云：「按東坡一生過金陵若干次，每次之交游均在詩文尺牘内有所著録，絶無如此閑情。此詞意境與東坡詞不類。今移列誤入詞。」

蝶戀花　五首

其一　離别

春事闌珊芳草歇。客裏風光，又過清明節。小院黄昏人憶别。落紅處處聞啼鴂。　咫尺江山分楚越。目斷魂銷，應是音塵絶。夢破五更心欲折。角聲吹落梅花月。（同上。傅本、元本、吴訥鈔本、東坡外集本未收。）

其二〔一〕

記得畫屏初會遇。好夢驚回，望斷高唐路。燕子雙飛來又去。紗窗幾度春光暮。　那日繡簾相見處。低眼佯行，笑整香雲縷。斂盡春山羞不語。人前深意難輕訴。（同上。傅本、元本、吴訥鈔本、茅維蘇集本未收。）

【校勘記】

〔一〕曹樹銘云：「按此詞意境，與東坡詞不類，斷非東坡所作。今移列誤入詞。」

其三

昨夜秋風來萬里。月上屏幃，冷透人衣袂。有客抱衾愁不寐。那堪玉漏長如歲。　羈舍留連歸計未。夢斷魂銷，一枕相思淚。衣帶漸寬無別意，新書報我添憔悴。（同上。傅本、元本、吴訥鈔本、茅維蘇集本未收。）

其四〔一〕

雨霰疏疏經潑火。巷陌秋韆，猶未清明過。杏子梢頭香蕾破。淡紅褪白胭脂涴。　苦被多情相折挫。病緒厭厭，渾似年時個。繞遍迴廊還獨坐。月籠雲暗重門鎖。（同上。傅本、元本、吴訥鈔本、茅維蘇集本未收。）

【校勘記】

〔一〕曹樹銘云：「按此詞係女流口吻，意境與東坡詞不類，斷非東坡所作。今移列誤入詞。」

其五〔一〕

蝶懶鶯慵春過半。花落狂風，小院殘紅滿。午醉未醒紅日晚。黄昏簾幕無人捲。

雲鬟鬅鬆眉黛淺。總是愁媒，欲訴誰消遣。未信此情難繫絆。楊花猶有東風管。（同上。傅本、元本、吴訥鈔本、茅維蘇集本未收。）

【校勘記】

〔一〕曹樹銘云：「按此詞意境，不類東坡詞。今移列誤入詞。」

漁家傲

臨水縱横回晚鞚。歸來轉覺情懷動。梅笛煙中聞幾弄。秋陰重。西山雪淡雲凝凍。

美酒一杯誰與共？尊前舞雪狂歌送。腰跨金魚旌旆擁。將何用？只堪妝點浮生夢。（同上。傅本、元本、吴訥鈔本、茅維蘇集本未收。二妙集本有缺文，從毛本。）

江城子〔一〕

膩紅勻臉襯檀唇。晚妝新。暗傷春。手撚花枝，誰會兩眉顰。連理帶頭雙□□，留待與、個中人。淡煙籠月繡簾陰。畫堂深。夜沉沉。誰道□□，□繫得人心。一自緑窗偷見後，便憔悴、到如今。（同上。傅本、元本、吴訥鈔本、茅維蘇集本未收。諸本原有缺文，無從補正。）

【校勘記】

〔一〕曹樹銘云：「按此詞係女流口吻，意境與東坡詞不類，斷非東坡所作，今移列誤入詞。」

祝英臺近〔一〕 惜别〔二〕

掛輕帆，飛急槳，還過釣臺路。酒病無聊，攲枕聽鳴櫓。斷腸簇簇雲山，重重煙樹。回首望、孤城何處。閑離阻。誰念縈損襄王，何曾夢雲雨。舊恨前歡，心事兩無據。要知欲見無由，癡心猶自，倩人道、一聲傳語。（見二妙集本、茅維蘇集本、毛本。傅本、元本、吴訥鈔本、東坡外集未收。）

【校勘記】

〔一〕全宋詞編者注：「案此首草堂詩餘新集卷三誤作明商輅詞。」彙編歷代名賢詞府全集卷四又誤作明劉基詞。今全明詞商輅詞卷據古今詞彙卷二收入此詞，無注。

〔二〕詞題：全宋詞本、曹本無題。

雨中花慢　二首

其一〔一〕

邃院重簾何處？惹得多情，愁對風光。睡起酒闌花謝，蝶亂蜂忙。今夜何人，吹笙北嶺，待月西廂。空悵望處，一株紅杏，斜倚低墻。　羞顔易變，傍人先覺，到處被著猜防。誰信道，些兒恩愛，無限凄凉。好事若無間阻，幽歡却是尋常。一般滋味，就中香美，除是偷嘗。（見東坡外集、二妙集本、毛本。傅本、元本、吴訥鈔本、茅維蘇集本未收。）

【校勘記】

〔一〕朱祖謀彊村叢書本東坡樂府凡例云：「雨中花慢之『邃院重簾』、『嫩臉羞蛾』二首，不類坡詞，苦無顯證。」曹樹銘云：「朱氏雖收録毛本此二首，但同時心以爲非。推朱氏所謂『不類』，乃因此二首之意境，與東坡之人格不類。銘意旁證不如徑從文字意境直尋，此二詞斷非東坡所作。今并移列誤入詞。」録以備考。

其二〔一〕

嫩臉羞蛾，因甚化作行雲，却返巫陽。但有寒燈孤枕，皓月空床。長記當初，乍諧雲雨，便學鸞凰。又豈料、正好三春桃李，一夜風霜。丹青□畫〔二〕，無言無笑，看了漫結愁腸。襟袖上，猶存殘黛，漸減餘香。一自醉中忘了，奈何酒後思量。算應負你，枕前珠淚，萬點千行。（見東坡外集、二妙集本、毛本。傅本、元本、吴訥鈔本、茅維蘇集本未收。）

【校勘記】

〔一〕調名下，毛本原注：「元刻逸。」全宋詞本原注：「見汲古閣本東坡詞。」

〔二〕「丹青」下按詞律原缺一字。

念奴嬌　中秋

憑高眺遠，見長空萬里，雲無留迹。桂魄飛來光射處，冷浸一天秋碧。玉宇瓊樓，乘鸞來去，人在清涼國。江山如畫，望中煙樹歷歷。我醉拍手狂歌，舉杯邀月，對影成三客。起舞徘徊風露下，今夕不知何夕。便欲乘風，翻然歸去，何用騎鵬翼。水晶宮裏，一聲吹斷橫笛。（見二妙集本、茅維蘇集本、毛本。傅本、元本、吴訥鈔本未收。）

水龍吟　二首

其一

小溝東接長江，柳堤葦岸連雲際。煙村瀟灑，人間一闋，漁樵早市。永晝端居，寸陰虛度，了成何事。但絲蓴玉藕，珠杭錦鯉，想留戀、又經歲。　因念浮丘舊侶，慣瑤池、羽觴沉醉。青鸞歌舞，銖衣摇曳，壺中天地。飄墮人間，步虛聲斷，露寒風細。抱素琴獨向，銀蟾影裏，此懷難寄。（見東坡外集、二妙集本、毛本。傅本、元本、吴訥鈔本、茅維蘇集本未收。）

其二　咏雁〔一〕

露寒煙冷蒹葭老，天外征鴻寥唳。銀河秋晚，長門燈悄，一聲初至。應念瀟湘，岸遥人静，水多菰米。□望極平田〔二〕，徘徊欲下，依前被、風驚起。　須信衡陽萬里。有誰家、錦書遥寄。萬重雲外，斜行横陣，纔疏又綴。仙掌月明，石頭城下，影搖寒水。念征衣未擣，佳人拂杵，有盈盈淚。（同上。傅本、元本、吴訥鈔本、茅維蘇集本未收。）

【校勘記】

〔一〕詞題：龍本、全宋詞無題。二妙集本、東坡外集題同毛本作「咏雁」。毛本調名、詞題下原注：「元刻不載。」龍箋引鄭文焯云：「此題當作『雁』一字。」

〔二〕此句毛本原缺一字故作「□」，欽定詞譜卷三十補作「乍」，未明所據。按東坡外集此句作「望極平田浦」，亦不明所據。按詞律，此句須五字。

漁父 四首〔一〕

其一

漁父飲，誰家去。魚蟹一時分付。酒無多少醉爲期，彼此不論錢數。

【校勘記】

〔一〕朱祖謀云：「按張志和、戴復古皆有漁父詞，字句各異。恭案三希堂帖，公書此詞前二首，題作漁父破子，是確爲長短句，而詞律未收，前人亦無之，或公自度曲也。」

其二

漁父醉，蓑衣舞。醉裏却尋歸路。輕舟短棹任斜横〔一〕，醒後不知何處。

【校勘記】

〔一〕「輕」，宋刊分類注東坡詩及石刻作「孤」。又「斜横」，蘇詩補注作「横斜」，分類注東坡詩作「縱横」。

其三

漁父醒，春江午。夢斷落花飛絮。酒醒還醉醉還醒，一笑人間今古〔一〕。

【校勘記】

〔一〕「今古」，蘇詩合注：「『今』一作『千』。」

其四

漁父笑，輕鷗舉。漠漠一江風雨。江邊騎馬是官人，借我孤舟南渡。（以上四首見東坡集卷十五，宋刊集注分類東坡先生詩、清查慎行撰蘇詩補注卷二十五。又見朱祖謀彊村叢書本東坡樂府卷二。傅本、元本、吳訥鈔本、茅維蘇集本、二妙集本、東坡外集、毛本均不收此詞。）

醉翁操 并叙〔一〕

琅琊幽谷，山川奇麗，泉鳴空澗，若中音會。醉翁喜之，把酒臨聽，輒欣然忘歸。既去十餘年，而好奇之士沈遵聞之往游〔二〕，以琴寫其聲，曰醉翁操，節奏疏宕，而音指華暢，知琴者以爲絶倫。然有其聲而無其辭。翁雖爲作歌，而與琴聲不合。又依楚詞作醉翁引，好事者亦倚其辭以製曲。雖粗合韻度〔三〕，而琴聲爲詞所繩約，非天成也。後三十餘年，翁既捐館舍，遵亦没久矣。有廬山玉澗道人崔閑，特妙於琴，恨此曲之無詞，乃譜其聲，而請於東坡居士以補之云。

琅然。清圜。誰彈。響空山。無言。惟翁醉中知其天。月明風露娟娟。人未眠。荷蕢過山前。曰有心也哉此賢。（泛聲同此。）醉翁嘯咏，聲和流泉。醉翁去後，空有朝吟夜怨。山有時而童巔。水有時而回川。思翁無歲年。翁今爲飛仙。此意在人間。試聽徽外三兩弦。（見東坡後集卷八，又見朱祖謀彊村叢書本東坡樂府卷二。傅本、元本、吴訥鈔本、二妙集本、茅維蘇集本、毛本未收。）

【校勘記】

〔一〕詞調：欽定詞譜卷二十二云：「此本琴曲，所以蘇詞（集）不載。自辛稼軒編入詞中，復遂沿爲詞調。在宋人中亦只有辛詞一首可校。」

〔二〕詩集「游」下有「焉」字，義勝。

〔三〕「韻」，詩集作「均」。

瑶池燕〔一〕

飛花成陣。春心困。寸寸。别腸多少愁悶。無人問。偷啼自揾。殘妝粉。抱瑶琴、尋出新韻。玉纖趁。南風來解幽愠〔二〕。低雲鬟。眉峰斂暈。嬌和恨。（見侯鯖録卷三，又見茅維蘇集本、二妙集本、毛本及龍榆生東坡樂府箋。傅本、元本、吴訥鈔本、朱本未收。）

【校勘記】

〔一〕詞題：侯鯖録、全宋詞無題。毛本調名下有題注云：「琴曲有瑶池燕，變其詞作閨怨，寄陳寄常。」龍箋題同毛本，然無「琴曲有瑶池怨變其詞作」十字。

〔二〕「來」，毛本及欽定詞譜從樂府雅詞拾遺卷上作「未」，義勝。

千秋歲　次韻少游

島邊天外。未老身先退。珠淚濺，丹衷碎。聲摇蒼玉佩。色重黄金帶。一萬里。斜陽正與長安對。　道遠誰云會。罪大天能蓋。君命重，臣節在。新恩猶可覬。舊學終難改。吾已矣。乘桴且恁浮於海。（見能改齋漫録卷十七。傅本、元本、吴訥鈔本、茅維蘇集本、二妙集本、毛本未收。）

减字木蘭花〔一〕

憑誰妙筆。横掃素縑三百尺。天下應無。此是錢塘湖上圖。蘇軾　一般奇絶。雲淡天高秋夜月。費盡丹青。只這些兒畫不成。仲殊（見苕溪漁隱叢話後集卷三十七引古今詞話。傅本、元本、吴訥鈔本及茅維蘇集本、二妙集本、毛本、朱本、龍本均未收。）

【校勘記】

〔一〕此詞作者在宋人詞話中記述混亂，乃至如胡仔等人同書前後卷記載亦自相牴牾。今全宋詞於蘇軾、劉涇、仲殊詞卷中均收此詞并標注互見。有待詳考。

菩薩蠻〔一〕

濕雲不動溪橋冷。嫩寒初透東風影。橋下水聲長。一枝和月香。　人憐花似舊。花比人應瘦。莫憑小欄干。夜深花正寒。（見全芳備祖前集卷一梅花門。傅本、元本、吳訥鈔本、毛本及其餘各本蘇詞均未收。）

【校勘記】

〔一〕全宋詞編者注：「案此首亦見朱淑真斷腸詞。但斷腸詞頗多訛誤，疑以備祖所載爲是。」同書朱淑真詞卷收此詞，題作「咏梅」，異文頗多不備舉，注明互見於蘇軾詞。有待詳考。

踏青游

□火初晴〔一〕，緑遍禁池芳草。鬥錦繡、火城馳道。踏青游，拾翠惜，襪羅弓小。蓮步裊。腰支佩蘭輕妙。行過上林春好。今困天涯，何限舊情相惱。念摇落、玉京寒早。任劉郎〔二〕、目斷蓬山難到〔三〕。仙夢杳。良宵又過了。樓臺萬家清曉。（見同上書後集卷十草門。傅本、元本、吳訥鈔本、茅維蘇集本、二妙集本、毛本及朱本、龍本等均未收。）

【校勘記】

〔一〕「□」，欽定詞譜卷二十一補此缺文作「改」字，未明所據。

〔二〕「劉郎」，詞譜作「關心」。

〔三〕詞譜「目」上有「空」字，「空目斷」爲句。

阮郎歸〔一〕

歌停檀板舞停鸞。高陽飲興闌。獸煙噴盡玉壺乾。香分小鳳團。　雪浪淺，露珠圓。捧甌春筍寒。絳紗籠下躍金鞍。歸時人倚欄。（見上書卷二十八茶門。傅本、元本、吴訥鈔本、毛本及其餘諸本蘇詞均未收。）

【校勘記】

〔一〕全宋詞編者注：「案此首別作黄庭堅詞，見豫章黄先生詞，別又誤作張先詞，見張子野詞卷一。」同書張先詞卷該詞存目；黄庭堅詞卷中收此詞，調名醉桃源，注明互見於蘇軾詞與張先詞。有待詳考。

西江月　詠梅

馬趁香微路遠，沙籠月淡煙斜。渡波清徹映妍華。倒緑枝寒鳳掛。掛鳳寒枝緑倒，華妍映徹清波。渡斜煙淡月籠沙。遠路微香趁馬。（見回文類聚卷四。傅本、元本、吴訥鈔本、茅維蘇集本、二妙集本、毛本及其餘蘇詞均未收。）

失調名　上元詞

拚沉醉，金荷須滿。怕年年此際，催歸禁籞，侍黄柑宴。（見歲時廣記卷十一。）

踏莎行 二首

其一〔一〕

山秀芙蓉，溪明罨畫。真游洞穴滄波下。臨風慨想軒蛟靈，長橋千載猶横跨。解珮投簪，求田問舍。黄雞白酒漁樵社。元龍非復少時豪，耳根洗盡功名話。（見咸淳毗陵志卷二十三。傅本、元本、吴訥鈔本、茅維蘇集本、二妙集本、毛本未收。）

【校勘記】

〔一〕全宋詞編者注：「案此首別又作賀鑄詞，見東山詞卷上。惟咸淳臨安志以外，明沈敕荆溪外紀卷十二亦作蘇軾詞，未知孰是。」同書賀鑄詞卷收此詞，題作「陽羡歌」，注明互見於蘇軾詞。當代學者對此詞作者歸屬仍存争議，有待詳考。

其二〔一〕

這個秃奴，修行忒煞。雲山頂上空持戒。一從迷戀玉樓人，鶉衣百結渾無奈。毒手傷人，花容粉碎。空空色色今何在。臂間刺道苦相思，這回還了相思債。（見事林廣記癸集卷十三。傅本、元本、吴訥鈔本、茅維蘇集本、二妙集本、毛本及其餘蘇詞本未收。）

【校勘記】

〔一〕全宋詞編者注：「案事林廣記所載，多出傅會或虚構，此首未必爲蘇軾作。」

鷓鴣天〔一〕　佳人

羅帶雙垂畫不成。殢人嬌態最輕盈。酥胸斜抱天邊月，玉手輕彈水面冰。無限事，許多情。四弦絲竹苦丁寧。饒君撥盡相思調，待聽梧桐葉落聲。（見詞林萬選卷四。傅本、元本、吴訥鈔本、毛本及其餘各本蘇詞均未收。）

【校勘記】

〔一〕全宋詞編者注：「疑非蘇軾作。」該書凡例云：「明人選本如詞林萬選、續草堂詩餘等，載蘇軾等佚詞，迹屬可疑，然文獻不足，無從斷其真僞。凡此亦徑行收入其人名下，不著存疑。」

西江月〔一〕　佳人

碧霧輕籠兩鳳，寒煙淡拂雙鴉。爲誰流睇不歸家。錯認門前過馬。　有意偷回笑眼，無言强整衣紗。劉郎一見武陵花。從此春心蕩也。（見楊金本草堂詩餘後集卷上。傅本、元本、吴訥鈔本、毛本及其餘各本蘇詞均未收。）

【校勘記】

〔一〕全宋詞編者注：「疑非蘇軾作。」

附録二　歷代題跋選録

壹　有關注坡詞之題跋

（一）徐乃昌注坡詞考訂（原載陝西師大黄永年藏注坡詞書後）

注坡詞十二卷，舊影鈔宋本。每半葉九行，行十七字；小字雙行。前有竹溪散人傅共洪甫序，稱爲族子幹字子立所撰。按陳振孫直齋書録解題「歌詞」類有「注坡詞二卷，仙溪傅幹撰」。當即是書。惟卷數不同，或傳刻脱誤耳。又，宋黄巖孫編、元黄真仲重訂仙溪志進士題名：「傅共，傅權子，紹興二年張九成榜特奏名。」其人物志傅權傳後附共傳，共三薦特奏名，文字秀拔，有東坡和陶詩解。是共、幹皆與東坡詩詞有所解注也。卷三臨江仙第七首之題、卷五八聲甘州題中「時在巽亭」四字，諸本并無之。書有「浙東沈德壽家藏之印」，朱文；「抱經樓藏書印」，朱文；「五萬卷藏書樓印」，朱文方印。四明沈氏抱經樓藏書志著録。

（二）龍榆生注坡詞題記（原載陝西師大黃永年藏注坡詞書後）

古今多少才人，有誰能似坡翁者。縱横排宕，珠璣咳唾，掬之盈把。噴薄而來，飄然以逝，天仙姚冶。算神通游戲，奇情壯彩，除莊屈、難方駕。 酌酒歡招白也。問青天、月明今夜。瓊樓高處，清寒自忍，更何牽挂。可笑群兒，相驚浩博，聽他撏撦。但殷勤護取，檀欒舊影，證容齋話。（水龍吟）

南陵徐氏小檀欒室，舊藏仙溪傅幹注坡詞鈔本，予二十年前曾從借閱，并采入拙輯東坡樂府箋。案容齋隨筆載「傅洪秀才有注坡詞」云云，而此本有傅共洪甫序，稱「族子傅幹」云云。豈容齋亦未睹此書耶？

永年仁弟偶以賤值收得，屬爲題記，因賦水龍吟詞一闋歸之。癸巳初冬忍寒居士〔一〕。

【校注】

〔一〕「癸巳」爲一九五三年。「忍寒居士」爲龍氏晚年自號。原文次行有方印「龍」及長方印「榆生」。按龍榆生名沐勛，以字行。

（三）趙尊嶽注坡詞題記（原載珍重閣鈔本注坡詞卷首）

此集但有傳鈔，絶少著録。慈溪沈德壽授經廔藏舊鈔本，既歸南陵徐氏積學齋，歲在中元庚午〔一〕，獲讀一過，因手繕之，冀有以廣其傳也。積餘世丈并爲考訂，因附志歲月於此。武進趙尊嶽識於珍重閣。

【校注】

〔一〕時當公元一九三〇年。

（四）朱祖謀東坡樂府跋（原載彊村叢書三校本東坡樂府卷末）

曩纂次東坡樂府編年本，以急於觀成，漏誤滋甚。今年春，徐君積餘以舊鈔傅幹注坡詞殘本見示：南歌子（海上乘槎侣、苒苒中秋過）二闋，題作「八月十八日觀潮和蘇伯固」；南鄉子（晚景落瓊杯）一闋，題作「黄州臨皋亭作」；臨江仙（夜飲東坡醒復醉）一闋，題作「夜歸臨皋」；八聲甘州（有情風萬里卷潮來）一闋，題作「寄參寥子，時在巽亭」；臨江仙（九十日春都過了）一闋，題作「熙寧九年四月一日，同成伯公謹輩，賞長春館殘花密州邵家園也〔一〕」；菩薩蠻（畫檐初掛彎彎月）一闋，題作「七夕黄州朝天門上作」。又汪穰卿筆記，言在張文襄幕見蘇文忠手書浣溪沙五首，「雪林初下晚跳珠」句，「林」作「牀」，注：「京師俚語，霰爲雪牀」；「廢圃寒蔬挑翠羽」句，「挑」作「排」；「薦士已聞飛鶚表」句，「聞」作「曾」，注：「公近薦僕於朝」；「萬頃風濤不記蘇」句，注：「公田在蘇州，今年風潮蕩盡」云云。事實佚聞，胥足爲考訂坡詞之一助。姑類記之，以俟他日補編焉。乙丑歲孝臧記。

【校注】

〔一〕原注：「詞同毛本。」

（五）龍榆生東坡樂府箋後記（原載龍榆生東坡樂府箋書末）

曩從上虞羅子經先生，假得南陵徐氏藏舊鈔傅幹注坡詞殘本，取校毛氏汲古閣本、王氏四印齋影元延祐本、朱氏彊村叢書編年本，時有勝義。而所注典實，多不標出原書。因爲博稽群籍，更依朱本編年，作爲此箋，以便讀者。其原注可用者仍之，并於每闋之下，别標傅本卷目，以存其舊。案直齋書録解題：「注坡詞二卷，僊溪傅幹撰。」今所見鈔本則爲十二卷。卷首有竹溪散人傅共序，稱幹字子立，爲其族子。考元人黄真仲重訂僊溪志：「共，傅權子，紹興二年張九成榜特奏名。」洪邁容齋隨筆則言：「紹興中有傅洪秀才注坡詞版行。」頗譏其紕繆。疑其書即此本，殆以卷首有共序，共字洪甫，牽涉而率詆之歟？蘇學大盛於金源，據元遺山文集，知當世選注蘇詞者，不止一家。而代遠年湮，遺編莫睹，僅此傅氏殘本，猶得流傳於天壤間，亦一大幸事。予既加以采録，又從徐積餘先生假得鄭叔問手評東坡樂府，於本箋不少補助。特并附著於此。至於校訂之役，則得力於揚州丁寧女士爲多云。一九三五年七月，龍榆生附記。

（六）趙萬里東坡樂府後記（原載影印元延祐本東坡樂府書末）

錢遵王讀書敏求記云：「東坡樂府刻於延祐庚申，舊藏注釋宋本，殊不足觀。」所謂注釋宋本，實指宋人傅幹注坡詞，其書十二卷，直齋書録解題誤作二卷。二十年前，余於上海徐積餘先生處，得見新抄本，從范氏天一閣藏明鈔本傳録，注釋淺陋，誠有如遵王所譏者。

（七）程毅中注坡詞跋（原載四川人民出版社一九八二年版東坡詞論叢）

南宋傅幹注坡詞十二卷，只見鈔本流傳。書前有竹溪散人傅共洪甫序，説傅幹是他的族子，字子立。陳振孫直齋書録解題卷二十一著録注坡詞二卷，仙溪傅幹撰。卷數不同，可能是直齋書録脱「十」字。

傅幹，生平不詳。傅共，見寶祐仙溪志，紹興二年張九成榜特奏名，傅權子。仙溪志人物志中附見傅權傳，説他「三薦奏名，文詞秀拔，有東坡和陶詩解」。傅氏是仙溪大族，還有一個作東坡紀年録的傅藻（一作薻），也是他們一家，似乎對蘇軾的研究是傅氏的家學。

洪邁容齋續筆卷十五注書難曾説：「紹興初，又有傅洪（疑因傅共序而誤）秀才注坡詞，鏤板錢塘，至於『不知天上宮闕，今夕是何年』，不能引『共道人間惆悵事，不知今夕是何年』之句；『笑怕薔薇罥』，『學畫鴉黄未就』，不能引南部煙花録。如此甚多。」按：「共道人間惆悵事，不知今夕是何年」是傳爲牛僧孺作的周秦行記中的詩句。今本注坡詞卷五南歌子「笑怕薔薇罥」句已經引到了南部煙花録，似乎又是在紹興初年錢塘刻本之後的修訂本了。「學畫鴉黄未就」應作「學畫鴉兒猶未就」，見於東坡詞蝶戀花，今本注坡詞已缺。

陳鵠西塘集耆舊續聞卷二説：「趙右史家有顧禧景蕃補注東坡長短句真迹云：『按唐人詞（疑有誤）舊本作「試教彈作忽雷聲」……今本作「輥雷聲」，而傅幹注亦以輥雷爲證，考之傳記無有。』」按：這句見注坡詞卷八虞美人「定場賀老今何在」，正作「輥雷」。顧禧，曾與施元之合作注蘇詩，即所謂施顧注東坡詩。他又曾爲東坡詞作補注，大概在傅幹之後㈠，但未見傳本。

在顧禧之後，北方金朝也有爲蘇詞作注的。元好問元遺山文集卷三十六東坡樂府集選引説：「絳人孫安常注坡詞，參以汝南文伯起小雪堂詩話，删去他人所作無愁可解之類五十六首，其所是正亦無慮數十百處，坡詞遂爲完本，不可謂無功。」孫安常，名鎮，他的注東坡樂府，見於黄虞稷千頃堂書目卷三十二，據云：「字安常，隆州人，承安二年（一一九七）賜第，官陝令。」這個孫注本明代還有傳本，今未見。

王士禎池北偶談卷十九蘇詞注條曾説：「東坡詞『行憂寶瑟僵』乃用漢書金日磾傳『行觸寶瑟僵』語，解者顧引楊行密給朱延壽『病目行觸柱僵』，有何干涉！乃知注書之難，東坡、放翁猶不敢居，有以也。」按：注坡詞卷五南歌子「笑怕薔薇罥」早就引用了漢書金日磾傳，可見傅注本確有不少可取之處的。

注坡詞雖然有不少缺點，如容齋隨筆所指出的漏引「不知今夕是何年」之句等。還有一些非常奇怪的錯誤，如引李白詩誤作白樂天詩，引李商隱詩誤作李後主詞等。但他引用了不少罕見的資料，如卷十二天仙子「走馬采（當作探）花花發未」一首，是各本所無的。注中引了一些蘇軾自己的序跋，也是别本所不載的。還有一些資料，如卷八點絳唇「月轉烏啼」詞注云：「此後二詞，洪甫云：親見東坡手迹於潮陽吴子野家。」這兩首詞别本作秦觀詞，現在就根據這條注考證爲蘇軾詞。這個材料就是傅共提供的。傅注引用的唐宋詩詞和小説，有的已失傳，可以供考證、補輯古書的參考。如卷四定風波「莫怪鴛鴦綉帶長」注引蘇小卿答雙漸詩，就出於宋代流行的雙漸蘇卿故事，最早見於注坡詞的引用。水滸傳第五十一回所説「豫章城雙漸趕蘇卿」諸宫調，就是演這個故事。卷十浣溪沙「山下蘭芽短浸溪」注引古詩：「花有重開日，人無再少年。」這兩句也常見於元明戲曲，而本書是最早加以稱引的。又如書中引元稹鶯鶯傳，稱之爲傳奇，與異聞集及侯鯖録所稱引的題目相同，而且還把張生稱作張籍，見卷四定風波「莫怪鴛鴦綉帶長」及卷五三部樂「美人如月」注。又如卷八殢人嬌「滿院桃花」注引鄭僅的調笑轉踏作張舜民詞。這些都還值得研究。

龍榆生東坡樂府箋曾參考了注坡詞，充分利用了傅注提供的資料。然而因爲是新注本，已經改變了原書的次序和文字，使人看不到古書的本來面目。對於研究東坡詞的讀者來説，還是有一讀注坡詞的必要。因據舊鈔本過録一本，附記如上。

【校注】

㈠ 顧禧的生平，據吴郡志説「紹興間郡以遺逸薦」，有人表示疑問。余嘉錫四庫提要辨證曾作考證，認爲「紹興」是「紹熙」之誤。但龔明之於淳熙九年（一一八二）作序的中吴紀聞卷六顧景繁條説「景繁隱居五十年，享高壽而終。」當卒於淳熙九年之前，大約稍晚於傅幹。

（八）黄永年述注坡詞（原載黄永年藏沈德壽家舊鈔本注坡詞複印本卷首）

大文豪蘇軾的作品在北宋時雖緣黨争一度被禁毁，不久即告解凍，入南宋遂成顯學，傳刻箋注之事疊出。單就詞來説，箋注成書可稽考者至少有三家：即陳振孫直齋書録解題四庫輯本卷二一詞曲類所著録的僊溪傅幹撰注坡詞，陳鵠耆舊續聞卷二所説其真迹保存在趙右史家的「顧禧景蕃補注東坡長短句」，以及元好問遺山文集卷三六東坡樂府集選引所説「絳人孫安常注坡詞」。顧禧嘗與施元之合注東坡詩，今尚有不全宋本傳世，但所注東坡詞迄未見著録。孫安常名鎮，清初黄虞稷千頃堂書目卷三二曾著録其注東坡樂府，以後也未見流傳。流傳至今的只有傅幹注坡詞，全書十二卷，輯本直齋書録解題作二卷應是脱漏了個「十」字。

這個十二卷本注坡詞鄞縣范氏天一閣收藏過一部，清嘉慶時阮元刊刻的文選樓本天一閣書目卷四之四詞曲類所著録「注坡詞十二卷，鈔本，傅幹撰，傅共洪甫序」者，即是其書。但光緒十五年薛福成編刻的天一閣現存書目裏，已找不到它了。幸好，沈德壽的抱經樓藏書志卷六四裏也著録了一部標明傅幹撰的注坡詞十二卷舊鈔本。沈德壽是慈溪人，慈溪和鄞縣過去同屬寧波府，因此這部舊鈔本雖非天一閣原藏，也應是從閣藏明鈔本傳鈔出來的。沈氏抱經樓書散，這部已成爲孤本的注坡詞爲寓居上海夙以藏詞著稱的徐積餘乃昌先生所收得。

徐先生在書的開頭加了一則自撰的積學齋藏書記，其中説到此書「前有竹溪散人傅共洪甫序，稱爲族子幹字子立所撰」，「宋黄巖孫編、元黄真仲重訂仙溪志進士題名：『傅共，傅權子，紹興二年張九成榜特奏名。』其人物傳傅權傳後附共傳：『共三薦特奏名，文詞秀拔，有東坡和陶詩解。』是共、幹皆與東坡詩詞有所解注也。」這是對此注撰序人傅共生平唯一的考證。至於注者傅幹的事實，不僅徐先生没有考出來，我們至今仍無能爲力。

傅幹注坡詞雖是現存蘇詞唯一的舊注本，但多年來聲譽似不甚佳妙。不能不在此作點申辯疏説。

首先對此書表示不滿的，是傅幹同時代人洪邁。所撰容齋隨筆的續筆卷一五「注書難」條曾説到：「紹興初又有傅洪秀才注坡詞，鏤板錢塘，至於『不知天上宫闕，今夕是何年』，不能引『共道人間惆悵事，不知今夕是何年』之句，『笑怕薔薇罥』，『學畫鴉黄未就』，不能引南部煙花録，如此甚多。」按「學畫鴉黄未就」應作「學畫鴉兒猶未就」，見蘇詞蝶戀花，正在舊鈔注坡詞缺頁之中，無從核對。「笑怕薔薇罥」見蘇詞南歌子，傅注已指出「乃煬帝宫中事，備見南部煙花記」，并非不詳出處。只有水調歌頭「不知天上宫闕，今夕是何年」，傅注止引用杜詩「今夕何夕歲云阻」，而没有能記憶起周秦行記裏的「不知今夕是何年」詩句。但一整部書裏有點這樣的小失誤本算不了什麽，洪邁自己不也把「學畫鴉兒猶未就」錯記成「學畫鴉黄未就」，甚至把注者傅幹錯記成傅洪，難道可因此而否定整部容齋隨筆的價值？

麻煩的是還有人對傅注發出全面否定的議論。先是清初頗負盛名的藏書家錢曾，在所撰讀書敏求記卷四詞類裏著録了元延祐庚申刻本東坡樂府，説「舊藏注釋宋本，穿鑿蕪陋，殊不足觀，棄彼留此可也」。這裏被詬爲「穿鑿蕪陋」的「注釋宋本」顯然就是傅注本。過了三百年光景，一九五七年古典文學出版社影印元延祐七年庚申葉曾雲間南阜書堂刻本東坡樂府，附有趙蜚雲萬里先生所寫的長跋，跋中不僅照引了讀書敏求記裏的這段話，并且説「所謂注釋宋本，實指宋人傅幹注坡詞……二十年前，余於上海徐積餘先生處，得見新抄本，從范氏天一閣藏明抄本傳録，注釋淺陋，誠有如遵王按錢曾字遵王所譏者。」趙先生是版本目録學專家，這部影印元延祐本東坡樂府又是研究蘇詞者必備必讀的本子，經此一槌定音，傅注真似聲譽掃地，大可如前人所説覆諸醬瓿了。

但趙先生的話真能成爲定論嗎？我看不一定，起碼他説徐積餘藏注坡詞是「新抄本」就有毛病。如前所講，光緒時編刻的天一閣現存書目裏已找不到這個注坡詞，則從閣本傳録最遲也應在咸豐、同治年間甚至更前，而趙先生見到徐藏鈔本是在民國二十幾年，去咸同已逾半個世紀，如何能稱其時的鈔本爲「新抄」？至於是否「注釋淺陋」，或如讀書敏求記所説「穿鑿蕪陋」，則由於他們都没有像洪邁那樣舉出實例，不好逐條查對答覆，只好對傅注本來個全面評審鑑定，看他們的話是否靠得住。

鑑定傅注本優劣的辦法最好是把别的舊本來比較。舊本中當然首推爲趙先生所重視的元延祐本，且已經影印便於使用。另外，趙先生跋語中還説到「陳振孫直齋書録解題有二卷本，其本疑即明人吴訥四朝名賢詞本，今在天津圖書館。……卷末附拾遺詞，目後有曾慥跋文」，并認爲元延祐本「與曾慥本，實爲傳世坡詞二個最重要的本子」。好在這個四朝名賢詞也早由商務印書館用百家詞的名稱綫裝鉛印公世，完全有條件尊重趙先生的意見用這曾本和元本跟傅注本比較。傅注本重在注，曾本、元本正文雖無注，但在每首詞的詞牌名稱下仍和傅注那樣常加有小注。這些小注在曾、元本和傅本中大體以三種面貌出現：一種不附加任何説明，有時像蘇軾自己的話，有時又像别人所添注；一種標明是蘇軾的話，加上「公自序」、「公舊序」、「公舊注」，個别在下片末尾或曰「公舊注」，或曰「公自跋」；還有一種是引用楊元素本事曲集，有時引在詞牌下面，有時還引在下片或上片的末尾。現在先比較第一種，表列傅、曾、元三本之歧異詳略如次。三本相同以及稍有出入但無關文義者不再列出，曾本所注「述懷」、「送别」、「春情」、「夏景」等顯係後人妄加以便於歌筵點唱者也不列出。所列注文確屬辭義優長或特有價值别以圓圈標出。詞篇編排次序則姑從傅本。（劉按，表中省略專名號以求醒目。）

詞篇	傅本	曾本	元本
水龍吟（楚山脩竹如雲）	咏笛材公舊序云……一云贈趙晦之	同傅	贈趙晦之吹篴侍兒
水調歌頭（落日繡簾捲）	快哉亭作	同傅	○黄州快哉亭贈張偓佺
滿江紅（江漢西來）	○寄鄂州朱使君壽昌	無	○同傅
又（東武南城）	東武會流杯亭	同傅	○東武會流盃亭上巳日作城南有坡土色如丹其下有堤壅郱淇水入城
又（清潁東流）	○寄子由	○懷子由作	無
又（天豈無情）	○正月十日雪中送文安國還朝	正月十三日送姜安國還朝	○正月十三日雪中送文安國還朝
歸朝歡（我夢扁舟浮震澤）	○公嘗有詩與蘇伯固其序曰……	○同傅	和蘇堅伯固
西江月（公子眼花亂發）	真覺賞瑞香	同傅	○寶雲真覺院賞瑞香

（續表）

詞篇	傳本	曾本	元本
又（怪此花枝怨泣）	○真覺府瑞香一本曹子方不知以爲紫丁香戲用前韻	再用前韻戲曹子方	同曾
又（點點樓頭細雨）	○重陽棲霞樓作	重九	同曾
又（龍焙今年絶品）	○送建溪雙井茶谷簾泉與勝之勝之徐君猷家後房甚麗自叙本貴種也	茶詞	○送建溪雙井茶谷簾泉與勝之徐君猷家後房甚慧麗自陳叙本貴種也
又（別夢已隨流水）	○姑熟再見勝之次前韻	無	○同傳
又（世事一場大夢）	○中秋和子由	無	無
又（莫嘆平原落落）	○送錢待制穆父	無	無
又（玉骨那愁瘴霧）	○梅	無	無

（續表）

詞篇	傳本	曾本	元本
醉蓬萊（笑勞生一夢）	○余謫居黃三見重九每歲與太守徐君猷會於棲霞今年公將去乞群湖南念此惘然故作此詞	重九上君猷	○同傳（黃下有州字栖下有樓字乞郡字未誤群）
臨江仙（自古相從休務日）	○送李公恕	冬日即事	○同傳
又（樽酒何人懷李白）	○夜到楊州席上作	無	○同傳
又（九十日春都過了）	○熙寧九年四月一日同成伯公謹輩賞藏春館殘花密州邵家園也	無	惠州改前韻
又（一別都門三改火）	○送錢穆父	無	○同傳
又（夜飲東坡醒復醉）	○夜歸臨皋	無	無
南鄉子（晚景落瓊盃）	○黃州臨皋亭作	春情	無

（續表）

詞篇	傳本	曾本	元本
又（東武望餘杭）	○和楊元素時移守密州	和楊元素	○同傳
又（涼簟碧紗厨）	○和元素	自述	○和楊元素
又（天與化工知）	無	○雙荔枝	○同曾
洞仙歌（江南臘盡）	○咏柳	○同傳	無
八聲甘州（有情風萬里卷潮來）	○寄參寥子時在巽亭	寄參寥子	同曾
好事近（紅粉莫悲啼）	送君猷	同傳	黄州送君猷
又（湖上雨晴時）	○西湖夜歸	湖上	○同傳
南歌子（山與歌眉歛）	○錢塘端午	游賞	○杭州端午
又（日出西山雨）	○送劉行甫赴餘杭	和前韻	送行甫赴餘姚
又（海上乘槎侶）	○八月十八日觀潮和蘇伯固二首	八月十八日觀潮	同曾

（續表）

詞篇	傳本	曾本	元本
又（苒苒中秋過）	無	再用前韻	無
又（紺綰雙蟠髻）	無	○楚守周豫出舞鬟因作二首贈之	楚守周豫出舞鬟
又（琥珀裝腰佩）	無	同前	無
鵲橋仙（緱山仙子）	○七夕送陳令舉	七夕	○同傳
阮郎歸（一年三度過蘇臺）	蘇州席上作	同傳	○一年三過蘇最後赴密州時有問這回來不來其色凄然太守王規甫嘉之令作此詞二本名醉桃源
江神子（鳳凰山下雨初晴）	○湖上與張先同賦時聞彈箏	江景（作江城子）	湖上與張先同賦（作江城子）
又（老夫聊發少年狂）	○密州出獵	獵詞	○同傳

（續表）

詞篇	傳本	曾本	元本
行香子（涼夜霜風）	○病起小集	秋興	○同傳
又（携手江村）	○丹陽寄述古	冬思	○同傳
菩薩蠻（碧紗微露纖纖玉）	○贈徐君猷笙妓	無	○同傳
又（秋風湖上蕭蕭雨）	○西湖送述古	西湖	○同傳
又（玉童西迓浮丘伯）	○杭妓往蘇迓楊元素寄蘇守王規甫	杭妓往蘇	○同傳（楊元素上有新守二字）
又（天憐豪俊腰金晚）	○席上和陳令舉	無	○同傳
又（娟娟缺月西南落）	○述古席上	○同傳	靈壁寄彭門故人
又（玉笙不受朱唇暖）	○潤州和元素	感舊	○同傳
又（畫檐初掛彎彎月）	○七夕黃州朝天門上二首	新月	七夕朝天門上作

（續表）

詞篇	傳本	曾本	元本
又（風迴仙馭雲開扇）	無	七夕	七夕
又（嶠南江淺紅梅小）	紅梅贈別	回文	無
又（翠鬟斜慢雲垂耳）	○四時閨怨回文效劉十五貢父體	回文春閨怨（以下三首分別題夏秋冬閨怨）	回文四時閑怨
虞美人（定場賀老今何在）	○琵琶	○同傳	無
又（歸心正似三春草）	○送浙憲馬中玉	述懷	無
又（湖山信是東南美）	○爲杭守陳述古作	無	○有美堂贈述古
何滿子（見説岷峨凄愴）	○湖州作寄益守馮當	湖州作	○同傳（馮當下有世字）
殢人嬌（白髮蒼顏）	○或云贈朝雲	○同傳	無
醉落魄（蒼顏華髮）	○蘇州閶門留別	憶別	○同傳

（續表）

詞篇	傳本	曾本	元本
又（輕雲微月）	○離京口作	述懷	○同傳
如夢令（爲向東坡傳語）	○寄黃州楊史君二首公時在翰苑	有寄	無
減字木蘭花（閩溪珍獻）	○西湖食荔子	荔枝	○同傳（子作枝）
又（賢哉令尹）	○送東武令趙晦之失官歸海州	送東武令趙晦之	送東武令趙昶失官歸海州
又（玉觴無味）	彭門留別	送別	○同傳
又（春光亭下）	○送趙令晦之	送趙令	同曾
又（維熊佳夢）	○過吳興李公擇生子三日會客作此詞戲之	○同傳	○秘閣古笑林云……余過吳興而李公擇適生子三日會客求歌辭乃爲作此戲之舉坐皆絕倒

（續表）

詞篇	傳本	曾本	元本
又（春牛春杖）	○己卯儋耳春詞	立春	○同傳
又（春庭月午）	○無（另引趙德麟侯鯖録）	春月	○二月十五夜與趙德麟小酌聚星堂
又（天然宅院）	○贈勝之乃徐君猷侍兒	○贈勝之	○同曾
浣溪沙（西塞山邊白鷺飛）	○元真子漁父詞極清麗恨其曲度不傳故加數語令以浣溪沙歌之	漁父	無
又（覆塊青青麥未蘇）	○十二月二日雨後微雪太守徐君猷携酒見過坐上作浣溪沙三首明日酒醒雪大作又作二首時元豐五年也	十一月二日……又作二首	十二月二日……又作二首
又（珠檜絲杉冷欲霜）	○九月九日二首	○同傳	重九

（續表）

詞篇	傳本	曾本	元本
又（霜鬢真堪插拒霜）	○無（蒙上二首故無注）	和前韻	無
又（照日深紅暖見魚）	○徐州石潭謝雨道上作五首潭在城東二十里常與泗水增減清濁相應	徐州石潭謝雨道上作五首	○同傳
又（一別姑蘇已四年）	無	○贈閭丘朝議時過徐州	○同曾（過作還）
又（怪見眉間一點黃）	○彭門送梁左藏	有贈	無
又（長記鳴琴子賤堂）	○贈陳海州陳嘗爲眉令有聲	憶舊	○同傳
又（入袂輕飄不破塵）	○端午	○端午（此首在拾遺中）	無

（續表）

詞篇	傅本	曾本	元本
雨中花（今歲花時深院）	○公初至密州以累歲旱蝗齋素累月方春牡丹盛開遂不獲一賞至九月忽開千葉一朵雨中特爲置酒遂作此詞	無	○初至密州……遂作
勸金船（無情流水多情客）	○和元素自撰腔命名亦作泛金船	和元素韻自撰腔命名	流杯亭和楊元素（作泛金船）
一叢花（今年春淺臘侵年）	○初春病起	無	○同傅
木蘭花令（梧桐葉上三更雨）	○宿造口聞夜雨寄子由才叔	○同傅	無
鷓鴣天（林斷山明竹隱墻）	○東城調黃州時作此詞真本藏林子敬家	○同傅（調作謫黃州下無時字）	無
少年游（去年相送）	○潤州作代人寄遠	潤州作	○同傅

（續表）

詞篇	傳本	曾本	元本
望江南（春未老）	○超然臺作	暮春	○同傳
卜算子（蜀客到江南）	○自京口還錢塘道中寄述古太守	感舊	無
又（缺月掛疎桐）	○黄州定惠院寓居作	黄魯直跋……	○同傳
清平樂（清淮濁汴）	○送述古赴南都	秋詞	無
昭君怨（誰作桓伊三弄）	○金山送柳子玉	送别	○同傳
采桑子（多情多感仍多病）	○潤州多景樓與孫巨源相遇	○同傳	無（另點竄本事集）
千秋歲（淺霜侵緑）	徐州重陽作	湖州暫來徐重陽作	重陽作徐州
生查子（三度别君來）	無	訴别	○送蘇伯固
翻香令（金爐猶暖麝煤殘）	○此詞蘇次言傳於伯固家云老人自制腔名	無	○同傳

從上表可以看出，傅本、曾本、元本都各有短長，但傅本優長之處即得圓圈的多至七十六條，元本居次爲四十七條，曾本最少只有十六條。在這方面傅本佔了絶對優勢。

再比較「公自序」、「公舊序」、「公舊注」、「公自跋」，仍表列以便省覽。

詞篇	傅本	曾本	元本
水龍吟（楚山脩竹如雲）	公舊序云……	有	無
又（小舟横截春江）	公舊注云……	有	有（删公舊注云四字）
滿庭芳（歸去來兮）	公舊序云……	有	有（删公舊序云四字）
又（二十三年今誰存者）	公舊序云……	有	有（删公舊序云四字）
水調歌頭（安石在東海）	公舊序云……	有	有（删公舊序云四字）
又（呢呢兒女語）	公舊序云……	有	有（删公舊序云四字）
西江月（怪此花枝怨泣）	公舊注云……（下片末尾）	無	無

（續表）

詞篇	傅本	曾本	元本
又（玉骨那怨瘴霧）	公自跋云……（下片末尾）	無	無
又（照野瀰瀰淺浪）	公自序……	有	有
定風波（莫聽穿林打葉聲）	公舊序云……	有	有（刪公舊序云四字）
又（月滿苕溪照夜堂）	公自序云……	有	有（刪公自序云四字）
南鄉子（裙帶石榴紅）	公舊序……	有	無
洞仙歌（冰肌玉骨）	公自序云	有	有（刪公自序云四字）
江神子（夢中了了醉中醒）	公舊注云……	有（作江城子）	有（刪公舊注云四字，作江城子）
永遇樂（長憶別時）	公自序云……	無	有（刪公自序云四字）
又（明月如霜）	公舊注云……	有	有（刪公舊注云四字）

（續表）

詞篇	傅本	曾本	元本
哨遍（爲米折腰）	公舊序云……	有	有（删公舊序云四字）
浣溪沙（羅襪空飛洛浦塵）	公舊序云……	有	有（删公舊序云四字）
鷓鴣天（笑撚紅梅嚲翠翹）	公自序云……	有	有（删公自序云四字）
又（西塞山邊白鷺飛）	公自序云……	有（作公序云）	有（删公自序云四字）

按所謂「公自序」、「公舊序」、「公舊注」、「公自跋」云云，必有所根據，是解説蘇詞以至研究蘇軾生平的寶貴資料。對此傅本共搜集了二十條，而曾本只剩十七條，元本只剩十六條，在數量上都已比不上傅本。從質量來説，曾本的十七條固和傅本大體相同，未經點竄；元本則除西江月「照野瀰瀰淺浪」一條尚保存「公自序」外，其餘十五條的「公自序云」、「公舊序云」、「公舊注云」統統被删去，致使這批資料混同於前面所列第一種不加説明的小注，誠可謂竄亂舊本面目，從校勘角度來衡量殆難免惡刻之誚。後來同樣被删去「公自序云」、「公舊序云」、「公舊注云」的蘇詞刻本，如明焦竑編刻東坡二妙集本以及毛晉據焦本編刻宋六十名家詞本，趙葦雲先生在

元刻跋語中均認爲是「原出曾慥本」，現在看起來應和這個竄亂舊本的元刻本更有淵源。

剩下來還有所引的楊元素本事曲集或簡稱本事集，也表列如次：

詞篇	傳本	曾本	元本
水龍吟（古來雲海茫茫）	楊元素本事曲集……（上片末尾）	無	無
滿庭芳（三十三年漂流江海）	有其文而未冠以楊元素本事曲集	楊元素本事曲集云……（文字較傅本簡略）	有（同傅本）
滿江紅（憂喜相尋）	楊元素本事曲集……	有（文字較傅本簡略）	有（删楊元素本事曲集七字，文字同傅本而有點竄）
虞美人（湖山信是東南美）	本事集……（下片末尾）	有（誤入下一首菩薩蠻下，又文字較傅本簡略）	無
減字木蘭花（雙龍對起）	本事集云……（下片末尾）	有（文字較傅本簡略）	有（删本事集云四字，文字同傅本而有點竄）

（續表）

詞　篇	傳　本	曾　本	元　本
木蘭花令（霜餘已失長淮闊）	本事曲集……（下片末尾）	無	無
采桑子（多情多感仍多病）	本事集云……（下片末尾）	無	有（删本事集云四字，文字同傳本而有點竄）

楊元素本事曲集曾著録於南宋尤袤遂初堂書目，此後即告佚失。梁啓超飲冰室文集中華書局舊版第十六册有記時賢本事曲子集）一文，謂「其全名爲時賢本事曲子集，且有前後集，省名則稱本事曲集，再省則稱本事集或本事曲，著者則楊元素也」，「元素名繪，綿竹人，宋史有傳，神宗時以侍讀學士出知亳州，歷應天、杭州，據王文誥蘇詩總案，知其守杭在熙寧五年甲寅七月，時東坡方以同鄉爲杭倅，故過從尤契密」，「集中與楊元素贈答唱和之詞多至十三首」云云，後面還附列了所輯本事曲集五條佚文。今按此五條佚文除一條出於歐陽文忠公集卷一三二漁家傲小注外，另四條都從百家詞本即曾本東坡詞抄輯，上表中均已列出，但曾本所引不僅文字較見於傳本者已事節略，而且滿庭芳「三十三年漂流江海」一條是否真出本事曲集尚屬可疑。傳本引用本事曲集以及「公自序」等均不事點竄，而所引此條稱「余年十七」云云，明非楊元素撰本事曲集口

吻，因而此條實應屬前面所説第一種小注性質，開頭無「本事曲集」字樣者并非傳寫脱落所致。何況傅本所引本事曲集在此以外還多出水龍吟「古來雲海茫茫」，木蘭花令「霜餘已失長淮闊」，采桑子「多情多感仍多病」三條，其寶貴豈不遠過曾本？至於元本，就更爲荒唐了，它所引滿江紅「憂喜相尋」等三條在删落「楊元素本事曲集」的同時，更把「東坡」、「子瞻」等或抹去或改成「余」字，以冒充蘇軾本人的口氣，以致采桑子「多情多感仍多病」的小注成爲：「潤州甘露寺多景樓，天下之殊景也。甲寅仲冬，余同孫巨源、王正仲參會於此，有胡琴者姿色尤好。三公皆一時英秀，景之秀，妓之妙，真爲希遇。飲闌，巨源請於余曰：『殘霞晚照，非奇才不盡！』余作此詞。」這裏只有孫巨源、王正仲，是二公，哪來「三公」？難道胡琴妓也算一公？和傅本一對照，原來「余同孫巨源、王正仲」本作「蘇子瞻同孫巨源、王正仲」，「巨源請於余」本作「巨源請於子瞻」，「余作此詞」本作「子瞻作此詞」，是元本想冒充蘇軾口氣纔改得這麽不通，這又説明元本校定者在文字修養上實在太不够水平。

傅本和曾本、元本相比較的結果就是如此。總的説來是傅本遠勝於曾本、元本，當然曾本、元本也有可以補正傅本之處，這在第一種不附加説明的小注部分尤爲明顯。至於這三個本子之間的淵源遞嬗關係，一時還不易説清楚。只從曾本點絳唇「醉漾輕舟」注有「此後二詞，洪甫云親見東坡手迹於潮陽吴子野家」來看，可斷定它是參考過傅本甚至是源出傅本的，因爲「洪甫」者就是給傅本撰序的傅共之字，而且這個注就見於傅本點絳唇「月轉烏啼」之後。

傅本除了詞牌下小注及引用本事曲集之外，正文中間還有注，絶大多數是注蘇詞所用的古典。當年洪邁就是對這部分表示過不滿，并列舉了三條實例，這在上文已作了答辯。此外未經洪邁指摘的全部注文我也認真覆看了一遍，覺得所疏解的古典出處總的説來還是比較翔實確切的，并非如趙蜚雲先生以及讀書敏求記所説「淺陋」或「穿鑿蕪陋」。而且由於注者傅幹是南宋初年人，注中還能保存一些不經見的唐宋詩詞小説佚文。友人程毅中先生在所撰注坡詞跋裏也曾指出：「定風波『莫怪鴛鴦繡帶長』注引蘇少卿答雙漸詩，就出於宋代流行的雙漸蘇卿故事」，「浣溪沙『山下蘭芽短浸溪』注引古詩『花有重開日，人無再少年』。這兩句也常見於元明戲曲，而本書是最早加以稱引的。」我注意到注中對宋代流行的某些俗語也作了解釋，如減字木蘭花「天然宅院」的下片：「今年十四，海裏猴兒奴子是。要賭休癡，六隻骰兒六點兒。」讀白文時真有不知所云之感，傅注則要言不繁地説：「海猴兒，言好孩兒也。六點兒，言没賽也。」原來蘇軾是在用當時的俗語來誇徐君猷侍兒勝之。如果傅注不存在，我想即使遍查古類書韻書恐怕也得不到解答。

最後，還可以談談這部注坡詞舊鈔孤本近若干年來的遭遇及其現狀。

當這部孤本還在徐氏積學齋裏的時候，已引起少數内行的關注。今中國國家圖書館收藏的鈔本，和民國十九年趙尊嶽的鈔本，就都是從積學齋的這部孤本傳鈔的。以後，龍榆生沐勛師通過羅振常也借到了此孤本，并據以撰成東坡樂府箋三卷，民國二十五年由商務印書館出了綫裝鉛印本一九五八年用原紙型略加訂補後還重印過一次，傅幹舊注纔由此而爲讀蘇詞者所知悉。至於原書，則在徐積餘先生身後仍由其家屬保存，到一九五三年春天，方和積學齋其他藏書賣給上海常熟路上的萃古齋舊書店，從而爲我買得。當時曾送請在上海音樂學院執教的榆生師過目，這年冬天榆生師在書尾題了一首水龍吟，并對我説，他年青時所撰東坡樂府箋未能完全吸收傅本的長處，現在原書發現了，很想把它整理出來公世。只是過了幾年榆生師即蒙受冤屈，十年動亂之初且被迫害致死，此願終未能實現。幸原書尚存寒齋未付劫灰，差可告慰。

今此書襯裝四册，從册首所鈐圖記來看，在沈氏收藏時已是如此，惟淺緑色書衣或係徐積餘先生所更易，因爲我所見積學齋其他藏書也間有用這種淺緑書衣的。每卷開頭備列本卷所收詞牌篇數，每首詞的過片處必提行而不與上片相連接，都是宋人刊刻詞集的傳統格式，每半頁九行、行十七字也是宋本慣用的行格，積學齋藏書記説它是「舊影宋鈔本」，是頗具眼力的。只是它已是從天一閣明鈔本傳鈔而非直接照録宋本，不能和點畫精麗的影宋鈔本如汲古閣毛鈔之類比美。原書間有缺頁，想明鈔所據宋本已是如此，錢曾讀書敏求記中所提到的宋本既久不見公私書目著録，自已無從借本抄補。只能用與此書有淵源的曾本補齊正文和題下小注，不足之處再借助元本，抑所謂聊勝於無而已。

貳　有關其他東坡詞籍之題跋

（一）曾慥東坡詞拾遺跋（原載明萬曆刊茅維編蘇東坡全集書後）

東坡先生長短句既鏤板，復得張賓老所編并載於蜀本者，悉收之。江山麗秀之句，樽俎戲劇之詞，搜羅幾盡矣。傳之無窮，想像豪放風流之不可及也。紹興辛未孟冬至游居士曾慥題。

（二）葉曾東坡樂府序（原載元延祐刊本東坡樂府卷首）

今之長短句，古「三百篇」之遺旨也。自風雅隳散，流爲鄭衛侈靡之音，不能復古之淳厚久矣。東坡先生以文名于世，吟咏之餘，樂章數百篇，樂而不淫，哀而不傷，真得六義之體。觀其命意吐詞，非淺學窺測。好事者或爲之注釋，中間穿鑿甚多，爲識者所誚。舊板謌没已久，余有家藏善本，再三校正一新，刻梓以永流布，使先生文章之光焰，復盛於明時，不亦幸乎。延祐庚申正月望日，括蒼雲深葉曾刻於雲間南阜書堂。

（三）毛晉東坡詞跋（原載明崇禎毛氏汲古閣刊東坡詞卷末）

東坡詩文，不啻千億刻，獨長短句罕見。近有金陵本子，人争喜其詳備，多渾入歐、黄、秦、柳之作，今悉删去。至其詞品之工拙，則魯直、文潛、端叔輩自有定評。

（四）黄丕烈東坡樂府題記（原附元延祐刊本東坡樂府卷首）

余所藏宋元人詞極富，皆精鈔，或舊鈔，而名人校藏者。若宋元刻本，向未有焉。既從骨董鋪中獲一元刻稼軒長短句，可稱絶無僅有之物。其時，余友顧千里館余家，共相欣賞，以爲「此種寶物，竟以賤直得之，何世之不知寶而子幸遇之乎？」蓋辛詞直不過白鏹七金也。近年無力購書，遇宋元刻又不忍釋手，必典質借貸而購之，未免室人交遍謫我矣，故以賣書爲買書，取其可割愛者去之，如鈔本詞屢欲去，而爲買宋刻太平御覽計是已。今秋顧千里自黎川歸，余訪之城南思適齋。千里曰：「聞子欲賣詞，余反有一詞欲子買之。」余曰：「此必宋刻矣。」千里曰：「非宋刻却勝于宋刻。昔錢遵王已云：宋本殊不足觀，則元本信亦可寶。」請觀之，則延祐庚申刻東坡樂府也。其時需直三十金，余以囊澁未及購取。後思余欲去詞，辛詞本欲留存，且蘇辛本爲并稱，合之實爲雙璧。因檢書一二種，售諸友人，得銀二十四兩，千里意猶不足，余力實無餘，復益以日本刻簡齋集，如前需數，而交易始成。余遂得以書歸。取毛鈔東坡詞勘之，非一本，二卷雖同，其序次前後，字句歧異，當兩存之。鈔本附東坡詞拾遺一卷，有紹興辛未孟冬至游居士曾慥跋，謂「東坡先生長短句既鏤板，復得張賓老所編并載于蜀本者，悉收之」，似前二卷亦係曾刊，而直齋解題但云東坡詞二卷，不云有拾遺，似非此本。然直齋云集中戚氏，叙穆天子西王母事，今毛鈔本亦有此語，似宋刻即毛鈔所自出。而此刻戚氏下無此注釋，大概錢所云穿鑿附會者也。且毛鈔遇注釋處，往往云「公舊注」云云，俱與此刻合，而其餘多不同，或彼有此無，或彼無此有。余以毛鈔注釋多標明「公舊注」，則此刻之注釋，乃其舊文，遵王欲棄宋留元，未始無意。此書未必述古舊藏。前明迭經文、王兩家收藏，本朝又爲健菴、滄葦鑒賞，宜此書之益增聲價矣。癸亥季冬六日，蕘翁黄丕烈識。

（五）王鵬運東坡樂府跋（原載四印齋所刻詞中東坡樂府二卷末）

右延祐雲間本東坡樂府二卷。錢遵王讀書敏求記：「東坡樂府二卷，刻於延祐庚申。舊藏注釋宋本，穿鑿蕪陋，殊不足觀，棄彼留此可也。」其説與葉序吻合。按文獻通考：「注坡詞二卷。陳氏曰：僊溪傅幹撰。」而黄蕘翁跋即以毛鈔中戚氏叙穆天子西王母云云，爲宋本穿鑿之證，或未盡然。光緒戊子春，鳳阿同年，聞余有縮刻稼軒長短句之役，復出此册叚我，遂借鈔合刻。中間字句間有僞奪與缺筆敬避及不合六書字體者，悉仍其舊，略存影寫之意。文忠詩文，傳刻極夥，倚聲一集，獨少别本單行；且蘇、辛本屬并稱，而二書踪迹始并見於季滄葦延令書目中，繼復同歸黄氏士禮居、汪氏藝芸書舍，余復從楊氏海源閣叚刻以行。三百年來合併如故，洵乎藝林佳話。而鳳阿善與人同之量，亦良足多矣。越月刊成，誌其緣起如此。臨桂王鵬運半塘識。

（六）許玉琢蘇辛合刻詞序（原載四印齋所刻詞中東坡樂府卷首）

吾鄉藏書之富，自毛氏父子、絳雲、傳是、遵王、延令而後，實數黃氏士禮居。百宋一廛、千元十架，被之歌咏，海内稱盛。道光之季，聊城楊端勤公，建節河上，博搜墳典。於是良賈居奇，不脛而走。孔堂汲郡，欲從末由。自來都下，獲交於公之子勰卿學士，嘗出眎楹書隅録，屬爲之序。日月易邁，山海邈然。比者，勰卿令嗣鳳阿侍讀，同官日下，高密禮堂之遺，崇賢書簏之秘，世守弗失，清棻載揚。暇日公讌，幼霞同年，討論群籍。偶及倚聲，因出元延祐東坡樂府及大德信州本稼軒長短句二種，蓋即士禮居所藏弆者。予嘗爲幼霞序雙白詞，遂慫恿借鈔合刻，以廣其傳。鋟板既成，乃命爲序。竊謂金石不蝕，孤證僅存，綃繩代傳，真本難得。昔病五厄，今有三幸。蓋傳非其人，易飽羽陵之蠹；置非其地，輒遭秦火之燔。曩歲庚申，吴門陸沈藏書之家，烏鈔殆盡；聊城則園葵不驚，庭草交映。油素四尺，依問字之亭；陶瓶七層，成集古之録。此一幸也。夫中壘精校，僅足以訂訛；驎士細書，亦難以行遠。設非循其條目，予以雕鎪，猶入寶山而空回，過屠門而大嚼。今則新硎焕發，叩寂於七百年以前；舊槧流傳，捃逸於六十種以外。此一幸也。且詞之爲學，賦情各殊，按律有定。蘇、辛以忠愛之旨，寫憂樂之懷，固與姜、張諸家，刻畫宮徵，判然異軌。然鄧林之蔭甚美，弗取其疏；楚畹之蘭競芬，宜汰其似。缺者補之，違者正之。證法界於華嚴，聽秋聲於江上。此一幸也。玉琢未躋唐述，罔識虞初。竊念是書，來自里門，龍威丈人之藏，雞次渡江之典，沿流討源，實所珍異。且銅琶餘韻，青兕前身，尤足鼓濠梁之化機，盪鄭衛之細響。故人有子，前言不食，是又鄙人所私幸者也，遂不辭而爲之序。光緒戊子初夏，吴縣許玉瑑。

（七）馮煦東坡樂府序（原載朱祖謀彊村叢書本東坡樂府卷首）

詞之有南北宋，以世言也；曰秦、柳、姜、張，以人言也。若東坡之於北宋，稼軒之於南宋，并獨樹一幟，不域於世，亦與他家絶殊，世第以豪放目之，非知蘇、辛者也。顧二家專刻，世不恒有，坡詞尤鮮善本。古微前輩，詞家之南董也，酷嗜坡詞，迺取世所傳毛王二刻，訂訛補闕，以年爲經而緯以詞，既定本，屬煦一言簡端。煦嗜坡詞，與前輩同，綜其旨要，厥有四難。詞尚要眇，不貴質寔。顯者約之使隱，直者揉之使曲。一或不善，鈎輈格磔，比於禽言；撲朔迷離，或儕兔迹。而東坡，獨往獨來，一空羈靮。如列子御風，以游無窮；如藐姑射神人，吸風飲露，而超乎六合之表，其難一也。詞有二派，曰剛與柔。毗剛者，斥温厚爲妖冶；毗柔者，目縱軼爲粗獷。而東坡，剛亦不吐，柔亦不茹。纏綿芳悱，樹秦、柳之前旃；空靈動盪，導姜、張之大輅。唯其所之，皆爲絶詣，其難二也。文不苟作，寄託寓焉，所謂文外有事在也，於詞亦然。然世非懷襄，而效靈均九歌之奏；時非天寶，而擬杜陵八哀之篇。無病而呻，識者恫之。而東坡夙負時望，横遭讒口。連蹇廿年，飄蕭萬里。酒邊花下，其忠愛之誠，幽憂之隱，旁礴鬱積於方寸間者，時一流露，若有意，若無意，若可知，若不可知。後之讀者，莫不睪然思，逌然會，而得其不得已之故，非病而呻者比，其難三也。夫側艷之作，止以導淫；悠繆之辭，或將損性。拘墟小儒，懸爲徽纆。而東坡涉樂必笑，言哀已歎。暗香水殿，時軫舊國之思；缺月疏桐，空吊幽人之影。皆屬寓言，無慚大雅，其難四也。噫！東坡往矣。前輩早登鶴禁，晚棲虎阜。沈冥自放，聊乞玉局之祠；峭直不阿，幾蹈烏臺之案。其於東坡，若合符契。今樂府一刻，殆亦有曠百世而相感者乎？若夫校訂之審，箋注之精，則前輩發其凡矣，此不具書。時宣統二年庚戌夏五月，金壇馮煦。

（八）鄭文焯東坡詞跋（原載朱祖謀彊村叢書本東坡樂府三卷末）

東坡樂府汲古本多踳駁，王半塘老人據元延祐舊本，重刊行世，最爲近古。近朱漚尹侍郎復爲審定，以編年體，衺爲三卷。多依據傅藻紀年録、王輯年譜，精嚴詳慎，去取不苟。它日墨版流轉，足當善本，視此有淄澠之别矣。

（九）林大椿東坡樂府跋（原載朱祖謀彊村叢書本東坡樂府三卷末）

東坡樂府二卷，臨桂王氏鵬運，於光緒戊子叚聊城楊氏海源閣藏黄氏士禮居所收元延祐庚申本，重刊之四印齋。宣統辛亥間，歸安朱氏祖謀，復取元刻及毛氏汲古閣本，重爲編年，分三卷。編年者二百有四首，不編年者一百三十有七首，此近世傳本中之最備者也。元刻雖較近古，然亦間有訛誤，經朱氏一一斠訂，始成完璧。朱氏爲詞家南董，古本陳編，一出其手，不啻玉尺。顧朱氏之編年本，既未能一一以年月爲經緯，使每首皆得其出處，則元刻之以調類列，便於披讀，未始不善也。茲本體裁，一依元刻，其文字斠定，則悉從朱氏。別録校記一卷。其元刻所未載者，爲補遺一卷。以子由所撰墓誌銘冠於篇首，俾讀者備悉公之生平。詞本長短句，故句讀實難，若一一按調尋聲，殊稱弗便，因於校寫之餘，并爲之標點，其押韻以雙圈識之。中華民國十五年九月九日，閩侯林大椿。

（十）夏敬觀東坡樂府箋序（原載龍榆生東坡樂府箋卷首）

詩文集非出手定，爲後人所輯録者，往往次序凌躐，讀者不得尋迹相證，以窺其旨，於是乎有編年。摛藻遺詞，字有來歷，校正訛舛，必詳其源，於是乎有箋注。東坡詩前有百家王注〔一〕，毗陵邵長蘅、海寧查慎行、桐鄉馮應榴、仁和王文誥，踵起編年校補，可謂備矣。獨其詞別本單行，未有從事編注者，歸安朱漚尹侍郎，始爲之校訂編年，刊之彊邨叢書中。吾友萬載龍君榆生，好學深思，以能詩詞，先後教授於厦門、上海諸大學，暇日復取漚尹所編本，考證箋注，精核詳博，靡溢靡遺。夫詞於文章，先輩所視爲小道也，然以古例今，街巷謳謡，輶軒所采，士夫潤色，升歌廟堂，「三百篇」亦周代之詞耳。古今文字嬗降，詩變爲五七言，又變而爲詞，爲南北曲，愈近則愈切於民俗國故。詞莫盛於趙宋，樂章、片玉，幾乎家弦户誦。東坡在當時，異軍特起，孤抱幽憂，託於風人微旨，宜榆生好之篤而考訂之勤也。比集朋輩爲漚社，月課一詞，座中榆生年最少，著述最矜慎。箋方畢，齎稿就予殷殷求益，予不能有助於榆生也，因爲序言以歸之。新建夏敬觀。

【校注】

〔一〕「百家王注」，此指「宋刊王狀元集百家注分類東坡先生詩」。

(十一)夏承燾東坡樂府箋序(原載龍榆生東坡樂府箋卷首)

昔李東陽論坡詩，謂漢魏以前，詩格簡古，不得著細事長語。杜詩稍爲開闢，韓一衍之，蘇再衍之，於是情與事無不可盡。此説也，予以爲尤合於論坡詞。蓋詩至玉川、逋翁，縱横奇詭，已非杜韓所能牢籠，雖坡無以遠過。若其詞横放傑出，盡覆花間舊軌，以極情文之變，則洵前人所未有，擷其粗迹，凡有數創焉。杜韓以議論爲詩，宋人推波以及詞，若山谷、聖求、坦庵、竹齋諸家之論禪，重陽、丹陽、磻溪、清庵諸羽流之論道，以及稼軒、中庵、方壺、西崖之論文，徐鹿卿、陸牆東之論政，枝歧蜕嬗，溯其源實出於坡之如夢令、無愁可解。仲淹、半山，未足比數，此其一也。曹公謝客，好摭經子入詩，在詞則坡之醉翁操、西江月、浣溪沙爲其權輿，後來龍洲、竹齋之用語、孟，稼軒、方壺之用詩、騷，清庵、虚靖之用易、老，以及方壺衣絮之取義淮南，蘆川稷雪之數典詩疏，雖落言筌，無嫌質實。樂府指迷以不用經典爲清真冠絶者，非可持繩諸賢不羈之駕，此其二也。湯衡序于湖詞，謂元祐諸公，嬉弄樂府，寓以詩人句法，發自坡公，此殆指水調歌頭之檃括韓詩，定風波之裁成杜句。他如以歸去來辭諧哨遍，以山海經協戚氏，合文入樂，尤坡之創製。繼起如石林、陽春、遯庵、道園、後邨、竹山，皆有括淵明李杜之詩，馬遷蘇歐之文。吾鄉林正大風雅遺音，且裒爲專集，固近緒餘，亦見創格，此其三也。荆公、子野，始稍稍具詞題，然寂寥短語，引意而止。坡之西江月、滿江紅、定風波，皆系詳序，水龍吟一章，尤斐然長言，自成體制，效之者稼軒、明秀、遺山、秋澗、蘋洲，皆二百餘字，方是閑之哨遍，明秀之雨中花，皆逾三百字，白石且以四百數十字序徵招，詩人製題之風，浸淫及詞，撢其朔亦必及坡，此其四也。要之令詞自晏歐以降，其勢漸窮，耆卿闡其變於聲情，東坡肆其奇於文字。昔之以瑩冰暉露，不著迹象爲尚者，至是泮爲江河，而沛然莫禦。蓋自凝而散，合其道於詩文矣。四端旨要，無以逾此。雖云禁囿既開，横流亦濫，其功罪未可遽論，然此豈暖姝拘墟之徒所當容議哉？榆生此箋，繁徵博稽，十倍舊編，東坡功臣，無俟乎揚贊。委爲弁言，聊舉碎義，祈爲讀坡詞者之一助。若云管窺筐舉，未覽其全，則詹詹固無所逃難也。

一九三四年十月，永嘉夏承燾敬序。

（十二）趙萬里東坡樂府後記（原載古典文學出版社影印元延祐刊東坡樂府書尾）

右元延祐七年葉曾雲間南阜草堂刻本東坡樂府，爲今日所見坡詞最古刻本。迭經黄丕烈士禮居、汪士鐘藝芸精舍、楊紹和海源閣收藏。海源閣書散，歸天津周叔弢先生。一九五二年叔弢先生藏書捐獻政府，此書與元大德三年廣信書院刻本稼軒長短句，同歸中國國家圖書館。清光緒間臨桂王鵬運曾從楊氏借來刻入四印齋刻詞，雖行款未易，而原書面貌，不可復見。今據原本影印，使世人得見元本真相，當亦爲治古典文學者所樂聞也。

案東坡詞，自來全集均未收。陳振孫直齋書録解題有二卷本。其本疑即明人吴訥四朝名賢詞本，今在天津圖書館。又有黄氏士禮居舊藏毛氏汲古閣影宋抄本，編次與吴訥本同。二卷本卷末附拾遺詞，目後有曾慥跋文：

> 東坡先生長短句既鏤版，復得張賓老所編并載於蜀本者悉收之。江山麗秀之句，樽俎戲劇之詞，搜羅幾盡矣。傳之無窮，想像豪放風流之不可及也。紹興辛未孟冬至游居士曾慥題。

據此知東坡詞南宋初有曾慥刻本。慥又輯樂府雅詞，録北宋與南宋初年名家詞殆遍，但未及東坡詞。當因東坡詞曾氏别有專刊，故雅詞中不收。曾氏又據張賓老所編并見於蜀本者補詞四十一首，爲拾遺詞，殿於卷末。此本分上下卷，但後無拾遺詞。余疑此本原亦有拾遺詞。何以知之？考毛氏汲古閣刻本東坡詞，凡毛氏注「元刻逸」或「元刻不載」諸作，如好事近「煙外倚危樓」一闋，玉樓春「元宵似是歡游好」等三闋，臨江仙「昨夜渡江何處宿」一闋，蝶戀花「記得畫屏初會遇」等五闋，漁家傲「臨水縱横回晚鞚」一闋，江城子「膩紅匀臉襯檀唇」一闋，意難忘「花擁鴛房」一闋（案此是程垓書舟詞），雨中花慢「邃院重簾」等二闋，水龍吟「小溝東接長江」等二闋，此本均未收。知毛氏所謂元本，當即此本。曾編拾遺詞四十一首，毛本除江城子「南來飛燕北歸鴻」一闋，係秦淮海作，不復出外，其餘四十首，毛氏散編各調下，均未注明「元本逸」或「元本不載」。可見毛氏所見元本，當有此拾遺四十一首，而此本則因年久失去，固非不可能也。細檢毛氏所據元本，間有與此本不符處，如虞美人「歸心正似三春草」一闋，毛本題云「元刻述懷」；案此本無「述懷」二字，與毛舉元刻不同。又江城子「鳳凰山下雨初晴」一闋，毛本題云「元刻江景」；案此本題作「湖上與張先同賦」，曾慥本則作「江景」。凡此疑皆毛氏刊書時校訂疏漏，未據元本覆勘之故，似非毛氏所據元本如此。

吾人據此本以校毛本，據朱孝臧先生統計，除去浣溪沙「風壓輕雲貼水飛」一闋，係李後主詞，不重出外，此本有而毛本無者，得減字木蘭花等八闋，此本無而毛本有者，得浪淘沙等五十九闋。如此參差不齊，蓋亦有因。毛本所據之底本，據毛晉自跋，原出金陵本子。案此金陵本子，疑即焦竑所編東坡二妙集本。焦本東坡先生詩餘，原出曾慥本，更益以某本（此本現已失傳，疑是宋元時坊本），按調名類次混合編成。凡毛本有此本無者五十九闋，除浣溪沙「晚菊花前斂翠蛾」一闋，永遇樂「天末山横」一闋外，皆備於焦本，文字亦幾全同。此本有毛本無者八闋，則不見於焦本，可見焦氏實未見此本。毛氏編刊時，未將此本細細對看，僅於少數詞調下，記明「元本逸」或「元本失載」字樣，以自詡其本之善。其他異同，未遑從事比勘，疏誤百出，與毛刻他書情況正同。由此觀之，此本與曾慥本，實爲傳世坡詞二個最重要的本子。東坡二妙集本，也有參考價值，其中有些作品，可能是後人贋作。至於毛本，則自鄶以下，不足道矣。

此本有黄丕烈跋尾。跋云：「錢遵王已云宋本殊不足觀……似宋刻即毛抄所自出，而此刻戚氏下，無此注釋，大概錢所云穿鑿附會者也。」案此説實誤。錢遵王讀書敏求記云：「東坡樂府刻於延祐庚申。舊藏注釋宋本，穿鑿蕪陋，殊不足觀。」所謂注釋宋本，實指宋人傅幹注坡詞，其書十二卷，直齋書録解題誤作二卷。二十年前，余於上海徐積餘先生處，得見新抄本，從范氏天一閣藏明抄本傳録，注釋淺陋，誠有如遵王所譏者。黄氏以毛氏影宋抄本當之，可謂失之眉睫矣。

錢遵王所藏延祐庚申刻本，與毛晉據校之元本，余疑皆即此本。此本前有季振宜藏書一印，知曾入延令書目。遵王晚年斥所藏宋元本及抄本書，歸諸季氏，此書疑亦隨同出售。又遵王與隱湖毛氏往還甚密，毛晉父子嘗從遵王假讀，亦固其所。或疑此本前後無遵王印記，謂非遵王藏本。案遵王藏書未鈐印記即斥售者，數不在少，如脉望館抄本古今雜劇，亦無遵王印記。由此可知，明末迄今，年逾三紀，一脉相承，僅見此本。治坡詞者，自當以球璧視之矣。

東坡天才横溢，熱情奔放。其詞於抒情寫景外，有時發點議論，以散文句法入詞，别開生面。宋人謂坡詞「乃曲子内縛不住者」。又謂坡詞「絶去筆墨畦徑，直造古今不到處」，即指此等處。此本詞題清俊隱秀，自然典雅，較曾本有很大不同。并世不乏知音，當能鑒我言也。

趙萬里　一九五七年五月十四日

附録三　蘇軾詞集版本綜述

引言

蘇軾詞今存三百多首，早在南宋紹興初年，就有專集和注本傳世。陳振孫直齋書録解題卷二十一歌詞類及馬端臨文獻通考卷二百四十六經籍考七十三歌詞集著録東坡詞二卷，宋史卷二百八藝文志七著録蘇軾詞一卷，應屬蘇詞的早期傳本，似不與文集混編，而是集外單行。書既失傳，今已無法論述。流傳至今的東坡詞集達三十多種，其書名各異，體例不一，刊鈔時代有别，收詞多寡亦不相同。一面是佚詞的不斷補輯，一面是僞作的時有混入，更增添了閱讀和研究的困難。由於没有一部收詞完備、校訂精審、編次合理、剔盡贋品的東坡詞集定本，迫使研究蘇詞的人必須博覽群籍，兼采各本之長，并需先行去僞存真、拾遺補闕、考訂編年，否則談藝賞析極易産生片面性，出現疏漏。爲了給研究人員提供訪書綫索和閲讀參考之便，今將知見的海内外各種東坡詞集，加以綜合介紹：析其源流，定其時代，考其體例，評其得失。兼記孤本、珍本題跋及收詞特點。爲叙述方便，特將東坡詞集分門別類，各類中再依時代源流列出細目加以評介。

壹、按調編次者

一、曾慥輯東坡長短句及其傳鈔本

（一）曾慥輯東坡先生長短句（簡稱曾本）

是書爲南宋曾慥所輯，刊行於紹興二十一年（一一五一），書名東坡先生長短句，凡二卷又拾遺一卷。增訂四庫簡明目録標注邵章續録題録爲四卷，當爲誤記。趙萬里稱其書爲「蘇詞二個最重要的本子」之一（影印元延祐本東坡樂府後記），全宋詞編者更説它是今存蘇詞「最早」的本子。原刊本已佚，僅靠鈔本延續至今。黄丕烈士禮居舊藏毛氏汲古閣影宋鈔本東坡詞拾遺書尾録曾慥跋語曰：「東坡先生長短句既鏤版，復得張賓老所編并載於蜀本者悉收之。江山麗秀之句，樽俎戲劇之詞，搜羅幾盡矣。傳之無窮，想像豪放風流之不可及也。紹興辛未孟冬至游居士曾慥題。」原書依調名編排，不分類，也不編年。同調諸詞彙編在一起，而調名編次較隨意，無一定之規。

曾慥（？—一一五五）輯樂府雅詞，選收北宋至南宋初年名家詞殆遍，「凡三十有四家，雖女流亦不廢」，此外又有百餘闋無名氏作者，而未及東坡詞。當因東坡詞曾氏別有專刊全集，故雅詞中不重録。曾跋所云蜀本者已無考。而所謂張賓老（一〇五六—一一〇九），名康國，揚州人，第進士。宋徽宗知其能詞章，遷翰林學士，知樞密院事。蔡京定元祐黨籍等，康國參預密議。後受帝命，又沮蔡京之奸暴。宋史卷三五一有傳。故其編輯東坡詞成書，應在崇寧間追隨蔡京秘定元祐黨籍之前，至紹興間得於蜀地刊行。

（二）吴訥編唐宋名賢百家詞本（簡稱吴訥鈔本或吴本）

明吴訥（一三七二—一四五七）編唐宋名賢百家詞，千頃堂書目題作四朝名賢詞，中國叢書綜録則稱百家詞，實爲同書異名。其中收東坡詞二卷又拾遺一卷，係忠實鈔録曾慥所輯的東坡長短句。吴訥編成此書後，似未及刊行，僅以傳鈔本行世。今存鈔本兩種，分述於下：

甲、唐宋名賢百家詞天一閣鈔本

明紅格鈔本，天一閣舊藏，今存天津圖書館。全書自花間集起，至笑笑詞終，應有百種；中缺十家，實存九十種。原書不分卷，無序跋及藏章，共分裝四十册。其中第五十一種爲東坡長短句，是據曾本鈔録的（見第二十三册）。卷上收東坡詞一百四十首，卷下收一百五十七首。又拾遺詞四十首，中有誤入及重出者十一首。半葉十二行，行十八至二十字不等。

乙、宋元名家詞紫芝漫鈔本

明鈔本，原爲德化李氏藏書，二十四册。自東坡詞起，至花間詞終，凡七十種。版心下記「紫芝漫鈔」四字。毛扆（季斧）以朱筆通體校過，唐晏有跋。今存中國國家圖書館。其中東坡詞亦鈔自曾本，是全宋詞修訂本編收蘇軾詞的主要參考書之一。

以上二鈔本，見於唐圭璋全宋詞及趙萬里校輯宋金元人詞之引用書目。前輩詞學家稱引曾本東坡長短句，實即以此吳訥鈔本爲據。香港曹樹銘撰東坡詞籍著録，謂紫芝漫鈔本東坡詞「惟不見全宋詞引用書目」，且稱「據中國國家圖書館函復，該館并未藏入云」，令人莫名其妙。按曹氏并未查清曾本與吴本之源流關係，反疑其書失傳，應予駁正。

（三）林大椿校訂百家詞本（簡稱林本）

此書據吴訥編唐宋名賢百家詞排印，林大椿校訂。有民國十五年（一九二六）中華書局排印本，未見。香港商務印書館民國二十九年（一九四〇）九月初版，八册二函，收詞集八十七種。東坡詞編入第二册中。序例稱百家詞乃「明吴訥編於正統間，在毛刻前二百年，其中如曾慥輯之東坡詞并拾遺，及范開輯之稼軒甲乙丙丁四集，均爲今代稀見之品。朱彝尊詞綜云未見此書」。該書所收東坡詞内容編次源自曾本，惟拾遺一卷删去重收的醉桃園等七首，故林本尚能大體保存曾本風貌。此書在北京師大、華東師大、上海師大、福建師院、吉林大學及上海古籍出版社（原中華書局上海編輯所）等處的圖書館均有收藏（見中國叢書綜録）。據西諦題跋，此翻刻本係付北平京華印書局植版，「而由香港刷印。印成後即逢滬變，存書都作一炬，僅有數部運平」。故其傳本不多見。

二、元延祐庚申刊東坡樂府（簡稱元本）

今存東坡詞集的最早刻本爲元延祐庚申（一三二〇）葉曾雲間南阜書堂刻東坡樂府二卷，世稱元延祐本或雲間本，簡稱元刻本。卷首葉曾序贊嘆東坡詞「樂而不淫，哀而不傷，真得六義之體」；指責「好事者或爲之注釋，中有穿鑿甚多，爲識者所誚」；自稱「用家藏善本再三校正一新，刻梓以永流佈」。全書按詞調編次，同調彙刻。上卷四十一調，收詞一百十五首；下卷二十七調，收詞一百六十六首。葉曾應見過曾本及傅幹注坡詞，并用以校訂「家藏善本」，故元本兼采曾本、傅本之長，且有所增補。它所收録的蘇詞，比傅本多九首，比曾本上下卷多十首。另據趙萬里考證，曾本拾遺卷亦應爲元本所采録，然今存元本已佚缺，并非足本（參見影印元延祐本東坡樂府後記）。今將元刻本及其影鈔、翻刻、影印、排印本數種簡介如下：

（一）元延祐刊東坡樂府二卷（簡稱元刻本）

東坡樂府二卷，元延祐庚申葉曾序刻於雲間南阜書堂。見於錢曾讀書敏求記卷四，爲黄丕烈士禮居舊藏。黄氏得書於顧廣圻思適齋，此後又傳之於汪士鍾藝芸精舍、楊紹和海源閣。海源閣書散，傳至天津周叔弢，周於一九五二年捐贈給中國國家圖書館。此書前有黄丕烈題記及葉曾原序，目録首葉及上下卷首尾印紀累累，據此可知其書嘗由文徵明、季振宜、徐健庵、鮑以增等名家收藏或校閱，堪稱珍本。

（二）明鈔本東坡樂府

增訂四庫簡明目録標注邵章續録：「影宋鈔東坡樂府二卷本。」曹樹銘「疑此即毛晉所藏之影宋鈔本」，「又疑此即上述季滄葦所藏宋刊東坡樂府上下二卷之鈔本」，均爲臆説。按毛藏鈔本乃曾本的影寫本。季藏宋刊而被曹氏武斷爲「有目無書」者，原非宋刊，而是元延祐刊本。今存黄丕烈舊藏元刻東坡樂府卷首卷尾有「滄葦」、「振宜之印」等印記，可爲佐證。曹氏推測失誤，蓋因未見原書。

這部明鈔本東坡樂府，僅存下卷，上卷已佚。此即繆荃孫清學部圖書館善本書目著録的「摹宋本」，卷首有繆氏藏書印章爲證。臺灣「國立中央圖書館」善本書目則著録爲「影宋鈔本」。

該書原存北京圖書館（今中國國家圖書館），解放前夕被運往臺灣，今中國國家圖書館有微縮膠卷供校閲。

經仔細核對，方知諸家書目著録皆謬。此書并非影宋鈔本，而是據元延祐刊本東坡樂府影寫，故其内容編次、行格款識、以至諱字脱訛等，一如元刊。因此這部明鈔本東坡樂府應定爲「影元鈔本」或「摹元本」。

（三）四印齋所刻詞本東坡樂府二卷（簡稱四印齋本）

甲、清王鵬運四印齋所刻詞原刊本（簡稱王刻本）

清光緒十四年戊子（一八八八）春，王鵬運從楊紹和之孫鳳阿處借得元刻東坡樂府二卷，遂編入四印齋所刻詞，經江寧端木埰（子疇）復校之後由王氏家塾予以翻刻。該書除葉曾原序、黄丕烈題記外，增刻許玉琢序及王鵬運識語。王氏自炫刻印此書時，「中間字句間有訛奪與缺筆敬避及不合六書字體者，悉仍其舊，略存影寫之意」（引自半塘序）。但在實際上仍有篡改亂真處，誠如趙萬里所説：「雖行款未易，而原書面貌，不可復見。」此書後被朱祖謀用作蘇詞編年之底本。

乙、王刻影印本

民國間中國書店據清光緒間王氏家塾刊四印齋本影印，傳本不多見。

（四）元刻東坡樂府影印本（簡稱影印元本）

甲、中華書局影印本（原大影印本）

中華書局上海編輯所於一九五九年二月據原由中國國家圖書館收存的元延祐刊本東坡樂府原大影印，葉曾序、黄丕烈題記及諸家藏書印章悉照原樣。書後排印了趙萬里一九五七年所寫的後記。此書在當年六月重印一版，綫裝二册一函絹面，印製精良，又能存真，頗爲學者看重，各大圖書館均有收藏。

乙、古典文學出版社影印本（縮印本）

上海古典文學出版社於一九五七年據北圖所藏元延祐刊本東坡樂府二卷縮印，并與元大德刊稼軒長短句縮印本合裝爲五册一函。其中東坡樂府二卷一册有抽印本單行傳世。此本印製稍早，印數較多，流傳亦廣，使用方便。惟諸家印記頗多省略漏收者，於考訂源流不利。

丙、臺灣影印本

臺灣世界書局印行的中國詞學叢書收東坡樂府二卷，係據中華書局原大影印本爲底本，自行照像製版翻印的，主要在臺灣地區發行。

（五）上海鉛印本東坡樂府二卷（簡稱鉛印本）

上海古籍出版社一九七九年四月用古典文學出版社的縮印本東坡樂府二卷爲底本，用宋六十名家詞、四印齋所刻詞、彊村叢書等書所收東坡詞彙校，正文加新式標點之後排印出版。當年五月又重印一次。此書優點是：有新標點，利於初學；上卷三十一條校記，下卷二十三條校記，訂正了元刻本的個別脱誤；定價低，發行量大，流傳廣。其缺點是：雖有出版説明交代該書整理經過，却删去葉曾序、黄丕烈題記及趙萬里後記，不利於研究工作；標點尊詞義而不照顧詞譜規定的句、讀、韻；用復刻本（四印齋本）校原刊本，亦屬本末倒置，況且所用校本均非善本。

三、與文集混編的東坡詞

明萬曆間，茅維編蘇東坡全集，收文、詞而不收詩；焦竑批點蘇長公二妙集只收尺牘與詩餘。二書所收之東坡詞均係曾慥輯本東坡長短句的改編本。改編方法是，將曾本拾遺卷所收四十首詞，拆散插編到前二卷中，分別附於同調諸詞之後。此外，茅維和焦竑又陸續補輯了若干新發現的蘇軾佚詞。可惜采真及濫，未免又有僞作混入。後來毛晉重編東坡詞，即以茅維本、焦竑本爲基礎。

（一）茅維蘇東坡全集本東坡詞（簡稱茅本或茅維蘇集本）

明萬曆三十四年（一六〇六），茅維編定東坡先生全集七十五卷，卷前有萬曆丙午瑯琊焦竑序、吴興茅維序。半葉十行，行十九字，白口，單邊。此本稀見。明末文盛堂翻刻本（題陳仁錫閲），易書名爲蘇文忠公全集，增項煜序，内容行款一如茅本。清人多據文盛堂版修刊重印，流傳甚廣；茅維原刊本遂晦而不彰。四庫全書總目提要斥責此書「陋略尤甚」，學者亦多以此書爲劣本，不予重視。但此書亦自有其特點：資料齊全，且源自宋人所編東坡大全集等。它收文多於東坡七集，收詞多於曾本。對蘇詞的校訂亦時有新見。

該書第七十四至七十五卷收東坡詞，凡七十三調，三百十六首，按調編次。萬曆原刊本卷末附載曾慥跋語，重印本删之，此乃文盛堂本之重大失誤。邵章續録所謂「蘇集二卷本」即指茅本。這二卷東坡詞是據曾本重編增訂而成。見於此本而曾本未收的東坡詞有以下十五首：滿庭芳（歸去來兮清溪無底）、念奴嬌（憑高眺遠）、南歌子（雲鬟裁新緑）、蝶戀花（春事闌珊芳草歇）、行香子（北望平川）、虞美人（冰肌自是生來瘦）（深深庭院清明過）、祝英臺近（掛輕帆）、浣溪沙（花滿銀塘水漫流）（入袂輕風不破塵）（幾共查梨到雪霜）（山色横侵蘸暈霞）、瑶池燕（飛花成陣）、浪淘沙（昨日出東城）、占春芳（紅杏了）。茅本所漏輯的菩薩蠻（買田陽羨吾將老），曾輯紫芝漫鈔本不收，林大椿校本已采録。茅本誤收的詞有：虞美人（落花已作風前舞），葉夢得作；浣溪沙（玉腕冰寒滴露華），晏殊作。茅本增補諸詞，包括誤收他人之作，均被毛晉編東坡詞所采録。

（二）焦竑批點蘇長公二妙集本東坡詩餘二卷（簡稱焦本或二妙集本）

瑯琊焦竑批點、茂陵許自昌等人校訂、錢塘徐象橒曼山館刻梓、西安方應祥題序的蘇長公二妙集，半葉十行，行十八字，小字雙行同。白口，單魚尾，四周單邊。版心記書名、卷葉數，下有「曼山館」三字。卷一至二十爲尺牘，卷二十一至二十二爲東坡先生詩餘。詩餘即詞，由江夏黄居中訂正。中國國家圖書館、眉山三蘇祠、臺灣圖書館均有收藏，爲明天啓二年（一六二二）刊本。

焦本東坡詩餘采自茅維蘇東坡全集本東坡詞，二者内容編次基本相同。但焦本比茅本增添了以下二十首詞：水龍吟（小溝東接長江）（露寒煙冷蒹葭老）二首，滿庭芳（三十三年飄流江海）（北苑龍團）二首，雨中花慢（邃院重簾何處）（嫩臉羞蛾）二首，木蘭花令（元宵似是歡游好）（經旬未識東君信）（高平四面開雄壘）三首，臨江仙（昨夜渡江何處宿）一首，漁家傲（臨水縱横回晚鞚）一首，好事近（煙外倚危樓）一首，江神子（膩紅匀臉襯檀唇）一首，蝶戀花（記得畫屏初會遇）（昨夜秋風來萬里）（簾幕風輕雙語燕）（梨葉初紅蟬韻歇）（玉枕冰寒消暑氣）（雨霰疏疏經潑火）（蝶懶鶯慵春過半）七首。此外，個别詞題、詞序及正文字句也與茅本小有差異。

明末毛晉編東坡詞依據的「金陵本子」，即指此本。全宋詞修訂本一九六四年訂補附記云：「本書所引汲古閣本東坡詞，實出自蘇長公二妙集中之東坡先生詩餘，僅毛晉誤補之數首除外。」這裏講清了毛本與焦本的關係，但未涉及焦本係增補茅本而成這一基本事實，而且焦本、茅本又都源自曾本。據趙萬里先生考訂，焦竑似未見元延祐刻本東坡樂府，故獨見於元本的八首詞焦本未收。焦本增補的詞中多有并非東坡詞者，如滿庭芳（北苑龍團），見於豫章黄先生詞，當爲黄山谷作。

四、明毛晉汲古閣本東坡詞（簡稱毛本）

明毛晉編宋六十名家詞，中收東坡詞一卷，按調編次。與上述諸本不同的是，調名的排次又以該詞調規定字數多寡爲序，字數少的詞調在前，字數多的詞調在後，始於陽關曲，終於戚氏，便於檢索。全書共七十二調，收詞三百二十八首。在編排體例與收詞數量上均較此前諸本更進一步。毛晉有跋云：「東坡詩文不啻千億刻，獨長短句罕見。近有金陵本子，人争喜其詳備，多混入歐、黄、秦、柳作，今悉删去。至其詞品之工拙，則魯直、文潛、端叔輩自有定評。」如上所述，所謂金陵本子即指焦本，爲毛晉重編東坡詞之底本。此外他大約還使用了附有拾遺卷的元延祐本及當時流傳的茅本等參校，故收詞獨多。毛本比曾本與元本的綜合還多占春芳（紅杏了）等二十四首詞。前人多以此爲毛晉補輯之功，實際上是他從茅本、焦本承襲轉録的，他本人貢獻甚少。毛晉對他集互見詞考核不嚴，疏於辨僞，又采詩入詞集，被四庫提要斥爲「未免泛濫」。毛晉妄補詞題、詞序，如行香子（綺席纔終）有關「密雲龍」的長序，以假亂真，誠如朱祖謀所説：「沿選家陋習」。字句訛誤，疏於校訂，也增添了後人校編整理東坡詞的困難。但此書自清初以來，流傳最廣，影響頗大。今將其原刻本與翻刻本情況簡介如下：

（一）汲古閣原刊本之名家校本

甲、陸貽典、毛扆等手校東坡詞一卷（俗稱毛校本）

明毛晉編宋六十名家詞九十卷，崇禎三年（一六三〇）汲古閣家塾刊本。清陸貽典、黄儀、毛扆、季錫疇、瞿錫邦手校并跋，何煌、何元錫校。此書迭經知不足齋、鐵琴銅劍樓收藏，今存中國國家圖書館。共二十六册，東坡詞在第三册。半葉八行，行十八字。書眉處有毛扆過録的某鈔本（屬於曾本系統）的異文，并標明各首詞在該鈔本中的卷數及順序號。諸家校語資料珍貴，乃至超過原刊。全宋詞修訂本曾參校此本。

乙、黄丕烈校元本東坡詞一卷（簡稱黄校本）

東坡詞一卷，明末毛氏汲古閣宋六十名家詞原刊本，清道光三年黄丕烈臨張紹仁校語并爲之跋。黄跋稱：「蘇、辛詞余皆有元刻善本，友人張訒菴各借去校閲。年來力絀，悉轉徙他所，仍以訒菴借校本傳録。辛詞向已校，此又近時借臨者，破一日有半之工，得校上下卷，甚獲，存副。自笑其癡也。」其校語可參。原本存中國國家圖書館，亦是全宋詞修訂本主要參考書之一。

（二）汪氏重刻本東坡詞一卷（簡稱汪刻本）

清光緒十四年戊子（一八八八），錢塘汪氏據毛晉汲古閣原刊本宋六十名家詞重刊，中收東坡詞一卷。民國間上海商務印書館據此本縮印，收入國學基本叢書中。

（三）石印本東坡詞一卷

民國間上海博古齋據毛晉汲古閣原刊本宋六十名家詞影印（石印），中收東坡詞一卷。不録名家校跋。

（四）排印本東坡詞一卷

甲、中國文學珍本叢書本

該叢書於民國二十五年（一九三六）由上海雜誌公司印，其第一輯爲宋六十名家詞，係據汲古閣原刊本排印，中收東坡詞一卷，施蟄存校點。

乙、四部備要本

中華書局版四部備要集部總集類，收宋六十名家詞，中有東坡詞一卷。此書有排印本及其縮印本兩種。

按毛晉編宋六十名家詞傳刻既多，疏於校訂，爲學者恨事。上海中華書局排印的朱居易校輯毛刻宋六十名家詞勘誤一書，用毛校本、影宋本及其他精刊、精鈔本校正汲古閣本，可資參考。

五、唐圭璋編全宋詞本蘇軾詞（簡稱唐本或全宋詞本）

唐圭璋編全宋詞，初版於一九四〇年，由長沙商務印書館印行，繁體字竪排，綫裝四函二十册，凡三百卷。中有東坡詞三卷，係據朱祖謀編年本增删而成。這裏着重論述的是該書修訂重編本，中華書局一九六五年六月初版，一九八〇年十二月重印，精裝五册，其中第一册二七七至三三七頁收載蘇軾詞，改用曾慥輯東坡詞二卷拾遺一卷爲底本，增删修訂，基本按調編次。

由於此本晚出，得以博采衆本之長，故資料最全，收詞最多（共收蘇詞三百五十首，另有斷句若干，附存目詞若干）；依照詞律使用新式標點：韻用句號（。），句用逗號（，），逗用頓號（、），有利於詞學研究；編者按語注明資料來源及互見、誤入、可疑等情況，連同存目詞一起，爲蘇詞的整理校訂、辨僞輯佚打下了良好基礎。對於研究蘇詞的專業工作者，全宋詞修訂本是最重要的參考書之一。

書中附注云：「案蘇軾詞今用最早之曾慥輯本東坡詞二卷、拾遺一卷，文字從毛扆校汲古閣本東坡詞録出，編次據吳訥唐宋名賢百家詞本及紫芝漫鈔本東坡詞。」文字與編次不遵一本，實屬無奈。該書具體收詞情况及其材料來源如下：從曾慥輯東坡長短句卷上一百十四首中録一百十二首，所删二首爲蘇轍、黄庭堅詞而誤入坡集者；卷下一百五十七首中録一百五十六首，删去誤入的陳慥詞一首； 拾遺四十首中録三十首，删去見於前二卷的重出詞凡七首，删去誤入的葉夢得、秦觀、無名氏詞各一首。又從元刻東坡樂府卷上録二首，卷下録七首。從傅幹注坡詞録一首。從汲古閣本東坡詞録二十四首（訂補附記云：「本書所引汲古閣本東坡詞，實出自蘇長公二妙集中之東坡先生詩餘。」）。又從東坡集録一首，後集録一首，内制集録二首。又從侯鯖録、能改齋漫録、古今詞話各録一首。又從雲山集引斷句二條，從施注蘇詩補斷句一條。從全芳備祖録三首，回文類聚録一首，歲時廣記、咸淳毗陵志、事林廣記各録一首。從新注斷腸詩集録斷句六條。從詞林萬選録一首，草堂詩餘後集録一首。另附存目詞及斷句近五十首（條）。

本書收蘇軾詞雖較完備，但不編年。受全書體例的限制，編者雖對蘇詞有認真的校訂，却無詳細校記。某些互見、可疑、誤入之詞與蘇詞混編，不便查考。個别的考訂亦有可議之處。

孔凡禮編全宋詞補輯，在唐圭璋訂補附記與續記的基礎上，據明萬曆刊重編東坡先生外集增補蘇軾詞一首； 考訂存目詞三首，可參考。

貳、按年編次者

一、朱祖謀編東坡樂府三卷本（簡稱朱本）

蘇詞流傳既久，遲至清末民國初，方有朱祖謀首倡編年。他校編的東坡樂府，係以四印齋覆刻的元延祐本爲底本，用毛氏汲古閣本參互校正，毛本異文著於詞後。元本有十首詞毛本未收；毛本有六十一首詞（中有僞作）不見於元本。互校之後，得卷一編年詞一百零六首，卷二編年詞九十八首，卷三不編年（仍按調編次）詞一百三十六首。總計收詞三百四十首。

朱本編年方針是：據南宋傅藻東坡紀年録、王宗稷東坡年譜、清王文誥蘇詩編年總案，「合此三家，證以題序，參酌審定」。此外他還參考了東坡詩集，咸淳臨安志、西湖志、潁濱遺老傳、能改齋漫録、苕溪漁隱叢話、揮麈後録等書。但仍有十之三四無從編年，遂别列一卷。

朱祖謀致力於蘇軾詞集的整理重編，補輯了前人未收的佚詞，汰除了互見、誤入的僞作，調整了元本、毛本不合理的題序與題注，尤其在編年上用力甚勤，時有創見。曹樹銘總括出朱氏編年原則與技巧是：〔一〕因兩首地名有連帶關係者則併列之；〔二〕因地名與東坡行迹有密切關係，從而考訂其編年者；〔三〕因兩首調題皆同而併列者；〔四〕因兩首事同而併列者；

〔五〕因兩首題同一人而可以考其爲同時者則併列之；〔六〕因兩首或三首調韻皆同而併列者；〔七〕因詞題概舉年數，溯而上之，遂確定其編年者；〔八〕因與同時人所作詞調韻皆同而推定其編年者（參見東坡詞籍著録）。

可惜朱祖謀所見善本甚少。曾本、吴本、焦本及元刻等他都未見；晚年雖得見傅幹注坡詞鈔本，却來不及將傅本提供的資料運用到蘇詞編年校訂上；他對四印齋覆刻元本、毛本及其他材料的使用亦有疏誤。凡此均爲編年帶來困難，也使朱本未能盡善盡美。當編而未編者不在少數，已編而訛誤者亦非偶見。然創始之功終不可没。

朱祖謀東坡樂府傳刻情況如下：

（一）石印本

東坡樂府三卷，歸安朱祖謀校編，清宣統二年庚戌（一九一〇）石印本，卷首有馮煦序。收詞三百四十一首，比通行本多一首西江月（日日深杯酒滿）。按此乃朱敦儒詞，後印本删之是也。此本已不多見。

（二）彊村叢書三校本

朱祖謀編彊村叢書三校本，一九二二年付印。叢書第六册收東坡樂府三卷，卷首有馮煦序，次爲凡例七則，次爲總目。收詞三百四十首，删去了初印本誤收的朱敦儒西江月一首。半葉十一行，行二十一字。調名頂格，下列詞題或小序，皆爲單行小字。正文另行頂格，詞末校記用雙行小字附注各校本的題注與異文（主要采自毛本）。編年諸詞之後，另行起上空一格再以雙行小字標注出該詞編年依據，此即後人所謂「朱注」。書後附有朱祖謀一九二五年補刻的東坡樂府跋。此即通行朱本。

（三）蜀十五家詞翻刻本

蜀十五家詞四册，吴虞校輯，民國間排印本。該書前二册收東坡樂府三卷，係據朱祖謀彊村叢書本翻刻，内容編次一仍朱本，序跋凡例照録無遺。但校訂不精，刻印粗疏，錯字連篇，不堪卒讀，實爲劣本。

（四）影印本

一九六〇年臺灣廣文書局將朱祖謀彊村叢書本東坡樂府三卷抽出影印。此本大陸未見。又，上海古籍出版社影印之彊村叢書三校本收東坡樂府，方便使用。

二、龍榆生東坡樂府箋三卷本（簡稱龍本或龍箋）

此乃今存較早的蘇詞編年校注本，朱祖謀編年圈點，龍榆生校箋。卷一編年詞一百零六首，卷二編年詞一百首，卷三不編年詞一百三十八首，共收蘇詞三百四十四首。該書編年概從朱本，只有兩首詞做了調整：菩薩蠻（娟娟缺月西南落），朱本原編入元豐二年，龍本改編爲元豐六年；西江月（點點樓頭細雨），朱本未編年，龍本編入元豐六年。龍本收詞比朱本多四首：瑶池燕（飛花成陣），點絳唇（醉漾輕舟），點絳唇（月轉烏啼），浣溪沙（風壓輕信貼水飛）。這四首詞，朱祖謀認爲非東坡所作，故棄而不取。龍本編年采納了全部朱注，又補校了傅幹注坡詞的異文與卷次。所録蘇詞及題序文字偶與朱本有别，蓋因對異文取捨不同。其箋注多襲用傅幹注，間有發明，時出妙義。龍本傳世者有二：

（一）商務印書館一九三六年一月初印本。

（二）商務印書館一九五八年四月重刊本，此爲通行本。

三、曹樹銘校編東坡詞一册（簡稱曹本）

旅居香港的曹樹銘校編的東坡詞修訂本，一九六八年八月香港萬有圖書公司出版。書首有蘇軾小傳、校編説明、序論。卷一編年詞一百十六首，卷二編年詞一百二十三首，卷三不編年詞六十首，附録互見詞四首，誤入詞二十九首，可疑詞七首。書末附東坡詞籍著録、東坡年表、蘇氏譜系、東坡行迹簡圖、分調編號索引等。

此書以龍本爲底本，以全宋詞本爲主要校本，復校了底本與主要校本曾予使用又爲曹氏知見的影印元本、毛本、朱本等。調名上標順序號，正文依詞譜加標點。各詞之後附朱注、原校（即龍本校記）及曹校注（曹氏自添的校語），但不收龍本箋、評之類。晚年又出訂補本，見下文。

曹氏校編東坡詞的主要成果是：一、對底本的增補改編：從全宋詞、東坡集、蘇詩總案引東坡外集等書補輯蘇詞六首并予以編年；調整龍本編年詞六首，又對龍本卷三不編年詞中的四十一首予以考定編年；將龍本編年詞二首及不編年詞三十八首移爲附録（即互見、誤入、可疑詞）。二、校訂：改正或補充朱注文字脱誤者十首；改正或補充龍本之校記十二首、詞題九首、正文十六首；增補元本原校及其異文爲龍本失校者四十八首；增校毛本十一首，朱本二十六首；此外還參考了詞律、詞律拾遺的異文，校録了全宋詞本的異文及其編者案（關於某些詞的互見、誤入、可疑情況的説明）。三、標點：對龍本、全宋詞本少數詞的標點、標韻及分片也有所調整。

全書除附録四十首外，實收蘇詞三百十首，編年詞比龍本多四十八首，不編年詞比龍本少七十八首。該書收詞較完備，編排較合理，校訂較嚴密，辨僞較用心，有一定參考價值。但它也有明顯疏漏：限於條件而未能充分利用現存蘇詞之珍本、善本，曹氏未見曾本、吴本、焦本、傅本等，校編難免臆斷和疏漏；附收東坡詞籍著録一文也出現一系列失誤，爲蘇詞版本研究增添了困難。曹樹銘將流傳已久的某些詞只以「意境不合」便定爲「誤入」、「可疑」，亦缺少證據。序論中某些論斷、觀點頗可商榷。附件太雜，未免喧奪，且有重複。初印本捨棄龍箋，不便閱讀，亦未免失策。

一九八〇年曹樹銘再次修訂該書，轉由臺灣商務印書館出版。增補了四首木蘭花令詞（采自詩集），改寫了校編説明和序論，調整了十一首詞的編年，補收了全部龍本箋注，增添了不少新資料和新附件。在編年上，曹樹銘或照應詩集，或以地理與東坡行迹相印證，或據情感的表露與文字意境去考辨，或從詞題文法得啓示。總而言之，廣開思路，煞費苦心，也有所前進；但是頗多孤證，間有臆斷，走向了極端。

叁、箋注本蘇詞

一、傅幹注坡詞十二卷（簡稱傅本或傅注）

傅幹字子立，仙溪人。他對當時流傳的東坡詞重加辨僞與拾遺後，撰成注坡詞十二卷。該書以調類次，共收六十七調，二百七十二首詞。其中除天仙子一首外，均見於曾本上下卷。洪邁謂傅本於南宋紹興初「鏤版錢塘」（見容齋續筆），則其刊行時間應早於曾本。傅幹似未見「張賓老所編并見於蜀本」者，故曾本拾遺卷的四十首詞，除浣溪沙（入袂輕風不破塵）外，餘皆爲傅本所未采。經與元本對勘，元本比傅本多出畫堂春寄子由等九首詞，而傅本獨有的天仙子（曾本未收）、傅本誤收的蘇轍水調歌頭、黄庭堅鷓鴣天詞，均被元本采録；細玩葉曾序「好事者或爲之注釋，中有穿鑿甚多，爲識者所誚」等語，似即從容齋續筆「注書難」條脱化而來，暗指傅注。由此可知元本是參校過傅本的。傅本、曾本、元本一脉相傳。

傅本長期蒙受「注釋蕪陋」、「紕謬」等不白之冤。其實此書對蘇詞正文及題、序的校訂，對蘇詞的箋注、辨僞、編年，都有重大參考價值，傅注中還保存了許多罕見資料。朱祖謀就説過，傅本不少題注，「悉可爲考訂坡詞編年之一助」（朱本跋）。龍榆生第一個全面利用了傅注資料，但仍有可議處。研究東坡詞，不可不讀傅注。

傅本的紹興間錢塘原刊本已失傳，後世亦未見翻刻，幾百年來，此書僅靠鈔本延續命脉。今存鈔本擇要介紹於後：

（一）陝西師大黄永年藏本

陝西師範大學歷史系黄永年教授收藏注坡詞鈔本，傳爲原沈德壽家藏鈔本。據積學齋藏書記，應爲影鈔宋本。每半葉九行，行十七字。小字雙行夾注，字數同。卷首有傅共洪甫序。書内有「浙東沈德壽家藏之印」，以及「抱經樓藏書印」和「五萬卷藏書樓印」等。見於四明沈氏抱經樓藏書志著録。

（二）清鈔本

書存中國國家圖書館，綿紙精鈔，楷體工録，半葉九行，行十七字，大小字同。書尾落款：「從南陵徐氏藏沈德壽家鈔本傳録」。此即全宋詞修訂本所引用者。據四庫全書簡目標注邵章續録，徐氏藏本源出明天一閣。原書第三、六、十一、十二各卷有佚闕，蓋所據底本如此。

（三）曬藍本二册

原書存北京大學圖書館，係據清鈔本曬印，二者行款全同，内容無别。邵章續録謂「孫人和有曬藍本」，即指此本。

（四）民國間趙尊嶽珍重閣手寫本一册

此本亦從南陵徐氏借鈔，故佚闕一如清鈔本。原書用惜陰堂紅格稿紙鈔録，半葉十五行，行三十字。字迹草率，且有脱漏，如減字木蘭花其四就漏鈔「歸去來兮」一句。此本異文，時有勝義，可供校訂之參考。

二、顧景藩補注東坡長短句（簡稱顧本）

顧禧字景藩，南宋吴郡人。曾與施元之父子合編注東坡先生詩四十二卷，刊於嘉定年間，陸游爲之作序。陳鵠西塘集耆舊續聞卷二云：「趙右史家有顧禧景藩補注東坡長短句真迹云：按唐人詞，舊本作『試教彈作忽雷聲』，蓋樂府雜録云：『康崑崙嘗見一女郎彈琵琶，發聲如雷。而文宗内庫有二琵琶，號大忽雷、小忽雷。鄭中丞嘗彈之。』今本作『輥雷聲』，而傅幹注亦以『輥雷』爲證，考之傳記無有。」這裏所引坡詞，見傳本卷八虞美人其一，傅注引楊妃外傳云：「開元中有賀懷智善琵琶，用鵾雞筋爲弦，鐵爲捍撥。」「輥雷，其聲如之。」顧注與傅注之差别，於此可見一斑。顧禧晚年幾陷文字之禍，其書亦不傳。

三、孫鎮東坡樂府注（簡稱孫注）

孫鎮字安常，承安二年（一一九七）賜第，官陝令。其書明代尚有傳本，見黄虞稷千頃堂書目卷三十二。後世未見傳刻。元遺山文集卷三十六東坡樂府集選引云：「絳人孫安常注坡詞，參以汝南文伯起小雪堂詩話，删去他人所作無愁可解之類五十六首，其所是正亦無慮數十百處，坡詞遂爲完本，不可謂無功。然尚有可論者，如『古岸開青葑』南柯子以末後二句倒入前篇，此等猶爲未盡，然特其小小者耳。就中『野店雞號』一篇（即沁園春——引者），極害義理，不知誰所作，世人誤爲東坡。而小説家又以神宗之言實之云：『神宗聞此詞，不能平，乃貶坡黄州，且言：教蘇某閑處袖手看朕與王安石治天下。』安常不能辨，復收之集中。如『當時共客長安。似二陸初來俱妙年。有胸中萬卷，筆頭千字，致君堯舜，此書何難。用捨由時，行藏在我，袖手何妨閑處看』(按原本如此，元好問引坡詞句有倒誤——引者)之句，其鄙俚淺近，叫呼衒鬻，殆市駔之雄醉飽而後發之，雖魯直家婢僕且羞道，而謂東坡作者，誤矣！又前人詩文有一句或一二字異同者，蓋傳寫之久，不無訛謬；或是落筆之後，隨有改定。而安常一切以别本爲是，是亦好奇尚異之蔽也。」

增訂四庫全書簡目標注邵章續録云：「元延祐庚申刊本，孫鎮注。」顯然有誤。元好問見過孫注并爲之評説，而元延祐刊本出現在元好問死後六十三年，孫鎮如何爲之作注？孫氏依據的底本應是南宋以來的通行本。今孫注原本不得見，則其校箋細情無可考，而元好問指爲孫氏誤收的沁園春究竟是否僞作，歷來有不同看法，尚待討論。

四、龍榆生東坡樂府箋

此爲編年箋注本，已見前述。

重刊本卷首有夏敬觀序、夏承燾序，并補收了龍榆生寫於一九五七年九月的序論；次爲蘇轍所撰東坡先生墓誌銘；次爲龍榆生所輯東坡詞評，輯録宋以來諸家對東坡詞的總評若干則。正文調名次行低三格兼收詞題、詞序及諸本題注，詞正文末附注傅本卷次。每首詞之後，以雙行小字標列「校」、「朱注」、「箋」、「評」、「本事」、「附考」、「附録」等。「校」收朱本校記并補充了傅本異文。「朱注」移録了朱本有關編年依據的説明。「箋」則逐條摘舉詮釋原文詞句，其箋注材料多數采自傅注，間有采自鄭叔問手評東坡樂府者，也有一些是龍氏所發明。「評」、「附考」等雜收歷代詞話及小説筆記等書有關該詞本事的傳聞及對該詞的評論與考證，可與龍箋互爲補充。全書最後有龍榆生寫於一九三五年七月的後記，講述該書編纂經過。

龍箋主要依據傅注，但傅注中有些重要資料又未被采録。有幸被采録者，龍箋或標明所自，或不予注明，一如己出。傅注原有之訛誤，龍箋改之未盡，不標出處則須自擔其咎矣。但傅注保存的佚文斷句等珍貴資料今或失傳，既加采録而又不標出處，則令人費解。傅注有時漏標書名、作者，爲前人詬病。龍箋補了一些，多數照舊。總之，龍榆生對傅本的利用，在内容、體例、方式上都有不够謹嚴之處。此外，蘇詞與蘇詩堪稱聯璧，而自宋以來爲蘇詩作箋注者有百家以上，其中有可資借鑑的資料，龍箋并没有充分利用。又龍箋於地名多采舊説，亦有待校正。

肆、選本

歷代蘇詞選本很多，或單行，或與蘇軾詩文混編，有的還附以評注。今簡述幾種有代表性者（收入總集者不論）。

一、元好問東坡樂府集選

金人元好問號遺山，秀容人，著名文學家，詩人。他從孫鎮注本中選出七十五首詞，「遇有語句兩出者擇善而從」，編成東坡樂府集選。是書曾於一二三六年九月刊印，後世未見傳本。元遺山文集中只存一篇東坡樂府集選引，可據以考知其書大概。

二、東坡小詞二卷

明海陽黃嘉惠校刊本，與山谷詞合刊，題蘇黃小品。此書兼收蘇黃尺牘。原書刻於明天啓至崇禎初年之間，收東坡詞一百零六首，上下卷各五十三首。各詞眉端有黃氏評語，行間有圈點。所選詞出自茅維蘇集本，分調編次。原清華大學圖書館有藏本，今臺灣亦見收藏。

三、蘇文忠公集選本

明崔邦亮選，楊四知序，萬曆二十七年（一五九九）刊本，詩文并采，以類（文體）編次。中收東坡詩餘四十二首。

四、新編東坡樂府本

明初刊本新編東坡先生詩集十九卷，附載新編東坡先生樂府一卷，收蘇詞二十四首。而洞仙歌（飛梁壓水）、滿江紅（不作三公）等原非坡詞，亦誤入集中。又妄擬詞題，亂改文字，刻印粗率，實不足取。東坡詞傳至明代，竄亂嚴重，此本開其先河。

五、宋六十一家詞選本

清光緒丁亥（一八八七）馮煦據明毛晉刻宋六十一家詞編成詞選十二卷，中收蘇軾詞四十九首。宣統二年（一九一〇）掃葉山房石印本半葉十四行，行三十字；白口，單魚尾，四周雙邊。版心上刻書名卷葉數，下刻「掃葉山房石印」。首有馮煦序。馮煦，字夢華，號蒿庵，金壇人，著有蒿庵類稿。

龔自珍全集	[清]龔自珍著　王佩諍校點
龔自珍詩集編年校注	[清]龔自珍著　劉逸生、周錫䪖校注
水雲樓詩詞箋注	[清]蔣春霖著　劉勇剛箋注
人境廬詩草箋注	[清]黄遵憲著　錢仲聯箋注
嶺雲海日樓詩鈔	[清]丘逢甲著　丘鑄昌標點

龔鼎孳詞校注	[清]龔鼎孳著　孫克强、鄧妙慈校注
吴嘉紀詩箋校	[清]吴嘉紀著　楊積慶箋校
陳維崧集	[清]陳維崧著　陳振鵬標點 李學穎校補
屈大均詩詞編年校箋	[清]屈大均著　陳永正等校箋
屈大均詞箋注	[清]屈大均著　陳永正箋注
秋笳集	[清]吴兆騫撰　麻守中校點
漁洋精華録集釋	[清]王士禛著 李毓芙、牟通、李茂肅整理
聊齋志異會校會注會評本	[清]蒲松齡著　張友鶴輯校
敬業堂詩集	[清]查慎行著　周劭標點
納蘭詞箋注	[清]納蘭性德著　張草紉箋注
方苞集	[清]方苞著　劉季高校點
樊榭山房集	[清]厲鶚著　[清]董兆熊注 陳九思標校
劉大櫆集	[清]劉大櫆著　吴孟復標點
儒林外史彙校彙評(增訂版)	[清]吴敬梓著　李漢秋輯校
小倉山房詩文集	[清]袁枚著　周本淳標校
忠雅堂集校箋	[清]蔣士銓著　邵海清校 李夢生箋
甌北集	[清]趙翼著　李學穎、曹光甫校點
惜抱軒詩文集	[清]姚鼐著　劉季高標校
兩當軒集	[清]黄景仁著　李國章校點
惲敬集	[清]惲敬著　萬陸、謝珊珊、林振岳 標校　林振岳集評
茗柯文編	[清]張惠言著　黄立新校點
瓶水齋詩集	[清]舒位著　曹光甫點校

白蘇齋類集	[明]袁宗道著　錢伯城校點
袁宏道集箋校	[明]袁宏道著　錢伯城箋校
珂雪齋集	[明]袁中道著　錢伯城點校
喻世明言會校本	[明]馮夢龍編著　李金泉點校
警世通言會校本	[明]馮夢龍編著　李金泉點校
醒世恒言會校本	[明]馮夢龍編著　李金泉點校
隱秀軒集	[明]鍾惺著　李先耕、崔重慶標校
譚元春集	[明]譚元春著　陳杏珍標校
張岱詩文集(增訂本)	[明]張岱著　夏咸淳輯校
陳子龍詩集	[明]陳子龍著 施蟄存、馬祖熙標校
夏完淳集箋校(修訂本)	[明]夏完淳著　白堅箋校
牧齋初學集	[清]錢謙益著　[清]錢曾箋注 錢仲聯標校
牧齋有學集	[清]錢謙益著　[清]錢曾箋注 錢仲聯標校
牧齋雜著	[清]錢謙益著　[清]錢曾箋注 錢仲聯標校
牧齋初學集詩注彙校	[清]錢謙益著　[清]錢曾箋注 卿朝暉輯校
李玉戲曲集	[清]李玉著 陳古虞、陳多、馬聖貴點校
吴梅村全集	[清]吴偉業著　李學穎集評標校
歸莊集	[清]歸莊著
顧亭林詩集彙注	[清]顧炎武著　王蘧常輯注 吴丕績標校
安雅堂全集	[清]宋琬著　馬祖熙標校

放翁詞編年箋注(增訂本)	[宋]陸游著　夏承燾、吴熊和箋注 陶然訂補
渭南文集箋校	[宋]陸游著　朱迎平箋校
范石湖集	[宋]范成大撰　富壽蓀標校
范成大集校箋	[宋]范成大撰　吴企明校箋
于湖居士文集	[宋]張孝祥著　徐鵬校點
稼軒詞編年箋注(定本)	[宋]辛棄疾撰　鄧廣銘箋注
辛棄疾詞校箋	[宋]辛棄疾著　吴企明校箋
姜白石詞編年箋校	[宋]姜夔著　夏承燾箋校
後村詞箋注	[宋]劉克莊著　錢仲聯箋注
劉辰翁詞校注	[宋]劉辰翁著　吴企明校注
瀛奎律髓彙評	[元]方回選評　李慶甲集評校點
雁門集	[元]薩都拉著 殷孟倫、朱廣祁校點
揭傒斯全集	[元]揭傒斯著　李夢生標校
高青丘集	[明]高啓著　[清]金檀注 徐澄宇、沈北宗校點
唐寅集	[明]唐寅著　周道振、張月尊輯校
文徵明集(增訂本)	[明]文徵明著　周道振輯校
震川先生集	[明]歸有光著　周本淳校點
海浮山堂詞稿	[明]馮惟敏著 凌景埏、謝伯陽標校
滄溟先生集	[明]李攀龍著　包敬第標校
梁辰魚集	[明]梁辰魚著　吴書蔭編集校點
沈璟集	[明]沈璟著　徐朔方輯校
湯顯祖詩文集	[明]湯顯祖著　徐朔方箋校
湯顯祖戲曲集	[明]湯顯祖著　錢南揚校點

歐陽修詞校注	[宋]歐陽修著　胡可先、徐邁校注
蘇舜欽集	[宋]蘇舜欽著　沈文倬校點
嘉祐集箋注	[宋]蘇洵著　曾棗莊、金成禮箋注
王荆文公詩箋注(修訂版)	[宋]王安石著　[宋]李壁箋注　高克勤點校
王令集	[宋]王令著　沈文倬校點
蘇軾詩集合注	[宋]蘇軾著　[清]馮應榴注　黄任軻、朱懷春校點
東坡樂府箋	[宋]蘇軾著　[清]朱孝臧編年　龍榆生校箋
東坡詞傅幹注校證	[宋]蘇軾著　[宋]傅幹注　劉尚榮校證
欒城集	[宋]蘇轍著　曾棗莊、馬德富校點
山谷詩集注	[宋]黄庭堅著　[宋]任淵、史容、史季温注　黄寶華點校
山谷詩注續補	[宋]黄庭堅著　陳永正、何澤棠注
山谷詞校注	[宋]黄庭堅著　馬興榮、祝振玉校注
淮海集箋注(修訂本)	[宋]秦觀撰　徐培均箋注
淮海居士長短句箋注	[宋]秦觀著　徐培均箋注
清真集箋注	[宋]周邦彦著　羅忼烈箋注
石門文字禪校注	[宋]釋惠洪撰　周裕鍇校注
石林詞箋注	[宋]葉夢得著　蔣哲倫箋注
樵歌校注	[宋]朱敦儒著　鄧子勉校注
李清照集箋注(修訂本)	[宋]李清照著　徐培均箋注
吕本中詩集箋注	[宋]吕本中著　祝尚書箋注
陳與義集校箋	[宋]陳與義著　白敦仁校箋
蘆川詞箋注	[宋]張元幹著　曹濟平箋注
劍南詩稿校注	[宋]陸游著　錢仲聯校注

韓昌黎文集校注	[唐]韓愈著　馬其昶校注 馬茂元整理
劉禹錫集箋證	[唐]劉禹錫著　瞿蜕園箋證
白居易集箋校	[唐]白居易著　朱金城箋校
柳宗元詩箋釋	[唐]柳宗元著　王國安箋釋
柳河東集	[唐]柳宗元著　[宋]廖瑩中輯注
元稹集校注	[唐]元稹著　周相録校注
長江集新校	[唐]賈島著　李嘉言新校
張祜詩集校注	[唐]張祜著　尹占華校注
三家評注李長吉歌詩	[唐]李賀著　[清]王琦等評注 蔣凡校點
樊川文集	[唐]杜牧著　陳允吉校點
樊川詩集注	[唐]杜牧著　[清]馮集梧注
温飛卿詩集箋注	[唐]温庭筠著　[清]曾益等箋注
玉谿生詩集箋注	[唐]李商隱著　[清]馮浩箋注 蔣凡校點
樊南文集	[唐]李商隱著　[清]馮浩詳注 錢振倫、錢振常箋注
皮子文藪	[唐]皮日休著　蕭滌非、鄭慶篤整理
鄭谷詩集箋注	[唐]鄭谷著 嚴壽澂、黄明、趙昌平箋注
韋莊集箋注	[五代]韋莊著　聶安福箋注
李璟李煜詞校注	[南唐]李璟、李煜著　詹安泰校注
張先集編年校注	[宋]張先著　吳熊和、沈松勤校注
二晏詞箋注	[宋]晏殊、晏幾道著　張草紉箋注
樂章集校箋	[宋]柳永著　陶然、姚逸超校箋
梅堯臣集編年校注	[宋]梅堯臣著　朱東潤編年校注
歐陽修詩文集校箋	[宋]歐陽修著　洪本健校箋

蕭繹集校注	[南朝梁]蕭繹著　陳志平、熊清元校注
玉臺新咏彙校	吴冠文、談蓓芳、章培恒彙校
王績集會校	[唐]王績著　韓理洲校點
王梵志詩校注（增訂本）	[唐]王梵志著　項楚校注
盧照鄰集箋注	[唐]盧照鄰著　祝尚書箋注
駱臨海集箋注	[唐]駱賓王著　[清]陳熙晉箋注
王子安集注	[唐]王勃著　[清]蔣清翊注
陳子昂集（修訂本）	[唐]陳子昂撰　徐鵬校點
孟浩然詩集箋注（增訂本）	[唐]孟浩然著　佟培基箋注
王右丞集箋注	[唐]王維著　[清]趙殿成箋注
李白集校注	[唐]李白著　瞿蜕園、朱金城校注
高適集校注（修訂本）	[唐]高適著　孫欽善校注
杜詩趙次公先後解輯校	[唐]杜甫著　[宋]趙次公注　林繼中輯校
新刊校定集注杜詩	[唐]杜甫著　[宋]郭知達輯注　聶巧平點校
新定杜工部草堂詩箋斠證	[唐]杜甫著　[宋]魯訔編　[宋]蔡夢弼會箋　曾祥波新定斠證
杜詩鏡銓	[唐]杜甫著　[清]楊倫箋注
錢注杜詩	[唐]杜甫著　[清]錢謙益箋注
杜甫集校注	[唐]杜甫著　謝思煒校注
岑參集校注	[唐]岑參著　陳鐵民、侯忠義校注
戴叔倫詩集校注	[唐]戴叔倫著　蔣寅校注
韋應物集校注（增訂本）	[唐]韋應物著　陶敏、王友勝校注
權德輿詩文集	[唐]權德輿撰　郭廣偉校點
王建詩集校注	[唐]王建著　尹占華校注
韓昌黎詩繫年集釋	[唐]韓愈著　錢仲聯集釋

《中國古典文學叢書》已出書目

詩經今注	高亨注
楚辭集注	[宋]朱熹撰　黃靈庚點校
楚辭今注	湯炳正、李大明、李誠、熊良智注
司馬相如集校注	[漢]司馬相如著　金國永校注
揚雄集校注	[漢]揚雄著　張震澤校注
張衡詩文集校注	[漢]張衡著　張震澤校注
阮籍集	[魏]阮籍著　李志鈞等校點
陸機集校箋	[晉]陸機著　楊明校箋
陶淵明集校箋(修訂本)	[晉]陶潛著　龔斌校箋
世説新語箋疏(修訂本)	[南朝宋]劉義慶撰　余嘉錫箋疏　周祖謨等整理
世説新語校釋(增訂本)	[南朝宋]劉義慶撰　[南朝梁]劉孝標注　龔斌校釋
鮑參軍集注	[南朝宋]鮑照著　錢仲聯增補集説校
謝宣城集校注	[南朝齊]謝朓著　曹融南校注集説
江文通集校注	[南朝梁]江淹著　丁福林、楊勝朋校注
文心雕龍義證	[南朝梁]劉勰著　詹鍈義證
詩品集注(增訂本)	[梁]鍾嶸著　曹旭集注
文選	[梁]蕭統編　[唐]李善注